无罪 著

长江出版社

长江·大风堂书系

一剑尘嚣起，岁月断！

第十三章 振国有长策	166
第十四章 犹似故人来	175
第十五章 联手各图谋	184
第十六章 夜深齐云洞	193
第十七章 与君初相识	207
第十八章 巴山有内鬼	215
第十九章 大幽三遗宝	224
第二十章 妖惑剑重现	233
第二十一章 经商如谋国	246
第二十二章 胜败岂无凭	255
第二十三章 千里来相会	269
第二十四章 内鬼无遁形	277

目录

楔子 1

第一章 女子也论剑 6

第二章 一战惊天下 16

第三章 英雄出少年 29

第四章 意气少年时 42

第五章 问我手中剑 58

第六章 道传有缘人 76

第七章 青锋已磨砺 88

第八章 剑出众怒平 103

第九章 越阶也无妨 119

第十章 此剑名惊梦 132

第十一章 穷山出恶人 142

第十二章 密谋渭河上 157

楔 子

残阳如血,春寒料峭。

一条年久失修的官道旁,萋芜的荒草本该是一片灰败的颜色,此刻却染上了一片触目惊心的红。

那骑于马上的少年身影被拉长数倍,手中滴血的长剑仍在震颤。夕阳仿佛将他的脸也映上了血色,他原本温和的五官带着一丝狰狞。

少年已经奔波了三天三夜了,一路上边打边逃,早已身心俱疲。他握紧了缰绳,心中暗暗想到,这样下去绝对不是办法,长此以往,或许胯下的马儿也会因不堪忍受这奔波之苦而率先倒下。沿途收到消息的边军越来越多,必须要找个机会将这波追兵除去,然后将行踪隐匿起来。

他放走马儿,让它自行吃草,自己则俯身藏入一人多高的荒草之中。

那荒草一望无涯,随风摇摆,沙沙作响,藏匿其中,就如同沧海一粟。然而即便这样,他又如何逃得过如蚁大军的地毯式搜捕!

少年知道躲避是没用的,他只是想赢得一线喘息之机,养好精神,再全力一击。

一阵风吹过,"哗啦哗啦"的声响却让这荒草丛显得更加寂静。

"出来吧!"少年虽身处险境,但神色如常,仿佛根本不知恐惧为何物。

荒草中现出八个黑衣人来,呈锋矢阵型护卫在骑着高头大马,带着金盔银甲的鬼面将军身旁。

将军轻叹一口气，仿佛有些惋惜，又带着一丝无奈。片刻之后，方才缓缓说道："本将军有爱才之心，这才屡屡对你手下留情。不要以为修了几年剑，我们就奈何不了你！"

他语调平淡，散发出来的威压却如同山岳一般，让人连呼吸都感觉困难。

少年丝毫不为所动，仿佛那威压对他而言，根本就不存在。他略略挑眉，喝道："四境之下无分别，你修剑虽有十余年了，可我并非胆小怕事之人。如若不是你们这些国之干城肆意屠杀我阳山郡的黎民父老，我又何须动用手中之剑？废话少说，动手吧！"

少年未动。

鬼面将军却犹豫了片刻，方才翻手往下一按。

八个黑衣人听命而动，将少年围在中央。

然而他们尚未行动，少年便蓦地冲天而起，身形曼妙地悬空一转，挥剑划过他们的咽喉。

一剑尘嚣起，岁月断！

八人皆瞪大了眼睛，有些不明白剑气怎么会来得如此迅疾，这少年究竟是谁？

没有人告诉他们答案，他们再也无法得到答案！

一剑杀八人，风过不留痕。

"还不动手？"少年望着一地的尸身，催促道。

鬼面将军背上之剑感受到少年身上绝无仅有的庞然气势，早已按捺不住，兀自震动不休。他一只手拉着缰绳，另一只手悄然握住剑柄，蓄势待发。

"大王下令让阳山郡所有百姓撤离此处，你们何必拼却性命，也要死守在这里？"

"因为这里是家。"少年眉如剑，眸似星，脸上透着倔强与不屈。

"可王命如此……"鬼面将军叹道。

少年冷冷说道："王命又如何？'圣人恒无心，以百姓心为心'，百姓并非草芥，岂能随意处置！"

鬼面将军一愣，正欲继续劝说，背后之剑忽然脱鞘而出，于风中乱舞，发出亢奋的嘶鸣。此剑颇有灵性，看来已将少年视为难得的对手。

"你……很不错。"

"些许手段，何足道哉！请！"少年微微一笑，缓缓举起长剑。

鬼面将军反手提剑，从马上一跃而起，逼近那少年。

少年收身一退，蓦然避开。他腿法灵活，拧翻走转如同行云流水，一气呵成。

鬼面将军长于野战攻城，近身缠斗起来也是开合自如，讲求实用，颇有军旅之风。他一把快剑连攻数招，劈空斩风，来势汹汹，只是剑锋每每将要刺中少年之时，却都被对方堪堪躲了过去。

少年果然不凡，尽管鬼面将军攻势如潮，他却能跟上节奏，紧逼其后。

此时此地，若要取胜，必定得出奇招！

少年抽剑回身一连抵御数招，便和鬼面将军拉开了距离。

鬼面将军翻身跃起，腾空倒悬，与少年保持一条直线！这气势如同猛禽扑兔，给人一种可怕的压迫感。他在半空中快速转动手腕，先是刺了一剑，随后反手猛削，招招凶猛凌厉，不容小觑。

少年早已后仰下腰，反手挥剑一击，荡开鬼面将军的利剑。然而鬼面将军单足落地，足尖一点，竟朝他脖颈刺去。眼见剑尖就要刺中他的脖颈，他连忙一个侧翻，堪堪避开这气势万钧的一击。

鬼面将军哪肯罢休，一路抢攻，手里剑光四射。

少年调整重心，向后疾退。

鬼面将军步伐紧跟，变换招式，以剑作斧，顺势劈去！

少年提升真元，气聚剑心，回身一剑击去。两人皆是刚强的招数，拼在一起，就是硬碰硬！

"啪"，少年一掌拍在鬼面将军握住剑柄的拳头上，鬼面将军只觉虎口一震，五指酸麻。

他心下一惊，不及闪避，便见眼前血雾弥漫，他已痛失一臂。

"你输了。"少年神色不改。

"当"的一声，长剑落地，再也无力重回主人手中。

鬼面将军错愕良久，才意识到战败已是事实。他仰面长笑道："输给你，倒也不冤。只是不知小兄弟尊姓大名，师从何人？没想到秦楚边境卧虎藏龙，竟有如此高手！"

少年面上露出一丝疲惫，向鬼面将军作了一揖，答道："我叫王惊梦。"

鬼面将军眸中露出震惊之色，捂住伤口，喃喃自语道："你就是王惊梦……顾离人的徒弟？"

少年薄唇微抿，脸上还有一道温热的血痕，他昂首看着那鬼面将军，定睛凝视着他。

片刻之后，又听那鬼面将军道："虽说你是天下剑首之徒，但生逢乱世，如此锋芒

楔子

毕露，早晚要吃大亏。你虽然逃过了我的追捕，但王命难违。人力有时尽，你势单力薄，又能抵挡多久？趁下一拨人还未到来，赶紧离去吧。"

鬼面将军说完，便翻身上马离去了。

荒草萋萋，风呜呜地吹着，如同为这片大地奏响一曲悲歌。

王惊梦思量许久，忽然微蹙双眉，喝道："看了半天戏，还要看到什么时候？"

荒草丛中缓缓行出一个身材娇小的少年。

他面若白瓷，泛着清冷的光泽，一双狭长的凤目似乎有着摄魂夺魄的力量，让人移不开眼睛，几乎将这世上倾国倾城的美人都比了下去！

王惊梦手中之剑"当啷"一声掉在地上，他略显尴尬，撇撇嘴说道："一个男人，生得这么好看做什么？"

那少年微微勾了勾唇角，只当没有听到他的嘀咕，径直问道："看你的样子，是不准备回去了？"

王惊梦点了点头，俯身拾起长剑，不紧不慢道："听闻大王病重，朝中正在为立谁为世子争斗不休。这天都要变了，谁还有工夫管这小小的阳山郡？想来这里已经安全了，再说我已在周围布设了禁制，等闲之辈根本无法进入。"

那少年扬眉问道："既然如此，你准备去哪里？"

"巴山。"王惊梦眉飞色舞，毫不掩饰心头喜悦。

"巴山？"少年一惊，数年来他游遍名山大川，何曾听过这个地方？

王惊梦微微一笑，夕阳将最后一抹余晖洒落在他身上，更衬得他英姿勃发，俊朗不凡。他没有解释，只是说道："看你斯斯文文的，以为背着一把剑就能闯荡江湖了吗？江湖险恶，还是赶紧回家去吧。"

"没想到你杀人不眨眼，竟然也会关心人。"少年轻启樱唇，嫣然一笑道，"今日就此别过，你记住了，我叫郑秀。"

王惊梦一怔，一丝异样的情愫浮上心头，只觉得这少年一笑起来，如同春风拂面，让人感觉暖洋洋的。

"你不仅长得像女人，名字也像女人。"

他一边念叨着，一边翻身上马。天色将暗，还是早些赶路为好。

郑秀双目低垂，轻声说道："我本来就是个女人，是你自己眼拙，看不出来而已。"

只是她说话之时，王惊梦已去得远了。她呆呆地站在原地，喃喃道："巴山，巴山……"

"大小姐,该出发了,如果让别人抢先……"不知何时,荒草丛中又走出一人。

郑秀拢了拢头发,颇有些不以为然。

她眼中,似乎还映着那个血战了三日三夜的不屈身影。

楔子

第一章
女子也论剑

世有名山大川，行千万里之路，穷毕生之力，足以尽攀之。然而秦境那世间独一无二的剑山，却是令人望而生畏的神山。此山山势突兀，四周悬崖绝壁，仅有一条羊肠小道通往山顶。纵使结伴登临，也是危险重重。

无论是薄雾弥漫的清晨，还是晚霞满天的黄昏，抑或是阴风呼号的子夜，那座山都静静挺立在那里，仿佛一柄灵气逼人、无法遮掩锋芒的巨剑。

那笔直陡峭的山体直刺云端，蔚为壮观。周遭树木不盛，飞鸟绝迹，千百年来罕有人烟。高山之巅有一片碧湖，宛如璀璨的明珠一般镶嵌在连绵起伏的群峰之间。湖水映着蓝天，透出一抹神秘的蓝。此湖平滑如镜，水波不兴，故名"镜湖"。

然而修行者与闾巷黔首，一者为天，一者为地，不可相提并论。在以剑为本命、以真元为根基的修行者眼中，如此山河襟带之地，正是他们大显身手、扬名天下的好去处。

二十三年来，镜湖早已失却往日的寂静驰名天下。各国修行者年年会集于此，他们各显所学、一争长短，为自己扬名，也为宗门赢得荣光。今年自然也不例外，盛会在即，七国修行者不远万里，纷至沓来。

一阵风吹过，山脚下空旷的荒野里有了些微动静，一批服色各异的人走了过来。他们无惧神山的威压，迈步走向那既窄且陡的山道。

陆陆续续有人登山，但返身下山的也越来越多，在距离镜湖最后数十丈之时，只有两个人留了下来。

初春时节，乍暖还寒，这两人身着极为单薄的衣衫，似乎根本无惧这料峭春寒。

二人忽然停下脚步，目光被前面山崖上伸出的一截枯木吸引。

遭受雷击的焦黑枯木上插着两柄剑。

一柄色作苍青，剑身和剑柄皆有如琉璃，璀璨晶莹；另一柄则是灰色，剑身上布满若隐若现的黑色斑点，好似毒蛇的腹部。

"青璃？"其中一人眉头微挑，出了声。

这人是一位中年男子，他身材高挑，身着墨色轻衫，腰间挂着一柄阔剑。阔剑分量很重，与他颇不相称。

"是。"另一人苦笑道。

这是一个身穿破旧麻衣的年轻人，须发修剪得不甚整齐。一路行来，他坚毅的面容未曾有丝毫动摇，然而看着这两柄剑，他瘦削的肩却缩了缩，分明有些畏惧。

"毒腹，剑器榜第七。"身材高挑的中年男子目光落在剑身遍布黑色斑点的那柄剑上，神色渐渐平静，"还未到镜湖，剑器榜上排行第三和第七的剑便已落在此处，今年剑会的盛况，真是前所未有。"

剑器榜出自铁笔叟之手。想当年，这铁笔叟也是名满天下的名士，他聪明绝顶，知交遍天下，而且见闻广博，深有识人之明。虽为聪明所误，犯过大错，但写剑器榜时，态度绝对公正。所以当时的剑修，都以能名列剑器榜为荣。即便后来榜上众人实力有了变化，与排名有些出入，却无人认为铁笔叟的排名不公平。因为高手相争，胜负的关键，并不完全在于实力，天时、地利、人和以及他们的身心状况，都是决定胜负的主要因素。

铁笔叟发布剑器榜，品评天下高手，虽然公正，但还是引起了一连串的争斗和仇杀，甚至有人说他故意在修行界兴风作浪。

这剑器榜上位居前列的青璃和毒腹皆是传奇。传闻青璃剑快逾闪电，一出手便化为寒光，有质无形，直插敌人要害。它胜在毫无征兆，杀人于一息之间，往往一道青光闪过，战局已定。宵小之辈见之丧胆，一时享有盛誉。而毒腹则形如蟒腹，毒如蛇蝎，千变万化，无有定招，来无影去无踪，让人防不胜防。一旦目标被锁定，便如同被吐着芯子的毒蛇缠上，必是不死不休之局。

这两柄剑的主人皆是当世有名的剑师，只是不知为何剑在此处，人却不见踪影。

中年男子不再多说什么，大步朝前方走去。

剑器虽然惊人，但是镜湖之畔的龙争虎斗更让他心驰神往。前方山道愈发陡峭，然

而再无一人刻意设下禁制，那陡峭山崖于他而言，已是坦途。

只是数息时间，他的身影便在年轻人的视线里消失了。

年轻人皱了皱眉，心道这些素未谋面的对手比自己强大太多，一不留神，恐怕会对自己锐意进取的剑心造成不小的影响，但转念一想，既然到了此处，断无理由临阵脱逃。风云际会之时，正是自己修剑悟道、更上一层楼的大好时机。

他大步跟了上去，但终究还是舍不得那两柄比自己佩剑强出太多的名剑，便返身从那焦黑的枯木上拔了一柄剑收好。

不知为何，他并未选那排名第三的青璃，挑的竟是那柄毒腹。

此时镜湖之畔已有数十人。

年轻人到达时，一道剑光正从湖心冲天而起，越飞越高。顷刻之间已冲上云霄，且没有分毫散乱始终垂直于地面。湖边凉风习习，却并未对其造成半分妨碍。

年轻人叹为观止，这样凌厉的一剑，以自己的修为根本不可能做到。只是这一剑用意何在，他便不得而知了。

习武之人所出剑招都是为了打败对手，像这样纯粹显示剑技的倒不多见。

似乎有人与他存着一样的心思，只听一个声音微讽道："飞得再高，终究还是要落下，又有何用？"

出声之人站在一棵杏树下，身穿一袭白衣，纤尘不染，飘逸如仙。

剑山之上草木荒芜，有生机之物实在寥寥，然而这棵刚刚抽芽的杏树非但粗壮，枝干上还挂着很多干枯的果实。

身佩毒腹的年轻人看着白衣男子，顿觉自惭形秽。论天资、风采，他在宗门也算是一时无双，不仅得师长垂爱，还令不少同门艳羡。然而萤火之光岂能与日月争辉？在这白衣男子面前，他立即黯然失色，相形见绌。

这白衣男子立如芝兰玉树，神色却冷如苍山上的皑皑白雪，让人可望而不可即。即便静静地站在那里，也无人敢小瞧他半分。他眉宇之间透着一股桀骜，说这话时，嘴角勾起一抹疏狂的笑意。然而却无人觉得他妄自尊大，如此惊才绝艳的人物，又正值快意恩仇、策马江湖之时，纵然狂妄了一些，不过是少年意气罢了。

一个笑声却在此时响起。

年轻人回首一看，只见有人正注视着他。

那是一个貌不惊人的短发男子，他一身青衫，看上去没有半分出彩之处，给人的印象只有"普通"二字。他盯着年轻人斜背在身后的毒腹，用极为肯定的语气说道："看来你应该是楚地最近声名鹊起的剑师郭秋觉了。"

年轻人呆住了，他并未向任何人表露过自己的身份，身上所携之物也是平平无奇，怎么这人竟然知晓自己是谁。他凝眉问道："你是如何知道的？"

"当今天下，穷到去捡路边之剑的，大概就只有你们云梦宗了。听说你们云梦宗非常穷，今日一见，果然如此！"说完，他再次发出爽朗的笑声。

郭秋觉脸上微烫，顿觉有些尴尬。但剑会之上，出场之人皆不可小觑，敢在这卧虎藏龙的镜湖之畔崭露头角的，想必确有三分真本事。他微微躬身，行礼道："这位兄台是？"

"秦，巴山剑场，余左池。"青衫短发男子微微颔首为礼。

此时能登临此间的都是当今天下最强的剑师，只是巴山剑场和余左池之名，郭秋觉却未曾听过，连声"久仰大名"都无法说出口，只能尴尬一笑。

余左池哈哈大笑，不以为意道："在巴山同门之中，我资质驽钝，须得勤学苦练，日夜不辍，方能不拖众位师兄弟的后腿，着实令师门蒙羞了。再加上我极少在外走动，你若是说听过我的名头，反倒虚伪了。"

郭秋觉眼睛一亮，顿觉轻松。这巴山剑场的余左池虽然名不见经传，但心系宗门，勤勉谦逊，且为人豪迈，大有燕赵之士不拘小节的豪侠之风。

那白衣少年转头看了看郭秋觉和他斜背着的那柄剑，冷哼了一声，颇有不屑之意。在他炯炯目光的注视之下，郭秋觉如同芒刺在背，倍感压力。这种气场，让他本能地想要抵抗，却又不知从何处发力。

"他是百里流苏，来自秦国岷山剑宗。"余左池爽朗地笑着，解释道，"此人年纪轻轻，已是小有名气的剑师了，是以一向眼高于顶，目下无尘。他性格寡淡，言语犀利，不过并不是有心轻视你，只是觉得我话太多了而已。"

那白衣剑师剑眉微蹙，瞥了余左池一眼，冷冷说道："要你多话！"

余左池认真回应道："其实对正常人而言，我的话不算多，是你的话太少了而已。"

这二人言语上并不和谐，但却隐隐透出多年相知的交情。郭秋觉看他们有一搭没一搭地斗嘴，颇觉好笑，暗道此次收获果然不小，能够认识这么多意气相投的高手，于是面带微笑，对着二人行了一礼。

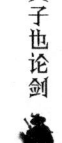

"二十三年前,有人偶然在镜湖湖底发现大量寒铁,其品质之佳,令人惊叹。以之铸剑,无须名师经手,品质便足以超越当世大多数名剑。消息一出,天下各大宗门趋之若鹜,连隐居的侠士也无不动心,纷纷前来,企图获取更多的寒铁,打造绝世宝剑,壮大宗门或自己的实力。然而林子大了什么鸟儿都有,人多了,是非也就多了。为了争夺寒铁,各门各派争斗不休,死伤惨重,有人因此结下梁子,有些门派甚至从此成为世仇。后来,各宗门为了避免争斗,往往云集此处,以剑术论输赢,然后依照排名决定这些寒铁的归属和多寡。"余左池看着那道在高空之中岿然不动的剑光,洒然一笑。

"如今镜湖的寒铁早已被采挖殆尽,各有归属,但镜湖剑会却因此保留了下来。二十三年前,胜出之人是云水宫月昆吾。他那招'破寒潭'着实令人费解,众人亦认为他为了炫示剑术,才故意驭使飞剑上天,其实不过是想让人们看看他岿然不动的剑心罢了。现在这人东施效颦,就是想告诉我们,他的成就已远远超越二十三年前的月昆吾。"余左池兴致不减,继续说道。

"少说两句,你能憋死吗?"百里流苏冷冰冰地说道,"这些事情谁人不知,还需要你重复?"

镜湖剑会天下闻名,从残酷惨烈、你死我活地争夺寒铁之战,变为以武会友、光耀宗门的盛会,各派翘楚早已熟知这段历史,就连街头稚子对此也并不陌生。在百里流苏看来,余左池特意解释难免有卖弄之嫌。

二十三年前,月昆吾拔得头筹,使得大魏云水宫声名大噪,享誉天下。那不动剑心的传奇也流传多年,至今仍为人津津乐道。其后虽然年年都有出类拔萃的侠士来到此处,却无一人能够超越当年的月昆吾。

当然,其间也涌现出不少传奇人物。比如那一向孤高淡泊,视万物如浮云的岷山剑宗宗主百里青云,曾在剑会上以一敌百,独占鳌头。而后其门下弟子轻而易举就能在剑会中位列前三,年年岁岁,已成佳话。今次他的后辈百里流苏来到此处,虽然众人尚未见其出手,然而但凡知晓他身份的都不敢存了小觑之心。

除了名门大派,一些名不见经传的小宗门也屡屡派人参加镜湖剑会,一旦有脱颖而出者,宗门地位立时陡升,小派转眼成为名门,而后拜山入门的青年俊杰便如同过江之鲫。因此,这剑会上的排名也成了衡量一个宗门是否强大兴盛的重要标准。那些在剑会上取得好名次的能人异士,不仅自己可以名扬天下,而且还有机会选取天分极高的年轻人作为门徒,延续宗门香火。

这些事情几乎人尽皆知,云梦宗虽是后起之秀,与那些长盛不衰、声名在外的剑门不可相提共论,却也知道参与镜湖剑会的重要性。但如郭秋觉这般两耳不闻窗外事,只顾闭门练剑之人,鲜少有机会听到这等颇有渊源的传奇旧事。认真说起来,此次参加镜湖剑会,还是他头一次出远门。没想到一出门,就发觉自己见识短浅。

他略感尴尬,讪讪说道:"我倒是真不知道。"

余左池根本没有将他的尴尬放在心上,旋即正色道:"那些陈年旧事不说也罢,我看今日这人适得其反,非但未能展现其高超的本领,还颇为惹人生厌,一看即知他心性浮躁,愚蠢至极。他这么爱出风头,一心想要压过云水宫的宗师,殊不知,那云水宫岂是任人宰割之辈?为了维护宗门名誉,门人就是拼却性命,也会把他这个将自己置于风口浪尖的莽夫拉下马。"

百里流苏和郭秋觉闻言心中一动。

郭秋觉没想到这一层倒也罢了,但是百里流苏对当年那些传奇烂熟于胸,竟然也没有将眼下这人和云水宫联系起来。若论思虑缜密周全,他还是输了余左池一筹。

"这人名叫俞轻启,他所用的大明剑,于剑器榜上排名第二。"余左池没有注意二人的小心思,继续自顾自地说了下去,"不过……"

"有什么用?"百里流苏直接打断了他。

在百里流苏看来,即便俞轻启手握在剑器榜上排名第二的名剑,且修为已胜过二十三年前的月昆吾,又有什么值得畏惧的呢?当今之世,英才辈出,以刻舟求剑的心态,妄图夺取天下剑首之名,不过是痴人说梦罢了。

三人正陷入沉思之中,一直波平如镜的湖面忽然迅疾旋动起来,一时风云为之变色。

只见一排巨浪排空而起,浪尖之上站着一个持剑横胸、风华绝代的女子。她身着玉白羽纱水袖宫装,鬓发如云,随意挽了个髻儿,其间斜插一支雪玉钗。她肤如凝脂,眉目如画,脂粉不施,竟也美得惊心动魄,让人移不开视线。最难得的是,她不仅看上去温柔如水,一举一动亦灵动如水。踏浪前来之时,体态盈盈,翩若惊鸿,宛如洛神仙子。

"俞轻启,你当云水宫的人都死绝了吗?"她甫一出声,语气极冲,与那端庄优雅的外表迥然相异。

世间竟有如此美人!

一时间,郭秋觉看得有些呆了,但残存的理智还是让他在一息之间判断出来人的身份,他不禁喃喃道:"云水宫宫主云棠,原来……原来竟是如此美貌的女子……"

"女子也跑来论剑？"一个傲慢无礼的声音传来。

众人循声望去，只见盘腿坐在黑石之上的那人淡淡瞧了云棠一眼，便闭上双目，继续入定去了，丝毫没有将云棠惊天的气势和绝美的容颜放在眼中。而那冲入云霄的剑光，在凛冽的山风中依旧岿然不动，兀自睥睨着芸芸众生。

高空之上，山风骤止。

云棠嫣然一笑，此间万物仿佛都失了颜色！那无俦丽色，绝代芳华，令人不由得呼吸一窒。

"坐井观天。"她翘首而立，轻启朱唇说道，白皙的脖颈显得更加修长了。

话音未落，骤起波涛的湖水竟然平静下来，就连她脚下的浪花都仿佛凝成了冰雕。

黑石上的俞轻启身穿墨衫，仪态潇洒，神情自若，眉宇间透露出无比坚定的自信。云棠反唇相讥，将他比作鼠目寸光的井底之蛙，他心中却未起丝毫波澜。

所谓"不动剑心"，首先要做到心如止水，其次则须不执着于世间万象。"不取于相，如如不动"，便是它的精髓。在面对外界一切境缘时，做到不分别、不执着、不起念、不动心，本质上就达到无常生灭的状态。俞轻启修剑多年，不动剑心已有大成，根本不会被这无关紧要的讽刺乱了心神。

然而，他不动，却不代表云棠不会动。

只听"咔嚓"一声，他脚下黑石忽然悄无声息地裂开，裂口处光滑如镜。

"啵"的一声轻响传来，一道剑气划过他脚底，又如梦幻泡影一般破裂，转眼便了无踪迹。

他轻笑一声，丝毫不以为意。但下一刹那，整个镜湖便被这了无踪迹的气息搅乱了，俞轻启面上再无笑意。云棠那翩若轻云出岫的身姿，灿若春花竞放的妩媚，被寒似玄冰的清冷笼罩着，近旁诸人不由得打了个寒战。

俞轻启脚下出现了一个巨大的漩涡。

漩涡搅动着整个镜湖，裂成两半的黑石落在漩涡之中，瞬间被急速旋转的水流切割成碎片。

紧接着，一道深绿色的剑光从漩涡中心刺出，不过却并未径直朝俞轻启击去，而是斩向一旁疏疏落落的灌木丛。

"噗"的一声，一蓬殷红的鲜血溅了出来，在周围荒草枯木和灰色山石的映衬下显得分外醒目。

"无耻之徒,不知谦虚谨慎、勤勉向学,反而狂悖无礼、亵渎前人,凭你也配用我云水宫的破寒潭?"云棠愤怒的声音如同一记惊雷,在众人耳边炸响。

镜湖剑会乃天下盛会,受列国朝野关注,处在明处的是各国强大的宗门势力,伏于暗处的则是来自朝堂的密探。

宗门的强弱和门人数量的多寡,是一国能否立足于乱世的关键,而国家的强盛,则能为本国宗门提供更多的天材地宝,毕竟实力的提升光凭勤修苦练还不够,有时也需要物资上的支持。

数百年来,列国对于武林宗门的重视都是毋庸置疑的,但并非所有高手都愿意依附于朝廷。有些人遗世独立,以追求武道为最高目标,往往自由自在,散漫不拘,不屑为朝堂所利用,成为权贵之间争权夺利的工具。对于这些不合作的宗门,列国朝堂颇为忌惮,也会采取监视的手段。毕竟他们都是能够一剑屠一城的存在,一时不察,酿成灾祸,便有可能引起朝局震荡。故而像镜湖剑会这样的大场面,修行者会参加,朝廷也会派眼线来探查情况。

躲在灌木丛中的人不敢轻易现身,必定不是光明正大的宗门弟子。那人隐藏多时都未被人发现,可见境界不低,没想到却被云棠祭了剑。

杀人立威之事,云棠倒是做得云淡风轻。只是杀这一人又有何用?各大宗门弟子之中,也不乏各国眼线,岂能杀之殆尽?

"卑鄙无耻,不知又是哪国的眼线?"

"可悲、可怜,好好的宗门弟子不做,偏偏要去做一条走狗,唉……"

"声东击西,一击得手,俞轻启可得小心了。"

"云水宫果然名不虚传,看来这云棠绝非池中之物!"

……

一时之间,四周一片喧哗。然而深绿色剑光并未就此停下,旋转一周之后,它终于迎向俞轻启。

"来!"俞轻启发出一声厉喝。

在他看来,这剑光已是强弩之末,又怎能胜得了他?

剑光骤然汇聚于他的掌心,众人的目光也都转了过来。其实大家都觉得此战毫无悬念,云棠纵然厉害,但这一剑绝对赢不了俞轻启。毕竟俞轻启的不动剑心,早已超越二十三年前的月昆吾。

"破!"

俞轻启大喝一声,气势冲天。他手中剑光如同一缕电芒,却并未斩向云棠那道深绿色的剑光。只见他身下无数黑色碎石残片竟纷纷从漩涡之中竖起,如同一柄柄黑色小剑。这些黑色小剑略微倾斜,就如同在向他手中的剑光朝拜。

此时水声大作,可是这些黑色小剑却岿然不动。漩涡越来越急,渐渐分成多股水流,在湖面上一一散开。

"这……"

看着俞轻启发出的剑光,郭秋觉脸色微变,心头巨震。这般强大的剑招只听师门前辈提及过,今日还是头一次看见。然而,看着散开的漩涡和那道深绿色剑光,他隐隐觉得有些地方不对劲儿,却又说不出所以然来。

俞轻启挥剑向下,剑上光芒越来越明亮。他眼神凛冽,透着一种神圣、不容亵渎的气势。

此剑一出,整个天空似乎都暗淡了下来。仿佛这天地之间的光线,已尽数融入这一剑之中。

那深绿色的剑光无法继续前进,缓缓往下方湖面沉去。

"云水宫剑意以水为引,一招破寒潭技惊四座。今日我破你剑招,便是要让天下人知晓,当年云水宫获胜,只不过是占了地利之便。"俞轻启傲然地看着那柄深绿色长剑,冷冷说道。

"真是恬不知耻!"云棠虽已处于下风,但她夷然不惧,报之以嘲弄的一笑。

"我云水宫屹立天下数百年,享誉列国,难道所长就只有一招破寒潭?"她盈盈一笑,又道,"可怜你竟不知我云水宫还有一招叱咤风云的'斩蛟龙'!"

她这番质问虽然声音不大,却穿金裂石,带着睥睨天下的自信和傲气,在场之人无不点头赞叹。瞬息间,她脸上笑意尽数化为狂热,整个人光芒四射,如同悬挂在空中的骄阳一般耀眼。

一股难以想象的霸烈气焰破开水面,镜湖之水仿佛被一分为二,纷纷向两边退散。湖底黏稠的淤泥、大片的水草,此刻一览无余。

众人还未回过神儿来,那霸烈的剑气已轰然斩向俞轻启。

这才是真正的杀招。

一声如雷般的轰鸣过后,无数道水浪从湖面激射而起,如同暴雨一般,打在被一剑震飞的俞轻启身上。

俞轻启面色苍白，手中之剑如同被淋熄的火焰，光芒尽失，再也没了一飞冲天的气势。

他引以为傲的不动剑心，已被破了。

高空之中有云气响应，不多时，轰雷阵阵，闪电纵横，转眼暴雨已倾盆。

云棠傲然抬首，漫天雨线竟像是十分畏惧她一般避开了。她身周湖水翻涌不定，却没有一滴溅落在身上。

湖畔众人见过这一剑之威，皆骇然失色。月昆吾一剑扬名之后，云水宫弟子便很少在镜湖剑会上露面。虽说江山代有才人出，但新一代的宗门弟子却从未见识过云水宫的厉害。今日一见，方知当年传奇并非夸大其词，而今云棠青出于蓝，更胜其师。

"唰"的一声，余左池撑开一柄竹骨布伞。

此时山色空蒙，水光潋滟，风景这边独好。

碧波上的宫装丽人容色浅淡，气质温雅，有如坠落凡尘的仙子，与远山近水一起构成一幅天人合一的诗意画卷。

余左池微微一笑，忍不住真诚赞道："好看。"

第二章
一战惊天下

"是了!"

郭秋觉如梦初醒,顿时意识到刚才为何老是觉得不对劲儿了。之前那招破寒潭虽然惊心动魄,但剑意含而不露,引而不发,并不酣畅。此时水花如落英缤纷,剑意纵横,天地为之动摇,风云为之变色,湖畔众人皆为之震慑。

然而百里流苏却并未向这边看上一眼。云棠与俞轻启一战,施展了师门绝学,胜得极为利落,按理来说应该能让他另眼相看,可事实却并非如此。他看着被一剑震飞的俞轻启,心中不禁冷嘲热讽道:剑器榜排名第二的大明剑主人,连云水宫宫主两剑都接不住,竟输得如此潦草、狼狈。如此说来,这云棠的实力岂不是足以与那排名第一的人相媲美?都说这铁笔叟独具慧眼,有识人之明,看来江湖传闻,不足为信。

不过听到郭秋觉出声,他倒是心中一动,暗忖着这云梦宗的弟子大智若愚,不露锋芒,天赋一定不差。

此刻立于碧波之上的云棠终于转过身来,隔着水雾与余左池对视一眼,嫣然一笑道:"还未请教大名?"

话一出口,暴雨骤歇,漫天晶莹的雨珠同时洒落在湖面上,转眼又消失无踪了。一阵微风拂过,湖面微波荡漾,绽开涟漪,一时波光粼粼,美不胜收。而与湖光山色融为一体的云棠,亦多了一分灵动之美,竟皎皎有出尘之仪。

"巴山剑场,余左池。"余左池笑容不改,拱手答道。

云棠挑眉问道："那毒腹剑主是败在你手上的吗？"

此言一出，四周顿时一片哗然。

据说毒腹剑的主人亦是让人闻风丧胆的存在，他形同鬼魅，来无影去无踪，至今无人见过他的真面目。且一旦被他缠上，便如同坠入万劫不复的无底深渊，再无重见天日的可能。

眼下站在这里的都是当世最强的剑师，如若没有真本事，恐怕连某人偶尔留在山道上的一道剑意都躲不过去。那已成名二十余年，在剑器榜排名第七的毒腹剑主人，竟然败给一个相貌平平、籍籍无名的剑师，实在令人难以置信。

最为吃惊的是郭秋觉，他目瞪口呆地看着余左池，好半天才开口问道："这……他……当真是败在你手上的吗？"

余左池收起伞，耸了耸肩，不置可否。

"那么青璃……"云棠倒是面不改色，漫不经心地问道，"也是败于你手？"

"此事与我并无关系，不过是青璃剑的主人跟他互相看不顺眼，于是便打了一架。"余左池用伞柄指了指百里流苏，笑道。

郭秋觉眼睛瞪得更大了，枉他还将那柄毒腹剑视若珍宝地背在身上，主人都不光彩地弃剑而逃了，留着它又有何用？他一直担心自己锐意进取的剑心会因遇到无法匹敌的对手而产生波动，犹豫着要不要参加此次剑会，却怎么也没有想到，剑器榜上有名之人，竟如此轻易地败在身边这两人手上。此时他方知"人外有人，天外有天"，此次剑会卧虎藏龙，他须得打起十二分精神，全力以赴才行。

云棠挑眉看了百里流苏一眼，向他颔首为礼。能一举击败青璃剑的主人，看来此人实力不俗。

一道深绿色光焰从她身下悄然浮起，无声无息地落于她手中。她缓缓横剑，望向余左池。

余左池已然明白她举剑相邀的心意，出声说道："你方才经历一战，此时再交手，我岂非乘人之危，胜之不武？这样未免有失公平。"

云棠修剑数十年，无论对手是采用车轮战，还是群起而攻之，她从未觉得有何不妥。然而琴少知音不愿弹，棋逢敌手才堪著，这些年来她踏遍魏地山山水水，却始终没能遇到与自己实力相当的对手。眼下她只想与余左池一较高下，哪里会在意公不公平！她笑了笑，说道："此时我剑意正炽，何来乘人之危之说？"

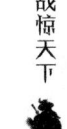

余左池笑了，坦然说道："那在下就恭敬不如从命了！"

"请！"云棠正色说道。

余左池一抬手，一道青色剑光骤然生出，众人皆惊。

"青山剑？"郭秋觉一愣，不由得叫出声来。

青山剑是剑器榜上排名第五的名剑，它通体由玄铁打造，剑身宽阔，沉重如山，是至刚至强力量的象征。一招出势大力沉，威猛绝伦，纵使行动再迅速，也避之不及。据说它能辟天换地，开山截流，有万夫莫敌之悍勇。倘若余左池手中拿的当真是青山剑……他的实力自然不容小觑。

"不是。"余左池将剑抬高，让所有人都看到那青色剑光映衬下的宝剑，"这是我巴山剑场的铸剑，名为'随缘'。"

郭秋觉一听，终于松了一口气，心中却又生出淡淡的惋惜。此时他才发现剑上青光十分温润，细细看去，剑身上没有任何符文，只能隐约看到上面历经多次锻打留下的细微痕迹。这剑样式极为普通，看来并非名剑，不过不知怎的，他竟觉得它自有一种魔力，让人越看越挪不开视线。

"好剑！"他下意识地赞叹道。

余左池微微一笑，横剑于胸，向云棠说道："请。"

云棠点头，毫不迟疑地挥了一剑。剑光如善舞的长袖，分外好看，凌厉的剑气霎时便将平静的湖面再次分成两半。

斩蛟龙一出，自然霸烈无双。

云棠浅笑盈盈，举目四顾，只见周遭银光乍起，排排水浪逐空而上，如同炸开火树银花，映得整个湖面流光溢彩，华美无比。

昔日师尊月昆吾以一招破寒潭技压群雄，今日她便要用这招斩蛟龙，会一会天下强者，为云水宫再续传奇。

余左池站在湖水另一端，像是根本没有意识到云棠已经发动攻击一般，竟好整以暇地看着岸边青草上跌落的一只小虾。他依旧横剑于胸前，未做出任何反击，然而云棠如此霸烈的剑意，却无法侵入他身周三尺。

他身边巨浪环绕，水汽漫天。那飘洒在空中的每一滴水珠、每一条水线，都蕴含着锋锐的剑气和凌厉的杀意。可他就像一名惯于搏击风浪的水手一样，轻松写意，处变不惊。

不远处一块略为平整的巨石上，站着许多观战的宗门弟子。历来高手之间以武会友，总会先客套一番。哪知这云棠没说几句话，上来便痛下杀手。当下一些真元稍弱的人措手不及，受不住漫天剑气的震荡，竟喷出数口鲜血，就此倒地不起。

云棠身体微微颤抖起来，心头忽然涌起极为强烈的不安。她有一种预感，这一剑并不能伤及余左池分毫。

她有些不甘心，斩蛟龙是云水宫扬名天下、战无不胜的绝技，怎会奈何不了一个乡野小派的无名剑师？然而不论她相信与否，那震天的气势就是无法接近余左池。

她使尽浑身解数，天空之中再次响起巨大的轰鸣声。无数雨线遮住天幕，原本晴好的苍穹再次被烟雨笼罩。

余左池左手按剑不动，右手撑伞，遮住头顶那片天空。

晶莹的雨珠在伞面上砰然溅开，形成一朵朵玲珑剔透的水花，翩然落入镜湖之中，又重新归于寂静。

一切，似乎从未发生过变化。

云棠面色微白，一时有些回不过神儿来。她看着伞面上溅开的水花，目光闪烁不定，只觉得漫天纷飞的雨线都在倾斜，晃动。

"巴山剑场在哪里？"她声音低沉，语气里有一时失手的不甘，但更多的则是愈挫愈勇，来日方长的信念。

余左池将伞抬得更高了一些，原本并不出众的面容泛起温润如玉的光泽，更添了几分随缘自在、宠辱不惊的气度，他淡淡应道："在巴山。"

云棠忍俊不禁，不由得扑哧一笑。

这对答看似十分无聊，然而那些静立在湖畔的宗门弟子却很清楚，它对于整个修行界的意义。

巴山剑场一直默默无闻，这个门派位于何方？有哪些技惊四座的宗师？他们独到的功法和绝技又是什么？没有人知道。当然在此之前，也不会有人去关心这些问题。

然而今时今日，余左池谈笑间便破去云水宫赖以成名的绝技斩蛟龙，脱颖而出，巴山剑场以后自然会名扬天下。

"一味防守，未免太不尊重对手了。"云棠皱眉说道。

此话一出，充斥于天地之间的雨线竟然消失了，镜湖再次恢复平静。

余左池认真说道："比试嘛，当然是点到为止，万万不可伤了和气。我巴山剑场虽非名门大宗，却向来看重礼数……"

他话未说完，云棠便挑眉质问道："这么说来，你是有意让着我了？我可不懂什么谦让之道，你若是留手战败，就只能贻笑天下了。"

余左池一时语塞，只得向她颔首示意。

他没有动剑，而是一步跨向水面。

同样是比斗，具体情势又会因真元修为的不同而有高下之分。低阶剑师由于基础不牢，真元不足，大多只会持剑砍杀，妄图以力相拼；中阶剑师则能以真元御剑，控制飞剑纵横来去，诛杀对手；而顶级的宗师境界又有所不同，他们与天地融为一体，以剑为本命，剑随心动，心随意动，且能源源不断地引入一方天地元气，为己所用。

余左池艺业有成，绝非庸才，但他的战斗方式却像那些低阶剑师，一味持剑而行，纯粹以力相拼。

云棠所在之处，水面突然暴涨起来，整个湖面瞬间就像倾斜了一般。

云棠面不改色地立于高处，余左池朝着她行去，如同在徒步攀登一座陡峭的大山。云水宫长于御水，自然会设置重重禁制阻拦他。

寻常之人遇到这种情况，多半会寸步难行，可余左池竟轻描淡写地破解了禁制，很快便来到云棠面前。他整个人就像是一颗钉子，牢牢钉在水中。

他挥剑而出之时，神态轻松，动作缓慢，竟毫无招式可言，随意得根本不像是习剑多年的高手。

周遭观战之人大感诧异，他这样的修为，怎能轻易打败毒腹剑的主人？

然而在云棠的感知里，这一剑就像砍向木头的斧子，直来直去，毫无章法。有时候生死相拼，胜负只在一线之间，如若对手招式有迹可循，则可从容应对。余左池的打法看似笨拙，但此时无招胜有招，云棠根本无法预测他接下来的行动，难免底气不足，心理和气势上已失去优势。

她深吸一口气，挥动手中的碧水剑，径直朝着余左池砸去。此刻她无计可施，只能抛弃花巧，一力降十会，一剑破万法。

只听"轰"的一声，她和余左池突然往下坠落，一直落到湿润的湖底方才稳住身形。他们身周充斥着强大的元气力量，甚至将淤泥之中的水汽都挤压了出去。

两岸水位猛涨，整个镜湖看上去就如同一个巨碗，二人则立在碗中央。

余左池倒是颇有闲情逸致，他看了看四周的水幕和脚下一丛丛碧绿的水草，粲然一笑道："多谢姑娘承让！"

"输就是输了，让什么让！"云棠狠狠瞪了他一眼，嗔怒道。

那道桀骜不驯的深绿色剑光瞬间失去光彩，她背负着双手，思忖半晌，神情渐渐平静下来，忽然莞尔一笑，道："有空我去巴山看你可好？"

余左池眼睛一亮，坚定地答道："你若过来，我一定去接你。"

云棠摆了摆手，不再说话，正欲转身离去。

"这就要走了吗？"余左池怅然若失道。

"不然又能如何？"云棠叹了口气，撇了撇嘴，说道，"既然输给了你，我就没有留下来的必要了。难道你想让我在众人面前承认自己技不如人？唉，剑器榜的排名终究是虚的，看来此间能与你抗衡的，大概只有那岷山剑宗的百里流苏了。"

"我来这里，并非为了争名逐利。"余左池怔怔看着云棠那淡若远山的背影，出声说道。

云棠脚步忽然沉重如山，竟然再也跨不出一步，她讶然问道："既然如此，你为何要来参加剑会？"

在她看来，所有参加剑会之人都抱着同样的目的，难道这世上真有淡泊名利之人？

"其实……"话到嘴边，余左池又咽下了。

他向来话多，然而此刻面对云棠，竟无端紧张起来，思虑半天，也不知道如何才能清楚地表达心中所思所想。他定了定神，终于解释道："其实我并非巴山剑场最强的剑师，师弟顾离人才是宗门的希望，论实力我远远不及他。然而顾师弟淡泊如水，向来与世无争，说什么也不肯参加剑会。像他那样惊才绝艳的人物，如果一直湮没在巴山，庸庸碌碌过完这一生，着实太可惜了。我个人的声名荣辱并不重要，但顾师弟天资卓绝、才华横溢，我不能眼睁睁看着他埋没自己。所以……你……你不可怪我，我并非有意与你相争，我只是想借此机会为巴山剑场扬名。毕竟巴山剑场名声越大，就越容易收到天资卓越的弟子。倘若天下英才能入我巴山剑场门墙，顾师弟收得良徒，我也算是不辱使命了……"

云棠听到余左池如此看重顾离人，全身一震，连忙转过身来，问道："巴山剑场还有比你更厉害的剑师？"

"我可不会骗你。"余左池松了一口气，看着那双纯净如水的眼眸说道。

云棠心中一动，竟暗自揣测道：他说不会骗我，是性格爽朗，从不对人说谎，还是只在面对我的时候才不说谎呢？

· 21 ·

她身为一代宗师,生性豪放,自然不会在这等小事儿上纠结,当下傲然一笑,道:"那我真的要去巴山看一看了。"

"随时恭候姑娘大驾光临。"余左池笑得分外灿烂。

感受到余左池热情的目光,云棠脸一红,又问道:"你……你特意说这些,是怕方才我只是与你客套一番,并不会真的去巴山看一看吧?"

余左池的心思被云棠一语道破,顿觉尴尬,只得干咳了两声。

"剑会过后,巴山剑场之名定会天下皆知,你的目的也算是达成了。听说秦王病重,不久朝堂之上必起争端,巴山剑场于此时扬名,恐怕会立于风口浪尖之上。此举是祸是福,还是未知之数。不过……这些与我何干?"云棠洒然一笑,转身离去。

她所过之处,湖水渐渐复原,天空骤然明亮起来,无数浪花在柔光之中欢快地跳跃着,恋恋不舍地追逐着她的脚步。

余左池看着她渐渐远去的绰约身影,心内蓦然生出几分欢喜,不由得哈哈一笑,再次真诚赞道:"好看。"

"就这样胜了?"

郭秋觉看着云棠傲然离去的身影,有些不敢相信。

余左池确实身手不凡,技高一筹,但以云棠极度看重胜负、不肯轻易低头的心性,又岂会轻易罢手,就此认输。

"哼,无知之辈!"一直冷眼旁观的百里流苏忽然开口,冷冷说道。

郭秋觉转身惊讶地看着他,心中有些疑惑不解。湖畔众人亦面面相觑,不明白他话中之意。

然而余左池心里却很明白,云棠打败了剑器榜上排名第二的俞轻启,而自己又胜了云棠。再加上剑器榜上排名第一的云中剑主人迟迟没有现身……如此,他便一下子脱颖而出,成为有实力角逐榜首之人。

正如俞轻启质疑云水宫只是借了地利之便取胜一样,此刻在场诸人对云棠落败的结局显然有些不能接受,甚至认为云棠是因为先前那一战耗去不少元气,力有不逮,影响了实力,才会输给余左池。毕竟她与俞轻启之间的战斗赢得十分漂亮,早已令他们心悦诚服。

这种轻易质疑他人能力的行为让百里流苏颇为不屑,赢了就是赢了,事实如此,有什么值得怀疑的？日异月殊，后来居上，剑器榜早就该更新了！

"来吧，我和你之间势必要有一战。"余左池微微一笑，主动相邀道。

自山脚下相逢，分别打败青璃、毒腹两柄名剑的主人开始，二人便已生出一较高下之心。而且，像百里流苏这样孤傲之人，此间能让他视为对手的，也就只有刚刚战胜云棠的余左池了。

百里流苏点点头，一句话也没多说，直接摆好架势。他眼中闪烁着异样的光彩，更衬得他英姿焕发，俊美无俦。

一时之间风起云动，一股强大的本命气息从他手中喷薄而出。紧接着，一把雪剑一寸寸地生长出来。剑芒四射，银光匝地，如同炸开千万点寒星。湖畔荒草上迅速结出一层层白霜，然后朝着更远处的山林蔓延。远远看去，如同下了一场小雪。

众人顿觉寒意骤生，郭秋觉则满眼惊艳，身体被凛冽的寒意笼罩着，根本说不出话来。

剑山高耸入云，飞鸟难渡，越往高处气温越低，常人根本无法忍受。然而当百里流苏的本命剑显现之时，却如同凭空出现了一座比这剑山更加孤高寒冷的雪山，冷意全部化作天地元气，融入这一剑之中。

他突然明白为何百里流苏身上始终散发着拒人于千里之外的冰寒，说出口的每一句话都带着不为人理解的冷漠了。

拥有此等剑意的人，一定是在无比孤高之处锤炼日久，身心早已与那广袤浩瀚的天地融为一体。他每天都在和无所不在的寒意相抗，除了心无旁骛地锻造自己的体魄，磨炼自己的意志，对其他事情毫不在意。他无所畏惧，因为他有一颗勇猛精进的剑心。渐渐的，他的话越来越少，也越来越孤僻不合群，说话做事只听从本心，难免与世俗之人有些格格不入。

看着眼前景象，余左池心中顿时生出一股敬意。大道艰难，然而假以时日，百里流苏必定会有大成。

此刻百里流苏已将雪剑横于胸前，见他举剑相邀，余左池并没有回礼，只是悠然撑开那柄竹骨布伞。

风蓦然吹过，卷起漫天枯叶，透骨的寒意更加肆意地扩散着。剑气袭人，天地间充满萧索肃杀之意。余左池神态潇洒，举止从容，但目光始终注视着百里流苏的手，他知道那是一只可怕的手！

百里流苏像变了个人似的，冰冷的脸上散发出一种耀眼的光辉！这些年来，他就像

　　是一柄被藏在匣中的宝剑，韬光养晦，不露锋芒，所以无人能够看到它灿烂的光华！

　　此刻剑已出匣，顷刻间，无数道白色流线在空中飞舞，一开始寂静无声，不一会儿便发出恐怖的啸鸣。

　　"砰砰砰"，无数宏大的撞击声在伞面上响起。每一道流线都像一柄锋锐的小剑，在余左池的引导下，于空中肆意游走着，凌厉的剑意冲天而起，激起阵阵狂暴的罡风。

　　原本对余左池的实力存有三分质疑的宗门弟子，此刻全都变了脸色，心中油然生出一股强烈的畏惧。修为稍弱一些的，则被罡风伤及，连连后退，好半天方才稳住身形。

　　百里流苏面容平静，心如止水。

　　与平日在岷山之巅练剑时一样，他任由体内磅礴的真元顺着手中之剑飞洒，然后汇入风雪之中，让每一片飘舞的雪花都拥有沛然难当之力，继而才化成天地之间的一柄利剑。

　　他的剑招千变万化，繁复无比，让人眼花缭乱。然而万变不离其宗，最终这些剑招又合而为一，变成一记杀招。

　　众人没有料到他竟然身怀如此登峰造极的剑法，一个个目瞪口呆，震撼不已。

　　此时长剑已在他身前接连画了数个圆圈儿，这些光圈儿如有实质，在空中凝定片刻，便争先恐后地向余左池袭去。他不再追求完美，只求能快速以剑破剑，击败余左池。

　　无数流线如同密集的箭雨一样，朝着百里流苏席卷而去，不留分毫余地。

　　这种打法，这些宗门弟子还从未见过，他们看着衣衫上泛起的层层白霜，感受着周身疯狂的杀伐之意，都有些胆战心惊，连忙运起真元抵御，生怕一个不小心，就被凌厉的剑气所伤。

　　眼下众人皆已心知肚明，他们之中无人能够挡住百里流苏的雪剑，也无人能够接住余左池伞上激射而出的万千流线。

　　郭秋觉站在不远处，紧紧地盯着百里流苏。

　　百里流苏一袭白衣随着罡风舞动，飘然若九天之上的仙人。他面目冷峻，剑眉竖起，手中之剑笔直向前，一道道剑意不断与余左池发出的可怕流线撞击着。旁人或许不知，如郭秋觉这般离得如此近的人，才能清晰地感到那剑意到底有多么强大。

　　无数撞击在一起的剑气溅到镜湖之上,将好不容易平静下来的湖面搅动得浪花纷飞。在百里流苏的反攻之下，余左池不断后退，然而手中布伞却完好无损。

　　百里流苏剑眉挑起，如此强劲的敌手，他平生还是第一次遇到。此时，他竟生出一种棋逢对手、将遇良才的惺惺相惜之感。

他定了定神,身影迅速消失在茫茫风雪之中。下一瞬,他已悄无声息地出现在余左池头顶。

他凌空而起,意态潇洒地纵身一跃,手中之剑竟越过那竹骨布伞,朝着余左池刺去。

剑意犹如流星,载着无数冰雪一晃而逝,锋利的剑尖缥缈无踪,根本不知究竟要刺向何处。

湖畔众人皆瞠目结舌,一脸茫然。

力量、速度兼具,招式诡异多变,这些特性完美地集中在一起,当真是强大到无可匹敌。百里流苏从高空刺出的这一剑携着漫天霜雪,呼啸而去,一系列动作如同行云流水一般,一气呵成。能于电光石火之间完成这一剑,且招式变幻万千,让人根本看不透其中奥妙的,可以说是前无古人了。

只是面对如此强悍的剑术,余左池却分毫不惧,反倒爽朗地笑了起来。

他生性豁达,向来随遇而安,是以无论遇到何种境遇,都能坦然面对。而万事随缘,见招拆招,本就是他最擅长的事情。就算对手再强大,他也能于纷繁的乱象之中,寻到破解之招。

他足尖一点,手持竹骨布伞腾空而起,竟径直迎向百里流苏。

两道剑光矫若游龙,快若闪电,围观之人只觉眼前情景如海市蜃楼般缥缈。然而其中迸发的绝大威力,却让他们心神震颤。那两道强大至极的剑光纵横来去,却一直没有碰撞在一起,不过他们心下明了,这正是余左池和百里流苏互相试探的方式,一闪一避之间,其实都是在见招拆招。

许多人甚至从中看到了一些失传已久的强大剑招,此前这些剑招在江湖上多有传闻,可是世人却无缘得见。如今他们虽然只看到了一些影子,却受益匪浅。借此机会,他们对剑术有了新的认识,哪怕仅仅只是些许领悟,也足以让他们的修为精进一层。

一个身穿红衫的宗师转身离开了,他体内气息不稳,鼓动的真元震荡得厉害,不受控制的元气如同剑锋一样破体而出。一道几乎微不可闻的破空之声传来,紧跟着,十丈之外那片棵棵大树都径粗愈尺的树林就好像被一柄无形的利刃划过一样,瞬间现出一条条狭长的裂口。红衫宗师所过之处,大片树木轰然倒地,转眼被切割得七零八落,而断口之处却十分整齐,足以看出那道神秘的元气有多么锋利!

　　不远处一名宗师不知红衫宗师心境为何波动得如此激烈，心生不解的同时，目光看向那些断口，脸上顿时流露出惊羡的表情。他知道这种功力，绝非寻常宗师所有。

　　自修剑以来，百里流苏便是岷山剑宗的佼佼者，他从不轻易认输，然而此番面对强大的对手，剑与剑的交锋最为直接，见那名红衫宗师转身离开，他已明白自己赢不了余左池。既然不能取胜，也就没有继续比试的必要了。他思忖一番，收回雪剑，只见剑光一敛，周遭寒意顿时消失无踪了。

　　余左池松了一口气，脸上异常凝重的神情缓缓消失了。遇到百里流苏这样强大的对手，他若想取胜，同样不易。

　　"后会有期。"百里流苏抱拳说道。

　　百里流苏对此次剑会抱着很大的期望，虽然心有不甘，却也无可奈何，正准备悻悻离去，余左池突然冲他说道："为何如此无精打采？咱们不过是战成平手罢了！"

　　百里流苏皱了皱眉，没有言语。

　　众人一开始并不看好默默无闻的余左池，甚至对他的实力颇有质疑，但是看着他一路披荆斩棘，打败一个又一个强大的对手，他们终于相信，毒腹剑的主人是败在他手上。此刻他们面面相觑，竟无一人敢上前挑战。半晌他们才回过神儿来，于是纷纷上前祝贺。

　　"余兄深藏不露，此战之后，天下无人不识君！"

　　"从今往后，巴山剑场就是数一数二的宗门了。"

　　"余兄一战成名，却不骄不躁，前途当不可限量……"

　　……

　　"大家谬赞了，今日我与百里流苏实是平分秋色，未分胜负。可惜我师弟顾离人没有过来，不然大家可以看到一场精彩绝伦的对决。"余左池声音提高一线，一提起顾离人，他就满心欢喜，眼睛里亦充满神采。

　　镜湖上方的云气突然乱了，许多人气息不稳，身体竟微微颤动起来。此次剑会刷新了剑器榜排名，他们已经感到震惊了。现在知道除了余左池与百里流苏，竟然还有一位名叫顾离人的高手，不由得对其生出几分敬畏。这顾离人实力到底有多么强悍？他们想破脑袋也猜不出来。

　　"你不必灰心，你我实力相当，我亦无法胜过你。"余左池尴尬地笑了笑，冲着缓缓转过身来的百里流苏说道，"我巴山剑场开山门收徒在即，为了吸引更多天资卓越的青年才俊前往巴山，我才会来这里凑个热闹……日后若有机会，欢迎你来巴山找我，到时我们再好好比试一场，一较高下！"

百里流苏微微蹙眉，点了点头，道："我一定会去巴山……顺便，会一会你顾师弟。"

余左池心中一喜，他十分佩服百里流苏，觉得此人是一个难得的对手，也是一个值得相交的朋友，于是连忙问道："那我们一起走吧？"

"不。"百里流苏拒绝得极为干脆。

看着他白衣飘飘的孤绝背影，余左池无奈地摇了摇头。

"你赢得十分漂亮，经此一战，巴山剑场自然会扬名天下，广聚天下英才！"郭秋觉看着余左池，轻声说道，"不过你这样大肆宣传，就不怕树敌吗？当今天下，多少宗门正盯着这剑首之位，恐怕你们巴山剑场，不会有太平日子了！"

余左池坦然一笑，道："倘若如此，我巴山剑场自会迎难而上，真正担起剑首的责任！"

郭秋觉一听，不觉肃然起敬。他头脑中不断回放着余左池刚刚使出的那些奇异的剑招和霸烈的剑意，心中隐然生出些许感悟。

"看来我不该过分拘泥于剑招。"他忍不住轻叹道。

"的确不该拘泥于形式。"余左池悠然看着天边的流云，认真说道，"一个人要想变得强大，有两点不可能绕过，那就是天赋和勤奋。至于那些外在的形式，对于物我两忘、一往无前的剑意来说，不过是束缚罢了。"

"这么说来，那些天赋不够的人，便注定不能成为强者了？"郭秋觉反问道。

余左池微微一笑，道："这是事实。人生来天赋便有差距，有人半日通玄，有人一月才能练气，有人甚至耗费一生也碌碌无为。天赋决定人的上限，而勤奋则只能加快行进速度。所以像顾师弟那样的天纵之才，肯定要挑选一个天赋卓绝的弟子。"

这话听起来有些偏颇，但是也不无道理。纵观那些搅动天下风云，影响历史进程的人物，哪一个不是天资聪颖，天赋异于常人？

"我跟你一起去巴山吧。"郭秋觉说道。

其实初遇余左池，感受到他为人温和可亲，总是以诚待人时，郭秋觉便对他和巴山剑场生出几分兴趣了。现在听到他张口闭口都在夸赞自己的"顾师弟"，心下更是对素未谋面之人生出敬仰，当下再不迟疑，决定跟随他一起去巴山一睹顾离人的风采。

剑山再次恢复平静，而此刻那名红衫宗师已经走到了一处并不显眼的山坡上。那山坡光秃秃的，上面布满大大小小的碎石，别说是树木了，就连杂草也十分稀少。

　　红衫宗师走得很慢，随着时间的流逝，他的心境终于恢复平静，体内翻涌的真元也不再四处乱窜了。可不知怎的，他心乱如麻，步履十分沉重。每走一步，似乎都无比困难。

　　山坡上依稀停着一辆很大的车辇，滚滚云雾不断从上空落下，缭绕在车辇周围，让人看不清车辇的样式，更不知里面坐着何人。

　　"师尊。"红衫宗师对着车辇躬身行了一礼，将他在剑山上的见闻缓缓叙述一遍。

　　良久，车辇之中发出一声叹息："'秦有良才，其质如玉，逐鹿天下，指日可期。'难道……真如预言所说，天下气运将汇于长陵？"

第三章
英雄出少年

"你真的相信余左池所说,巴山剑场有一位比他还要厉害的剑师?"

白日那些惊心动魄的较量终于结束了,黑夜的静谧笼罩着无垠的荒原。然而那场战斗,却一直在云棠内心深处徘徊。行走之间,她不停地回忆着当时的每一个细节,越想越是佩服余左池随性不争的心胸气度。

就算重来一次,她也根本无法胜出。那随意的剑招应景而生,后发先至,毫无破绽可寻,显然已经到了常人难及的至高境界。

她身后,几只黑烟凝成的乌鸦正不停地上下翻飞着。在她沉思之际,这些乌鸦却发出人声。

这种画面极为诡异,简直犹如梦魇之中的场景。然而她似乎早已司空见惯,非但没有恐惧,反而淡淡说道:"我当然相信。"

"我觉得这不太可能。此前,有谁知道秦国还有个巴山剑场?一个名不见经传的山野小派,出了余左池已实属难得,谁知道他口中的顾离人是否真的存在?"乌鸦的声音变得尖利起来,震荡之中,只听"砰"的一声,有的乌鸦化为一团黑色烟气,然后又迅速凝聚起来,变成一只新的乌鸦。

云棠根本不去看它们,而是正色说道:"当今天下,名门大宗多有数百年传承,其功法剑诀经过一代代门人不断完善,厚积而薄发,才能有今日之气象。所以大家都认为无一日崛起之名门,非百年无以出人才。但世界之大,无奇不有,天上既然掉下一个余

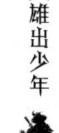

左池,那么巴山剑场还有更厉害的人物,又有什么不可能?你和余左池比试一下,就会知道,像他那样的人根本不屑说谎。"

"我不是这个意思,只不过一山不容二虎,虽然天下各派无不希望本门人才辈出,但继承衣钵的只有一个,宗门资源也有限,同门之争在所难免……像余左池这样一心维护同门之人,着实不多见啊!"乌鸦阴声阴气地说道。

"正所谓'君子坦荡荡,小人长戚戚',余左池心无滞碍、襟怀坦荡,我们都亲眼所见,想那顾离人也定是光风霁月、至公无私之人。你以小人之心度君子之腹,目的何在?!"云棠顿时心头火起,反唇相讥道。

"云水宫既然出手了,又怎能允许秦国宗门抢了风头?"乌鸦尖声说道。

"你不用故意激我,我不如他,是不争的事实,与云水宫有何干系?!我云水宫输得光明磊落,岂会因为一时的得失迁怒于人。再说剑意即是心意,他并非争强好胜之人,一招一式皆恬淡冲和,犹如浑然天成。"云棠想到余左池从容撑伞,比拼之时淡定得像是身处于江南烟雨之中悠然欣赏着如画风景一般,嘴角不由得翘起,漾起一抹微笑,道,"他是一个懂得欣赏的人,所以也能得到对手的尊重和信任。"

"我也很欣赏你的碧水剑,要不要考虑一下接受我的提议?"乌鸦大声尖笑起来。

"到齐国这么多年,你连贪多嚼不烂的道理都忘了?"云棠觉得这声音无比尖锐,不堪入耳,也不知过往那些年是如何忍受的。她反手五指如剑般刺出,空气里爆发出一声巨大的轰鸣,伴随着一阵刺耳的尖叫,那几只聒噪的乌鸦犹如被一个大浪冲向后方无穷无尽的黑夜之中,旋即化为缕缕黑烟彻底消失了。黑烟过后,那令人心烦意乱的声音终于不再响起,一道瘦高的人影如同竹竿一样隐没在光影难辨的树荫之下。只是数个呼吸的时间,那人影就与云棠分道扬镳,转眼便消失不见了。

"这世上有什么是恒常不变的吗?草木荣枯自有时,万物兴衰皆自然,就连那九天之上的日月星辰每天都会变换轨迹,更何况这世间的气运呢?若只是因为秦地出了几名强大的剑师,你们便如此忧心,那还练什么剑?"云棠缓缓抬首,看着夜空之中的点点繁星,嘴角再次露出一丝骄傲的笑容。

在镜湖剑会上,她虽然败给余左池,却输得心服口服。云水宫的"破寒潭"和"斩蛟龙"已经被她练到炉火纯青的地步,且在余左池的激发下,她的精气神儿更加趋于完美,甚至可以说已经达到巅峰!

此次落败,她并不觉得自己丢了云水宫的脸。恰恰相反,见过她出招的人,哪一个不是心怀敬意、钦佩不已?这二十三年来,云水宫十分低调,已快被世人忘却,但此次露面,天下还有谁敢轻视他们半分?而她,则是潜于深渊的蛟龙!一出水,便注定要艳惊四方!

天下英才不只一个,余左池一鸣惊人,但她云棠也同样惊才绝艳!

默默无闻的巴山剑场就这样扬名天下了,那些天资超卓的青年才俊定会蜂拥而至。有余左池和顾离人这样的宗师,巴山剑场终会完成名门大派沉淀百年才能实现的梦想。她忽然意识到,或许自己也该寻个弟子了。自己这一身本事,须得有人继承才能发扬光大,只要云水宫香火兴盛,他日定能夺回天下剑首之位。

在巅峰时刻找到一个传人,将他培养成傲视天下的英杰,这样才算不枉此生。想必那巴山剑场的顾离人,也是这种想法吧。纵使一飞冲天,也不过是一时的传奇,千百年后还有谁能记住这刹那芳华?唯有传承,才能让进取的剑心绵延不朽,才能让宗门的荣耀光照千古!

从二十三年前开始,镜湖剑会便一直为天下宗门和各国朝堂关注。

只是自云水宫的月昆吾拔得头筹后,剑会的风光一直被其他列国的宗师们占尽,来自秦地的宗门,唯有岷山剑宗出类拔萃,其余的都不值一提。然而今年却出现了极大的变数,秦地的剑师脱颖而出,岷山剑宗的百里流苏年纪轻轻,修为就已高深莫测。最让人难以置信的,则是名不见经传的余左池一鸣惊人,竟然与百里流苏战成平手,还有他口中实力更强的师弟——顾离人,更是让人心生仰慕。

顾离人到底有多强,谁也没有见过。甚至连巴山剑场的门人,也很少见他出手,但是众人却对余左池的话深信不疑。毕竟,没有人肯将天下第一的荣誉白白让给旁人。

剑会甫一结束,新的剑器榜排名便已出炉,顾离人高居第一,余左池第二,百里流苏第三。天下前三的剑师,都来自秦地。

剑会讯息一传十,十传百,迅速在各国流传开来。巴山剑场以及余左池、顾离人两大宗师的盛名也传到天下人耳中。一时间,顾离人成了神龙见首不见尾的大宗师,投帖拜山、登门求师的青年俊杰络绎不绝。尽管他们知道投在顾离人门下,列入巴山门墙的机会十分渺茫,但任何困难也阻挡不了他们仰慕天下剑首,想要一睹宗师风采的热情。

巴山之上,一座院落孤零零地立在一处,颇有点儿遗世独立的味道。此地,正是顾离人闭关之所。

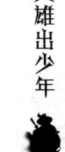

院内只有几处再简单不过的宅子,和一片刚抽了新芽的桃林。

顾离人性格孤僻,喜好清静,行事一向独来独往。自练剑以来,眼光、想法便与常人不同。在他看来,循规蹈矩超越不了前人,练剑便要不断质疑,勇猛精进。从拿到第一本剑经,他就开始怀疑这些流传多年的典籍是否真的毫无偏差。所以,他总是闭关思索,一边挑选最适合自己的剑法,一边探索全新的领域。一旦有所领悟,便不断地修改、完善巴山功法,修为终于越来越强大。

他大部分时间都在闭关,巴山弟子很少有人见过他。余左池一直想与他切磋剑法,于是便找了个机会,亲自上门邀战。

那是一个月朗风清的夏夜,桃林之畔,月影摇曳,高空之中,疏疏落落的星星闪着点点辉光。

余左池与顾离人持剑而立,相距不过十步。只见剑光一闪,两人已笼罩在一片凛冽的剑气之中。闻讯赶来观战的巴山弟子一直认为余左池是本门的最强者,然而这一战,他们真正见识到了顾离人的实力。他们从未见过如此迅疾、灿烂的剑光,顾离人势如破竹,招法绵密,仅仅数个回合便轻松取胜。

此战之后,二人均觉得对方是这世间最值得钦佩的对手,他们相交甚笃,经常在一起切磋剑法。余左池在镜湖剑会扬名之后,更是向大家大力推介顾离人。

然而不少青年才俊们慕名前来,却发现这里早已人去楼空。

顾离人竟不知所踪。

秦国边城的风物与腹地大为不同,越往边境走就越是荒凉,越是人烟稀少,各国军队据地而守,戒备森严,时有兵戈之声隐隐传来。一座高大坚固的城门伫立,朴实无华的门楼上雕刻着三个大字——阳山郡。

这座边城位于三国交界之处,内中情况十分复杂。在过往十余年里,它曾经数度易主,有时归韩,有时属楚,现在则又属秦。决定其归属的不是天理国法,也不是邦交人情,而是赤裸裸的实力。谁的实力雄强,能在战争中获胜,它就属于谁。如此朝属秦,暮属楚,阳山人便没了归属感,他们风声鹤唳,颠沛流离,时时生活在混乱恐惧之中。

此刻一个一袭青衫的男子正走在边地苍凉的荒野之中。那崎岖的地势,险恶的环境,仿佛丝毫不影响他前行。他步履轻健,神态自若,腰间那把样式古拙的长剑并不出众。

直至走出苍凉的荒野,青衫男子的容貌才逐渐显露出来。他的头发只用一根青色布带简单扎起，平凡的衣饰没有减少他分毫神采，反倒将他衬托得愈发飘逸出尘。他浓密的双眉透着一股英气，眼睛分外清澈，如同一汪灵动的清泉。他仿佛一把出鞘的宝剑，锋芒毕露，浑身散发着一种难以言说的魅力。他看上去有几分冷傲孤清，可是一笑起来，就如同和煦的春风，让人心中暖意融融。

不一会儿，他登上一座高山。山上林木茂盛，遮天蔽日，阵阵山风吹过，不时有飞鸟惊起。

他驻足半晌，看着天色将晚，一轮红日正慢慢儿落下山去，于是不再迟疑，朝着林间大踏步行去。

不多时，一阵狂风突起。只听乱树丛中"嗷呜"一声，竟跳出一只吊睛白额大老虎。它双眼猩红，前爪刨地，对着不远处一个衣衫破旧的少年狂吼一声，就要扑上去。

那少年剑眉倒竖，清亮的眸子如同璀璨的星子一般熠熠生辉。这等危急时刻，他眼中竟无分毫恐惧，脸上满是坚毅和决绝。

他后退几步，一只手悄然握住一根竹子，满是警惕的眼正死死盯着老虎。

他反手为刀，竟然将竹子从中切断了！

淋漓的鲜血顺着手掌滑落下来，染红了他的衣衫，他却恍然未觉。

青衫男子的手已按在腰间的剑上，但看到少年的应对之后，他却没有出手相助。

猛虎作势往前一扑，然而那少年却灵巧地往旁边一避，闪到了它背后。

这猛虎一扑落空，顿时恼羞成怒，于是前爪狠狠抓地，腰胯一掀，怒吼一声，再次向少年扑去。它速度迅如闪电，这一招似乎势在必得。

少年右手紧紧抓住那竹子，丝毫不肯放松。

这一次他任凭那猛虎扑来，没有特意躲避。他的双手分别拉住猛虎两只前腿，那震天的吼声几乎要把他的耳膜给震破了，他却毫不畏惧，握于右手掌心的竹尖于电光石火之间迎向扑面而来的猛虎，径直插向它的咽喉。

一蓬温热的鲜血溅到他脸上，却掩盖不住他眼中那股以命相搏的狠劲儿。

猛虎突然吃痛，濒死反扑，狠狠一抓，竟将少年的肩膀生生抓下一层皮来。

只可惜一击之后，它再也没了力气，只能痛苦地嘶吼着，随后颓然倒地，却依旧不甘地看着对面气喘吁吁的少年。

少年终于松了一口气，全然不知自己已汗透重衣。半晌之后，他低头用嘴撕下一截

儿衣衫，草草缠住受伤的手，算是了事儿。

"你还要看多久？"他冷冷望向青衫男子，出声说道，"虎皮只有一张，你就别多想了。"

青衫男子微微一笑，道："放心，我不是来与你争虎皮的。"

话音方落，又一声咆哮响彻山林。

少年不再提及虎皮之事，而是警惕地环顾四方。

又一只猛虎突然扑来，根本没有给他准备的时间。

然而只见一道青光闪过，那只猛虎竟被劈成两半，倒在地上。

少年愣愣地看着这突如其来的变故，犹自不敢相信眼前发生的一切。待看到那青衫男子从容归剑于鞘，这才意识到自己不是在做梦。

"这两只老虎应该是一对儿。"青衫男子首先开口说道。

少年从方才的震惊中回过神儿来，一边举步迈向先前那只被自己杀死的猛虎，一边惋惜道："老虎倒是被你杀了，不过可惜了一张大好的虎皮。"

青衫男子一怔，自己的剑法虽然算不上是绝世仅有，但也足以令人惊羡了。怎的这少年非但没有露出惊异之色，却为了一张虎皮而惋惜？

"如果你想要虎皮，下次出剑的时候，我注意一些就是了。"青衫男子见这个不会任何功法的少年，只用一根竹子便击杀了猛虎，眼中满是惊艳，欢喜地问道，"如果我肯教你，你愿不愿意做我的徒弟？"

"不愿意。"少年半蹲着，正在思考如何将猎物拉回去，毕竟他的手受伤了，能用的力气也十分有限。

"为什么？"青衫男子走了几步，来到他面前，说道，"你很聪明，知道找准要害，才能一击毙命，也懂得顺势而为，借力打力。但是你有没有想过，竹子虽有韧性，可强度不够，如果换成剑的话，你会胜得轻松一些！"

"你到底想干什么？"少年就像是看着猛虎一样，又露出那种警惕、戒备的眼神。

青衫男子温和一笑，道："不用担心，我并无恶意。我来自巴山剑场，名叫顾离人。我观察你良久，见你资质不错，想要收你为徒，教你练剑，仅此而已。"

倘若江湖人物听到顾离人的名字，定会大吃一惊。只是没有人料到他竟然会出现在这样一个边陲小镇，更不会知道，此刻他居然看上一个毫无根基的少年，想要收他为徒。

少年觉得他有些奇怪，问道："我？你连我的名字都不知道，就想收我做徒弟？再说了，我为什么要跟着你练剑，对我来说有什么好处？"

顾离人倒是没想到自己的请求竟然会被无情地驳回，愣了愣神儿之后，才继续说道："你天分过人，甚至在我之上。如我看得不错，在我的培养下，你将来很有可能成为用剑高手，甚至成为天下剑首。你知道天下剑首是什么吗？"

"不知道，也没兴趣知道！"少年粲然一笑，随后表情瞬间木然，再次斩钉截铁地拒绝道。

他丝毫不觉得成为用剑高手有什么用，眼睛依旧紧紧盯着面前那张虎皮。在他看来，这个忽然出现的青衫男子，不过是个会几招花架子的江湖骗子，仗着自己有把剑，就想冒充江湖大侠，他冷冷一笑，道："虎皮一人一张，我的是好的，你的是两半儿的，就这样吧。你就不要再痴心妄想了，我可没有多余的钱财给你这样的老江湖。你看我这身破烂的穿着，全身上下能有值钱的东西吗？所以，不必在我身上浪费时间了！"

顾离人哑口无言，自己的行为就这么像个江湖骗子吗？

还没等他想到合适的言辞来说服少年，那少年已拖着气绝的猛虎艰难地往山林深处走去。

他无奈一笑，摇了摇头，心中竟有些怅然若失。

三天后，青衫男子穿越某个不甚热闹的集市，来到巷尾一家毫不起眼的客栈。

这里看上去很是冷清，只有一个小二在招呼着稀稀落落的几个客人。

青衫男子面带微笑走了进来，却没有坐下，而是专注地看着临窗那个身着褐色布衣的少年。

少年脸上已无血渍，凌乱的头发梳得很是整洁，正闷头吃着酸汤鱼，像是根本没有发觉自己被人盯了很久。

"客官……"

小二本想开口问话，那青衫男子却做了个"嘘"的手势，示意他噤声。

小二顿觉困惑：这位客人怎的如此奇怪，到底是打尖儿还是住店，总得说一声啊！然而他的目光落在青衫男子脸上之时，满腹牢骚顿时被抛到九霄云外！

这男子相貌说不上好看，但是却十分温和亲切，举手投足之间竟让人有如沐春风之感。

"来一碗酸汤鱼。"男子的目光依旧落在那少年身上，轻声说道。

第三章 英雄出少年

小二"啊"了一声，这才回过神儿来，连忙跑去后厨张罗。一路上，他仍然醉心于青衫男子的出尘气度，暗自揣测着：此人究竟是哪家的公子？如此出众的人物，怎会来到这荒僻的边城？

不光是这小二，这一路见过青衫男子之人，都不知道他就是天下剑首顾离人。

顾离人向少年走去，不请自坐，微笑道："一连三天你都在这里吃鱼，吃不腻吗？"

少年抬起头，冷冷问道："你一连跟了我三天，不觉得累吗？"

说话间，店小二已经将酸汤鱼送了上来。顾离人学着少年的样子，懒洋洋地吃着酸汤鱼，甚至连鱼刺都不吐。这种吃法他从未尝试过，自然极不适应，然而他依旧从容自如，面不改色。他喝了一口汤，说道："不累，不过你每次都能察觉到我的行踪，如此敏锐的感知力，倒真是让我吃惊。"

少年微蹙着眉头，将碗推到一边，问道："你还是执意要收我为徒？"

顾离人点了点头。

修行是什么？对于这个问题，或许人们的答案各不相同。然而在顾离人看来，修行便是质疑和不断的超越。

自从在那个月朗风清的夏夜打败余左池之后，他便知道自己的修为已臻至境，罕有敌手。然而每一天都是新的一天，就连每一片树叶落入水中荡起的涟漪都不同，谁又能强大到无敌？求索永无止境，只有像他这样永不懈怠，及时反省，不断革新的人，才能在剑的世界开辟出一片前所未有的天地。

求索之路艰险而寂寞，世人大多庸庸碌碌，连前人古籍都参悟不透，又怎会有天赋异禀、惺惺相惜之人与自己同行？

他内心渴望一个志同道合的对手，或是一个天赋卓绝，又深明己意的弟子，有如此之人与自己并肩而行，假以时日，定能登临绝顶，一览众山小。从他的直觉和判断上来看，如无意外，这碰巧偶遇的少年，便是最为合适的人选。

"你跟着我也没用，我并不想拜师学艺！"当顾离人满心欢喜地看着少年时，少年却皱紧了眉头，面露厌恶之色。

顾离人的笑容顿时僵在脸上。

一路南行之时，镜湖剑会的消息不断传来。他没想到余左池一举夺魁之后，竟然将自己推上天下剑首的位置。木秀于林，风必摧之，恐怕这天下剑首的虚名会为自己招来数不尽的祸事。

以他现在的名望，想要拜在他门下之人数不胜数。然而这大好的机会放在眼前，那少年却不屑一顾。不过他转念一想，在这种边陲小镇，老百姓连温饱都成问题，哪儿有闲工夫去关注江湖之事，更谈不上有什么抱负了。

他想了想，说道："我问你一个问题，上次打虎时，你为什么要用竹子，而不是依靠自己的双手？"

少年瞪大眼睛看着顾离人，说道："这还用问吗！仅凭双手，连靠近那些凶猛的野兽都难，更别提杀死它们了，说不定连性命都得搭进去。"

"你想过吗？如果给你一把剑，你会怎么做？"顾离人循循善诱道。

少年嫌恶的表情终于有了变化，顾离人剑光一闪，便将那头猛虎斩成两半的情景尚在眼前，说实话，他打心眼儿里感到佩服。仔细想来，自己虽然杀死了老虎，但不过是取巧而已，谁知道下次还有没有这么好的运气呢？毕竟倘若没能在电光石火之间击中老虎的要害，恐怕他便要身首异处了。

"难道你不想亲自体验一下，手持长剑是什么感觉？"见他有些心动，顾离人继续劝道。

少年的目光悄然落在顾离人腰间的剑上，愣愣问道："学剑之后，我能过上自己想要的生活吗？"

顾离人淡然问道："你想要什么样的生活？"

少年说道："我自幼孤苦，所求的不过是三餐温饱罢了。"

他看上去有些落寞，眼神迷离，不知在想些什么。

顾离人笑道："从此，你不用再漂泊了。我会给你一个家，会让你变得强大起来。等你真正有了力量，就可以做很多你现在根本无法想象的事情。那些自幼习剑之人，从感应天地元气开始，一步步成为强者。终有一天，我会带你进入一个不一样的世界。"

话音刚落，冷清的客栈内忽然起了狂风，冰寒之气冲天而起。剑鞘震荡，从顾离人腰间坠落，接着又平行上移，到达少年胸前时，骤然停住了。这把样式古拙的长剑缓缓离鞘而出，横扫一圈儿之后，才重新归鞘。

蓦地，周围桌椅纷纷爆裂，竟碎成一蓬蓬齑粉！

少年目瞪口呆，压根儿不能理解这到底是怎么做到的。

顾离人娓娓道来："在很多传说中，人们修炼到了极处便和神仙没了区别。这虽然有些夸张，但也有属实之处。修炼有成之人寿命会比常人更长，能做到很多寻常人连想

都不敢想的事情。"

顾离人语气平淡,仿佛是在闲话家常。然而这些话却在少年心里留下了深刻的烙印,他以往的认知已尽数被颠覆了。

只是一转身的工夫,店内便桌椅尽毁,一片狼藉。发生了这么大的变故,店小二眼神一暗,捶胸顿足道:"这是作了什么孽啊!"

顾离人从怀中取出一枚刀币,朝着店小二尴尬地笑了笑。

这枚刀币置办新的桌椅还有富余,店小二得了赔偿,立刻笑逐颜开地走开了。

少年眉头深深皱起,问道:"如你所说,宗师不应该是独立于世俗之外的人物吗?怎的你竟然如此有钱?"

顾离人温和一笑,道:"宗师也是人,虽异于常人,但也并非不食人间烟火,等你到了巴山,就会慢慢改变这些观念了。现在,能告诉我你的名字吗?"

顾离人用意念潇洒自如地控制飞剑,瞬间爆发出强大威力的场景已经令少年目眩神迷,心生向往。尽管对顾离人一无所知,可不知怎的,他竟觉得顾离人身上有一种特殊的魔力,让他生平第一次对成为强者有了期盼。他连忙收起敌意,一拜到底,恭敬说道:"王惊梦见过师父。"

"王惊梦?"顾离人有些意外,这名字倒不像是边城小民会取的名字。

他略一思索,又问道:"你们世代都在此处居住吗?你的家人呢?"

想到王惊梦年纪轻轻便有直面猛虎的胆量,且性格果决,临危不乱,顾离人便对他的成长经历来了兴趣。

"我父母本居长陵,当年随甄保将军来到此地,三年后便相继染病过世了。"王惊梦说起这段悲惨的经历时,心中并无太多感伤。毕竟父母去世之时,他年纪尚小,甚至连他们的面目都记不清楚了。

"来自长陵?"顾离人再次愣了愣。

巴山本就远离俗世,加之他大部分时间都在钻研、完善剑经,基本上处于与世隔绝的状态,所以对于人情世故知之甚少。然而眼前好似闪过一道电光,将那混沌的意识破开,余左池向他提过的一件往事逐渐浮现脑海。

十年前,长陵有一个刚正不阿的大将军,名叫甄保。因为力主迎回远在赵国的质子元武,而触怒了秦王身边的宠妃郦姬。郦姬天生美貌,深受宠幸,秦王对其百依百顺,言听计从。而她的儿子成皎,向来被视为太子的不二人选,元武自然就成了眼中钉、肉中刺。郦姬出身世家，背景深厚，因此成皎深得权贵豪门拥戴，在朝中人望颇高。元武的母亲身份卑微，无权无势，子以母贱，生活凄惶，根本不可能从成皎和郦姬手中抢夺大位。秦王虽不喜元武，但在朝臣的劝说之下，偶尔还是会对他生起恻隐之心。在连续吹了十来日的枕边风后，原本犹豫不决的秦王，终于还是倒向郦姬，将为元武说话的甄保等人尽数流放，那些与甄保交好之人也以连坐之罪论处了。

没想到这少年的父母，竟然是跟着甄保将军流放至此的，想必也是个人物。于是，他继续问道："你父母是甄保将军的部下吗？"

王惊梦摇了摇头，道："我父亲是画师，母亲是寻常人家的女子。听叔父说，当年父亲一手丹青出神入化，甄保将军很是钦佩，所以经常温上一壶好酒，与父亲把酒言欢，切磋画技。"

"王惊梦虽未习武，但根骨极佳，看得出是受过技击训练之人。他的父母身处江湖却不涉武事，那么训练他的又是谁呢？"顾离人心中颇有疑问，不过转念一想，当年与甄保相关之人皆被流放，王惊梦的父母也在其中。难能可贵的是他竟然没有丝毫怨怼之心，这份心胸，倒是常人难及。

"你叔父是谁？"顾离人又问。

"是我父亲的一个朋友，他被安排在山中看守林地。我父母染病离世之后，多亏他一直照顾我。"提到"叔父"的时候，王惊梦木然的神色终于有了变化，显露出一丝脉脉温情，"他是一名老军，闲来无事时，也教过我一些剑招。不过我那时总是小孩子心性，一味偷懒，并未认真对待过。"

怪不得顾离人一开始就觉得王惊梦的感知力、观察力和应变力都异于常人，原来是因为多少有些根基。他举目四顾，沉思良久，方温声说道："走吧，去看看你叔父。"

王惊梦向他施了一礼，老老实实地在前面领路。

"动作矫健，步履轻盈，不错。"顾离人赞道。

王惊梦脸上浮现出一丝苦笑，解释道："我和叔父生活在这深山老林之中，平日里以打猎为生。如今这里的动物越来越少，警惕性也越来越高。有时候上山打猎，一天也难得遇到一次好机会，如若是人为原因让看上的猎物逃脱了，一天就白忙活了。所以即便不打猎，我在行走之时，也养成了轻手轻脚的习惯。"

听了这些话，顾离人对这个早熟的少年更是青眼有加了。想想自己从进入巴山剑场学艺，一颗心便全部扑在学剑之上，自然不知道穷苦人家为一日三餐殚精竭虑、劳累奔

第三章 英雄出少年

波的艰辛。易位而处，如果自己每日都要与虎豹搏击，在生死边缘行走，又哪儿有心思去向往外面那更大的世界？

此时高空之中自由飞翔着一只鹰隼，顾离人抬手指着那个黑点，问道："你就没想过像它一样翱翔于天际，走出这里，去外面的世界看看？"

"我当然想过，只是面对猛兽我都要倾尽全力，又如何应对外面纷乱复杂的争斗？"王惊梦顺着顾离人所指的位置看去，眼中满是向往，他感慨道，"我多么希望像它一样，想飞去哪里，就飞去哪里。"

顾离人笑道："你能杀死那只鹰吗？"

王惊梦应道："能不能杀死它我不知道，不过想要杀死它，就必须得有一把弓箭。"

顾离人停下脚步，拔出腰间长剑，说道："用这把剑。"

王惊梦一接过剑，便感觉一股强悍的力量席卷而来，几乎要将他的身体带到高空之中。他用尽全力，才堪堪稳住身形。随后，他清晰地感觉到那柄剑以无可匹敌之力脱离他的掌控，蓦然飞至高空。

"砰"的一声，空中爆开一团血雾。古拙的长剑盘旋三周，才缓缓回到顾离人手中。

王惊梦看得分明，那只鹰隼此刻竟被穿胸而过，挂在剑尖上。

顾离人轻弹剑身，剑上光洁如初。

"老师，我要多久才能做到这样？"王惊梦清亮的眸子里全是惊艳和羡慕。

"以你的天赋，很快便能达成所愿。"顾离人一边往前走，一边说道，"修行者之剑无所不能，心意到了，剑意也就到了。别心急，咱们一步一步来，很快你便会领略到其中奥妙。"

王惊梦一揖到底，深深拜服。

说话间，二人已到达上次来过的山林。在王惊梦的带领下，顾离人避过一个又一个精心设计的陷阱，来到一座茅草屋面前。

"叔父——"

王惊梦话音未落，便见一道白光径直从室内飞出，眨眼之间便与他擦肩而过，飞至顾离人身旁。

顾离人微笑不改，伸出白玉一般的手，直接握住那道白光。

王惊梦早已感知到，那道白光其实是一根筷子；但是眼前的情景，还是让他的瞳孔剧烈地收缩起来。

只见那筷子弯而不折，如同一轮弯月一般。紧接着，顾离人五指松开，那轮弯月竟悠然升入空中，化成一蓬润物无声的细雨。

又一根筷子飞来，穿过蒙蒙细雨，继续朝顾离人刺去。

只听"啪"的一声轻响，筷子裂成数十道竹丝，如同绽开一朵花。

"你这叔父，倒是个奇人。"连续接了两招的顾离人出声说道。

王惊梦的感知虽然非常人能及，但那只是一种天赋罢了，他现在根本无法理解为何会产生这么多变化。

顾离人伸手点了点从枝头落下的一片枯叶，缓缓说道："你看这片叶子，常人只能看到它萎败枯黄，生命即将终结，但是在用剑之人看来，它却是武器，在关键时刻也能要了敌人的性命。"

王惊梦点了点头，问道："其实只要到了一定的境界，万事万物都能成为手中之剑，从而达成自己的心意。我这样理解，对吗？"

顾离人眼中带着欣慰的笑，说道："我辈练剑之人，练的不仅仅是剑，还有心。在不同的阶段，我们对武器的理解也有所不同。不过最终我们不再拘泥于形式，管它是木剑还是铁剑呢，于我们又有何分别？！再或者，真正到达无剑的境界。而无剑，实际上就是以心为剑，无论什么材质的武器，都能随心而动，凭空制敌。所谓飞花摘叶皆可伤人，草木竹石均可为剑，说的就是这个道理。但现在对你说这些还为时尚早，走吧，我们先进去拜会你的叔父。"

第四章
意气少年时

一片青山在西北，无数秀峰隐云间。

春雨绵绵，将暗淡了一冬的芭蕉叶子洗得碧翠似绢，一叶才舒，一叶又生。平日里勤于练剑的弟子们，此时终于得了闲暇，温上一壶酒，坐在檐下一边品评着近来的得失，一边细细欣赏着芭蕉掩映下的淡淡春色。

不远处一道青色身影矫若游龙，趋退闪避之间，毫无招数可言。雨水顺着长剑飞起，继而落在近旁一柄黄伞之上。雨声叮咚，如大珠小珠落入玉盘，煞是清脆好听。

"宗主的剑法又有进益了。"

"听说山脚下已经聚集了各国的青年才俊，就等着咱们开山门了。"

"顾师叔悄悄下山，也不知什么时候才能回来。"

……

弟子们随意交谈着，声音随风传入余左池耳中。余左池无奈地笑了笑，思忖着就算功法又有了进益，也依然不是顾师弟的对手吧。不过有什么关系呢，不论谁更强，只要有他和顾离人在，就是巴山之幸。

他挥手一招，地上的黄伞悠然飞了过来。他撑起伞，缓缓在雨中漫步，蒙蒙烟雨之中，忽然勾勒出一个身着玉白羽纱水袖宫装的绝代佳人。他的目光立时变得柔和起来，如同一汪春水。

巴山之上烟雨如画，山脚下却是另一番光景。

此处山道险峻，过往百年，少有人来，倒是可惜了这绝美的风景。然而如今山脚下那个几近荒废的客栈却住满了人，零星的三两家酒肆也被挤得水泄不通，很多人只能站在风雨之中瑟瑟发抖，连口热食都吃不到。

不过纵然如此，也没有人愿意离开。屋檐下无处立脚，不少年轻人直接站在风雨之中，虽然浑身已湿透了，但眼神里却满是期待。

巴山剑场折桂的消息已经天下皆知，各门各派的青年俊杰争先恐后地投帖拜师，哪怕不能成为天下剑首顾离人的弟子，也想过来见识一下他的风采。

春雨落到林姿三周围，便如同畏惧他一般，纷纷避开了。任凭雨丝如线，他那一身灰色衣衫却仍然干爽如初。

他意态潇洒，引来不少旁观之人议论。行功避雨也要损耗元气，一时半刻尚可，时间一长任谁也吃不消。再加上眼下风雨交加，缺吃少喝不说，连个站立的地方都没有，这种情况下显露此等功夫，未免有些招摇了吧！

林姿三定定地站着，无奈地看着来来往往之人，不由得叹了一口气，心道：这前不着村后不着店的荒郊野岭，按理说应该人烟稀少才是，今天可好，似乎全天下的人都来这里凑热闹了。看来一直傻站着不行，得赶紧找个位置去。

他相貌出众，是白猿剑的传人。这个十三岁便参悟《灵猿剑经》的天才，因年纪最小，在师门备受呵护，衣食住行皆有专人照料，何曾受过此等苦楚？

林姿三看着那独自占了靠窗的一张桌子，正自斟自饮的肥胖女子，心头怒意如同热油燃了火星，迅速烧了起来。

这肥胖女子穿得极为花俏，硕大的身子裹着一件深黄色小褂，下面是大红色长裙。这花枝招展的打扮十分艳俗，与她的年龄极不相称。斜靠在桌边的那柄剑也与她的衣着风格保持一致，剑鞘竟然用松石和白银镶拼而成，剑柄上则用白玉镶嵌着各类贝片，看上去无比繁复、华丽，竟不像是战斗用的剑器，反倒像挂在壁上只做观赏的艺术品。

而她本人亦没有半分剑师应有的风范，甚至压根儿不像一个女人。她大碗喝酒、大口吃肉，吃相十分难看，随手带起的汤汁洒得到处都是，让人觉得不堪入目，邋遢至极。

见她直接用手撕开一只汤鸡，吃得津津有味，双手满是油腻却浑然不觉，林姿三连连摇头，顿时心生嫌恶。

一个身穿黑色锦衣的少年比林姿三晚到片刻，此时雨水已经将他浑身打湿，他脸色

铁青,嘴唇都冻得发白了,显然并不好受。他环顾四周,清秀的容颜露出一丝怒意。

少年意气最是忍受不了不平之事,见其他桌子都是三五人围坐在一起,只有那肥胖女子独自占了一张桌子,他心头火起,冷笑着走向她,大声质问道:"你也是来巴山拜师的吗?"

肥胖女子抬起头,咧嘴一笑,反问道:"怎么,小白脸,想找事儿?"

少年面寒如水,那么多人在外面淋雨,这人怎么还能心安理得地霸着一张桌子?他没好气地回应道:"既然大家同来巴山拜师,也该互相体谅,与人方便即是与己方便。外面雨那么大,麻烦你给旁人让个位置。"

他嘴上说得客气,心里却不以为然:这女子相貌丑陋,行为粗俗,即便天赋再高,也定然入不了巴山剑场的门墙。

"你们自己不早点儿来,怨谁?姑奶奶花钱包了这张桌子,就该我占着。你们想坐,那就求我啊!姑奶奶一发慈悲,说不定会答应你们。"肥胖女子讥笑道,"看你的面相、步伐,还有透露出来的气息,应该是魏人吧?"

不等那少年应答,她又继续说道:"魏人不设法投入云水宫门下,却来到我秦国巴山,难道你也觉得魏国宗门根本比不上我大秦吗?啊哈哈哈……"

她狂妄地大笑起来,满脸横肉不停地颤抖着,这些讥讽之语不仅让锦衣少年感到面上无光,在座他国的青年才俊也觉得受到了侮辱,皆有些不豫。

"请。"锦衣少年缓缓提剑,肃然说道。

用剑说话,是江湖儿女处理问题的最佳方式。他此行是来拜师学艺的,根本不想和这肥胖女子多说废话。现在出剑,只是想教训一下这狂妄的女子,同时也让周围之人看看自己的实力。

他的剑不长,剑鞘上遍布细密的黑色鳞纹。之前一直被长袖遮着,此时周遭之人方才一睹它的真颜。刹那间,唏嘘、赞叹声不绝于耳。

"玄蛇剑,竟然是玄蛇剑!"

据说玄蛇剑在注入真元之后游弋不定,犹如蛇行,且剑尖上缭绕着耀眼的电芒,挥舞起来噼啪作响,如同吞吐着蛇信,让人望而生畏。剑路亦大异于寻常的剑器,往往能在出其不意之间打败敌手。虽然不如剑器榜上那些名剑,但也算得上是难得的好剑了。

"我道是谁,原来是应观的弟子!"肥胖女子并没有感到震惊,而是面露不屑,握着手中那根未啃干净的鸡腿骨站了起来。

她身躯庞大，如同一座小山，这样一动，众人竟觉得地面微微震颤起来，纷纷退避开来。

她仰视着锦衣少年，不屑地说道："不过学了点儿《玄蛇剑经》上的皮毛罢了，就想在这里显摆！哼，和我过招，你也配？！"

她语气十分嚣张，根本没有将锦衣少年放在眼中。

锦衣少年脸涨得通红，再也忍耐不住，只听"铮"的一声，玄蛇剑已然出鞘。

一道剑光如乌蛇出洞，然而刚刚亮起，便戛然暗淡了。紧接着，"砰"的一声巨响传来，那少年已倒飞出去，撞碎一面铺门，狠狠跌落在外面泥泞的雨地里。

这番变故发生在电光石火之间，众人根本没有看清楚，一个个瞠目结舌，心下骇然不已。

肥胖女子懒散地倚靠在桌边，一手叉腰，而她手中的鸡骨折了一半，另一半竟在那少年胸口插着。

雨线从垮掉的半边铺门中缭乱地飞进来，无论是这酒铺里的食客，还是和林姿三一样站立在外的人都震惊无语。

"余沱！你就是关中余沱！"

看着那女子一拳打飞了玄蛇剑的主人，终于有人认出她的身份，惊呼出声。

"余沱竟然是女子？"

雨中的林姿三久久不敢相信，但是回味起方才那猛烈如重锤般的剑意，这人和名也就慢慢地能对上了。

传闻关中剑师余沱天生神力，八岁能用玄铁重剑，十三岁便学会了诸多名师的所有剑招，到了十七岁时，家中特意为她铸了一柄重虹剑，而她也颇有悟性，自创了一门剑法。自此之后，她如鱼得水，一身神力得以发挥，剑剑如重锤，有拔山填海之气势，力量在同阶修行者之中无可匹敌，而且剑意流转自如。

如此力大无穷的人物，大家都认为该是个男子，形象同这肥胖、油腻、蛮横的女子更是扯不上半分关系。然而这女子一出手便如此不凡，招式并无半分花巧，打法刚猛，威力巨大，除了关中余沱，哪里还能做第二人想？而那柄花里胡哨的剑，难道便是重量惊人的重虹剑？

林姿三震惊不已之时，众人的目光都不由自主地落在这女子斜靠在桌边的那柄剑上。

"就算你天生神力，出手也不必这么重啊！"一道微讽的声音响起，"分出胜负便

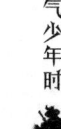

可,为何一定要羞辱他人?倒不如光明正大地比上一剑,也显得光明磊落。没想到你生得虎背熊腰,心胸却如此狭小!哦,我倒是忘了,你不过是个小肚鸡肠的女人罢了。"

"嗯?"

余沱眼中杀机顿现,她循着声音望去,只见酒铺之中坐着一个身着黄衫的少年。他剑眉星目,衣着华丽,身上的配饰十分精致,一看便知出身不凡。

一时之间,酒铺之中鸦雀无声。余沱和黄衫少年互相对视着,气氛陡然变得十分凝重。二人一俊一丑,形成强烈的反差,众人心中皆隐隐有些不安,看来这上山拜师之路,注定不会太平。

余沱出身于关中世家,又天赋异禀,自然不会将寻常人物放在眼中。方才不动一剑,便打发了那黑色锦衣少年。此时就算这黄衫少年出身不凡,也很难入她法眼。她看着这少年,冷笑道:"要我出剑亦可,只是要看你配不配。"

"不知薛静夜这个名字,是否有分量呢?"黄衫少年剑眉微挑,淡淡的笑容中透露出掩饰不住的自信。

此话一出,四周一片哗然。

林姿三愣住了,面色大变。他心神一松,周围的雨线纷纷落在身上,衣衫很快就被打湿了。

先前他心高气傲,觉得自己在这些年轻人之中,也算是不世出的天才。然而见识过余沱的本事之后,他自愧弗如,终于明白天外有天,人外有人的道理。现在又听到薛静夜的大名,才意识到这场拜师之争,注定是高手与高手之间的对决。

雨声淅沥,急促的脚步声传了过来,那个被余沱用鸡腿骨扎伤的黑色锦衣少年已经被人扶走。

听到"薛静夜"这个名字,众人仿佛得了靠山似的,再也无惧余沱狂妄的目光,都幸灾乐祸地看着她。

几年前,楚王宫炼剑名师姬天雪炼出一柄极品好剑,名为"雪蒲"。此剑只有一尺来长,通体雪白,挑不出半分瑕疵。然而它短短的剑身上却布满无数细密的符文,无须催动真元,它们即会自行发亮,看上去就像无数蒲公英的种子在漫天飞舞。独特的材质和符文,不仅使雪蒲剑成为盛载剑师念力的容器,还能作为飞剑使用,而且剑本身也蕴含着独特的力量。最值得称赞的,是那无处不在的剑气,所过之处,寸草不生。如若用于两军对垒,则可轻易放倒一圈儿士兵,称得上是战无不胜了。

楚王将之放在王宫最高的一座宫殿——邻星楼之中，令楚地各宗天才凭本事争夺此剑。其中设有十三道关卡，每一道都难于上青天，尤其是最后那道"乱流星"，以独特的宝石感应星光变化而推动其中的剑阵，剑招千变万化，无迹可寻。一入局中，面对的便是生死考验。即便有人能够一一破关，恐怕也要半年之久。

然而薛静夜只用了三天时间便连破十三关，摘得了雪蒲剑。从此，他的威名便在江湖之中广为流传。

"既然是雪蒲剑的主人，倒值得我动手。"

余沱微眯着眼睛看着薛静夜，眸中寒光逼射出来，有如闪电，让人不寒而栗。她慢条斯理地扯出一方锦帕擦了擦手，待油腻擦拭干净，方才伸手抓起斜靠在桌边的重虹剑。

"嘭"，木桌陡然发出一阵裂响，接着"哗啦"一声，变为一堆碎木。木屑在酒铺之中飘飞，又纷纷无力地落下。

宝剑在手，余沱的气息骤然一凝，如同一座巍巍重山立于此间。无言的威势压在周遭之人身上，他们只觉得胸口发闷，呼吸不畅。一时之间，四周一片寂静，大家都在静静等待着这两大高手之间的对决。

林姿三无奈一笑，若是一开始便感受到余沱提剑在手的无上气势，自己恐怕根本不会因为她独占了一张桌子而感到不平。厉害的人总能享有一些特权，像余沱和薛静夜这样的天才人物，即便是将整个酒铺都包下来，也可以理解。

店家听到声响后，一脸惊恐地站在旁边。之前已经被这女子毁了一扇门和一张桌子，如果任由他们打斗，估计损失会更大。还没等他开口相劝，余沱便冷冷说道："今天的所有损失，全部算我的。"

店家在巴山脚下开了好几年酒铺，这里人烟稀少，一年到头没什么顾客光顾，不过靠着给巴山剑场送些酒，勉强维持一家人的生计罢了。他早就听说关中富庶，没想到这女子出手竟如此大方，听了她的话，立马将心收到了肚子里。

"要打就打，废什么话？"一个冷漠的声音飘了过来。

众人循声一望，只见角落里坐着一名面容秀美的青衫少年，右手袖口处绣着一朵新开的荷花。

先前他只是安静地吃着东西，连同桌的人都并未注意他，直到此时出声，众人才发觉他与众不同。

他静静坐在那里，丝毫不在意周围注视他的目光。他容貌出众，气质如华，浑身散

发着一股高傲、清冷的气息,如同一把锋利的宝剑,兀自闪耀着灼灼光辉。他的眼眸如同一汪深不见底的潭水,似乎隐藏着无尽的秘密。而眉宇之间那股睥睨一切、无视万物的傲气,竟有一种震慑人心的力量,让人不由得肃然起敬。

就连薛静夜都微微一怔,感觉此人不同凡响。

"你是谁?在我面前,也敢如此放肆?!"余沱厉声问道。

"我是长陵叶新荷。"青衫少年淡然一笑,桀骜不驯地说道,"你们如何打斗,我可不管,我只想好好吃顿饭,这份好兴致却被打断了。若不是看在你也是秦人的分儿上,我早就出手教训你了,又岂会容你在此地放肆?不过,现在我不打算放任不管了,我可不想眼睁睁看着你败在薛静夜手上,丢了秦人的脸面。左右这顿饭也吃不成了,不如一并打发你俩回去算了。"

"什么?!"

酒铺内外一片哗然。

叶新荷虽然人才出众,但是却无人听说过他的名字,这无名之辈竟然想同时挑战雪蒲剑主人薛静夜和关中天才余沱?!

"狂妄!"

余沱自成名以来从未见过敢在自己面前如此夸口之人。她看着叶新荷那张淡定的脸,左手五指轻点着地面,酒铺里的石板地立马传来轻微的"咔咔"声。

薛静夜微微蹙眉,并不认为叶新荷是那种哗众取宠不知天高地厚的家伙。过往听过他和余沱大名的人,避之都唯恐不及,这叶新荷却面色如常,毫无畏惧,想必有几分真本事。

既然这人已经加入了战圈,便无须多想,让手中之剑来说话就可以了。他转头看向余沱,淡淡地问道:"你先还是我先?"

对方虽然说过让他和余沱一起出手,但如他那般骄傲之人,根本不屑于和他人一起去对付一个籍籍无名的少年。

听到薛静夜问话,余沱依旧眯着眼睛。

"轰"的一声闷响,她脚下的石板尽数炸裂。

那些碎砾如同轻飘的飞絮一般往上浮起,然后随着一道狂暴沉重的剑意一齐砸向她正对着的叶新荷。

一阵地动山摇,酒铺几乎要被这沛然莫御的大力给生生摧毁,发出了难听的"咯吱""咔嚓"声。磅礴的气息还在不停地往外扩张，那些已经缩在酒铺一角的店家和伙计已吓得面如土色，瑟瑟发抖，仿佛魂魄都散了一大半，心里暗自忖度：你们比试就比试，可千万别拆房子啊！

面对余沱的这一剑，叶新荷面上的从容之色并未有分毫改变。

一道清丽的剑光亮起，就如同夏日被暴雨所击，树梢上掉落的一片嫩叶在午后的光晕中划出的葱翠痕迹。

这道剑光亮起的刹那，原本一脸暴戾的余沱脸色骤然苍白，眉心微微鼓起，一口鲜血从口中喷出。

原本凝聚如重锤般的剑意顷刻间变成了一盘散沙，再也不能向对手发动攻击。

原来她的剑招已经被叶新荷破了。

叶新荷身上的衣衫猎猎作响，如同战场上高扬的战旗被流风吹动。他身后的酒铺木板墙壁上噼啪作响，好似外面被雨水敲打的芭蕉叶。

然而他神容不改，那把只出手一次便伤了余沱的剑已隐于袖间。

在场的大多数人都没有看清他的剑，更没有看清他的剑招。他们根本不知道那道剑光到底是如何击败被称为"天才"的余沱的。

静默过后，一片惊呼声才响起。

"输就输了，没什么大不了的。来日方长，只要你勤加练习，将来未必没有打赢我的机会。倘若经此一败，你便自暴自弃，一蹶不振，不仅辜负了一心培养你的师长宗门，更不配当我的对手。这里是我大秦地界，列国众人皆在此地，切莫作小儿女姿态，丢了我秦人脸面。"

叶新荷那轻淡的话语似有千钧之力，胜而不骄，大义凛然，隐隐含着深切的家国情怀，直直地撞击在大家心头，令众人斗志横生。

余沱的背部终于不再颤抖。

她是关中不世出的天才，何尝输得这般毫无颜面？她羞愤难当，此番声名扫地自是不说，更觉无颜再回师门，硬是想从这间酒铺直接找条地缝钻进去。然而叶新荷的那番话，却如山一般压在肩头，让她觉得自己此战虽败，但亦身负使命，不可就此消沉。此刻，她的身体似乎变得比以往沉重了无数倍，根本无法迈出一步。

"说得好！胜负虽有时，当以平常心待之。虽然没有动手，但静夜自知不敌，就此别过，日后有缘再会。"

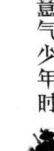

就在此时,薛静夜的声音响起。他对着叶新荷微躬身行了一礼,便直接转身离开。

这事要是发生在常人身上,即便不是对手,也少不得要嘴硬几句以挽回颜面。薛静夜面对众人,直言不敌,不失风度,也算得上是心胸坦荡,襟怀磊落。不过还未交手,便甘拜下风,这样的事情在江湖之中并不多见。一时间,人人唏嘘不已。

更多精彩内容
请扫描二维码

"啧啧啧,远远瞧着,他人模狗样的,差点儿被唬住,走近一看方才知道原来是绣花枕头一个!"

"这雪蒲剑主也不过如此,还没有动手,便被吓软了腿,看来之前的传闻也只是以讹传讹,当不得真。"

"是啊,像他这样出身高贵之人,未尝世间疾苦,哪懂得剑道迎难而上之真意,真是徒有其名。"

"魏人和楚人都被打发了,看来这最后能上巴山的还该是我秦人。"

……

习武之人,首先要修的便是一份心境,不为外物所扰,方能有寸进之功。这些旁观者,虽也知道叶新荷厉害,自己非他之敌,但他们无须上场应战,站着看戏不腰疼,所以说话也不怕风大,每一句都在极尽诽谤、侮辱他人之能事,根本没有剑师的半分风采。

可不论旁人如何议论,薛静夜都安之若素,好像那些不堪入耳的言论根本便不存在。他不是惧怕叶新荷,而是从叶新荷和余沱的一战中,清清楚楚地看到了差距。既然明知不敌,为何还要自取其辱?倒不如回去之后勤学苦练,待日后更上一层楼之时,再过来切磋一番。

林姿三呆呆地看着薛静夜一脸平静地从身侧走过,心中对他陡然生出极大的敬意来。

在如林的高手面前,林姿三觉得自己不过是天地之间一粒微小的尘埃。但他并没有妄自菲薄,而是从这一战中得出了更多的感悟,这些感悟在一定程度上使他的境界再一次得到了提高。

余沱遭遇了人生中第一次惨败,本想落荒而逃的她,因那几句话仿佛又重拾了信心。她钦佩叶新荷,感激地看了他一眼,并朝着他躬身行了一礼,默然片刻之后,才离开了这家酒铺。

有些人自知不是余沱和薛静夜对手,此时更不可能打败叶新荷,留在此间甚觉无趣。还有些人刚才不该说的说了,不该笑的也都笑了,在奚落、讽刺之时也并未留半点口德,再留在此间,恐怕躲不过也得拼上一场了。一想到此,他们或借故走开,或结伴离去,酒铺从一时客满无座，到内里人迹稀落，反倒显得有些寂寥。

店家和伙计们本来缩在一旁看这些少年才俊们对决，虽然吓得半死，但也是大饱眼福，直至店内酒客走了大半，才恍然明白了些什么。掌柜推了个胆大的伙计出去，一边追，一边叫道："赔偿……赔偿啊……不是说损失的都算你的吗？"

此时此刻，林姿三已毫无争胜之念，只想着日后在巴山之上观战之时，能学到更多的东西，倒没有随着那些人一起走。他走入酒铺，寻了个位子，便叫了些吃食慢慢地吃了起来。

雨越下越大，一股淡淡的茉莉香气萦绕于鼻端，若有若无。

林姿三抬起头来，只看到叶新荷对面坐着一个白衣胜雪的少女。

他看不到那少女的正脸，只见她坐姿异常端正，脊背笔直，一袭白衣十分合身。她轻轻出声，带着几分冷讽问道："你这样欺负余沱他们，就不怕外人对我们巴山剑场留下苛刻的印象？再者说，那余沱和薛静夜也算天资不错了，被你这么一搅和，我们巴山剑场还如何开山收徒？"

叶新荷唇畔勾起一丝微笑，显得那张秀美的脸更加与众不同，他不以为意地应道："这些人连我都看不上，顾师叔又怎么可能中意？退一万步讲，他们也完全没资格成为我巴山剑场的弟子。"

白衣少女眉梢微挑，道："能不能别把自己和顾师叔相提并论？再说了，你的喜好也不能左右他的决定。你这完全是心有成见，眼高于顶。"

"是又如何？"叶新荷完全不在意这白衣少女给他贴上的标签，反问道，"倒是你，嫣心兰，一个姑娘家的不好好在巴山上待着，跑下来凑什么热闹？"

嫣心兰反唇相讥："你们都能下山，为什么偏偏就我不能？我可是山上修为最高的弟子，论单打独斗，论随机应变，你们何人又是我的对手？更何况……"

她稍稍顿了一顿，才继续说道："更何况……我不像你，没事儿到处瞎晃悠。我是有大事要做的！"

叶新荷看着她煞有介事的样子，依旧没有放在心上，懒懒地问道："嫣大小姐，不如你说说你的大事是什么？是抓兔子，还是烤野鸡？上次让师弟们倾巢出动，就为了打壶好酒的事情，大家伙可都还记着呢！"

嫣心兰被叶新荷抢白了一番，垂头丧气，只是一下一下地扣着桌子。

听着那软糯的声音，林姿三好不容易平静下来的心湖，如同被丢了一块小石子，顿

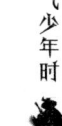

第四章 意气少年时

时生出了圈圈涟漪。看着那倔强、挺直的背影,他终于站了起来,换了张桌子,想要一睹嫣心兰的芳容。

声音那么好听,人应该也长得不错吧?

只看了一眼,他便觉得心跳骤然停止了!

只见嫣心兰一头浓密的黑发随意地挽着,旁边插着一支嵌着兰花的玉簪子。细细的流苏垂下来,在她脸颊处投射出一小片阴影来。她一说话,那流苏便四处晃动,清脆的声音煞是好听。

再看她的容颜,虽然算不上倾国倾城,倒也称得上令人惊艳。她脸上稚气犹存,柳叶长眉下是一双大而有神的杏核眼,眸中集清丽、倔强、纯真等多种情愫于一体,让人一见便沦陷其中,再也难以自拔。

她的腰间挂着一柄浅绿色的剑,上面嵌着朵朵盛开的茉莉花瓣,与她的清丽气质融为一体。

嫣心兰嘟着唇,低低道:"其实,我是在等林煮酒。"

"等林煮酒回来陪你一起胡闹吗?"叶新荷冷冷问道,对嫣心兰丝毫没有怜惜之心。

嫣心兰白了他一眼,不满道:"叶新荷!!陈芝麻烂谷子的小事,你就不能别提?一个大男人胸怀就不能开阔些,把人往好的方面想吗?你这个样子真遭人厌!我和林煮酒原本就约好了在这里见面!他最喜欢在这家吃饭,你又不是不知道。"

叶新荷没想到嫣心兰下山竟然是这个理由,不过转瞬之间,他也就释然了。巴山之上,就属林煮酒和嫣心兰关系最好,而且林煮酒对嫣心兰言听计从,鞍前马后,经常被其他人撮合成一对也不避嫌疑。此次林煮酒下山之后,嫣心兰倒是安静了不少,并未闹出什么大事。如果不是她忽然冒雨前来,叶新荷几乎要将这两个巴山上举足轻重的人物忘记了。

说到吃饭,他淡然一笑,道:"你看看那些远离俗世的大宗师,别的就不提了,就说咱顾师叔,不食半点人间烟火,遗世独立的高人风范与生俱来。那丰神俊朗的神采,仙风道骨的姿态,让我们这些做晚辈的想想都仰慕不已。再看看林煮酒,这人最没品味了。我就想不明白这里的卤肠有什么好吃的,油重,花椒又放得太多,吃起来吧,这看相也不讲究,关键是吃多了还对修行不利,偏偏他还情有独钟。"

嫣心兰笑了起来,那笑容足以使最娇艳的鲜花失色,出声道:道:"你也忒霸道了,萝卜青菜,各有所爱,你管得着别人喜欢什么吗?只不过,我原以为你会关心他回来到底要做什么，没想到在意的却是他的品味。"

叶新荷讥讽道："他回来能做什么？办正事儿找不着人，耍小聪明捉弄人那是处处有他。表面上一副憨相，让人不加提防，却一肚子坏水儿。但凡他不耍阴谋诡计，难道我还会怕他和我争那两柄剑不成？若是论投机取巧，我胜不了他，但以硬碰硬，他也未必就能胜得了我。再说了，我们鹬蚌相争，鸡飞狗跳，搞不好最后还得败在你手下。"

"算你还有点自知之明。"嫣心兰的嘴角勾起了骄傲的笑。

她年纪虽小，性格单纯，但做事专一、有始有终，悟性奇高。所以论修行进境之神速，巴山年轻一辈中无出其右者。在过往的同门大比之中，她每次都是位列榜首。叶新荷和林煮酒天资虽高，但与她比起来，还是略逊一筹。

林姿三听着这两人之间的对话，心脏再次不可遏制地剧烈跳动起来。

像余沱这种人已是罕见的奇才，然而甫一出手，就败在了叶新荷手下，可见这叶新荷有多么厉害。然而，听他们的意思，嫣心兰比叶新荷还要技高一筹，这简直让人难以置信！

自镜湖剑会以来，云棠的"破寒潭"与"斩蛟龙"，让无数人叹为观止，在为云水宫扬名的同时，也让世人知道女子论剑，并不输于男子半分！然那云棠毕竟已纵横江湖多年，这小小年纪的嫣心兰如何能与之相比？如果没有听到这番话，恐怕外人也只会惊艳于她的外表，而万万不会把她和巴山新一代弟子中的最强者联系起来！

林姿三震撼不已，然而那番谈话中所透露出来的信息还不止于此，难道叶新荷、嫣心兰，还有他们口中的林煮酒，本就是巴山剑场的弟子？如果真是如此，这巴山剑场到底该有多么强大！

先前有余左池横空出世，现在新一代的年轻弟子又遥遥领先于同辈，这巴山剑场还需要收徒吗？

林姿三呆呆的，恍然之间根本不知道时间流逝。

在这巴山之下鲜有外人光顾的酒铺中，叶新荷和嫣心兰说话也没有刻意压低声音，不知道旁人有没有听到。

酒铺之内弥漫着饭菜的味道和老酒的醇香，时不时有碗筷碰撞的声音传来，除此之外，并没有一个人说话。

春雨打在窗子上，落在地上，附在撑开的伞面上，也滴在在场的每个人心里。

不知到底过了多久，外面夜色渐深，寒意更浓，昏黄的灯光将众人的脸镀上了一层

第四章 意气少年时

· 53 ·

模糊的金色,简陋的酒铺里显得更加干燥温暖。嫣心兰百无聊赖,换了几盏热茶,又叫了两坛老酒,倒着喝了。

"哪有你这般贪杯的女子?"叶新荷出声斥责道。

"为何男子喝得,女子就喝不得?如果是林煮酒在这里,就不会说这种话!"说话间,嫣心兰又喝了一碗。

叶新荷无奈地摇了摇头。

外面的雨渐渐停了,湿嗒嗒的石板路上,响起了分外清晰的脚步声。

嫣心兰抬起头来,双眼顿时充满了神采。

"林煮酒!"笑靥如花的她,一蹦一跳地迎了过去。

少女的俏皮与可爱,展露无遗。

叶新荷则没有任何动作,面容淡定如故,好像根本不关心来人到底是谁。

林姿三转过头去,只见一个穿着草鞋的瘦削青年正从街巷的那一头走来。而嫣心兰则站在门前翘首以盼,一袭白衣格外显眼。

山间吹来的冷风将酒铺门外高挂的灯笼吹得一摇一晃,一个高瘦的身影走在湿漉漉的石板路中央,昏黄的灯光将他的身影拉得更加狭长。

那瘦削的青年头戴青箬笠,身穿绿蓑衣,脚穿旧草鞋,一副渔翁的装束。细看其脸面,则与普通人相差无几。他气息微弱,好似一阵风便能将其吹倒。待他走得近了,一股浓烈的血腥气扑鼻而来。

嫣心兰脸上的期盼慢慢地变成了担心,弯弯的柳叶眉皱成了小川,好看的杏核大眼里似乎有氤氲的雾气在升腾。她站在那里,不停地跺着脚,带得头上的玉簪子一阵乱颤,响成一团。

回到了久违的巴山,林煮酒苍白的面容上露出了一丝笑,三步并作两步朝着酒铺走去。看着被打烂的铺门,他皱了皱眉,接着顺手将箬笠、蓑衣挂在破烂门框上挑出的一截烂木上。

嫣心兰没有迟疑,伸手扶住了他。

林煮酒一笑,尽显爽朗之气,大声喝道:"辣油面,卤肠,水煮野菜。"

嫣心兰补充道:"再来一坛好酒。"

"还是你最了解我。"林煮酒应声道。

早在林煮酒出现之前,嫣心兰已经吩咐了店家准备这些吃食。初春的夜晚,虽有些寒意，但在这温暖的酒铺中，饭菜尚热，正好享用。林煮酒看着桌上那一碗面和两个菜碟，欣喜地动起了筷子。

"只可惜，好酒已经被一个贪杯鬼给喝完了。"叶新荷往旁边挪了挪，尽量不触碰到林煮酒沾染了风雨泥泞的衣角。

嫣心兰吐了吐舌头，道："你这人就是嘴欠，我不过是喝了点酒而已，就要被你如此说道。店家，再来一坛——"

她看了看林煮酒那几乎要见底的碗，又说道："再来一碗面——"

叶新荷"哼"了一声，不去理这两个人。

林煮酒吃完之后，起身坐到了旁边的板凳上，静静等待着第二碗面的到来。

"不应该啊！血腥味这么浓。依你的身手，巴山之下这方圆百里之内，论单打独斗难有敌手，怎么受了这么重的伤？"久无人声之后，叶新荷在林煮酒的手腕上轻触了一下，眉头顿时皱得更深了些，"哦，看来你这次是勇斗'群狼'了，今晚杀了多少马贼？"

林煮酒则淡然地缩回了自己的手，微讽一笑，道："我还以为，比女人还爱干净的你，不愿意和我有所接触呢！"

叶新荷闻言，微微一愣。他向来喜洁，所住之处可以说是纤尘不染，每日练剑之后必须沐浴更衣，像林煮酒现在这样浑身脏兮兮的，他基本上是敬而远之，就更不谈触碰一下了。他嫌恶地从袖口抽出一方雪帕，仔细地擦拭着自己的手，出声道："你不说倒还好，哎呀！这都什么味儿，弄得人都想吐了。原本我不过是想看看你到底受了多重的伤，到底还有没有动手的能力。"

"你这分明是在关心林煮酒，掩饰反倒显得虚伪了。"嫣心兰揭穿了叶新荷。

叶新荷冷冷道："我们本是同门，在家是兄弟，出山之后更会以命相托，关心一下也是正理，何需掩饰？所以你说是关心，那便是关心吧。"

他微微一顿，盯着林煮酒那张脸说道："刚才的问题，你还没回答。"

说话间，第二碗面已经上来了。缭绕的热气扑到林煮酒面上，为他棱角分明的脸庞平添了几分朦胧感。身体上的疼痛和疲惫似乎在这一刻消减不少，他舒展了一下四肢，便继续低头吃面了，时不时发出"哧溜"声，同时说道："云梦山那一窝老鼠全没了。"

侧桌的林姿三将三人的对话听得清清楚楚，只是不知云梦山那一窝老鼠到底代表着什么。

饶是叶新荷眼高于顶，从不服人，此刻也是深吸了一口气，缓缓呼出，诧异道："这

第四章　意气少年时

么多?那难怪,但你也没必要为了杀他们而把自己弄成这副样子啊!你这不是嫌命长,瞎折腾么。"

"我也不想杀这么多。"林煮酒的语气中透露出些许无奈,"还不是祁师叔逼我。"

"连巫童都死在了他手里,叶新荷,如果他不受伤,恐怕你真不是他的对手。"嫣心兰以手支颐,饶有兴致地看着林煮酒吃面,一边出声嘲笑道。

现在,林姿三终于明白之前林煮酒所说的云梦山那一窝老鼠是什么意思,惊骇得差点儿叫出声来。

秦楚边界的云梦山一带,有一群马贼聚啸山林,不时掳掠百姓,打劫来往客商,他们身手了得,来去如风,极为难缠。两国边防官将甚是头疼,派小股军队前去警告、试探,往往被这伙马贼打得全军覆没;待到大军杀来,这伙盗匪又化整为零,潜入云梦山,从此销声匿迹,大军劳师糜饷,也只得悻悻而归。长期下来,剿与不剿,便是一个让人头疼的难题。

其实在那批马贼作乱之前,云梦山上有一处修剑宗门,名叫行云宫。行云宫在当地也算是颇有名气的剑门,却不承想偌大一个门派愣是没撑过一个月就被那批凶悍的马贼血洗了,未留存一个活口。

马贼的首领叫作巫童,出身于楚国贵族之家,拥有过目不忘的天赋,自开始练剑以来,破境的速度远超常人。年纪轻轻,便已经到了四境。当年他们巫家因为得罪了楚国的另一位权贵,被设计陷害,最后落得满门抄斩。他因在外游历,逃过一劫,回去之后,看到家里门庭冷落,亲人尽丧,悲愤莫名,誓要杀权贵全家报仇雪恨。在一个月黑风高之夜,他疯狂成魔,一人一剑,将那权贵灭门,老弱妇孺无一例外。

自此之后,他身手高绝、有仇必报的名声远近闻名,身边聚集了大批无家可归的流民、盗匪。在他的带领下,手底下这些人练剑也小有所成,慢慢有了些实力。于是就灭了行云宫占据云梦山,成为当地人人谈之色变的一大存在。

没想到如此厉害的人物,竟然败在了林煮酒的手下。这青年其貌不扬,气息内敛,真不知道会哪些招数。

叶新荷面色微变,在巴山剑场年轻一辈中,除了在嫣心兰手下吃过亏之外,他就再也没有输过,自然是不服气的,冷声问道:"要不要比一场?"

嫣心兰摊摊手,道:"比就比,难道林煮酒还会怕了你吗?但他现在有伤在身,要不然,我和你比?"

叶新荷自知不敌，清冷的声音里多了几分寒意："明明是个姑娘家，出手却比男人都重。我不和你比。"

嫣心兰捏着手腕，一双水眸无比清亮，听到叶新荷拒绝之后，神容立马沮丧，又恢复了之前的以手托腮状，叹气道："真无趣！胆小鬼！你什么时候才能和我比一场！眼瞅着山上已经没有我的对手了！哼！"

许是和嫣心兰在一起的时间久了，林煮酒也学会了她的许多小动作，无意识地扣着桌子，说道："你啊，真是一点儿都不像个女孩子，这样吧，等到巴山又有了不错的弟子，就交给你，让你痛痛快快地比一场。"

嫣心兰立马笑了起来，连连点头。

看着叶新荷一脸警惕，林煮酒又说道："放心，我不和你争那两柄剑。若不是祁师叔让我回来和前来拜师的人交手，我大概也不会赶得这么急。他倒是不想我成为顾师叔的弟子，只不过是想看看我到底还能坚持多久而已。"

第五章
问我手中剑

听到这里,林姿三的手指不禁微微颤抖起来。

他是同辈之中的佼佼者,心气自然是极高的,但之前是目睹了余沱、薛静夜那样的少年俊杰,现在又见识了叶新荷这样的天才,而今那将云梦山马贼连锅都端了的林煮酒,竟然要和他们这些拜师学艺的人交手,他可还有进入巴山剑场的机会吗?更何况,还有一个修为更高的嫣心兰尚未出手。

一个宗门,要想称雄于世,获得天下景仰,只有闻名天下的宗师是不够的。相反,一个门派仅有天资卓越的年轻人,而无独当一面的前辈人物也毫无希望。两者相辅相成,方可成一派兴旺之气象。巴山剑场能一朝扬名,绝非偶然。其即将大出天下的征兆,从这几个非同寻常的年轻弟子身上,就能窥得一二。即便是其间并不出众的弟子,恐怕比自己的修为还要高上些许。

一想到这里,本来还兴高采烈的他顿时信心全无。

"祁师叔真是丧心病狂。"叶新荷听了林煮酒的话之后,冷声说道。

嫣心兰倒是没有太大的反应,好像早就习惯了一样,只是反问道:"这不是大家都知道的事实吗?他简直比顾师叔还要怪上几分。不过我们做小辈的也没资格抱怨什么,毕竟他一向特立独行,连宗主都无可奈何。"

说到这里,她脸上的担忧之色又流露出来,向林煮酒问道:"祁师叔这个疯子这么逼你,会不会让你的身体留下妨碍日后修行的隐疾啊?照这么下去,我们这些巴山的小花儿还没等到经受外面的风雨，就被他弄得七死八残了。不行，我要去向他讨个说法，你伤得这么重……"

她一拍桌子，就已经站了起来。眼看着她就要冲出门去，林煮酒拉住了她的胳膊，温声道："你就算去了，又能有什么用。我在云梦山待了那么久，连口气都没喘，就被他召了回来。他啊，将宗门的希望全都寄托在我们这一辈身上，现在更是下定了决心想把我培养成怪物。只可惜，我心无大志，注定要让他的愿望落空了。唉，算了，也不说这些丧气话了，这好歹也是个磨炼，对我也并无坏处，就由着祁师叔去吧……"

"哼！"嫣心兰双眸冰冷，两手往下一拍，桌子跳起老高，又落了下去，碗碟酒坛纷纷滚落下去。

"祁师叔这个变态，为何总喜欢把自己的想法一厢情愿地强加在后辈身上？

"看你平时也挺鬼的呀，巴山的师兄弟都被你捉弄遍了，也没见你吃过什么亏。可一见了前辈师长，整个就变成一老实巴交的烂好人，你就是太好说话了！"她为林煮酒鸣不平。

"嫣心兰，你能不能别像个小孩子一样闹脾气！动不动就要找人讨个说法。祁师叔的襟怀志向你懂吗？他对林煮酒寄托了多大的希望你知道吗？就你这个心胸，什么时候才能成为一代宗师，振兴巴山？"叶新荷无奈地看着那一地狼藉，质问道。

林煮酒挥手招来了伙计收拾，同时为嫣心兰说着话："本来就是小孩子，讲什么襟怀志向嘛，任性点儿也没什么妨碍的。好了好了，别说那些不开心的了，接下来，还有一场硬仗要打呢。"

嫣心兰觉得叶新荷讲的很有道理，对自己抱怨、误解祁师叔也有些心怀愧疚，但还是狠狠地剜了叶新荷一眼。

叶新荷眉梢微微挑起，出声道："你也不用看我不顺眼。你先前还觉得我做得不妥，现在祁师叔喊他回来镇山门，难道就不怕天下人说我们巴山剑场故弄玄虚？一边对外面说是开山收徒，一边又把所有前来拜师的人都打得落荒而逃，只是为了让全天下都知道我们巴山剑场能人辈出，厉害得不得了？"

"一个把我当三岁小孩儿，黄毛丫头；一个心眼儿小得跟针鼻儿似的，尽挑我不是。你们俩没一个好人，一丘之貉。"嫣心兰愤愤道。

林煮酒接话道："这样的话，我早就和祁师叔说过了，只不过他有自己的打算，我们这些小辈哪里能明白？而且祁师叔说了，未必是谁胜得了我，就能成为巴山剑场弟子。"

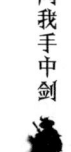

"不以胜负论英雄?这真是前所未有之事。"叶新荷眉头大皱,显然没有想到这种说法。

林煮酒点了点头,道:"余师伯参加镜湖剑会,目的就是为了收徒,而且也绝对不会只收一两名。当然了,也不是所有人都有资格列入巴山门墙。最后能否成功,要看他们自己的本事了。"

"最重要的一个问题。"嫣心兰继续以手托腮,眼波流转,问道,"我们虽然早就是巴山剑场的弟子,但是,并没有正式地拜师跟着某位长辈学剑,因此也算不得巴山哪个前辈的亲传弟子。这次顾师叔收徒,我们有没有资格参加?"

"当然有。"林煮酒在嫣心兰头上敲了一记,带着些许宠溺的口吻问道,"你这丫头,从一开始打的就是这个鬼主意吧?若不是顾师叔要选关门弟子,祁师叔也不会这么急着让我赶回来。天下到底还有没有出类拔萃的少年俊杰,我不知道,但是我知道,我们巴山剑场这些人肯定是要好好地斗上一场的。"

"让你回来又有什么用?他不是不想你成为顾师叔的弟子吗?再者说了,我就是巴山弟子中最厉害的,你们谁能打得过我?我想成为顾师叔的徒弟,有什么不对吗?即便我不对了,你们又有谁能拦得住?"嫣心兰眼中不服输的小火苗又烧了起来,看着光滑平整的桌子上空无一物,立马又是一拍,喝道,"酒呢?上酒!"

店家一愣,心知得罪了这个小姑娘可不是好玩儿的,立马送上来一坛酒。嫣心兰自顾自地倒了一碗喝了,才觉得心头的那股燥气平息了不少。

"好好好,这关门弟子的名额一定是属于你的。"面对嫣心兰的小孩子心性,林煮酒无奈一笑,便抛之脑后了,他也喝了一碗酒,赞道,"果真还是他家的酒最有味道!这一次,要给祁师叔带上两坛过去。"

这些家常对话,如同一记惊雷,在林姿三脑海里炸响,想到过往的那些风光经历,其实也不过是坐井观天的狂妄而已。他又是惊羡,又是羞愧,也拿起桌上早已备好的酒喝了起来。

酒铺外面的雨虽然停了,却还是有动静传来。风吹芭蕉,叶与叶交相碰撞,奏出一曲和谐的乐音。隐隐风声之中,好像还夹杂着鼓乐与脚步声,顺着石板传了过来。

"要忙了。"林煮酒耳朵未动,便放下手中的酒碗,长身而起,朝着酒铺外面走去。

嫣心兰和叶新荷坐着没动,好像根本没有听到外面的动静。

林煮酒身经百战,他们自然不会认为有他解决不了的事情。

"哗啦"一声,他背后包袱上震开一匹布幅,如同一面酒旗般插在他背后,上面歪歪扭扭的字迹却十分醒目——想进巴山,先问我剑。

夜色渐浓,曾经喧闹嘈杂、气氛一度凝重到剑拔弩张的酒铺重新变得寂静无声,只听得雨水顺着芭蕉叶子滴落到青石板上,发出清脆的声响。

林煮酒站在门前,背后酒旗般的布幅随风伸展,其上八个大字清晰可见,身上的血腥之气更是隐隐显出独灭云梦山马贼后的浓浓杀意。那渊渟岳峙的气势,更是让有心围观之人都不敢发出丝毫声响。众人屏气蹑足,想要一看究竟。

巴山之下的这个小镇,与世隔绝,平日更是少有外人前来。但镜湖之会之后,仿佛一夜之间,巴山剑场就成了天下最具盛名的剑宗。此番开门收徒,自然会引来全天下的青年俊杰,林煮酒郑重其事,如临大敌,来者当然不会是寻常人物。

清净的小镇突然变得热闹起来,隐隐约约的弦歌之音变得越来越清晰,慵懒安逸之中又透露着几分豪爽之气。

林煮酒半眯着眼睛朝着那边望去。

那里是一处小院,原先是间卖茶的铺子,里面堆存着不少旧茶,并无丝毫出奇之处。看着铺子的是早些年搬到这里避祸的外乡人,他老而丧妻,又不喜交际言谈,终日半躺在一张老藤椅上,抱着一只黄花猫,半分生气也无。这茶叶铺平日里顾客稀少,生意清淡,他一个老鳏夫对生活也丧失了希望,于是就得过且过,开张关门随心而定,经营也并不精心。因而铺子里便散发着一种衰败颓废的气息,让人不由得敬而远之。

然而此刻出现在林煮酒感知里的,却不是那衰败的陈茶之气,而是阵阵浓郁的花香。在花香掩映之下,一股女子身上特有的幽香隐隐传来。

他定神望去,原来的茶铺早已改头换面,换了人间。简陋破败的院子已变成了红瓦砖墙、朱漆大门的重重楼阁。门前摆着几株怒放的海棠,屋檐下悬着两盏大红色的灯笼,明亮的烛火随风浮动。声势愈隆,宫灯逐一亮起,原是有十几名身穿宫装的女子迤逦而出。借着灯光,仍能看出那些女子个个都是世间难得一见的好颜色,寻常百姓若是能娶一个回家当媳妇儿,那肯定是修了几辈子的好福气。

乐声不断,这十余名宫装女子分成两排,眉眼含笑,堪比春花秋月。她们手持花篮不断朝空中洒着鲜花花瓣,落英如雨,缤纷不绝,煞是好看。

这声势华丽浩大、铺张至极,于奢靡中又透露着尊贵。也不知到底是何等人物,才

能拥有如此排场。

"是凌四公子!"

在场之人多是寻常百姓,但其中也不乏眼力卓绝者,还是判断出了来者的身份。

许多人如梦初醒,简直不敢相信自己眼前所见。

"真是这等做派?"

别说是那些凡夫俗子了,就连林煮酒此刻都目瞪口呆。随后而来的叶新荷一向自视甚高,时常以品味高雅自居,见了此情此景,也不由得愣了神。而那从未下过巴山的白衣少女嫣心兰,则更是拉紧了林煮酒的衣袖,眼神之中全是惊羡。

楚国郢都凌四公子名气极大,那如同仙人一般的容貌气度,曾引得一众闺中少女夹道相迎,而凌家更是坐拥楚国最大的几个工坊,富可敌国。传说凌家七位公子都由名师教导,研习过众多绝妙的剑经,是楚国一大传奇。他本人也是天资卓绝,在同辈之中从无败绩。而他要是比剑,必然有绝色侍女奏乐洒花,阵仗极大。

先前很多人都听过这个传闻,只不过从未亲见也就没当回事。今日一见,才知传闻非虚。这十余名宫装女子从小院中走出后,一名气度端庄的女子手持一柄绿鲨鞘长剑缓缓而出,行至林煮酒等人面前,微微躬身行了一礼。

离得近了,众人才看清这女子的容貌,即便是放在刚才那十几名侍女中也十分出众。只见她眉如黛,眼含烟,眉眼之间氤氲雾气缭绕,好似兴起水波时荡漾而起的淡淡水汽,将那张小脸映衬得越发出尘。

她嘴角含笑,眸中全是自信满满的傲然之气。

"凌四公子竟是个女子?"

乐声初歇,沉默又起,但终究还是有人忍耐不住,出声打破了这份寂静。

他们只听说过凌四公子的容貌出众,百年难得一见,但何曾想他竟是个女子?

那女子见众人将她当作了凌四公子,心中暗喜,但脸上依旧挂着浅淡的笑容,轻轻应道:"我不过是公子座下的一个侍女罢了。请——"

随着一声剑鸣,一道极为霸道的剑光凭空而生,在一瞬间一化为五,如高山崩石般轰然落向林煮酒身前。

这一剑出手迅捷,来势凶猛,威力无俦。

大部分人骇然变色,心中暗惊:一个小小的侍女,都能有如此修为,那凌四公子到底是多么逆天的存在?这渔人打扮的青年虽也斗志旺盛,但看得出已然身受重伤。在此情况下,他能接得住这强悍的一招吗?

林煮酒尚未出剑,嫣心兰背上的绿色长剑却震动起来。她清丽的眸子里,多了几分与年龄并不相称的倔强与坚毅,眼看着便要出剑挡住凌四公子的侍女。

然而一道剑光却在她行动之前闪出,将那强大无匹的五道剑光生生压制住。五道霸道的剑光骤然消失,那侍女连退三步方才稳住身形,她骇然地看向自己的手腕,如雪皓腕处一道印记清晰可见,那印记虽然没有划破肌肤,却生生印在了自己心里。

她败了。

身为凌四公子座下第一侍女,得到过凌四公子指点的她,也能称得上高手,没想到此次来秦一出手就惨败于此。

"你啊,那么着急干吗,不是说好了等遇到合适的,再给你练手吗?"林煮酒不以为意地还剑归鞘,然后在嫣心兰乌黑的长发上揉了揉,眸中全是与那粗犷外表不符的温柔。

嫣心兰的手按在剑上,摩挲了几下之后,才摇了摇头,嘟唇道:"你伤得那么重,即便强撑得胜,说不好也会对身体造成不可挽回的伤害。我还不是担心你。"

林煮酒收回手,笑道:"我林煮酒在你心中就这点本事?除了在你这小丫头手里吃过败仗,我什么时候对其他人服过输?"

嫣心兰这才收下心来,应声道:"这话说得倒也在理。当今天下,年轻一辈中,除了我以外,能打败你的人大概还没出生。"

在一旁的叶新荷自然知道那侍女的一剑并不是那么容易接住的,方才见到林煮酒破招的一剑,他也算是明白了自己与林煮酒的差距。看着他二人有一搭没一搭地说话,不知为何,心头没来由地生出了一股烦躁,咳了一声,说道:"你们有完没完啊?与其瞎掰活儿,不如想想还有没有力气对付正主儿。正事都没办,倒是先互吹起来了。"

叶新荷口舌尖刻,丝毫不留情面,却也说出了一部分事实。

林煮酒和嫣心兰的脸色顿时一变。

林煮酒目前的状况确实堪忧。云梦山一战,他的真元耗尽来不及恢复不说,还身带重伤,刚才化解侍女那一剑已是勉强,再来个更厉害的凌四公子,后果不言而喻。

不过,相对于林煮酒的惨白脸色,嫣心兰还是好了不少。她很快便调整过来,柳叶眉一挑,出声道:"就算是再来十几个,谁怕?"

一片倒抽冷气之声响起。

在场之人，大多见识过叶新荷与林煮酒出手，自然不会觉得嫣心兰是在胡吹大气。

清脆的击掌之声从茶铺中传出，接着传来了一个男子温柔却自含威严的声音："这位姑娘，口舌倒是厉害，不知……"

刚刚惨败的侍女花容失色，却站得笔直，转头朝着茶铺望去。

嫣心兰微微挑眉，她性格单纯，行事坦率热烈，不喜置疑之声，更是厌恶讲话说一句留半句，正待发作，却听得林煮酒说道："她不仅说话厉害，手中末花剑更是未逢敌手。"

叶新荷显然是见惯了这两人的做派，并未出声，只是全神贯注地等待着那未见其人先闻其声的凌四公子出场。

一个身穿翠色华衫的俊秀男子映入了眼帘。他的相貌虽然没有传闻中的那般惊艳，但是眉宇之间流露出来的高贵之气却让许多人顿生卑微如蝼蚁之感。那从容淡定的神容，那温雅随和的气质，令人只能抬首仰望，而不敢有丝毫亵渎之心。

"公子——"侍女出声道。

凌四公子微微点头，道："这丫头不过跟着我学过几招粗浅功夫，今日出手，竟遇方家，终究露了原形，诸位见笑了。"

那侍女哪里还敢出声，本想出手击败来人长一长凌四公子的威风，没承想，到头来还要凌四公子替自己收拾场面。此时她面上并不好看，赶忙讪讪退下了。

林煮酒和叶新荷见他说话礼数周到，自认手下侍女不敌，但言语中自信满满，隐隐有挑战之意，于是静静地等待着他的下文。

凌四公子长眉一凛，继续说道："你杀意浓烈，战意未尽，应是刚在别处经历过惨烈的厮杀，直到现在，心境都不能平静下来。"

旁人或许不知，但林姿三一直在旁，将林煮酒等人的对话尽数听在耳中。林煮酒一人一剑端了云梦山一窝马贼的壮举直到现在仍让他心头震颤，而凌四公子的判断竟然与实际情况毫厘不差，这让他不由得又是一惊。

从一剑而判断出对方的心境、修为，这是何等厉害的手段？

"即便如此，你的剑意依旧澄澈平静，丝毫不乱，着实令人佩服。"凌四公子不骄不躁，神态安详地问道，"你是如何做到的？"

林煮酒抱臂，慢条斯理地说道："没有什么是一碗加了卤肠的辣油面解决不了的。"

这种文不对题的回答，让叶新荷眉头微蹙。然而嫣心兰却颇为满意，面上绽放出如花笑靥。凌四公子显然是没有听说过这种答案，顿时一怔。

他思索片刻，才出声道："的确，一个人在血腥杀场中拼斗得久了，疲惫不堪、饥寒交迫，自然会怀念温暖平静的感觉。凌厉的剑意和宁定的心神融为一体，当然会无往不利。听你这么一说，我倒是想尝一尝你说的加了卤肠的辣油面到底是什么滋味了。"

叶新荷面上露出了鄙夷的神色。

林煮酒为人粗豪，爽朗不羁，许多习惯对于精细人来说不甚讲究，所以生活品位一直让叶新荷看不上。然而，此刻他这粗陋且不健康的饮食习惯却为身份高贵的凌四公子所认同。叶新荷顿时觉得有些不可置信，不满地瞪了林煮酒一眼，林煮酒却没有理他，而是很礼貌地向凌四公子做出了个"请"的手势。

凌四公子当先进入客栈，叫了一碗面。他尚未坐下，便有侍女在桌上、椅上、地上全部铺上了一层红毯软垫。如此大费周章，极力铺陈，破旧凋敝的酒铺瞬间焕然一新。

他这才坐下，趁着面还未上来的空儿，朝着林煮酒问道："你到底经历了什么样的战斗？方便说说吗？"

林煮酒微微一笑，极为得体，然而他的拒绝却是那么干脆："同样一件事情，我通常不喜欢再说第二遍。你若是真感兴趣，可以向其他知道的人打听。"

凌四公子也不生气，依旧笑着问道："你背上这面旗甚是特别，霸气外露且不说，从另一个角度也证明你是巴山剑场的弟子吧？"

林煮酒应声道："是的。想入巴山门墙者，都要先过了我这关。"

说到此处，他的目光投递到嫣心兰身上。

嫣心兰立马捏了捏手腕，舒活舒活筋骨，跃跃欲试。

凌四公子见过林煮酒一剑之威，自然不会小视，道："巴山剑场有你这样的弟子坐镇，看来并不是什么人都能进的。这也算是个考验吧。只不过，我想问的是，此次天下剑首选徒弟，你们也会参与吗？"

嫣心兰警觉道："那是当然。顾师叔收徒，虽未明言，但无论如何总不至于只收外人，而拒绝同门吧？"

她天资卓绝，用心专一，加之勤奋练习，数年不辍，所以修为突飞猛进，一日千里，在巴山年轻一辈之中无人能敌。但她并未因此而目空一切，在天下英才辈出，百花齐放的春日里，定不会只有她一枝独秀。

林煮酒补充道："我们巴山剑场的弟子，只学剑经，不拜师父。人人都学自己想学

的招式，而同一剑招，我们也可以向不同的师长请教。长期下来，导致我巴山弟子艺业博而不精，功法杂而不纯。巴山剑场此次公开收徒，我们内部自然也会挑选最适合自己的师父，从而在自己的专长领域更进一步。顾师叔如何选徒，什么标准，我们也不知道。但倘若天分尚可，机缘也到了，自然能入得巴山了门墙。这里发生的事情，师叔师伯们都有注意，至于到底哪些人能入他们的眼，就是他们自己的事情了。"

话至此处，一碗滚烫的辣油面被伙计送了上来。

凌四公子身份高贵，平日养尊处优，对于吃食十分讲究，此时一闻到那卤肠的味道，便不自觉地捂住了鼻子。

真是不明白，为何有人会喜欢这种面？

"从前的巴山剑场，也不过是山野小宗。虽然声名日隆，但也不见得人人都能适应里面的氛围。"林煮酒说道。

就像这碗面，有人难以下咽，有人视若珍馐。品味不同，自然能生出不一样的感觉来。

凌四公子终究还是没有吃一口，他将面碗往旁边一推，白皙的手指上便沾染了些许油渍。他长眉竖起，旁边一个侍女立马从袖中抽出一方绢帕，将那些许油污清理得干干净净。

他抬头看向不远处高山，隐隐群山后面，正是巴山剑场的山门所在。

此时月黑山高，甚至连山门一角都看不到。

嫣心兰起先听说他们要打一场，已经准备好了看热闹。谁知等来等去，两人你一句，我一句，叨叨个没完，她早就耐不住了出声道："你们倒是好涵养，一副以武会友的派头，我可早就等不及了。你们到底打不打？"

凌四公子低头一笑，挑眉道："如此说来，是得好好比一次了。请——"

话音方落，一股锐气透体而出，好像是要将他的衣衫和面前的天地生生割裂。

嫣心兰眼前一亮。

这样的人，才能被称作对手。

林煮酒面容不改，从容出剑。

风停、雨歇，浮动的人心尽皆被无言的震撼填充着，天地之间，再也没有了别的声响，只有这一刻难得一见的较量还在继续。

"师弟，你在跟我开玩笑？"

小屋的窗子半开，露出外面还未抽芽的桃花枝。这座院落，独处于巴山主峰之外的一个山巅，其山势险峭，巨石嶙峋，植被相对稀少，与巴山主峰遍植芭蕉的盛景大有不同，因而显得格外寥落。

余左池坐在桃木椅子上，手边一杯去火降燥的菊花茶还残存着袅袅热气。此时的他，根本没有镜湖剑会上那般从容淡定。这情形，似乎是想端起一旁的热茶就势泼过去，抑或是操起悬于腰间的佩剑把对面的人捶上一顿，方解心头郁气。

"收徒事大，关乎我一生艺业的传承，我不会开玩笑。"坐在对面的顾离人淡然地喝了一口茶，才慢条斯理地说道，"我这么着急从阳山郡赶回来，就是想告诉你这个事实……"

"砰"！

桌子震颤不休，茶水茶叶溅得到处都是。

余左池根本不觉手疼，仿佛刚才拍桌子的并不是他。他长身而立，指着顾离人，不可置信地说道："现在各国有天分的年轻人不说全都来了，至少也来了十之四五。就连一向清高自许的凌四公子都来了，你不要告诉我，他们从没想过要成为天下剑首的徒弟。还有祁师兄，他将自己那当作宝贝疙瘩的林煮酒也急吼吼地从云梦山招了回来，他到底想做什么，你不要说不知道。你连个招呼都不打，私自下山也就罢了，现在一回来就告诉我，你已经收好徒弟了，你确定你这不是在开玩笑？还是说，你准备让世人觉得巴山剑场是一个言行不一的虚伪宗门？"

顾离人独居一处，言语不多，平日也少与人交往，但是余左池说的这些，他心里却很明白。他无奈地叹了口气，说道："师兄，我只能说，这是机缘巧合。收徒一事，本来是我个人的事情，当初我便不赞成你将此事和宗门的气运将来关联在一起。你……唉，天下剑首……当日我都未去过镜湖，就莫名其妙地成了天下剑首，说实话，我很不喜欢这种感觉。如果你愿意，这天下剑首就是你的，又何必要推到我头上？"

余左池气怔，感觉自己满腔热情的付出并不为顾离人所理解，不禁有些颓然，片刻之后才慢慢地说道："可是我打不过你。"

"我向来不通俗务，这天下剑首的称号于我而言只是累赘。但天下各派为了这虚名，却争夺不休。这样的现实，也是我辈的悲哀！"顾离人依旧是云淡风轻地品着茶，说道。

一向气度恢宏的余左池，却总能被顾离人给激出火来。他知道自己无论如何也说服不了顾离人，只得重新坐了下来，没好气地问道："你那徒弟，现在人在哪里？"

顾离人特立独行不是最近一两天的事情了，眼下来看，收徒之事已成定局，根本无法扭转。他倒也没想着那弟子该是如何的天资无双，只要能像林煮酒和嫣心兰一样，让那些不远千里赶来的年轻人心服口服才算罢了。

"现在应该在齐云洞一带。"顾离人有问必答，无丝毫火气，显得耐性极好。

"齐云洞？"余左池想了想才疑惑地说道，"祁师兄让林煮酒去云梦山是为了杀马贼，至于齐云洞……如果我记得不错的话，那里好像连马贼都没有。荒山野岭的，你让他去那里做什么？"

"昔日大幽王朝的剑藏有点线索，我让他去看看。"顾离人轻描淡写地说着，丝毫没有察觉到这些话会给余左池带来多么大的震撼。

"昔日大幽王朝的剑藏？"余左池几乎是下意识地重复了一遍，然后才从震撼中清醒过来，花了数息时间来平复自己的心情，嘴角浮起一丝苦笑，道，"据说朝天域那批齐人已经寻觅了近百年，却一无所获。你出山不过小半年，又能发现些什么？还有，你向来不与外界有过多交流，这些消息又是从哪儿得来的？"

"我对有关于剑的一切东西都比较敏感。"说到剑，顾离人平和的脸上便露出了自信的神采，"剑意、剑痕……一切和剑有关的东西，我都能感知到。朝天域那批齐人……呵呵，就算是再寻上几百年又有何用？行事不得要领，花费的时间再多也注定不会有什么结果。此次下山，我路过齐云洞，便感觉到了其中不一样的地方。正好让我那徒弟历练历练，说来也是好事。"

不得不说，天分的差别，是人与人之间难以跨越的鸿沟。像顾离人这样天生的怪物，根本不能用常人的思维去衡量。他一时哑然，沉默半响才出声问道："他叫什么名字？什么来历？"

"王惊梦。"顾离人此时露出了些许疲态，揉了揉泛酸的太阳穴，眼睛已经微微闭上了，"算是个孤儿吧，他不会让人失望的。"

余左池一时震撼无言，孤儿？外面那些人要背景有背景，要天资有天资，要能力有能力，他倒好，偏偏三不靠，选了个孤儿回来！

他愤愤地捏了捏手腕，看着顾离人疲惫的神色，终究还是没下去手，反倒是细细品味着这个名字：惊梦，惊梦，如果此人果真拥有将人从梦中惊醒的力量，大抵是能当得起这天下剑首的徒弟的。

与山脚下的喧嚣不同，巴山上分外幽静。剑鸣声隐隐约约传入耳中，白日酒铺里的那些精彩对决已经成了众多弟子点灯夜话的最佳谈资。

一壶小酒，三两知己，相对而坐，窗外沙沙的风声，为这长夜注入了脉脉温情。

外人很少有机会进入巴山剑场，是以他们并不知道巴山弟子的日常生活到底是何等光景。这等闲适静谧的场面，世人大多是想象不出的。

数百年前，巴山发现了大量品质极佳的铁矿。但群山之间，交通极为不便，于是当地门阀便直接在这矿场之中建筑高炉，精炼之后再运出，以降低运输损耗。

历经百年，这片矿场被挖成巨坑，矿脉也已断绝。人手撤出之后，高炉也彻底废弃。

再过百年，树木丛生，百草丰茂，巨坑逐渐又被风化而成的山石土壤填满，但前人遗留的那些高炉与石窟残存下来，错落其中，形成了一番别样的风景。

再后来，一些宗师因避世而选择在此山水清秀之地修身养性，追求剑道。这些宗师不慕名利，志趣相投，偶尔也会找个资质、人品俱佳的年轻人授徒传功，延续传承。久而久之，也便形成了几个宗师教一个徒弟或是几个宗师教几个徒弟的传统。慢慢地，这些宗师和门徒便形成了一个新的宗门——巴山剑场。巴山剑场独立于世外，人数也不是很多，且门人少在江湖行走，是以根本不为外人所知。

此时的巴山剑场清幽美丽，微风轻轻拂过，绿草如茵，百花芬芳，说是人间仙山也不为过。

而阳山郡处于秦楚交界之处，距巴山几有千里之遥，顾离人归来一路风尘仆仆，这会儿许是累了，在和余左池说完一番话之后，便进入了梦境。他以手支头，睡容安详。

余左池转身，将门关好，这才回到了自己的住处。他所居之地正对着的是一面山崖，一道银练般的飞瀑垂流飞洒而下，下方便是一座遍生青苔和许多奇特小藤的巨塔般的高炉，飞瀑冲到炉顶，飞洒出万千如珍珠般晶莹的水滴，让人几乎移不开眼睛。

万千晶莹的水滴随着山风飘洒，在落地之前化成无数细长的水线，如同一柄柄晶莹的小剑，不停地向大地斩落。

晶莹小剑击打在不远处的芭蕉林中，噼啪作响。天气刚刚放晴不久，就又迎来了新一轮的风雨。

芭蕉林中有一栋小竹楼，夜能观星河，卧可听风雨，实是潜修静养的绝佳之处。此刻却人去楼空，物是人非，颇有几分寂寥之意。

那里原本住着一名女剑师，巴山剑场年轻一辈大多只听过她的名讳，却很少见过她。

她也是个性情孤傲、脾气古怪之人，巴山众多弟子，论天资、能力均强世人甚多。可她只教过嫣心兰一个人剑法，其余众人，纵使性格再好，家世再强，也不入她法眼。

但是话又说回来，嫣心兰终究还是没有辜负她的期望，小小年纪便已在巴山崭露头角，无有敌手。

三年前，她将自己毕生所学尽数倾注于一本剑经之中，传给了嫣心兰，而她本人，则下了巴山，从此不知所踪。

此时，余左池看着那飞瀑流泉，赏着那被芭蕉掩映的竹楼，又想着顾离人和那女剑师两个怪人，终于发出了一声叹息。

巴山众人，大多性情古怪，这两人暂且不说，其余的也没有一个能让人省心的。

山上有人感怀喟叹，山脚下的那一场战斗却是正酣。

无数道剑影伴随着狂暴的风声从四面八方不断向林煮酒冲来，然而林煮酒却分毫不惧。

凌四公子出剑很从容。他似乎只是在漫步而行，但是他手中的剑，却将身前那数丈方圆的天地织得密不透风。

狂风骤雨般的剑影将林煮酒的身影彻底包裹住，此时的他就如同一只无法破茧而出的蚕蛹。

从一开始出剑到现在，他用的只是一招。这一招看似平平无奇，然而威力却层层递进，剑意更是趋于完美。

林煮酒本就身有重伤，此时手中剑招能发挥出来的威力不过平时十之二三，而凌四公子蓄精养锐，以逸待劳，气势正盛，占尽了先机。

周围不乏心明眼亮者，看清实力对比之后，表情各异。

巴山剑场越强，有朝一日他们拜入门下，才能学到更多精妙的功法，自己的修为也才能更进一层。然而从另一个角度来讲，巴山剑场越强，便意味着对于门人遴选的条件更加苛刻，门槛更高，至少在场的众人大多不是林煮酒和凌四公子的对手。

一时间，叫好者有之，惋惜者有之，望洋兴叹者亦有之。

叶新荷的眉头皱了起来。这些人看热闹不嫌事大，事不关己则高谈阔论，肆意发表意见；一遇强手，自知不敌后又锐气消磨，进取之心全无。这样的人遇事无担当，面临困难即会萌生退意，哪里是来巴山剑场拜师学艺的，分明是来凑热闹。纵使师叔师伯们不说,他也猜得出来,巴山剑场是不会收这种人的。

他身旁的嫣心兰面容始终平静,并无一丝波澜。

被风雨包裹的林煮酒,表情逐渐变得凝重,似乎应付得有些艰难。凌四公子出手,来来去去变化多端,给人一种华丽非凡,应接不暇的感觉,看上去好像很厉害。但到目前为止,他至少已经使出了六七门剑经中数十种精妙的剑招,依旧无法破解林煮酒那毫无章法的一招。

"凌四公子剑法诡异多变,奇招层出不穷,而林煮酒则刚好相反,出手招式单一,毫无章法可言,再这样下去,结局不是一目了然吗?"叶新荷挑眉向身边的嫣心兰问道,"平日里,你不是最关心他的吗?还记得上次他受伤,你哭得跟个泪人儿似的,恨不得冲上去一剑捅死对方才解气。这次林煮酒明显有伤在身,现在这情况对他也十分不利,你怎么突然转了性子,淡定得让人匪夷所思?"

嫣心兰定睛看着那无边的风雨剑影,出声道:"叶新荷,世间万物都在变化发展,世上哪有一成不变的事物,不要总是拿过去的老眼光看我好不好?你可长点儿心吧!我已经不是小孩子了,这大庭广众之下,我即便担心也不用哭哭啼啼,徒然让人笑话,你不要脸,本姑娘还想要哩!再说了,林煮酒不会输……就算他输了,这口气我也会替他争回来!"

说到此处,她神色中终于出现了一丝黯然,声音也低落了许多:"再说了,我要是情绪不稳,他一分心出手便会受到影响,到时候说不定稳操胜券的局面也会弄得大败亏输。"

叶新荷愣了。在他眼中,嫣心兰就是个以自我为中心的黄毛丫头,什么时候学会推己及人,换位思考了?

突然之间,风雨骤停,凌四公子停下手来,并未继续出招。

直到此时,许多人才看清了他手中的剑。

那是一柄形貌奇特的阔剑,剑身比寻常佩剑阔约一倍,但长度却较寻常之剑短上一尺。青色的剑身上有许多不规则的槽口,隐约闪动着水光。

林煮酒愈加感觉到吃力,却怎么也想不到凌四公子会在这种时刻选择停手。他不解地看着凌四公子,目光慢慢移到了那柄阔剑上。

"潇潇风雨剑。"凌四公子抬了抬剑,继续说道,"我有很多剑,这只是其中一柄。在许多人眼中这些剑稀世罕有,价值连城,但在我看来,剑就是剑,如若没有合适的主

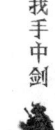

人,再名贵也只是一堆废铁。你若是能胜我,这柄剑送你也无妨。"

潇潇风雨剑,顾名思义,出剑之时带出的无数剑影,就如同狂风骤雨一般,将对手重重包裹。任你手段滔天,也无法破出重围。

"有见识!"林煮酒阅人无数,还是头一次见到出手如此豪阔之人,不由得赞叹一声,但随即又忍不住问道,"既然我们今日定要分出胜负,又为何停手?"

凌四公子平静地看着林煮酒,说道:"我看得出来,你受了重伤。比剑论道,本是一件磊落风雅的事情,我和受伤的你比拼,被人视作乘人之危不说,即便胜了又有何荣耀可言?"

林煮酒笑了起来,但看上去还是有几分虚弱:"的确,江湖论剑,我辈应以最好的状态全力发挥全部的实力,才是对对手最大的尊重。但换个场景,情况就完全不同了,两军对战之时,大家只是争胜,谁会管你是不是受了伤,抑或是准备是否充分?因此,尊严和荣耀都是相对的。你今天能用这种态度来和我比剑,我很欣慰。不过,即便受了重伤,你也胜不了我。"

"哦?"凌四公子自然知道林煮酒与以往的那些对手不同,但是在身受重伤之后,还说出这样的话来,那就不是简单用"狂妄"二字能解释的了,但他并不生气,只是出声问道,"是什么让你有如此自信?"

"我的修为在巴山众多同门中不算太强,但有一点,他们却都比不了我:我能从别人出手的过程中看出对手的剑路和用剑习惯。即便是比我厉害的对手,到最后还是得败在我手下。"话至此处,林煮酒对着不服气的嫣心兰说道,"当然,除了你。"

嫣心兰这才得意地一笑。

林煮酒继续说道:"你出了那么多剑,对于你的剑招和功法路数,我早已了然于胸。刚才切磋之时,我用的招数毫无章法,无迹可寻,你不知道后面我还会些什么。所谓知己知彼,百战不殆,接下来你不论用什么招数,我都能全盘接下,而我的出招,你或许闻所未闻。"

林煮酒这番话说得坦白明了,甚是狂傲,然而在场之人却都不置可否。刚才的交手,说来话长,其实来去过招,也就是电光火石之间。凌四公子使出的剑招虽多,但较之平生所学来说仍是一鳞半爪。仅看这几招就能摸索出他的剑路和用剑习惯,从而以招破招,并最终取胜,这到底要何等超乎常人的眼力和天赋!

"你没在开玩笑?"凌四公子见过很多口出狂言的人,后来的事实却都证明那只是他们毫无根据的自我膨胀罢了。但此刻眼前的林煮酒却不能与那些人相提并论,在见识过他的一剑之威后凌四公子下意识地觉得他有这个本事,因此在出声之时,虽有几分不敢相信,但还是隐藏着几分本能的恐惧。

林煮酒微微一笑,说道:"出招吧!如果靠嘴就能分出胜负,那我辈习武之人又何须勤学苦练?用剑说话吧!"

凌四公子转头对着之前惨败的绝色侍女说道:"今日我自愿与他比剑,江湖论道,实力为尊,刀剑无眼,死伤在所难免,若我不幸倒在了他剑下,告诉家里人,不许寻仇。"那侍女跟随凌四公子日久,自然明白他的意思。然而她虽然败给了林煮酒,却想不明白,自家公子清高自傲,又有战无不胜的本事,如何会说出这样颓丧的话来?公子今日之言行,大异于常,此刻严肃认真又郑重其事,倒像是在交代后事一样。

她顿觉不祥,却迅速将这个念头生生压了下去,随后肃然行了一礼,退在一旁。

"剑乃杀器,杀戮之物,与其无谓暗藏,不如为了自己的坚持而毁灭。动之虽有可能杀生,但若不杀个痛快,又如何实现自己最初的心?所以我一直将比剑视为庄严神圣的事情。我们既然决定了要比一场,请你不要留手。"凌四公子沉声说道,"我也会竭尽所能施出平生最强的一剑。"

林煮酒的神色变得庄重起来。一直以来,他都信奉弱肉强食的天道,每每下山面对着狡诈凶恶的敌人,只要是行之有效,能克敌制胜的手段,不管在世人看来多么不合乎道德规范,他都会毫不犹豫地使用。至于后来,自己会不会被他们的师长亲人寻仇,他根本不在乎。因为强者生,弱者死,只要他够强,就算有人寻仇,他也丝毫不惧。

凌四公子如此郑重,即便战败,也不许家人寻仇,让人顿生今日论道,生死不问的豪情。这才是有志之士追求剑道至境的初心,与那些只争胜负的人不可同日而语。面对这样的对手,林煮酒顿时心生敬意。

他微微躬身行了一礼,一股寒意凭空而生,周围观战的众人之中修为稍弱者,登时打了个寒战。

这场强者之间的对决,已经拉开了帷幕。

林煮酒并未掩饰自己伤重的事实,他面色苍白,中气不足,看上去不免有些虚弱。然而这一刻,他的气息忽然变了。

他似乎和黑暗融为了一体,与夜色之间再也不分彼此,而他身上散发出的滔天杀意亦让人恐惧莫名。那气息,就像是地狱深处冲出来收割生命的冥兽。一时之间,人人色

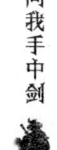

变，就连嫣心兰也吃了一惊，如果林煮酒不是她多年的至交好友，她此刻大概会以为是哪个魔头出世了。因为震惊，她那双大而有神的眼睛瞪得滚圆，头上插着的玉簪子流苏乱颤，发出了清脆的声响。

林煮酒和凌四公子之间数丈方圆空间里，突然响起一阵古怪而刺耳的鸣声，就像是突然出现了十几只嗅着死亡气息而来的乌鸦在"嘎嘎嘎"地乱叫着。这种声音让人本能地厌恶、抗拒，甚至想捂住耳朵。

凌四公子面色微白，这种杀气和剑意压抑得他几乎无法呼吸，但他的眼睛却越来越明亮。

在整个楚境，他从未见到如此强大的同辈，那些教过他剑法的名师，甚至都不能展现出如此强大的剑意。

棋逢对手，将遇良才，是求剑之人平生最大的乐事。此次无论胜负，对于他鲜花着锦的人生来说，都是一次难能可贵的经历。哪怕是最坏的结局，他也一样充满期待。

他无比凝重地出剑，身上再无保留丝毫元气。

遇到可敬的对手，就当倾尽全力。

潇潇风雨剑一出，无穷风雨顿时席卷而来。剑身之前出现了一道笔直的气浪，夹着狂暴的风雨朝着林煮酒扑去。

仿佛是被这浩大的声势所牵引，春雷滚滚，云集响应。

那一条笔直的气浪边缘处出现了金黄色的光芒，就像是被镀了一层金边。

一时间地动山摇，街道两旁的灰瓦朽墙在雷音响起的刹那便土崩瓦解，那些高出屋檐的芭蕉树离地而起，枝干俱碎，绿叶纷飞，隔得近些的人来不及闪避，身上的衣衫顿时出现了许多道裂口，血水从中渗透出来。

嫣心兰和叶新荷勉强维持住身形，并未受伤，但是脸色已经不怎么好看了，而林煮酒的身上又出现了一些新的伤口，殷殷的鲜血汩汩流出。

惨叫声此起彼伏，那两道强悍无匹的剑意终于撞到了一起。

想象中天地破碎的场景并没有出现，林煮酒身上散发出来的那股气息和释放出的剑意如同无数细线裹住了这道金黄色的剑光。

金黄色的剑光在暴戾的杀意中穿行，逐渐被消解，变得细长。然而再细再长也不能被完全消灭，最后那如线丝一样的剑光，直直地刺向了林煮酒的胸口。

林煮酒并未躲避，他手中的剑在那团阴暗的杀意扩散之前，便已经朝着凌四公子递了出去。

那道剑光落在了林煮酒的身上，却未留下任何伤痕，然而与此同时，凌四公子的身体却往后暴退数丈。

他眉心之上出现了一道血线，一滴晶莹的血珠沿着血线的下沿沁出，顺着他的鼻尖滚落。

那如同羊脂白玉一般的脸上，登时多了一抹艳丽的红。妖异的气息逐渐扩散，周遭的氛围变得异常诡异。

许久，一片惊呼声才响起。

风雨初歇，嫣心兰便着急走上前去，因为太过担忧，她甚至没有注意到门槛前面还有台阶，一只脚踏空，整个身体歪了下来。

像她这般修为之人，出现这种失误的机会甚少。

她心下一急，暗道不好，这次定然会摔个满身泥水，让那叶新荷笑话半晌了。

然而一只温暖的手，却握住了她的胳臂。

嫣心兰反应极快，在摔下来的那一刻已经提运真元，现下有了这一扶，她立马站得稳稳当当的了。

她尴尬一笑，林姿三松了手抓了抓后脑勺，显得有些不好意思，道："嫣姑娘……"

"你是？"嫣心兰掉头一看，伸出援手的是一个毫无印象的年轻人。"我……我叫林姿三，也是来巴山拜师的。只不过我天分有限，修为……"

林姿三原想上巴山拜师，但看到眼前高手如林，自己大为不及，心中有些惭愧，所以说话有些支支吾吾，但还未说完，嫣心兰便在他肩头拍了一记，笑道："所谓四海之内皆兄弟也，江湖儿女心胸要磊落些，即便是技不如人，又何须自惭形秽。看在你帮过我的分上，我会介绍巴山剑场的朋友给你认识的！"

"谢谢！"林姿三还想再说些什么，却看到嫣心兰继续朝着林煮酒走了过去，只留一抹淡香若有还无。

第五章 问我手中剑

第六章
道传有缘人

"你不要这样,其实我没事的。"当嫣心兰走到林煮酒面前时,他努力挤出一个微笑。嫣心兰双手绞在一起,红了眼圈。

林煮酒越是这样说,她就越发觉得难受。他从来都是这样,即便受伤再重,身上再痛,也不肯多说一声。她咬咬牙,出声道:"就你爱逞强。"

林煮酒也不辩驳,而是朝着凌四公子再次行了一礼,无比庄重地道:"谢谢。"

那种隐藏着阴暗狠厉的杀意,带着残忍和血腥味道的气息已经完全消失。此时的他神色平和,甚至和常人并无区别。旁边众人,如果不是目睹了全过程,单看表情,谁也不会觉得他刚刚经历过一场激烈的大战。

方才的场面,双方针尖对麦芒,仿佛并未留手,理应是两败俱伤之局。然而,在最后一刻凌四公子却改变了主意,以至于出手的只有招式,而无真元,这样林煮酒才并无大碍。而林煮酒出的那一招,却切切实实地落在了凌四公子脸上。这一个回合下来,谁输谁赢的确分明,可凌四公子不占一丝一毫便宜的磊落心境却更是让人心生敬意。

凌四公子眉心中那一抹妖异的红色依旧停留在众人的视线之中,若是寻常人物,定会以之为耻,极力掩饰,他却不以为意,傲然笑道:"既然已经输了,这把剑就是你的了。给你。"

潇潇风雨剑从凌四公子手中脱出,缓慢平移,终于飞至林煮酒身前。

"哧"的一声,阔剑竟径直落下,依托剑尖的锋利,宽厚的剑身如入朽木般刺入林煮酒身前的石板地中。片刻之后，只剩下剑柄肉眼可见。

此等功力，自非寻常练剑者所能达到。

那绝色侍女取出绢帕，将凌四公子眉心的红线擦掉，又帮他将周围的血渍清理干净。按理说，那惊世骇俗的一剑，应该足以穿透凌四公子的头骨，形成致命的伤害。然而此时他的头上却只留下了一道并不算深的伤口，若是用些灵丹妙药，再将养些时日，相貌便会恢复如初。

原来，林煮酒也并未下死手。

凌四公子向来注重外形、仪表，如今他头部受伤，与平日玉树临风、高傲贵气的形象相比确实有些不堪，但这爽朗的一笑，似乎表明其实脸上是否会有伤口，他并不在意。

此刻，就连那如细线般的伤口，似乎也多了一番特有的韵味，使那高贵秀美的气质中多了一分粗犷不羁。

"有机会我们再比一场。下次，我一定会胜你。"

他的话，说得激昂豪气又不拖泥带水，周围众人也并未觉得有丝毫不妥。说完之后，也不顾林煮酒是否回应，便转身离去。

乐声再起，花瓣如雨，前方两排女子手持花篮，动作轻盈，凌四公子依然是举止优雅，宠辱不惊。

方才的刀光剑影仿佛已成往事，而他离开的场景，却与来时一模一样。

胜负固然重要，但对于久处山野的江湖人士来说，这奢靡浩大的排场还是令人叹为观止。经此一战，凌四公子虽然遭遇了人生第一次败绩，却心服口服，更生迎难而上的勇气。因为对于习武者而言，一帆风顺，永无敌手，只会让人目空一切、安逸退化，而偶尔的一次挫折却能让人砥砺自省，完善自我，不断精进。

人群中忽然传出了充满欣赏之意的掌声。

众人的心神仍然停留在那最后一幕的震撼之中，这突如其来的掌声却显得有些突兀。嫣心兰侧目以视，发现鼓掌的正是方才出手相助的林姿三。

初时并未觉得他有什么特别的地方，但站在那些一味吹捧胜者而大肆贬低败者的看客中间，众人忽然觉得他相貌出众，气势如渊沉，眉宇之间全是凛凛正气，铮铮傲骨。就连那灰色的衣衫，也在一瞬间变得亮堂起来。

紧接着，一道犹如金铁交鸣，甚至有些刺耳的声音响了起来："刚才的比斗，临到终了却戛然而止，双方显然都未尽全力，为何鼓掌？"

林姿三一怔，循声望去，只见一个身穿寻常粗布麻衣的中年男子，散乱的长发垂落下来遮挡了大半边脸，让人看不清相貌。

一股锐气透体而出，看起来并非好相与之辈。林姿三和那犀利的目光一对视，便觉得身上好像被刺了数剑，分外的心神不宁。

他强忍着这种不适，微微躬身行了一礼，应道："因为精彩。二人都是大雅君子，值得尊敬。"

凌四公子生于豪富之家，虽不通世故，但亦知世人欺弱媚强的心性，所以并不奢求众人能理解自己。听到此处，尚未走远的他脚步微微一顿。

这中年男子嘴角微微挑起，说道："若只是泛泛而论，亦有沽名钓誉之嫌。你说说看，具体精彩在何处？"

"他们施展的每一剑都迅捷流畅、精妙绝伦，我要是和他们交手，恐怕连一剑都接不住。"在这中年男人透露出来的无形威压之下，林姿三将内心深处最真实的想法尽数说出，"看得出来，林先生……"

大概是自己也姓林的缘故，这样称呼林煮酒，他觉得有些奇怪，遂改口道："他将自己积存的杀意和留在心中的阴影一剑挥洒了出去，酣畅淋漓而无丝毫破绽，但如果不是遇到凌四公子这样强的对手，他那一剑也未必能发挥得如此淋漓尽致。因为在出剑之前，他心境还有些不稳，如同不时地从噩梦中惊醒一般，沉溺于残酷厮杀而不能脱。但借此一剑，他却能将杀意消融，而且剑意稳定强大如斯，晚辈虽见识浅陋，却也敢放言，当今天下年轻一辈中能做到的没几个人……如此精彩的对决，在别处哪里能看得到。"

凌四公子的嘴角勾出一抹笑意，再不停留，朝着不远处的茶铺走去。乐声缥缈，绕梁不绝。

中年男子的面容微微一怔，显然是没有想到林姿三会看得这么清楚，他抬起头，散乱的长发被拢到后边，露出了一张平和的脸。他出声问道："你叫什么名字？"

林姿三家教甚严，面对长者，即执晚辈之礼，恭敬地应道："林姿三。"

中年男子微微沉吟，才说道："白猿剑的传人，十三岁便参悟了灵猿剑经的后生。嗯，果然不错。"

在场之人都愣了一愣，虽然从白天到此时，他们已经见过无数个传闻中的人物，到如今还是发现自己忽略了这个藏于人群中的杰出少年。

林姿三在师门颇受重视，刚来之时心气也是极高。但见了那么多厉害的人物之后，他早就知道自己列入巴山门墙的机会寥寥，却没有想到还能得到赞赏，心中一喜，问道："前辈您是？"

"俞一斤。"中年男子倒是没有任何掩饰，径直说出了自己的名字。

这个普通的名字，在那些围观者之中并未引起太大的风波，然而却如一记惊雷，落在了巴山剑场三位弟子的耳中，他们不约而同地惊道："什么？俞师伯？"

林姿三疑惑地看着俏丽的嫣心兰，师伯？难道这位前辈也是来自巴山剑场？只是，看他们的反应怎么好像只听说过他的名号，却不认识本人一样？真是奇怪。

俞一斤并未去管林煮酒等人的反应，而是朝着林姿三说道："巴山剑场，俞一斤。你愿不愿意做我的弟子？"

全场皆惊。

忽然冒出来个不修边幅的中年男子，自称来自巴山剑场，竟然还公然要收林姿三为徒，他真的是俞师伯吗？这林姿三虽说有些天分，是白猿剑的传人，可是比起凌四公子等人却是差远了。直到现在，也没见他出一招，就因为他说了一番长篇大论，就能做巴山剑场的弟子了？谁知道他是不是哗众取宠，冒名顶替？

俞一斤并不在乎那些人怎么想，甚至连嫣心兰等三人的想法，他也不甚放在心上。

巴山剑场的前辈宗师大多特立独行，不为世人所理解。俞一斤行事向来我行我素，不考虑旁人感受。他认为自己收徒弟，只是他个人的事情，与旁人，甚至是巴山剑场并无半分干系。

"真的是俞师伯？"叶新荷眉梢微挑，并不信任面前这个长发中年男人，又一次出声道，"我虽未见过俞师伯，却知道他早已收了一名弟子，叫茅七层。而且听师门长辈说过，俞师伯对他那名弟子极为满意。既然你说要收林姿三为徒，那就说明你没有徒弟咯！所以你肯定不是俞师伯。"

"你小子，真是聪明过人呐？谁规定每个人只能收一名弟子？"一股锐气顺着俞一斤的眉角在空气之中朝着四周发散，"我只是下山了一段时日而已，看来这段时间巴山的变化挺大啊！巴山剑场的弟子什么时候变得这么迂腐了？"

叶新荷被讥讽之后，面色讪讪，看了林姿三一眼，接着说道："我只是想不明白，若你真是俞师伯，为什么会挑他做弟子？"

场间众人并不是巴山剑场的弟子，所以虽然对眼前这中年男子的来历也持怀疑态度，却也不敢出言置疑，叶新荷这一问倒是问出了所有人的心声。

叶新荷出言不逊，俞一斤也并未大动肝火，心中却存了考教眼这前几个年轻人的心思，一道剑光从他袖间探了出来。

这是一道色作乌黑的剑气，细细看来表层泛有鳞光，其形若蛇，迅捷如电，仿佛一条乌蟒。

他出剑不快，剑路却十分清晰，在指向叶新荷的心口时，忽然分成了两股，其中一股逼向了林姿三。

叶新荷是巴山剑场新一代弟子中的翘楚，对于这个自称俞师伯的中年男子的骤然发难也并未感到惧怕。然而过了片刻，那道乌黑的剑气却令他心惊：他快，则剑快，他慢则剑慢，不论自己如何闪避，都无法避开这刺来的剑尖。

他虽修为不弱，此时却也是心生怯意，慌忙出剑。

一道清丽的剑光斜斜挑出，刺向俞一斤的手腕。

俞一斤手腕一翻，如同一座大山般将剑压在他的剑身上。

叶新荷心中一寒，还未来得及转动剑身，俞一斤这一剑已经落在他胸口。

"袭"的一声响，他脸色一白，连退三步，喷出一口鲜血。

俞一斤收剑，剑光迅速消隐于手中，但叶新荷胸口的衣衫上却有一处凹陷，虽然这衣衫仍然完整，但那凹陷之下的劲气却始终凝而不发。

这一边，另外一道剑气飞来，林姿三竟毫无反抗，生生受了那一招。威力如此之大的一招，竟然没有在他身上造成半分伤损，当真是难言的奇迹。

"为何不躲？"俞一斤疑惑地问道。

"您是前辈，若要考教我等，晚辈当受您一招。"林姿三虽然接下了这一招，却并不像表现出来的那么轻松，他几乎能感觉到自己的气血翻涌，身体内部真元不受控制，四处乱窜，几乎快压制不住，。

"懂礼，知耻，有悟性，做我的弟子足够了。"俞一斤说完之后，将目光转向了叶新荷，说道，"你也不错。"

他出剑向来暴烈无匹，不留余地，对手若不能挡，必死无疑。叶新荷能接他一剑，也只是吐了一口血而已，修为进境显然不能小觑。若是换了旁人，估计早就倒地身亡了，而林姿三却如无事人一样，修为明显更胜一筹。

见过俞一斤出手，叶新荷等人早已不再怀疑他的身份。天下之大，奇人辈出，可是这般不依赖真元出招，以力破力而能发挥出如此威力的，就只有巴山剑场的俞一斤了。

听门中师长说，俞一斤天生力大，年轻时做过屠夫，靠杀猪宰羊维持生计。但某日突然开悟，无师自通地领悟了吸纳天地元气的修行手段。为了追求更高的境界，他来到了巴山剑场，却也不拜师，不看剑经，随心所欲，完全凭借自身的领悟创造新的剑招。他对敌之时，基本上只凭借力大的优势，便能够战胜对方，而剑招精妙与否，反倒没有那么重要了。

他功法自成一格，又是巴山师长，所以来去自由，并不经常待在巴山之上。除了亲传弟子茅七层之外，几乎很少有人认识他。但是他的大名却享誉整个巴山，对于这位擅长以力破法，又特立独行的俞师伯，众多后辈也都是仰慕已久。

林煮酒微微躬身，对着俞一斤行了一礼。

"你更不错。"俞一斤微微颔首，对着林煮酒说道。

"不错"与"更不错"之间的差别，人人都能听得出来。他这话，显然是说叶新荷不如林煮酒。

虽然这是事实，但是当着这么多人的面讲出来，叶新荷的脸色瞬间变得非常难看。

"你也别难过。"一直站在旁边的嫣心兰声音软软的，"巴山上，除了我，就属林煮酒最强了。如果你从现在开始发愤图强，说不定几年之后就能赶上他了。"

叶新荷的脸色更臭了。

这是在安慰人吗？嫣心兰是想趁机报复吧？毕竟他们一向不对付，总是要取笑对方几句的。

"哼。"叶新荷并不想搭理嫣心兰，转过头去。

"小肚鸡肠。"嫣心兰抱臂道，"你瞧瞧人家……"

说到这里，她有些尴尬地问道："你……你叫什么名字来着？"

"啊？"看着嫣心兰那双流动着清泉的双眼，林姿三顿时一愣，过了半晌才肯定她是在问自己话，突然又觉得有些不好意思，于是白净的脸上染上了一丝红晕，仿若天边燃烧的晚霞，他尽量地压抑住内心的颤动，应道，"林姿三。"

"哦，就是林姿三。"嫣心兰扯了扯叶新荷的衣裳一角，说道，"你瞧瞧人家林姿三的气度，他虽觉得自己技不如人，但亦不妄自菲薄，自暴自弃，虽谦虚恭敬，出言谨慎，却依然保持着自己独特的个性，甚至用观摩、学习的态度来看待每一场战斗，再瞧瞧你，因为不如林煮酒，就在这儿生闷气……"

叶新荷着实冤枉，俞一斤在大庭广众之下说出那样的话，他只不过是觉得一时间面

上无光罢了。现在被嫣心兰劈头盖脸地教训一番,他反倒成了心胸狭窄之辈了。

"好了,你那张利嘴还是饶一饶人吧。"林煮酒示意嫣心兰不要再说了。

嫣心兰努了努嘴,道:"大家的眼睛是雪亮的嘛。"

再这样下去,叶新荷可不敢保证自己不会动手,哪怕他根本打不过嫣心兰。

俞一斤听着他们几个斗嘴,脸上竟然罕见地浮出了一丝微笑,道:"你们也别争来争去了,林煮酒的确不错。祁师弟那个怪人,徒弟比我调教得好。"

"咳咳,祁师叔向来严厉了点儿,不像师伯您,对茅七层完全是放养。"提到茅七层,林煮酒顺着话头问道,"茅七层呢?还回不回来?"

巴山年轻一辈中认识俞一斤者甚少,但是与茅七层相熟的却不在少数。

幼年之时,茅七层也曾有一个圆满的家。那时天下虽乱,但地处边陲的小镇却少受波及,仿若世外桃源。他的父母勤劳本分,因而生活也富足殷实,他小小年纪就被送到外面的学堂读书。然而好景不长,战乱虽然未至,却躲不过天灾,一场瘟疫过后,小镇遭受灭顶之灾,大量人口染上瘟疫死亡,幸免者十不存一。他因在外求学而捡了条性命,待回到家中之时,却发现父母早已亡故。

年幼的茅七层并未自怨自艾,在将父母埋葬之后,还是坚强地活了下来。既然天不弃他,就更应该好好地活了,只要留得有用之身,总会有一番不同的人生际遇。也是机缘巧合,恰逢俞一斤下山游历,见这小男孩儿性情坚韧,资质尚可,便带回了巴山剑场。

那时的林煮酒年纪也不大,才刚入门,因而对茅七层入门的那一天印象极深。他身形羸弱,面黄肌瘦,穿得破衣烂衫,形同乞丐,老是低着头,眼睛看着地上,胆子特别小,看起来比同龄人要小许多。巴山剑场虽非名门大派,但收徒向来严格,所以门中弟子大多天资出众,也就不是特别留意这个并不令人惊艳的同门。然而随着时间的流逝,茅七层一次又一次令人刮目相看。他的领悟能力不算高,与林煮酒相比差了可不止一点半点,同一招剑法,他学起来比其他同门要慢上许多。但他亦有过人之处,就是远超常人的体力和耐力,俞一斤因材施教,让他练习一些需要借力的剑招,立马收到了奇效。大家发现,在与茅七层对战之时,他可以持久缠斗,而自己虽在招式上占有上风,体力却无以为继,最终也只得低头认输。

俞一斤天生力大,他看上的弟子怎么可能是只弱鸡?

或许是因为自小就见惯了死亡,也经历过失去至亲之人的痛苦,茅七层珍惜生命异于常人。他总是能在旁人意志松懈的时候感受到危险,时刻保持着警惕之心准备以命相搏，所以在遭遇真正的危机时，反而会爆发出令人难以预测的潜力。

因此同门切磋之时，茅七层往往会有令前辈师长惊艳的表现，只是与林煮酒等人的修为进境还有些差距而已。寻常较量，茅七层大概胜不了林煮酒，但若是身处云梦山那样的环境，谁胜谁负就难以预料了。

"他在外地，赶不回来。再说了，他回不回来，对结果都不会有什么影响。"俞一斤面无表情地说道，"他是我的弟子，就算回来了，也不会重新投在顾离人门下，更不会像你一样，千里迢迢赶回来单挑。"

林煮酒有些尴尬，咳了两声之后，便不再说话，将目光转向被夜色笼罩的长街之中。

叶新荷被一招制住，毫无反抗的余地，自然也不再言声。

嫣心兰则百无聊赖地踢着地上的小石子，一袭白裙格外显眼。

林姿三看了看俞一斤，又看了看嫣心兰，欲言又止。

一些受到比斗波及的伤者互相搀扶，逐渐散去；还有一些自命不凡的人则投店住宿，养精蓄锐，准备来日再上巴山。一时之间热闹的街巷变得无比空寂。

时间慢慢在流逝，夜渐深，亥时已过，百姓人家早已关门闭户，酣然入睡。巴山脚下这平日少有人来的小镇，今日仿佛是一场接一场地放了几场大戏，在经历了一整天的喧闹之后又重归平静。

一阵夜风袭来，林煮酒回过神儿来，对还站在原处的几人说道："不如，咱先回去歇了吧？"

嫣心兰早就乏了，听了林煮酒的话，深表赞成，就要朝着山上走。

然而俞一斤却没有动，他神色凝重，缓缓出声道："大家常常说我自由散漫，从来不把任何事情放在心上，甚至连教徒弟都漫不经心。但真要说起来，顾离人才是我这一生中见过的最洒脱不羁的人，他的世界没有规矩，向来只顺从自己的心意。这一次公开收徒，结果一定会出人意料，说不好还会招来无尽的祸端。"

嫣心兰乏意顿消，一个激灵来了精神，警惕地看着俞一斤。

虽然她已有师父，但天下剑首徒弟的名额，她志在必得。

林煮酒皱眉问道："俞师伯这话是什么意思？是担忧我巴山剑场声名日隆，而树大招风？还是说这次收徒，不论我们如何努力，终归是做不到平衡各方势力，让大家满意？"

"你能有这样的见识，也算不错了。但不止于此，这祸端恐怕还会起于萧墙之内。"

俞一斤脸色阴郁，忽然弹指一挥，一道剑气顿时凭空而生，紧接着不远处的房舍上传来

一阵惨叫，屋檐上不时有瓦片摔落，"无胆鼠辈，只会藏头藏尾！"

林煮酒等人都没有发现异样，可见那人修为至高，藏踪匿形的本事不容小觑。

"不知道又是哪方势力的眼线，成天派这些窝囊废过来有什么用？"

俞一斤感知敏锐，出手迅捷，不动声色之间便伤敌于无形之中。巴山众后辈久闻其名，今天才算见识到他出手，想起他杀猪宰羊当屠夫的经历，也不禁唏嘘。

"我们巴山剑场与凡俗门派不同，虽然宗师众多，却大多不收亲传弟子。也就只有我，收了茅七层，心兰的师父收了她。即便祁准对你钟爱有加，不也没收你做徒弟吗？"俞一斤看了看林煮酒，才继续说道，"这其中的用意其实很简单，你们这些小辈，只要是有心气，可以跟着不同的人学习。广ศ博取，集众人之所长，必然会越来越强。你们这些弟子强了，巴山剑场就一定会越来越兴盛。显然，顾离人是个异数，他从来不按常理出牌。这次他公开收徒，不仅会让外界那些人斗起来，还会弄得我们巴山剑场鸡犬不宁。"

除了林姿三，他们都明白俞一斤所说究竟是何意。

顾离人一向离群索居，不务虚名，即便是师兄弟之间坐而论道也甚少参与，就更别提指点巴山上的后辈们了。他才是巴山最强的事实，还是经由余左池之口在镜湖剑会上说出来的。

只要是与顾离人有关的事情，嫣心兰就格外留心，她出声道："顾师叔收徒弟，原本就是自己的事情，何必弄得那么麻烦。更何况，他一向是神龙见首不见尾，收不收徒，收谁做徒弟，都不会妨碍其他人的。巴山之上，我们这些后辈之中，当然是谁最强，谁才能做顾师叔的徒弟。至于山下那群人，一个个跟他们解释也太费事了点儿，倒不如我和林煮酒把他们都打发回去得了。"

"狂妄。"俞一斤正色道。

嫣心兰一张俏脸顿时憋得通红，山上那些师长哪个不是对她宽容宠溺，怎么到了俞一斤这里，只能得到这两个字的评价了？

林煮酒拉了拉嫣心兰，说道："虽然祁师叔并没有让我去做顾师叔的关门弟子，但却也希望我能跟着顾师叔学剑。心兰，你要是成了顾师叔的弟子，不介意让我也跟着他学两招吧？"

"看在我们多年交情的分儿上，就答应你了。"嫣心兰这才展露了笑颜，稚气未脱的面容显得甚是开心。

"那，俞师伯呢？您有没有意见？"林煮酒又问道。

"那是你们自己的事情，我懒得管。"俞一斤淡淡地出声道，"我只知道，除了茅七层之外，这林姿三也将成为我的亲传弟子。"

兜兜转转，话头就又回到了林姿三身上。

林煮酒和嫣心兰倒不怎么在意，但叶新荷却不一样，他心气极高，很是不服。

作为当事人的林姿三，表情则显得有些尴尬，他犹豫再三，还是悄声问道："你们是不是没有问过我的意见？"

众人顿时一愣，他不远千里赶来，不就是想成为巴山剑场的弟子吗？现在大好的机会摆在眼前，及时抓住就可以了，怎么反倒说出这种话来了？

俞一斤严肃的面容现出了几分温和，直直地看着林姿三问道："那我现在问你，你愿意成为我的弟子吗？还是说，你更想成为顾离人的徒弟？"

俞一斤口口声声喊着"顾离人"，而不是"顾师弟"，不以同门相称不说，直呼其名，显得特别不客气。嫣心兰觉得有些别扭，柳叶长眉一直横着，满脸不忿之色。

"你在害怕什么？男子汉大丈夫，有话就说，吞吞吐吐，是何道理？"俞一斤见林姿三不说话，又继续问道。

多年以来，由于巴山剑场声名不显，所以外界对其并无了解。现在越是接近巴山剑场，林姿三越觉得这个宗门隐秘而强大。只听到他们之间的对话，他便知道这里面的纷争不可小觑，仅是收徒一事，就得考虑多方势力的平衡，其他事情就更不用多说了。宗门前辈当中宗师众多，但大多特立独行，不问俗事，难以沟通交流。年轻一辈人人天赋卓绝，实力强悍，竞争之激烈都非他之前的宗门可比。这里纷繁复杂的局势，争胜进取的大环境，让他不禁对自己产生了怀疑，内心变得十分矛盾没有。人不希望自己变得越来越强大，但当巴山剑场的轮廓越来越清晰，他的内心却越来越胆怯。尤其是俞一斤那张脸，严肃起来的时候散发着不容置疑的威严，更是让人觉得无所适从。

"我……"林姿三话到嘴边，又觉得将真实想法说出来着实是有些伤人。

"你不要怕。"或许是因为那一扶，嫣心兰从一开始就对林姿三有些好感，此刻安抚他道，"如果你不想拜俞师伯为师，也没什么妨碍的。反正从你的表现来看，也足以列入我巴山门墙了。"

林煮酒接着说道："说得一点儿不错。"

林姿三见嫣心兰定定地看着自己，顿时觉得脸上火辣辣的，他垂下头，低声道："我

虽习武多年，私底下也会觉得自己有些本事，但其实……也没有你们说的那么好。我硬生生地受了前辈的那一剑，表面看起来虽然无事，实则受了不小的内伤……"

这样看起来，其实还是叶新荷更胜一筹。他口中鲜血殷殷，外表看上去虽有些狼狈，却并未受内伤，身体也无大碍。

话音未落，俞一斤严肃的面容微微变得有些紧张，他迅速伸出两指切到了林姿三的手腕处，查探脉象，了解状况。

俞一斤皱眉道："的确是受了点儿伤，但也并无大碍，休养几天就好了。"

他微微一顿，又说道："我刚才的问题，你还没有回答。你到底愿不愿随我学剑？"

俞一斤身为前辈，当然是感知敏锐，心思缜密，他如何不知道林姿三在犹豫什么。只是他心直口快，直来直往惯了，拖泥带水得不到结果不说，反而让人心怀牵挂，甚不痛快，所以此时一开口，便是向林姿三要个答案。

林姿三想了想，应道："来之前，我自视甚高，想的自然是成为天下剑首的徒弟。但是见识了这么多战斗之后，我才真正认识到自己才具平平，在品性方面也不如诸位，自己在练剑这条路上要下的功夫还有很多。如果注定不能成为天下剑首的徒弟，能成为前辈您的弟子也不错。"

"你意思是说我不如顾离人？"俞一斤虎眸一瞪，方脸微沉地反问道。

"不不不，我不是那个意思……"林姿三慌忙解释道，"前辈您修为高绝，晚辈要学习的地方还有很多……更何况，入了巴山剑场之后，我还可以和众多的师兄弟们一起切磋学习，取长补短……"

说到这里的时候，他的目光悄然移向了嫣心兰，脸上顿时又是不自觉地红了起来。

"你入门最晚，定是要叫我师姐的。"嫣心兰言笑晏晏。

林煮酒在她头上敲了一记，道："这里就属你年龄最小，还觍着脸要当师姐……我看他怎么着也比你要大个一两岁。"

"我入门比他早，功夫比他厉害，难道还当不得他一句师姐？你们还讲不讲道理？"嫣心兰"哼"了一声之后，欣欣喜喜地跑到林姿三面前，拉住了他的胳膊，丝毫没有表现出男女之防，道，"快叫师姐……"

林姿三哭笑不得，但又不忍辜负嫣心兰的殷殷期盼，终于还是出声叫道："师姐……"

"看到没，我现在是师姐了。你们以后都注意点儿，从今天开始我可不是最小的，不能再叫我黄毛丫头了。"嫣心兰得意地朝着林煮酒挤了挤眼睛。

叶新荷默默转过头去，简直不忍直视。

夜色正浓，几个风华正茂的少年有说有笑，显得欢快活泼又意气风发，夜风吹得他们的衣袂飘扬、呼呼作响，他们却恍若未觉。

俞一斤下了定语："好了，你以后就是我的徒弟了。我行事向来简单，讨厌繁文缛节，拜师礼什么的都一概免了。今晚，你就跟我一道上山吧。"

"啊！"林姿三显然没有预料到事情会这样发展，终究还是说道："既然拜入了前辈门下，晚辈……晚辈觉得有些话还是要提前告知……"

这个徒弟虽然知礼明悟，但也忒啰唆了点。俞一斤道："你说吧，有什么话就一次说完，不要吞吞吐吐的。"

林姿三不敢去看在场之人的眼睛，低头说道："我林家世代良善，向来不做伤天害理之事，我亦不能当不孝子。只要前辈不做违背道义之事，我林姿三愿意拜入门下，跟您学剑，必定……"

俞一斤反问道："你是觉得我会让你做伤天害理的事吗？放心，巴山剑场不是邪道。至于弟子们在学有所成之后下山的作为，就纯属是个人历练。当今乱世，人命本不值钱，一味心软，待人良善，可不是处世之道。常言说得好：人善被人欺，马善被人骑，做人也要知道变通。你要想好好地活着，就要不忧惧生死。"

听到"巴山剑场不是邪道"这句话，林煮酒忽然不厚道地笑了起来。

林姿三这才放下心来，这也怪不得他，毕竟正常人听到林煮酒云梦山一役杀人如麻的事迹之后，都会心有戚戚。他自幼生活在平静的环境之中，哪里见过这等血腥杀戮的惨事？

"夜已深了，走吧，我们上山。"此间事了，俞一斤便带着林姿三飘然远去。

街巷之中空空荡荡，仍能传来那师徒二人的对话："以后不能再叫前辈了，要叫师父……"

"是……师父……"

"你师兄茅七层回来之后，你们倒是可以好好聊聊。师兄弟之间，交流切磋，共同进步，也算得上是一大快事。"

声音越来越淡，叶新荷面上说不清到底是什么表情，他略带带着一丝羡慕和嫉妒的口吻道："看来俞师伯对这个新收的弟子甚是宠爱……"

嫣心兰不以为意，打着哈欠道："走了走了……"

小镇又恢复了以往的静寂，好似什么事情也没有发生过。

第六章 道传有缘人

· 87 ·

第七章
青锋已磨砺

推开窗,入眼的满是翠绿的芭蕉。夜已深,但街巷之中隐约还有几道身影,他们的动作不疾不徐,似乎是要与这漫漫长夜融为一体。

雨水从屋檐上流下,又顺着檐下一棵古老的芭蕉树落在石桌上捣药的石臼中。

石臼里水满溢出,顺着桌子一路蜿蜒。

那不住的滴答声,清亮悦耳,让这临街的小屋显得更加寂静。

室内的摆设极为简陋,一张孤零零的方桌临窗摆放,其上放着两盏热茶,袅袅雾气四处弥漫。桌边有一盏油灯,算不得十分明亮,但暖黄的灯光打在相对而坐的一男一女的脸上,却也为这简陋的环境平添了几分柔和淡雅之意。

偶尔,一两滴水珠溅进来,落在桌子上,渐渐的半张桌面都湿了。那一男一女仿佛在考虑着什么重要的事情,并未在意。

"真不打算过去见他?"出声的是那个女子。只见她临窗而立,形容瘦削,身穿一身淡紫色裙装,束在腰间的衣带,让那如同初春嫩柳般的腰肢显得更加纤细。一把短剑与腰带相互映衬,让她既显出了剑师的风范,又不失女性的雅致。她脚上一双软面白靴不染纤尘,一身穿戴素净整洁,远远看去就像是邻家一个待字闺中的少女。若是单看背影,那窈窕的身姿就仿若深巷中一株微紫的蔷薇。

她缓缓转过身来,看着对面的男子。

那容貌虽然不及云棠惊艳,不如嫣心兰清丽,甚至比不得凌四公子侍女的柔美,但细看起来，却别有几分滋味。若是单想从外貌推测出她的身份，恐怕很难，只是她眸中的倔强坚毅之色，倒是与嫣心兰有几分相似。

对面男子的气质却与她截然不同。他锋芒毕露，一身玄色长衫勾勒出挺拔的身姿，也散发出不容旁人靠近的凌厉气息。

脸上那几条淡淡的疤痕，让他原本俊朗的面目，平添了三分戾气。练剑之人脸上有疤很正常，但他的伤疤却不像是刀剑所留，反而更像是急速飞掠时，为树木荆棘刺伤。这些伤痕成形日久，不细看根本不会发现，所以并不为人注意。但真正令人震惊的却是那双纤细的手，它洁白无瑕如同美玉，仔细看来，却如同一柄柄锋利的小剑。

他是祁准，就是林煮酒等人口中的"祁师叔"。他虽算不得巴山剑场最强的剑师，但绝对是杀人最多的剑师。他一向善恶分明，眼里揉不得沙子，就连他自己，都记不清到底经历了多少杀戮。传说，他曾赤手空拳，深入虎穴，将为祸已久的数百马贼屠戮殆尽。当时他浑身浴血，精疲力竭，甚至连拿剑的力气都没有了，最后只得以口衔剑，手脚并用爬到安全的地方将养休息。

如果有人认为，经此一役，他就会退缩胆怯，那就大错特错了。养精蓄锐之后，他生龙活虎，但除恶务尽的性情却比之从前更甚。

面对那女子的发问，他缓缓坐下，品了一口茶才说道："算了，还是等这事儿过去之后再见吧。我和他剑意互冲，每次说不了三句话，就忍不住想切磋一下，往往动起手来就不能善了。若在平时也就罢了，但当下这节骨眼如何使得？顾离人这事儿估计有些麻烦，大张旗鼓地说要收徒，搞得满城风雨，天下皆知，结果却不跟任何人商量，提前收了个无名无势的秦人。现在好了，仰慕他天下剑首名号的各国青年都来了，他该如何收场？我现在过去，大概只能火上浇油，以我的性子倒是极有可能跟他打上一架，到时候无论胜败，于巴山剑场脸面也不好看。我还是先冷静冷静，把自己的怒气和剑意尽量先消磨掉。"

"恐怕这祸患，不在六国，而在我巴山萧墙之内。"紫衫女子虽语气柔和，但话语中却透露着一种不容置疑的自信，"不过，现在我们都回来了，即便有些人心有不满，又能如何。"

祁准伸出手指在桌子上弹了弹，皱着眉头沉思道："与凡俗宗门接续大位的方式不同，我巴山剑场选宗主，一向是凭手中之剑。谁的修为最高，用剑最厉害，谁就能成为宗主。前几年余左池第一，自然而然就成了宗主，但现在情况不同了，既然顾离人比他

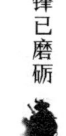

厉害,纵使没有宗主的名头,他也是剑场里说话最有分量的人。只不过他一向随意惯了,余左池又由着他……总有些人会看不过眼,趁机生事的。"

他略微停顿了一下,才继续说道:"还有,这些弟子们,别的不说,你那宝贝徒弟嫣心兰可是巴巴地想成为顾离人的亲传弟子的。别告诉我,你不知道。"

原来这紫衫女子,竟然是嫣心兰的师父,也就是那个余左池口中"性情古怪"的女剑师。

她摇了摇头,道:"我已许她下山历练,她也算得上是出师了。她自己的选择,我不会干涉。"

"连我都弄不明白你了。大家都说你'性情古怪',心胸开阔的考语肯定是跟你不沾边的,但说你心量狭小吧,你现在又特别想得开。女人吧,就是难以捉摸,但不论怎么说,我是不会允许林煮酒拜在别的人门下的。"祁准眸中神采奕奕,继续说道,"这些年来,我毫不藏私、倾尽心血地培养他,他倒也争气,勤学苦练,并未辜负我的期望。临了……你说这树种了十几年,好不容易要结出果子了,却让他人坐享其成?你受得了这气,我可受不了。"

"看你杀伐果决,临危不惧,却不想竟是如此不知变通。你既不想他另投别师,为何不光明正大地收他为关门弟子?"紫衫女子一脸不赞同。

祁准笑笑,脸上伤痕变得柔和起来,却未置一词。

紫衫女子表情淡漠,道:"几年没有回来,这山上的烦心事却是越来越多了,风雨将来,覆巢之下,焉有完卵,还是眼不见为净。"

祁准听得这名女子语气中淡淡的倦意,吃惊道:"你这是什么意思?"

"听闻海外有仙山,那里风景秀丽,亦无俗事烦心,正是我辈修身养性、明悟剑道的好去处。我之前便打算亲自过去看看,只不过……心兰年纪尚小,我不放心她一个人在巴山。现在她也大了,还有林煮酒时时看护,也是时候了结自己的心愿了。"紫衫女子温温婉婉地说道,"早年结识的两个朋友发现了两座仙岛,邀我前去小住,我就却之不恭了。"

祁准虽然知道她常年在外,但是也没想到她竟然有出海隐居的打算,一时怔怔道:"你这……"

隔了片刻,他才叹了口气,问道:"那嫣心兰你也不管了?她要是知道了,估计得哭上好几天。"

紫衫女子的目光悄然移至窗外的长街，此时嫣心兰正和林煮酒等人一起有说有笑。她面上浮出一个浅淡的微笑，将腰间系着的那把嫩绿色的短剑取了下来，放在桌上，出声道："我能教的都已经教了，你让林煮酒把这柄剑给她，她自然会明白我的用意。"

嫣心兰已有佩剑茉花，而这女子所赠之剑，则是她练剑时便从不离身的暖春。

这柄短剑，长只有寻常佩剑的三分之一，剑身至剑柄上布满细碎的白色符文，就像是青嫩的草丛中长出的一朵朵白色的小花。

祁准愣愣地看着此剑，那紫衫女子已悄然离去。

巴山极高处，飞瀑流泉，好似银河落入九天。帘泉之后别有洞天，只见烛火幽幽，黑土陶罐中插着山间的野花，生活所需之物一应俱全。不得不提的是，那面刻满了痕迹的墙壁，虽然上面的字迹看不大清楚，但是零星可见那些持剑交战的简笔小人。

天光大放，燃了一夜的烛火终于黯淡，洞窟之内又是一番光景。透过重重帘幕，早可见漫天朝霞，晚可赏山林雾气，若是雨后初晴，还可见七色彩虹，实是美不胜收。

盘膝而坐的余左池缓缓睁开眼睛。

此时他对面正坐着一个身穿青衫的老者。只见那老者须发皆是银白，肌肤却嫩如婴儿。他身上的青衫与巴山剑场众弟子所穿明显有异，仔细看来，竟是道袍式样。

"你的心倒是静得下来。"老者出声道。

清晨的阳光打在余左池脸上，那神态中吐露着比阳光还暖的气息，他应道："事已至此，多思也无用，倒不如静心养气。"

老者微微挑眉，起身温了一壶黄酒，淳厚浓郁的香气弥漫在洞窟之中，勾得人垂涎欲滴。

他倒了一碗，递给了余左池，自己则另斟一碗喝了。

这坛黄酒在洞窟中埋藏多年，色泽与琥珀相近，酒味淡，香味浓，岁月改变了它的本质，却让它别具一番甘醇滋味。

老者眉头渐舒，又继续说道："自你学剑时起，我就知道你喜欢住在高处。站得高，看得远嘛！眼界开阔，思虑才能周全，更不会囿于当下，久而久之，心量就会更宏阔，志向也会更加高远，用剑、行事自然就有了温柔敦厚的君子之风。但站得高也自有它的弱点，高处的一切都光明而清晰，反而让立于其上者忽略了隐藏在背后的阴暗。在那些阴暗的地方，许多东西会都会慢慢腐烂和变质。再坦荡的人，心中也会有阴暗的影子，

第七章　青锋已磨砺

更何况是这波诡云谲的天下，这处于大变中的巴山？"

余左池一饮而尽，用袖口擦了擦嘴角的残余酒水，才应道："那又如何？只是躲在黑暗之中，又能掀起什么风浪？我们行得正，坐得端，无惧那些无耻的小人行径，您何必为此感到不安？师叔，您就是想得太多了。"

其实他未必不懂得"千里之堤毁于蚁穴"的道理，这样说也只是想尽力安慰一下这个老者罢了。

身为宗主，他自然不能看着巴山剑场内部人心惶惶。

老者见他并没有将此事放在心上，痛心道："你一向智虑深远，行事周全，会看不到这一层？看你说话言辞闪烁，一味敷衍，难道是瞧不起我小老头儿了？我年纪虽大了，但眼还没瞎，心里也亮堂着呐！各国才俊不远万里而来，固然是想成为巴山剑场的弟子，但归根结底，他们都还是想试试自己能不能成为天下剑首的亲传弟子。"

"您说的这些，我都已经考虑过了。而且……"余左池微微一顿，继续说道，"顾师弟已经说了，这件事情由他来解决。"

"他解决？恐怕是心有余而力不足吧！"老者叹了口气，道，"山脚下与林煮酒等人相斗的，只是些不知深浅的年轻人。他们打打闹闹也就算了，但你可曾留意，那些排名于剑器榜上的强者，可是从头到尾都没有出一剑？还有一点你也千万不要忽略了，有些人虽然籍籍无名，但是未必就比剑器榜上的那些人差了，你自己就是明证。"

说到剑器榜，老者的脸色微微泛红，激动地说道："剑器榜到底是如何排的，旁人不清楚，你心里应该跟明镜一样。他们这些人跑这么远，可不单单是为了看戏的，最终的目的，恐怕还是想试试你和顾离人的剑？"

"想试就让他们来试吧，有什么可怕的。"余左池对自己还是充满自信。

"那横山军呢？"老者对余左池有些无语，"巴山忽然之间来了这么多人比剑，军方怕生出乱事，连横山军都拨了过来。万一适得其反，和某些宗门的人发生了摩擦，最后造成的伤亡又会算在谁头上？我们巴山剑场恐怕难脱干系啊！"

余左池面上有些不好看了。江湖争斗一旦和朝堂牵扯在一起，弄不好会生出无尽的祸端。

"而且，巴山剑场如此声势浩大地公开收徒，如果别国的人才招收过多，长陵的那些贵人们会怎么想？我们可是秦地的宗门，虽说道无国界，可求道者是有国别的，巴山剑场培养的该是我们自己的人才，而不是敌国的强者……我说的这些东西并不难懂，稍微明白时局大势的人都能看清楚。也正是因为如此，我们巴山剑场内部才会乱成一团糟。你以为温宛为何一声不吭地去了海外？巴山剑场原本是隐居之地，结果被你弄成了天下强者争胜斗狠的地方，以后咱们清净得了吗？"

面对着老者咄咄逼人的架势，余左池淡然道："就算我不去镜湖，顾师弟没有公开收徒，巴山剑场也不会是以前的巴山剑场。"

"嗯？"老者应了一声。

余左池盯着老者的眸子，说道："二十三年前的云水宫，就算月昆吾没有出现在镜湖剑会，一举夺魁，而是安安分分地在寒潭练剑，也还是会被魏王猜忌。当时魏国的几支精锐军队始终驻扎在云水宫周围，所谓树欲静而风不止，不是云水宫有其他的想法，而是魏王忌惮云水宫的实力。"

提到云水宫，余左池心中一荡，心头那股温热顿时被理智强行压制下去，他复又说道："如今巴山剑场强者辈出，年轻一辈的弟子又分外优秀，不论我们怎么做，终究会成为山林里那株招风的大树。既然如此，我们为什么不为自己争一争，为保住巴山剑场争一争？现在他们知道我们比想象中的还要强，要想动手，也得掂量一下自己的损失，贸然行动只能血本无归。"

老者愣了愣，才说道："原来，你早已做好了一切打算。"

余左池笑笑，道："凡事'预则立，不预则废'，不是您教我的吗？师叔，您不用担心，就算天塌下来，也有个子高的人顶着。现在不管旁人有什么样的盘算，都不会轻易得逞的。退一万步讲，即便他们将所有事情都推到我们头上，难道我们就会任人宰割了吗？不！真正的强者，命运掌握在自己手中！"

老者沉默了。

"再退一步说，巴山剑场即便培养了一些别国的人才，真会是你说的那种结果吗？这些年轻人，无论是从身体、心理、还是功法的修炼上都未真正定型，就像一张白纸，他们最后变成什么样，全看我们如何培养了。水能载舟，亦能覆舟，任何事情，我们不仅要做好最坏的打算，更要放弃成见，大胆尝试。天下英才，不论是哪一国的，只要有心，又能凭真本事上得了巴山的，我巴山剑场定不负他青春。"余左池倒了一碗酒，递给老者，温声道，"眼下这些麻烦，我相信顾师弟会处理好的，我们心急是一天，放平心态，品品醇酒，赏赏美景也是一天，既然这样，干吗还要为难自己？"

老者终于明白，自己的担忧纯属杞人忧天。余左池等人虑事周详，实力足可睥睨天

第七章　青锋已磨砺

下，又有林煮酒等后起之秀，巴山剑场的崛起将是毋庸置疑的，等闲谁能阻之？他终于收起心中的不安，将手中的黄酒一饮而尽。

烟雨空蒙，晨光熹微，小镇仿佛在一夜之间接受了春的洗礼，鹅黄色的夜来香次第开放。马车的车轮碾压着高低不平的石子，声音在山林中不断地响起。

一个身穿黄衫的少年，皮肤白皙，浑身散发着书卷气，缓缓地从巴山剑场山门中走出来。

他怀里抱着一卷竹简，上面密密麻麻地写满了字，但隔得远了也辨认不清。那少年似乎还有些问题想不明白，眉头皱成了个"川"字，眼光始终不离怀中的竹简。

山路湿滑，他却走得十分稳健。路的前方，高大的松树密布，密密匝匝的树叶将雨水挡掉了大半，落在林间的雨珠都被干枯的树皮和地上厚厚的松针吸尽，所以地面相对来说比较干燥。

松林深处有三间形制简单的小木屋，虽然不如巴山剑场的房舍舒适，但内里有水有米，亦无虫蛇鼠蚁，作为一个落脚休息的临时驻地，也算不错了。

林煮酒新换了一件灰色长衫，说不出的干净利落，与昨日的血污沾衣相比判若两人。

他正在悠闲地煮着美酒。

酒是他从云梦山那窝马贼手中抢来的。这些人经年累月，行劫掠之事，伤天害理，早就清楚明天的风景再美也比不上今朝的晚霞，知道过了今天未必会有明日，所以，大口吃肉大碗喝酒，声色犬马，纵情享乐。连这些醉生梦死的马贼都舍不得喝的美酒，品质一定绝佳。

酒色翠绿，带着浓淡相宜的奇异花香。

叶新荷铺好了桌子，将从镇上带来的菜肴摆好，又备足了碗碟，这才心满意足地坐在椅子上，等着品尝林煮酒温好的美酒。

嫣心兰依旧是一身白衣，甜美无俦的容颜是最美的风景。她巴巴地围在炉子旁边，眼神片刻不离锅中煮沸的美酒。

"小心烫着。"林煮酒腾出一只手来，将她往后推了一推。

嫣心兰抿了抿嘴唇，趁着林煮酒不注意，又上前一步。

嫣心兰的举动不时地带着些孩子气，而她身后似乎总有一个兄长似的林煮酒在看护着她。叶新荷面对两人时，时常觉得有些无语，正准备出言讥刺几句，忽然听到林间传来了脚步声。

"有人来了。"他警惕地说道。

林煮酒和嫣心兰感觉到对方修为不弱,抬头望去,却见是一个抱着竹简的黄衫少年。那稚嫩的相貌,轻松的神态,看不出半分敌意。

只用了几息时间,黄衫少年就已经靠近了林煮酒三人,感觉他们似乎有些震惊,于是微微躬身道:"林师兄,叶师兄,嫣师姐。"

三人面面相觑,又纷纷摇头。

巴山剑场什么时候收了这样一个少年,怎的从未见过?

尤其是嫣心兰,昨日还一直在抱怨自己最小,被当作黄毛丫头,刚刚有了林姿三这个师弟,现在又蹦出来一个黄衫少年?看他模样,比林姿三还要小。

叶新荷感觉并未见过他,但看他从巴山下来又显然不是外人,心中顿时疑窦丛生,向这黄衫少年问道:"你是我们巴山剑场的人?"

黄衫少年点了点头,道:"按入门时间算,我是你们的师弟。"

"你叫什么名字?"嫣心兰接着问道。

"师长络。"黄衫少年微微一笑,与嫣心兰对视时,秀气的面容里多了些说不出的傲气,"我平时都在剑塔里看剑经,所以不常在山上走动,你们见都没见过,不认识也很正常。"

"什么?"林煮酒的手一抖,打酒的舀子顿时拿捏不稳,往下落去,好在嫣心兰眼明手快地抓住了,他吃惊道,"你就是剑塔里那个闭关不出的书呆子?"

叶新荷和嫣心兰互望了一眼,眼神都变得很复杂。

早些年,听闻宗主余左池从关中带回一个天资不错的少年,叫师长络。但是到了巴山,这少年却不愿意跟着余左池练剑,而是请求在剑塔之中自行观经。

巴山众人见他年纪幼小,又远离家乡,所以一开始都有心与他交好,以免他一人孤苦寂寞。但他一直将自己关在剑塔之中,一日三餐皆由管事师傅来送,刻意将自己与外界隔离开来,众人觉得无趣,最后也只得作罢。时间久了,他就淡出了众人视线,大家甚至已经忘记了有这样一个人存在。

他虽然醉心于学习剑经,可并不代表他就一直待在剑塔里。巴山剑场的历次宗门大比,他虽从未亲身参与,但都会远远观摩。正是因为他曾见过众多同门的出手,所以现在一见面就能准确地判断出了林煮酒等人的身份。

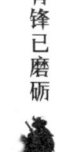

"这些年你真的只是在剑塔观经,而没有跟随宗主修行?"林煮酒心里藏不住事儿,一开口便说出了自己的疑问。

师长络点了点头,如实回答道:"真的没有。"

林煮酒微微皱了皱眉头,又问道:"那你有没有听说,余师叔去了镜湖剑会的事儿?"

"这事儿全天下都传遍了,我当然知道。"师长络笑得像个狡猾的小狐狸,"当年,我就是知道余师叔厉害,才跟着来巴山的。"

嫣心兰因为抓住了舀子,被那滚烫的热气一蒸,手上烫红了一大片,疼得她皱起了眉头,听到此处,她不解地问道:"既然如此,你为什么不跟随余师伯修行,而要独自观经?"

"看剑经的话,学习的速度会更快一些。"师长络根本没有意识到自己随口说的话,对这三个人造成了多大的震撼,他自顾自地说道,"剑塔里珍藏的剑经很多,这些都是巴山历代祖师、先辈修行一生的结晶,其博大精深自不待言,对于外人来说更是终其一生也难得一见。这样的大好机会,我为什么要白白浪费?最为难得的是,在这些剑经面前,我是主动的,甚至可以随意挑选,想学什么,就学什么。如若是跟着宗主练剑,他教什么,我就得学什么,作为后辈我根本没有挑拣的余地。"

近些年来,余左池可谓是打遍巴山无敌手。在镜湖剑会上,他更是击败云水宫宫主云棠,又战平岷山剑宗百里流苏,一时风头无两,号称天下实力最强的宗师,不知道有多少年轻人争着想做他徒弟。剑塔里的剑经固然难得一见,但经是死的,放在那里又不会跑。而人是活的,有一个好师父,待体内真元打下基础之后,再学剑经岂不是更加事半功倍?师长络的选择会不会得不偿失?

巴山剑场创派数百年,历代宗师在离世之际,都会将自己的剑以及对于剑招的领悟记录成册,存放于剑塔之内,以待后来者观摩学习。

天长日久,剑塔里神兵渐多,典籍更是不计其数。这也是巴山剑场日后能位列秦国众多宗门之上的底蕴所在。

修行界的功法浩如星海,适合大多数人研习的,才会广泛流传。但大行于世的剑经却未必是最强的剑经,因为许多功法对于修习者的体质、天分、机缘等都有特殊的要求。于是,那些玄奥高妙的功法就因为没有遇到合适的传人而失去了应有的光彩。这些剑经长期存放,无人问津,年深月久之后,里面的文字和图录记述是否正确?该如何修炼?

也就无人知晓。至于那些残经，就更不用说了，即便是天纵之才，没有师长的教导，对于其中的玄奥也摸不透十之一二。若在不慎误读的情况下，还要继续强练，更会造成元气混乱，爆体而亡的恶果。

到底多么厉害的人，才敢在无人指导的情况下，仅凭自身悟性，便参透了那堆积如山的剑经？他就不怕练错了路子，走火入魔吗？

要知道，余左池能成为用剑高手，自然是独具慧眼。他既然将师长络带回了巴山剑场，就不会假手于人，一定会将其培养成冠绝天下的存在。师从余左池的机会，不是人人都能有的。如果叶新荷能跟着余左池，哪怕只学得他一分本事，现在的修为也会更进一层。这师长络放着大道坦途不走，却偏偏要自行观经，真是让人无法理解。

叶新荷一向瞧不起旁人，没想到这个闭关不出的师更更狂妄。

"年轻人还是谦虚自律些好，哪怕很多剑经我看一遍就会了，也不会像你一样说出这样的话。"他微讽地看着师长络，冷笑道，"所谓'一山还有一山高'，你应该明白这个道理。你自己坐井观天，夜郎自大也还罢了，想我巴山剑场强手如林，宗师辈出，也无人似你这般做派，是什么给了你这样的信心？"

师长络听出了他的讽刺之意，却并不生气，只是礼貌地笑笑，答非所问："剑塔周围一向清净，但是近日以来，却好生热闹。我问了一名师长，才知道原来是顾师叔要收徒。听闻顾师叔是比余师叔还要厉害的存在，正巧过了这么些年，剑塔里的剑经我也看得差不多了，正好出了剑塔来一看究竟。如今顾师叔名震天下，各国青年无人不想拜在他门下，以期日后修为大进，扬名天下。但你们不用担心，我并不想成为顾师叔的弟子，我只是想看看身为天下剑首的他最终会收个什么样的徒弟。"

这种文不对题的回答，让叶新荷俊美的面容染上了些许怒意。絮絮叨叨地说这些没用的话做什么？难道他想成为顾师叔的弟子，便能成了吗？

叶新荷毫不客气地讥讽道："你的话看似云淡风轻，毫无争胜之意，但在我看来，无论如何修饰，你都难以掩盖那颗躁动不安的心。你的意思无非就是说，不管顾师叔收了谁，你都要和他比一比了？"

师长络认真地点了点头，应道："当然。"

"一个秤砣想要称量他物的分量，首先得要自己有分量才行。"叶新荷微微眯起眼睛，面色慢慢变得冷漠起来，"闲话少说，手底下才能见真章，我先试试你的剑。"

"请师兄赐教。"师长络对着叶新荷颔首为礼。

第七章　青锋已磨砺

以往的宗门大比或是同门切磋，他都是站在人群之外，远远观瞧。旁观者的心态让他内心平静，但一些精彩绝伦的比斗还是激起了他的争胜之心，只不过一直未遇到合适的机会罢了。

他怀中依然抱着那卷竹简，但一股强烈的剑意却已经在火炉上方形成。

紧接着，他并指为剑，凌空一指点向叶新荷的胸口。

叶新荷端坐不动，微风吹拂着他的头发，神色中依旧透露着一如既往的轻蔑和不屑。他以指为剑，剑气顿时如滔滔洪水，猛烈地攻向了师长络施展的那一剑。两道剑气相交，发出"叮"的一声响，在剑气的震荡之下，锅里温好的酒此刻也沸腾了起来，底下的炉子似乎都要炸裂开来。

嫣心兰眉梢微挑，五指微动，数道剑气化为一层护罩，将鼓胀欲炸的炉与锅尽数护住。

"同门之间，互相切磋一下，也没什么大不了的。你们要打就打，但若是殃及池鱼，坏了这坛好酒，我可跟你们没完！"她愤怒的眼神中迸发出来的怒火，几乎要将叶、师二人活脱脱烧掉几层皮。

也许是过于专注，无暇顾及，抑或是认为嫣心兰小题大做，不必理会，师长络和叶新荷置若罔闻。

林煮酒的眼睛亮了起来，神情中满是掩饰不住的惊艳之色。不知道是因为师长络和叶新荷的这一剑，还是因为嫣心兰随手之间显露出的更为高妙的功法。师长络眼中也有异样的神色升腾而起，他的面色变得略微凝重起来，指剑再动。

一道暴烈的剑意在他前方形成，被嫣心兰刚刚压下去的火焰却奇异地被抽出一条，形成一道细小的火剑，疾刺叶新荷胸口。

叶新荷眼睛微微眯起，指尖微颤，一蓬剑气如雨雾般落下，两者对冲，发出"噗"的一声轻响，却没有任何劲气宣泄。

见那两人正斗得难解难分，林煮酒又看得入迷，嫣心兰重重地"哼"了一声，那清脆声音里带着浓浓的不满，却又只得随风而逝。她另一只手遥遥一动，只见锅中沸腾的美酒凭空而起，凝成两指粗细的水流，直直地朝着桌上那空着的酒壶而去。

壶满酒停，桌上并未洒落半分。

她收手，从容地走向桌边，拿起酒壶喝了个痛快！

师长络以指为剑，剑法再变。

明明只出了一指，却有三道不定的剑气从不同的方向刺向叶新荷，而且剑气也如被风吹动的水线般乱舞,飘舞不定。

林煮酒看得入神,满心赞叹,忍不住伸手取杯饮酒。好像知道他的心意,一盏美酒迅速飘至身前,还冒着腾腾热气。

他顺手握住杯盏,朝着嫣心兰爽朗一笑,道:"还是你知情识趣,最懂我心意!"

嫣心兰努了努嘴儿,表示心领神会,无须多言,因为这话已经不是他头一次说了。

林煮酒一饮而尽,赞道:"果真是好酒!"

他这才细细品味着方才师长络施出的那一剑。

那一剑像是《不意剑经》中的剑招,但似乎又融合了《溪山剑经》中的某些招式,除了剑意缥缈之外,还有一种至柔绵密、后继力不断的感觉。

这独具创意的一剑,已是他这几年来见到的最妙的剑招。

叶新荷面色渐肃,原本以为师长络眼高于顶,是个狂妄无知的家伙,没想到他竟然这么强,与自己接连交手过招,丝毫都不落下风。

他的指剑依旧移动得很慢,如同悬挂着诸多无形的巨物,但是他身前的空气突然暴走,如同有一道狂乱的瀑布正在生成,紧接着以极快的速度横扫千军,将那三道剑气全部斩碎。

师长络指剑也骤然变快,快得如同疾风暴雨。

"哧哧哧哧",数十道剑气以快打快,乱箭齐射般刺向叶新荷。

叶新荷又出一剑,剑气如同一柄柄小伞,又如一片片新生的荷叶般撑起,让人仿佛置身于初春的荷塘,不禁心旷神怡,如沐春风。如若不是在比剑,这定是绝佳的风景。

几乎同时,叶新荷尾指弹出,一道剑气反刺向师长络的眉心。

这道剑气悄无声息,去势迅捷如电,注意力稍不集中,便有中招之虞。师长络亦非等闲之辈,看清了剑气的来势和轨迹,稍一侧身,堪堪避过。他虽避过此招,却也知道刚才情势凶险,成败只在千钧一发之际,不禁对叶新荷有了几分钦佩之意。

两人出剑越来越快,转瞬又交手十余招。

这般快若闪电的激斗,寻常剑修估计连他们出手的动作都看不清楚,但林煮酒和嫣心兰却看清了每一剑。

叶新荷出手果决,毫不拖泥带水,剑招也是精妙难言,但无论如何,也出不了他所学的那两部剑经。时间一长,他就必须重复使用前面用过的招式,也就没多少花巧。师长络在剑塔闭关多年,读过的剑经更是不计其数,所以新招、奇招仿佛无有穷尽。他将

第七章 青锋已磨砺

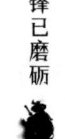

· 99 ·

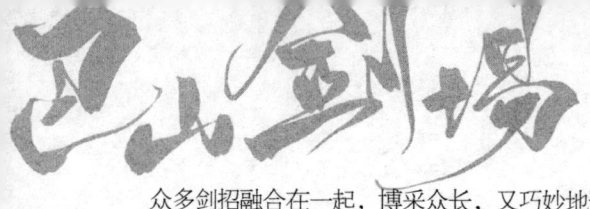

众多剑招融合在一起,博采众长,又巧妙地避过了各种剑经的短处,有集大成之效果。

即使如此,二人还是打得有来有往,难以分出胜负。

叶新荷的面色越来越冷肃,但眼神却越来越平静,平静得如同宁定无波的湖面。

突然,一阵风吹过。

请扫描二维码
更多精彩内容

叶新荷的手指在刚才出招之后并未大幅运动,但此时却陡然前伸,在空中划出一道凌厉的剑意。

这一剑如闪电过境,光芒耀眼,却一晃而逝。

师长络面色微变,忙运使元气,在空中连点了三下。

三声震响,有如低沉的雷鸣之声。

叶新荷的手指又从上往下划去,雷声似乎被他引到了指尖。

师长络深吸了一口气,也在前方划了一剑。

叶新荷神色骤松,手指笔直地往师长络胸口刺去。

叶新荷的这一剑较之刚才的出手,剑势更加锋锐无匹,剑路更加诡异难避。若是正面硬抗,师长络恐有性命之忧。此刻,正坐在凳子上品酒的嫣心兰察觉情势不对,闪电般再次出手,一道剑气抵消了叶新荷那凶险一招的劲力。

"砰"的一声,师长络心口一震,不由自主地后退一步。

"师兄弟之间,不是应该点到为止吗?你何其残忍,下那么重的手,难道是想置他于死地吗?我丝毫看不出你对他有任何同门之谊,真令人寒心。"嫣心兰面容冰冷,透露出一种无法掩饰的悲哀和失望,再也没有了往昔半分娇俏的神色。

叶新荷听了心中十分不悦,脸色变得异样的冰冷:"林煮酒杀了那么多马贼,双手沾满了鲜血,你都没有觉得残忍。我只不过是用尽全力和同门比剑,就被你如此揣度。我若手下留情,便是不尊重对手,你问问师长络,他愿意吗?再说了,你怎么就确定,我一定会下狠手?"

嫣心兰一拍桌子,道:"别以为我不知道你借力使力,借师长络引发的惊雷回击,就是想让他重伤!你这人的心胸最狭窄不过了!"

叶新荷有苦难言,怒道:"如果他不出那么重的招,我又怎么引他的招?刀剑无眼,加之双方尽力拼斗,难免会有损伤,若是点到为止,装好好先生,还不如不比。嫣心兰,我算是看明白了,就林煮酒是你的好师兄,师长络是你的好师弟,我叶新荷就是你的眼中钉,是吗?不论我做什么,都不合你的意!你也不想想,刚才的形势之下,我若是不

· 100 ·

反攻，说不定现在已被他一雷劈死！你担心他们，但又何尝顾及过我的死活？扪心自问，你对我念及了同门之谊吗？"

嫣心兰不得不承认，自己已经习惯了讥刺叶新荷，也习惯了第一时间把他往坏的方面想。仔细想想，他似乎也没有做过什么伤天害理的事情，只不过是嘴坏了点儿，心气高了点儿而已，自己又何尝不是如此呢？

如果他不还手，定会受伤不轻，难道这又是自己所希望看到的吗？

她脸色顿时有些不好看了。

师长络面色微白，出声道："嫣师姐，叶师兄说得对，比剑难免会受伤，他刚才没有别的选择。"

叶新荷脸色依旧很臭。

师长络又说道："叶师兄，这次比试，是我输了，但若是再给我半年时间，我定能胜你。你入门比我早，有先发优势。"

叶新荷定定道："那我拭目以待。"

诚然，师长络天赋异禀，但实力的高低不能完全以修炼时间来衡量，就算多给师长络半年的时间又如何？师长络每一日，每一月都可能会有新的机遇，但叶新荷难道会故步自封，裹足不前？依他之前的修行经历来看，半年时间足够用来破境了。所以，他并不认为，半年之后，自己会输给师长络。

"比也比了，高下也分了，大家坐下来喝一杯，怎么样？"林煮酒将每个杯盏里都倒满了酒，清香扑鼻，暂时将那些不愉快压了下来。

"那个……"巴山的师兄弟向来都是让着嫣心兰的，能让她嘴软服输还赔不是的没有几个，但她又是心怀坦荡之人，既然说了重话，有失偏颇，还伤了人心，自然是要道歉的，她嗫嚅道，"叶新荷，我向你道歉，这一杯，我……我敬你。"

"没想到嫣大小姐还有服软的时候。"叶新荷倒是没有拿腔作势，反正他也早已习惯了这样的针锋相对，说了句讽刺的话之后，他便端起了杯盏，与嫣心兰碰撞了下，又说道，"我心胸是狭窄了点儿，可也不是完全不能容人。事情过去了，就算了。"

嫣心兰愣了愣，倒是没想到叶新荷这么轻易就放过了自己，一脸尴尬登时换成了明艳的一笑，对着酒壶喝了起来。

"痛快！"

虽然林煮酒在旁边不停地劝着，但是她仍然喝得起兴。

第七章 青锋已磨砺

"林煮酒,你能不能不要扫兴!我再喝两壶……不,一壶,就一壶……师父都没管我这么多,你怎么这么婆婆妈妈!"

嫣心兰举着壶往口中倒去,如葱根一样白净的手上,一片红痕格外明显。

叶新荷皱皱眉,说道:"女孩子家,大大咧咧,以后落了伤疤,看你还怎么臭美!"

嫣心兰倒不是不在乎,只不过事已至此,再想改变亦于事无补。

正唏嘘间,又听到叶新荷说道:"我屋里有两盒去疤痕的良药,等下回去就拿来赠予你罢。"

"啊!"嫣心兰与叶新荷同门多年,知他秉性,任何人都不可能从他那里得到一丝一毫的好处。今天这是怎么啦?这人怎么一下变了性子,实在是让人感觉受宠若惊啊!

他向来重视自己的外貌仪容,珍藏的药物,自然是最好的。

林煮酒推了一把嫣心兰。

嫣心兰这才回过神儿来,笑道:"那就谢谢叶师兄了。"

不知为何,这"叶师兄"三字,叶新荷竟然听着有些别扭。

师长络依旧沉浸在自己的世界里。他时而吃酒,时而闭目沉思,根本没有将这几个人的说笑放在心上。

林间又有脚步声响起。

嫣心兰有些醉了,两颊如涂了醉人的胭脂,眼神迷离不定,斜斜地倚靠在林煮酒的肩膀上。听到声音,她依旧没有凝定心神,来人反正不是她的对手,又何必浪费工夫?

林煮酒和叶新荷抬头望去,只见一人快步走来,惊喜道:"好酒!"

第八章
剑出众怒平

"前辈是？"

方才众人都担心嫣心兰的手伤，加之又喝了些酒，所以昏昏沉沉的，并未注意别处，甚至连来人的相貌都没看清楚。但那沉厚的声音，却让一众巴山后辈大感震惊。那声音和蔼中带着几分豪爽，虽并不甚响，但远远传来，却依然有着无比的穿透力。这样的修为，不用看就知道是位前辈高人。依据此时，四方天地间元气的变化，林煮酒准确地判断出他修为已至七境。

依据运使真元的层次和规模的不同，修行共分九境。一境通玄，二境炼气，三境真元，这三境被称作修行的初级阶段。因为身体里有了元气，即便是初级修行者能力也会大胜于常人。四境融元，五境神念，六境本命，此三境为修行里的中级阶段。此一阶段，修行者已渐入武学堂奥，能从四周吸收部分天地元气，为其所用。

七境搬山，八境启天，九境长生，以常人之见识，根本无法想象。当今之世，能修到七境，于瞬息之间搬运如同巨山般海量的元气为己用之人，便已是世间罕有的大宗师。至于，八境、九境，能达到那样境界的人大概只存在于传说之中吧！

绝大多数人终其一生，也只是卡在三至五境之间，无有寸进。即便是林煮酒、师长络这些人号称天赋绝伦，此时也不过三境真元，刚刚触及四境的门槛而已，要想达到七境，不知道还要经历多少漫长的岁月。

任何事物要实现质变，都需要量变来积累。不同的人，修行的境况当然不同，但天

分的好坏也只决定着他们破镜时间的长短而已。拥有绝佳天赋之人，固然幸运，可以迅速触到破镜的门槛，却也无法直接越境。而每一境之间的微妙变化都不是三言两语能表达清楚的，实有天渊之别。

出声之人身上的气息和他熟悉的祁师叔一样，强大而神圣，给人的感觉好似天光落于身上，与内在气机连为了一体。这正是七境才有的外象。

"灵虚剑门黄道沉。"

来人倒是有问必答，毫无掩饰，当即道明了自己的身份。当这句话响起时，一名紫衫剑师已经出现在了眼前。

他如同凭空出现，周围的气流甚至都没有丝毫涌动。这等修为，自然不是林煮酒等人所能企及的。

嫣心兰迷迷糊糊的，感觉有些异样，于是抬头看了一眼，见黄道沉面相和善，气息沉静，果然有一代宗师的风范。但醉意涌来，她再也抵抗不住，便离了林煮酒的肩，趴在桌上沉沉睡去。

直到睡着了，她手中竟然还提着一只酒壶。那壶中残余之酒，滴滴答答落在桌上，好一会儿才汇聚成溪流，蜿蜒而下。

林煮酒无奈地看着她，唇边流露出一抹温柔的笑意。

叶新荷一听到"灵虚剑门"四个字，持盏的手明显地晃了一晃，毋庸讳言，那是心神不稳的征兆。

秦人善用剑，因而国内剑宗林立。长陵是秦国都城，也是秦境剑宗剑派最为集中之地。

巴山一带，大小修行地不过数处，但长陵周围百里之内，大小修行宗门却有数百之多。长陵乃秦国权力和资源汇聚之地，为了各自的发展，各地门阀都想在其中占据一席之地，因而各地的剑师也都如万流汇海般归入长陵。在众多的剑门派中，说灵虚剑门是长陵，乃至整个天下最为出名的剑宗也不为过。对于任何一个练剑多年的年轻人来讲，如果能到得到灵虚剑门师长的指点，那无疑是让人求之不得的事。

然而现在叶新荷想的并不是这些，他警惕地看着黄道沉。哪怕这人长相温雅，和善可亲，并无半分敌意。

此时巴山剑场收徒在即，天下少年，为得名师，踊跃前来，并无不妥，但像黄道沉这样的前辈高人此时到来却有些让人奇怪了，他的目的，不可能仅仅是观礼。

"可否饮一杯？"黄道沉看着那美酒，然后微眯着双眼，轻轻地嗅着，脸上尽是安详满足,"果然好酒。此酒品质上佳,是酿酒大师采用楚地传统古法酿制而成。"

林煮酒性格爽朗,历来信奉"酒品即人品"。在他看来,如此懂酒之人,定当不会是坏人,所以也不待辨明关系,只觉得美酒当前,就应喝个酣畅,便出声道:"请。"

黄道沉取杯自饮,一口酒下去,眼中尽是陶醉,他喃喃道:"如此美酒,即便在长陵也是难得一见。"

林煮酒笑了笑,满饮一杯,但小杯饮酒似乎并不尽兴,看到嫣心兰的憨态之后,他竟也换了酒壶来喝。

黄道沉又饮了一杯,觉得神清气爽,对着林煮酒说道:"今日承情得此美酒,我便是欠了小友一个人情。小友将来若是去了长陵,有烦心事不妨找我帮忙。我虽然能力有限,但是处理一些小事还是不在话下的。"

林煮酒笑着应道:"如此便多谢前辈照拂了。"

叶新荷一直在关注着黄道沉的一举一动,见他只是饮酒,但来巴山剑场的目的却只字不提,终究是忍耐不住,径直问道:"您到巴山来做什么?镜湖剑会的结果使巴山剑场为天下所瞩目,各国少年都欲一睹顾师叔风采,而各派高手也都想来称称这天下剑首的斤两。我巴山剑场正是多事之秋,看您的样子,可不像是专程过来讨酒水喝的。"

"小友倒是直截了当。"黄道沉看了一眼叶新荷,"我辈练剑之人,虽然自身修为有限,可也想看看天下剑首到底是何模样。"

他虽然如此言说,叶新荷却不敢掉以轻心。

师长络好似根本不关心他们谈论的事情,表情淡漠。

林煮酒冷静下来之后,心中想的自然和叶新荷一样。毕竟巴山剑场新近扬名,各方来者究竟是何居心,谁也说不清楚。

"只要天下剑首是我们秦人,就没有什么好担忧的。现在七国陆陆续续都有人过来,难道我们灵虚剑门就这么不开眼,非得在这样的时刻,自相残杀,给别国以可乘之机吗?"黄道沉能成为七境宗师,也是见多识广之辈,此时看着三个少年,几乎轻而易举地就猜到了他们的心思,因而才会说出这一番话来,消除他们的戒心。

"您说得有理,倒是我们狭隘了。"林煮酒为他满杯,再次笑道,"今日不谈别的,就只喝酒!"

"小友果真爽快!来!"黄道沉欣喜道。

推杯换盏之间,感觉这一老一少之间的情谊又增进不少。

第八章 剑出众怨平

凉风习习，吹得越发冷了。

叶新荷无奈地摇了摇头，感受着那初升骄阳的光辉，心思不知道跑到何处去了。

酒酣耳热之时，嫣心兰忽然坐直了身体，双眼无光地对着叶新荷，手中酒壶往前一推，道："喝！再喝！接着喝！"

说完之后，她又倒了下去。或许是感觉到冷，她眉头紧皱，缩成了一团儿，那可怜巴巴的样子像极了一只熟睡的小猫。

林煮酒哑然失笑。

黄道沉叹道："没想到这个小姑娘，也是个豪爽的人物，未能与她一起痛饮，倒是可惜了。"

提到嫣心兰，林煮酒眼神里就泛着光。他怜惜地道："等她醒了，如果知道前辈豪迈善饮的话，定会跟您成为酒中知己，哈哈。"

叶新荷默不作声，感觉此时融洽的氛围跟自己格格不入。

林煮酒又喝了几杯，终是放下了酒壶，起身将嫣心兰抱回了房里。

白日里艳阳高照，不想夜间竟又下起了蒙蒙细雨。

一名书生并未撑伞，也没戴斗笠，风吹着细雨到了他身周，就自动化为一股雾气，继而四散而去。他沿着山道下来，到了巴山剑场山门前的不远处，在一棵树下坐了下来。

看着山门上挂着的那张匾，他嘴边的一抹笑意始终流连不去。

这"巴山剑场"四个大字远远瞧上去也是龙飞凤舞，但是走近一看却是乱七八糟，毫无大家风范。

雨丝细密，风很凉，吹得他的头发纷乱飞扬。

树下的石上原本落满了去岁的枯叶，如今在潮湿不堪的连绵阴雨之下，又是苔藓遍生。然而当他坐下时，树叶成粉，石上的苔藓却迅速退去，水汽也带着这些碎物四散开来。

他周围变得异常洁净，石下的地面被无形的力量压紧，本来疏软湿滑的泥地，却变得比石头更坚硬。

书生来到这里不久后，北面的山道间不断地长出奇特的黑笋。

一名身穿黑袍、脸色苍白至极的瘦高男子悄无声息地走来。他赤足散发，浑身上下散发着化不开的死气，仿佛山林中游荡的孤魂野鬼一般，让人望而生畏。

看着越来越近的山门，他停下了脚步，随意地坐在一截树桩上。黑笋从泥土中钻出来，迅速长成一株株黑竹，这情形十分诡异。而周遭数十里，则呈现出死一般的寂静，林间草木萎败，虫蛇匿迹，鸟雀不飞，仿佛在片刻间被夺走了生机。

一名宫装丽人迎风而立，纤纤素手持着一柄竹伞，几盏宫灯将那绝世的容颜映衬得既明艳不可方物，又带着三分迷离。纵使她不言不语，天地万物也不能夺取她分毫色彩。数名仆从在前方迅速地搭起一座营帐。

那宫装丽人收伞，凭空画了几道线，林间地上登时出现了数道沟壑。

强大的剑气使周遭虫蚁避而远之，空中随风纷乱飘洒的雨线似乎受到牵引，奇异地朝着那数条沟壑汇聚。

雨线在空中弯曲着，形成一层晶莹的水幕。透过水幕，依旧能看到那宫装丽人表情淡然，姿态优雅，神色从容。

又有一名身穿古铜色长衫的剑师随后而来。

他眯着眼睛一动不动地站在道间，仿佛化身成了一根铜柱，任凭风吹雨淋，也不变色。

他单手持剑，神色傲然，仿佛这天地之间并无任何东西能使他稍动颜色。

风停雨歇，东方渐渐泛起了鱼肚白，许多人已经在赶到了巴山剑场的山门前。刚才这数人只不过是其中个例罢了。

与现下这些来人相比，前几天出现在巴山小镇中的那些年轻人就不够看了。因为他们并非初出茅庐的弟子，而是各门各派的名人宿老，世所罕见的大宗师。许多人在剑器榜上占据高位，多年以前就已名震天下，而有些人虽不闻其名，却也是多年闭关不出的隐世强者。他们在这时纷纷选择出关，自然不是为了看热闹，目的恐怕跟灵虚剑门的黄道沉一样，只是想看一眼顾离人的剑！

出乎所有人的意料，今天来到巴山剑场山门外强者的数量甚至超过了镜湖剑会。众多宗师，云集巴山，所为何事，多数人都心知肚明，观其声势，亦是浩荡。此时的巴山剑场中所发生的每一件事都牵动着各国朝堂的心。

那几间屋棚前忽然传出一阵风声。

一棵古老的榕树上斜坐着一个青年，他靠着背后枝干，眸子明亮，手中却提着一把酒壶。风吹过，树叶上漏下的水滴打在他脸上，他只是爽朗一笑，摇了摇头。

"可惜了，没有星星。"旁边另一棵树上，传来了一声叹息。

青年笑道："这几日的天儿，可真是怪得紧。指不定再等几天就有了。我们还去之

前的老地方看。"

"这次收徒完了之后，祁师叔又该把你支下山了，到时候山上又只剩下我一个人。"

青年侧目望去，那一袭白衣依旧干净，在黑夜中一眼就能分辨出来。

"那你正好可以跟着顾师叔学剑，多好的机会啊！你不是一直期待着这一天吗？"

"可是……"白衣少女心里忽然生出一阵烦躁，"不知道为什么，我总觉得这次会有变故发生。你看看，现在来了这么多人，名不正言不顺，又不知是何目的，处处透着怪异。"

青年安慰道："这可不像是你说的话，嫣心兰。打起精神，你是将要成为天下剑首之徒的人。"

嫣心兰罕见地没有兴奋，只是幽幽说道："我在巴山，虽然无人能敌，但是，七国强者那么多，我不一定……唉，其实仔细想想，我也没有那么想成为顾师叔的关门弟子的，只不过是师父常年不在身边，我平时也就是自己瞎练，心里其实还是想着有人指点一下的。"

"别多想了。"林煮酒又灌了一口酒，道，"担心也于事无补，为什么不顺其自然？天亮之后就会有结果了，咱们拭目以待，好吧？"

嫣心兰抬头望天，半晌未语。

巴山之上又是另外一番情景。有些屋子依旧亮着灯，为山门外的形势忧心得彻夜未眠，有些人却是泰山压顶而不惧，他们鼾声连连，睡得很沉。

那名须发皆白的老者又到了余左池所在的洞窟之内，看着还在蒙头大睡的余左池，急得踱来踱去。

他显然是一夜未睡，往常嫩如婴儿的面色此刻显得有些憔悴。

"师叔。"余左池睡眼惺忪，"到天亮还有一会儿，您还是回去歇着吧。"

老者知道余左池对把控山门外的情形胸有成竹，但事情一天没解决，他就一天不能彻底放下心来。他急道："现在都快翻了天了，你还有心情睡觉。探子们已经传过话来，来的人远远超过了先前的预估。这中间有些强者，恐怕连你我都不是对手，谁知道顾离人能不能应付得来？这一次，如若惨败，估计我们巴山剑场就会成为天下人的笑柄。"

余左池伸了下懒腰，这才起了身，道："您说的不是没有道理，但即便如此，我对顾师弟依旧有信心。"

"你有信心是一回事儿，但他的实力又是另外一回事儿。"老者额上已经冒出了细密的汗珠子，"外面几位将军已经连续遣人来催促我们赶快了结此事，否则他们的大军又要行军布防，如此劳师动众，到最后损耗的还是我们秦人的国力。"

余左池颇觉头疼，若只是简简单单的收徒，倒还好办，偏偏外面的那些将军也要来横插一脚。这种乱局之下，就连他都没有让各方皆大欢喜的处置办法。

他尴尬地一笑，在洞中的山泉中掬了捧清水洗了把脸，头脑顿时清醒了许多。

"收徒就在今天，难道他们连这几个时辰都等不得吗？"收徒时间早已确定，并公布于众，只不过开山门收徒有一个不成文的规矩，那就是要等到接近正午时分才能尽兴。这些人一次又一次地催促，怕是等不及了吧。

老者正准备苦口婆心地教说余左池一番，忽然感受到一股强大至极的剑气，沉睡的万物皆因此苏醒。

巴山之上的草木齐动，新鲜空气在那剑气的引导下翩然起舞，露珠被汇于一处，在那趋于完美的精气神的驱使之下，剑气释放着包含一切的气概。

万剑朝拜，顺畅自然。能御使这样剑气的人，本身便是独一无二的强者。

山门外的人越聚越多，风雨洗礼后的巴山却平静如往常。随着那道剑气的到来，原本各行其是的众人顿时轰动了。

"是顾师叔！"

天色还早，小镇里尚在沉睡中的人们睡得更加安详。而那些被这剑气惊醒的初阶修行者，在意识到这夺天地造化的一剑时，瞬间自惭形秽。因为即便他们勤学苦练，终其一生，可能都达不到这种境界。

虽说"三分天注定，七分靠打拼"，但那三分天赋的差别，却永远不会因为时间的流逝而有任何改变。像顾离人这样的人，不鸣则已，一鸣惊人；三年不飞，一飞冲天。他注定了要惊艳世人，成为一代传奇。

一时之间，山上又热闹了起来。

晨光熹微，山道上有些人昨天因天色已晚又尚不及走出巴山地界，于是就地休息直到天明。他们感受着这自巴山而来的浩荡之气，对顾离人更多了几分钦服；当然也有心怀不服者，他们心焦难耐，跃跃欲试，只等着大门一开，便要冲上去一较高下。

顾离人缓步出了自己的小院。

他走得并不甚快，待行到那飞瀑流泉旁边时，余左池和那老者将将出来。

他温和一笑，道："可以开始了！"

第八章 剑出众怒平

老者本来就忧心忡忡,听了他的话顿时瞠目结舌:"你就准备单枪匹马带着这把剑去镇服山门内外的人?"

"足够了。"顾离人神色从容,回答简短而直截了当,言语之间并无丝毫焦虑之意。

老者终于明白了余左池那莫名的自信源自何处,他无奈地看着顾离人,道:"即便有绝对的实力,你也不可掉以轻心。或许成为天下剑首并非你所愿,但那已经不重要了,因为它已经成为事实。你现在时时要在意的是,你的一言一行都关乎着巴山剑场的荣辱。收徒与否,收多少个,本是你个人的私事,但放在目前的巴山剑场,则可大可小。你私自收了一个徒弟也就罢了,但现下这么多人借此事之机前来,务必要处理得当。必要时,多收一个,也没什么了不得的。"

顾离人并不为老者言语所动,斩钉截铁地说道:"我这一生,只收一个徒弟。"

老者身为长辈,顿时被顾离人这番抢白气得说不出话来。先是一个余左池,再来一个顾离人,还有祁准、温宛那群人,个个都是不服管教的主儿。有时候他也觉得无可奈何,不知道这是巴山之幸,还是巴山之祸。

"我自然会给所有人一个交代,也不会让巴山剑场蒙羞。"顾离人顿了顿,继续说道,"一个宗门要想大出天下,长盛不衰,靠的是精气神,而不是人多势众。但凡巴山门徒,即便不是我顾离人的徒弟,我以后也会亲自指点。日后,只要大家人人奋发有为,锐意进取,勤练多思,宗门的强大兴盛,只不过是水到渠成之事。"

"宗门气运,其命在天,往往不能一概而论。行事随意,太过松散的宗门,能否延续下去都得看运气,然而,太有野心的宗门却也不见得就能永远传承。巴山剑场是剑师们求剑悟道之地,不是那些军方权贵争权夺利的工具。"

余左池深以为然。

一直以来,巴山剑场都与其他门派不同,并无烦琐门规之约束,人与人之间相处也较为随性。众人用实力讲话,以强为尊,早已习惯了用公平决斗的方式来决定胜负强弱。用剑最厉害,修为最高的人,自然就拥有绝对的发言权。如今的巴山,无人可以胜得了顾离人,所以如今行事自然也就打下了他的烙印。

然而现在看来,局势早已发生了变化。

老者哑口无言,余左池心中已转了千百个念头,顾离人想的却是在齐云洞寻找大幽剑藏的王惊梦。他虽然传授了王惊梦功法,也算是将其带到了练剑的正途,但是王惊梦毕竟年轻,用剑初入门,阅历也尚有不足,不知道在那里会不会遇到危险。

转念一想,他自己都笑了。能够多年在山林中与虎狼搏斗之人,怎么会是软弱可欺之辈?

"走吧。"他径直朝着巴山剑场的山门走去。

此时春光大好,一袭青衫的顾离人脚步轻捷、意气风发,与众人心目中那个孤僻、不谙世事的宗师形成了鲜明的对比。

余左池与那老者则紧跟其后,好似他的近侍。

人人静心屏气,只有不知情的鸟儿还在欢乐地歌唱着。

虽尚未到正午,但沉重的山门已经开了。

早早就聚集在一起的人群,一直在山门口守着。

风吹得那袭青衫猎猎飞舞,顾离人就站在巴山剑场下山步道的第一级台阶上,不卑不亢地出声道:"十分抱歉,徒弟我已经收完了。若是还有想入巴山门墙者,照规矩来就行了。"

他的声音并不响亮,却传得很远,连镇上一些正在杀鱼洗菜的大婶都听清楚了。

"这人是谁?收什么徒?"她迷茫地问身旁人。

众人心神震颤,根本没有人回答她。

余左池诧异地看着顾离人,这就是他的交代?在场之人,听到这句话恐怕会闹得更凶吧?枉自己竟然那么信任他……

平静的小镇突然涌出铺天盖地的气流,就像是无数妖魔突然出洞一样。伴随着极速的破空之声和无数道气浪,一名名剑师穿破了晨光,在清晨的薄雾里带出道道残影,射向巴山剑场的山门。

"顾师叔这……"林煮酒一行人刚到山门前,就听到了顾离人这句话,任凭他想破脑袋,也想不到,这声势浩大的收徒事件,就这样轻巧地以一句话作结了。

他愣了半晌,才无语道:"哪有这样儿的,这不是耍赖吗?"

在场很多人的心声也是如此。练剑之人实力虽有高下,但对"公平"二字还是看得很重的,像顾离人这样放出消息,最后却内定了弟子的情形,自然让场外众人生出不平之气。

嫣心兰紧紧咬唇,嘴巴上几无血色,向来以顾离人亲传弟子人选自诩的她感到了前所未有的憋屈。她昨晚便莫名其妙地有些忧心,料到今日的收徒会大出自己意料之外,但无论如何,也没有想到竟会是这样!

她宁愿痛痛快快地输在那内定弟子的手下，也不愿就这样被剥夺了机会。

许久，她才木木地问道："什么意思？"

"又白忙活一场，居然已经收好了。"叶新荷俊美的脸上笼上了一层难言的冰寒。

林煮酒觑着嫣心兰泛白的脸色，在她肩膀处拍了一记。

紧接着，嘲弄之声四起。

"他是谁？"

"这就是天下剑首的大家风范？"

"巴山剑场欺人太甚！"

众人的不满在这一刻全都爆发出来，顾离人自定弟子的事实不仅剥夺了他们公平竞争的机会，更是对他们尊严的一种伤害。

然而，这一切都没有影响到顾离人，他眼中心仪的弟子只有那个瘦弱的边陲少年。哪怕是林煮酒他们，也不可与之相提并论。

群情汹汹之下，余左池只能站出来主持大局，他清了清嗓子说道："各位别急，凡是有机缘能进我巴山剑场者，就都是同门。不管是不是顾师弟的弟子，他都一样会倾力教导的。"

"怎么可能一样？"有人愤愤不平。

亲传弟子可以跟随师侧，言传身教之下自然能领悟到很多不传之秘，而普通弟子，仅靠几句指点，又如何入得了武学堂奥？这种差别，怎可忽视！

"巴山剑场沽名钓誉，你们如此行事表面上是小瞧我等，实则是看不起天下人！"

"不如让那个弟子出来，与我等比上一比！"

"今天来了这么多宗师，他还在这里摆天下第一的谱？"

……

不平之声此起彼伏，丝毫没有停止的迹象。余左池自觉有愧，左思右想，也无计可施，终是弄得头大如斗。这些年轻人涉世未深，心高气傲，最受不得不平之气。他们行事冲动，不计后果，倘若不能给出一个令他们满意的答复，势必要引出一番大战来。

顾离人的处理方式简单而直接，明确表明了自己在这件事上的立场，但却无法从根上说服众人。退一万步来说，他即便封住了悠悠众口，又如何能平息得了天下人胸中的怨气？老者忧心忡忡，苦思不得其解，唯有不住地长吁短叹。

一名身穿黑袍的少年从林间走出，行到正对着顾离人的山道上才认真躬身行了一礼，道:"晚辈齐鸣,来自齐国。自月前听到您公开收徒的消息,便日夜兼程赶往巴山。原想若有缘拜在您门下,当然是不胜荣幸;即便在决斗中技不如人,晚辈也不会心生怨念。此番前来,只当是亲眼见识了一番天下剑首收徒的盛事。只不过,在人人都追求'公平'的巴山,您今日这番作为,如何让人信服?"

顾离人微微躬身还了一礼,然后心平气和地说道:"天下人能给我顾某人这么大的面子,我深感荣幸,但有几句话我必须申明:首先,收徒只是一个讯息,对于想拜在我门下的人来说是个机会,但谁能成为我的徒弟则由我个人来决定。现在我已经选完弟子了,收徒这件事情就算完成了。你远道而来,我巴山剑场定会好好招待。各位倘若果真有过人的本事,拜在其他师兄弟门下也不会有差。言尽于此,希望大家自己想想,这话是不是在理。其他的,请恕我无能为力。"

黑衫年轻人面容惨白,并无血色,浑身上下并无半分人气。此刻,他心中虽然还有万千辩驳的语言,但顾离人并未给他继续说下去的机会,他只能沉默下来,退在一旁。

紧接着,一名身穿红衫的少年出声问道:"看来前辈是铁了心要坚持自己的初衷了,我也无法说您是错的,那可以请教一下您收徒的标准吗?"

顾离人淡淡一笑,回道:"我看得顺眼。"

红衫少年几乎要喷出一口老血,标准如此主观,而毫无硬性要求可言,这真的是一代宗师给出的答复吗?不循常理,我行我素,任性如斯,当真是世间罕有。

他下意识地觉得,天下剑首收的徒弟,应该是天底下悟性最高,或者感悟吸纳天地元气最快的人。即便自己实力远远不如,在场之中各派翘楚众多,总会有一两个能脱颖而出的。到时候用实力打一下顾离人那张狂傲的脸,这口窝囊气也算出了。

有时候人真的很奇怪,自己不如人,也不愿意看着旁人如意。

然而在顾离人的世界里,却并无什么标准可言。就如他刚才所说,收徒一事完全是他个人的事情,与天下人无关。他自己看得顺眼,就可以了,旁人哪里能管得了他的想法。

场面一度变得死寂,对于顾离人这种根本不按照套路出牌的行为,他们就算想要用手中之剑来说话,也找不到合适的机会。

这个时候,一个白衣少女出声打破了平静,冷冷道:"顾师叔,收徒的事既然您心有定见,我也不好再说什么。今天我唯有一个请求,您让那位新进同门出来,与我比一比,如何?不论胜败,我都心服口服,毫无怨言。"

"只求一战,不为其他,当真磊落!这人是谁?"有些人是刚刚赶到的,也曾听说

巴山剑场出了三个出类拔萃的弟子，却没有人将她与山脚下那个号称巴山无敌的少女联系在一起。

白衣少女清丽的面容此刻犹如春风过境，说不出的温暖和煦，但是她眉头一凛，顿时又平添了三分英气，她出声应道："巴山剑场，嫣心兰。"

众人的脸色此时又变得相当复杂。

"原来她就是巴山剑场年轻一代中最厉害的嫣心兰！"

"连巴山剑场自己的人都看不下去了，这次不给个说法看来是不行的了！"

叶新荷的面色一直很冷。即便他早就知道自己无缘成为顾离人的弟子，却也不愿意看着收徒事宜就这样草草结束。他高傲的自尊不容许自己这样。

嫣心兰听到众人的议论之声，面色稍霁。

顾离人眸中清明，却任那万千闲言碎语化作清风，消逝于茫茫山林之间，他声音温和道："他不在这里。"

嫣心兰性子急，重重地一跺脚。

"每个人都有自己的专长，就算是天下剑首，也未必就能天下无敌。你们也无须都投在天下剑首的门下，那显然不现实，也没有必要。任何人只要学得一技之长，将来就足以立身扬名了。如果想要更进一步，向我来讨教也并无不可。"顾离人的目光扫过前方的山道、森林、溪流、天空，好像世间万物都不能让他的心湖动荡，唯有那个令他惊艳的少年，才能在其中驻足。

他嘴角含笑，继续说道："在世人眼中，拜师授徒只是为了传授技艺，延续宗门，而在我看来，却不尽然。在我的眼中，徒弟不仅仅是徒弟，他还会是我一生的朋友，他不仅要继承我一生的艺业，还会延续我巴山追求剑道至境的精神。我知道，这样一个人可遇而不可求，所以多年以来，花了很多时间去寻觅。你们大概也可以想象得到，一旦这样的人寻到了，收徒就成了一件能在瞬间完成的事情。也许我如何形容，你们也不会明白那种感觉，但我可以告诉大家的是，他天赋甚至还在我之上，假以时日，你们定会看到他的光彩！那光芒不会输于今日的艳阳！关于收徒的事，我只能给大家说声抱歉了！"

天下剑首坦然道歉，一切似乎都没了转圜之机。此时，顾离人的表情突然严肃起来，又说道："我知道你们心里很不满意，但对于收徒这样的个人私事却也不应如此反应过激。这样吧，我巴山剑场有个不成文的规矩，谁最强，就听谁的。今天我施一剑，如果有人能接住的话，这事情就由你们说了算。"

众人争着拜在顾离人门下，不过因为他是天下剑首，然而谁也没有见过他用剑，有人早就猜想这不过是巴山剑场为了在剑器榜上占有盛名而使用的伎俩罢了。如果顾离人的剑被人接住，则说明他并非用剑第一，他们也无须拜他为师了。

而那些宗师前来也无非是想看一看顾离人的剑是否名副其实，若有机会，定会要与他切磋一番。至于他到底收谁为徒弟，他们根本就不在意。

一时之间，万众瞩目。

巴山之上，见过顾离人出剑之人，就只有余左池。他此时比所有人都要专注，因为他知道那注定会是令人惊艳到极点的一剑。

林煮酒和叶新荷静静地看着，师长络眼神虽然聚焦于顾离人身上，但却一直在思考。

嫣心兰手持茉花剑，拭目以待。

只见他抬头望天，原本稀薄的云雾尽数散去，骄阳如火焰般倾射下来，但是那数不清的光线却并不刺眼，反而散发着温和、圣洁的味道。众人沐浴于天光之中，被温暖的光辉拥抱，只觉得暖洋洋的，没有夜的寒凉，也没有正午的炽热，只想昏昏沉沉地睡去，再也不管这世间的争执。

天高而远，云薄而淡，空气中似乎并没有搬山填海般的元气波动，甚至也没有剑意生成。在凡夫俗子眼中看来，一切还是那么平静，然而山门外的那些大宗师却人人警惕，不敢稍有片刻松懈。因为在他们的感知里，显现的却是另外一番光景。

骤亮的天穹之下，似乎隐匿着千万柄飞剑，它们来势如风，无迹可寻，亦无法可破。

与此同时，一道异样的声响从山林中传来。

与林煮酒等人一同前来的黄道沉震惊地转过身去。只见那身周遍生黑竹的齐国宗师身后突生变故。山与林相依，山高之处生有嶙峋怪石，石上的诸多棱角在岁月的腐蚀之下形成了如同一只只或大或小的牛角。

随着一声炸响，牛角顿时碎成了无数石粉，飘飘扬扬地飞洒出来，如同飞絮。

那嶙峋的怪石则变成了一个圆形。

如潮的惊呼和感叹声响起，仿佛连绵的海浪般一波接一波地拍击着几个呼吸之前还一片静寂的山林。

原本端坐在黑竹林中的齐国宗师站了起来。他眸中神色复杂，似有莫名的悲苦，又夹杂着有无言的震撼。

第八章　剑出众怒平

· 115 ·

他未置一词，身形转瞬之间化为一道黑烟，落在这颗圆球之前。那惨白的手抚摸着石头，如同抚摸神迹一般。

山石表面细腻光滑，并无碎屑粉尘，甚至连残留的剑意都没有，似乎它原本就该是如此模样。

"何苦来哉？"这句话仿佛是在问顾离人，在问不远千万里赶来的众人，也是在问他自己。一声苦笑刚刚落下，他便对着顾离人躬身行了一礼。好似忽然之间顿悟了一般，他面上的忧愁消失了，慢慢换上了一抹满足的微笑。

这位齐国宗师到底在感慨什么，众人不得而知。早就听闻齐国阴神鬼物之道不循常理，自成一派。今日出现的这人，功力修为已至大成，无须出手比斗，即便是那来去如风，无可抵挡的气势便已让众人心折。此刻，巴山门前宗师众多，但也少有人能有信心胜得过他。

随着话音的消散，齐国宗师已消失在众人的视线之中。他原本所在方位如林般的黑竹，顿时由于失去了真元的支撑而迅速变得灰败、黯淡，最终消失不见。师长络朝着那尚有阴神鬼物气息存留的地方怔怔地看着，眼中神色莫名。

"这到底是什么样的一剑？"有人惊讶于齐国宗师的无双身形，有人则对顾离人使出的这一剑发出疑问。

黄道沉感觉自己的身体很沉，似乎被一种无形的力道压制着，连向前迈开一步都很困难。他练剑多年，真元深厚，向来自视甚高，像这样为一道并无明确指向的剑气所制却是前所未有之事。

不仅仅是黄道沉，似乎在场的所有人，都被笼罩在了这种无形的威压之中。

余左池笑了起来。

仅凭一道剑气，便能将千丈之外的一方大石切圆，且不露痕迹，这到底需是何等功力，没有人清楚。

天空中的那一剑，为何飞行千丈而力不竭，衍生变化无数却愈发强大？也没有人知道。

此刻众人心中有很多疑问，但是有一点他们却很清楚，自己绝对接不住这样的一剑。就算再闭关修炼几十年，也未必能扛得住这一剑之威。

如今天下混战，国与国之间靠实力说话，同样，在纷乱的江湖中，用剑最强的人也一样拥有绝对的发言权。顾离人凭借刚才那一剑，完胜了在场的所有人。如此一来，就不会有人再对顾离人说长道短了，哪怕他做的事本身与巴山剑场宣扬的承诺格格不入。

　　林间那名宫装丽人身前的水幕已经尽数消失，她和那名持伞的书生互望了一眼，两人都看到了对方脸上的苦涩和不解，以及虔诚的敬畏之心。

　　无所不在的剑意固然可怕，但这一剑似乎跨越了时空的界限，完全超出了他们感知的范畴，令人更为恐惧。之前，他们还对自己半生修行的实力颇觉自负，想来那天下剑首即便无敌，自己应该也可堪与之一战，如今看来，世事确实难料，顾离人非池中之物，其境界超出了世人对武道的认知。

　　那惊天的一剑，不仅慑服了众人，也让那老者心神激越，面泛红光，他终于满意地点了点头。收徒这事儿，就这样了结也算是避免了一场血战，从此以后，所有人都不会再有异议了。

　　虽多日不见，但那充斥天地的浩荡气息，依然令余左池感觉既熟悉而又陌生，他侧目而望，却是满心失落。

　　眼前的丽人一身宫装，一样是倾城之貌，也擅长御水之术。有那么一瞬间，他心神动荡，兴奋莫名，但细看之下，才发现那不是他心中日思夜想的人儿。

　　她……大抵是不会来的吧。

　　山外纵然宗师云集，却也无人能敌这一剑之威，很多人觉得留在此地再无意义，又陆陆续续地离开。那些留在原地尚未离去的，除了看热闹的，就是那些矢志入巴山剑场学艺的有心人。

　　终是有那打破砂锅问到底的人继续发问："您的弟子，叫什么名字？"

　　顾离人想了想，才说道："王惊梦。"

　　他原本并不打算将这个消息公之于众，因为自己的行事方式实已犯了天下众怒。江湖中人自知实力不济定然难找他顾离人的麻烦，但接下来，王惊梦却极有可能成为众人不平之气的宣泄口。但随即，他还是放下心来，这个弟子在未入门之前，就已经有了自保的手段，现在这些哗众取宠的人哪怕修为在他之上，也难为不了他。再说了，即便是有人滋事，如若他连这样的事也处理不了，将来又如何继承他的衣钵，担负起将巴山剑场发扬光大的重任。

　　"就只是这样？"有人吃惊道，"他是哪里人？有何过人之处？总得详细交代一下吧？"

"你傻呀?"有人冷笑出声,"既然是人中之龙,他日定会一飞冲天,将来你总会识得他的。耐心等着看便是了,急什么急?"

山门外还是有许多虚心前来拜师的人,见他们如此执着,巴山众人也不知该如何处理。顾离人对这些事情不感兴趣,指了指林煮酒和嫣心兰,出声道:"你们两个,跟我来。"

林煮酒和嫣心兰都还愣着。显然刚刚那一剑,对二人的心神造成了无比巨大的冲击。林煮酒推了推嫣心兰。

嫣心兰轻"啊"了一声,叫道:"顾师叔……"

虽然顾离人收徒一事让巴山剑场众门徒心有不满,但不得不说,顾离人方才那样的一剑,确实是天下无双。在那一刻,他变成了光芒万丈的青阳,从心所欲,任性自然。昔日名不见经传的巴山剑场一时风头无两,声誉上升到了前所未有的高度。

十年潜修无人知,一朝出剑便登上别人仰视的高峰,接受着芸芸众生的敬仰,恐怕再清心寡欲的剑师,也会陶醉在那高处的无限风光之中。顾离人却一如往常,转过去对余左池说道:"师兄,接下来的事情就交给你了。"

余左池应了一声。

叶新荷的身体逐渐变冷,虽然明知林、嫣二人的修为在自己之上,却也耐不住这样的冷落,为何顾离人独独不叫自己?

少年意气方起,心中又生不平。

站在一旁的师长络却平静得多,他似乎依旧沉浸在自己的世界里……

另一边,余左池和那老者则已开始着手收徒事宜,不多时,山门之内已经站满了年轻剑师。

第九章
越阶也无妨

"师姐……"见林、嫣二人即将离去,一直站在人群中观望的林姿三顿时有些急了,不禁讷讷出声。

嫣心兰回头定睛一看,微笑道:"是你啊!有什么事吗?你已经是巴山剑场的弟子了,怎么没有跟着俞师伯?"

"师父他……"

林姿三吞吞吐吐,话还没说完,那边林煮酒已经跟着顾离人渐渐走远了,嫣心兰见状,心里也越发地急了,于是慌忙道:"我们已经是同门了,以后见面的机会也多,不急于一时的。我先走了,有事等会儿再说吧!"

林姿三笑着点头,觉得也有道理,此时,嫣心兰已经走得远了。他眼中只留下一片炫目的白。

"顾师叔,你匆忙慑服众人,就马不停蹄地叫来我们二人,有什么急事儿吗?"在一处假山后面,林煮酒见顾离人慢慢停下了脚步,便出声问道。

顾离人轻声说了句话,若是听得仔细一些的话,就能明白那是几个地名。他接着又对林煮酒道:"如果有时间的话,你们可以去那些地方看一看,他也在那儿。"

"他是谁?"

林煮酒和嫣心兰的第一感觉是有点蒙。

然而接下来的一刹那,两个人都反应了过来,压低声音问道:"您新收的弟子王惊

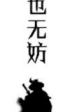

119

梦?"

顾离人点了点头,低声嘱咐道:"巴山剑场如今树大招风,我的行事又让天下人心生怨怒,说不好情况会对他不利,另外,我那徒儿也有一件十分秘密且重要的事情要处理,所以请你们不要告诉任何人。这件事情,除了你们之外,就只有你们余师伯知道。"

听了那几个地名之后,嫣心兰也隐隐知道了顾离人不让旁人知晓王惊梦行踪的原因。来自师长的信任,让她心中莫名地觉得有些骄傲。然而转瞬之间,她似乎是想到了什么,眉头微蹙,抱怨道:"我已经很长时间没有见过师父了,按巴山规矩,没有她老人家首肯,我可不敢私自离山……"

这话说起来也憋屈,巴山弟子,但凡学有所成,就会被宗门安排下山历练,以广博见闻,活学活用。此前,林煮酒和叶新荷等人已外出过多次,巴山外的世界对他们而言已然不太陌生。唯独她嫣心兰就没出过巴山地界,仅有的一次下山还是在山脚下的酒铺里等林煮酒。

"你也不用觉得委屈,以前你还小,无人照拂之下去了外面总归是会让人担心的。但是现在不同了,你长大了,以后可以下山了。"顾离人少有地伸出手来拍了拍嫣心兰肩,淡淡地说道。

"真的?"嫣心兰激动得围绕着林煮酒转了几个圈,兴奋道,"林煮酒,你听到没有,我可以下山了!以前你们下山,我只有羡慕的份儿,现在顾师叔终于也亲口应允我了!怎么样?是不是觉得以后没法在我面前炫耀,酸溜溜的?"

林煮酒看着她打趣的样子,又是想宠她,又觉得她好笑。

"对了,顾师叔,这件事情,您为什么只告诉我和林煮酒?"嫣心兰觉得论实力,自己和林煮酒在巴山年轻一辈中肯定是最强的,但顾离人定然不会是因为这而对他们青眼有加。

顾离人眉眼之间好似含着看遍千山万水的沧桑,又好似带着春风化雨的温柔,他平和地说道:"假如一定要从巴山上的这些年轻人里挑选弟子,我会毫不犹豫地选你和林煮酒。"

嫣心兰之前还觉得委屈,觉得顾离人不顾公平,私自收徒、我行我素,实则是对其他人的不尊重。但这一刻得到了顾离人的认可,她忽然觉得能不能成为天下剑首的徒弟已经不重要了。只要日日有进益,修为越来越强,剑法越来越精湛,不就可以了吗?

她的心境前所未有的开阔。

林煮酒问道:"您为什么不选叶新荷、师长络等人呢?"

像师长络那样仅凭自学就能达到一定境界的人,虽然令人惊艳,却不会被顾离人放在眼里,但林煮酒却并未忘了他。在他看来,自己在这几人之中天分算是最差的了,不过在祁师叔长期魔鬼式的训练之下,他才在修为和战力上占了上风罢了。

"他们天资的确不错,秉性也不算太坏,但太自我并不是好事。"顾离人虽少与人交流,但识人看剑的眼光也不会有差,因而缓缓道来,"我看得出来,在顾全大局,牺牲和付出方面,他们要比你二人差一些。"

林煮酒和嫣心兰顿时怔住了。练剑最重要的不就是天赋和努力吗?为何顾师叔注重的却是品德?

"人品决定了一个人最终的成就,剑招本身却并无高下、正邪之分。心性不同,就算是学习一样的招式,也能展现出不一样的结果。"顾离人从容说道,"我天生对剑和剑意敏感。别人通过行事来看人,我却通过剑意来看人。宗门的历次大比,我有时也会留意观看。心兰虽自幼任性,却光明磊落,其剑如人,宁折不弯;林煮酒心有侠义,行为处事豪阔宽宏,但拼起命来也会死战到底。叶新荷虽然天资不错,但思虑过深,处处防人,让人看不透。至于师长络,大家都接触不多,就更难说了。现在,你们年龄还小,可能看不出这些,再过几年,见得多了,也就会明白了。"

嫣心兰虽然平时与叶新荷不睦,但是也没有觉得他心思深沉、处处留手,也不知顾离人到底是怎么看出来的。她生性不拘小节,想不通的事情便懒得再想,于是尽数将这些疑问压在心底深处了。

"一个宗门想要长久地存在下去,只靠强大的剑师是不行的,还要有信念、荣誉、勇气这些内在的精神驱动力。"顾离人微笑着继续说道。

"精神?"林煮酒觉得今天听到的见解与往日的那些说教完全不一样,不由得问道,"为什么人之精神如此重要?"

"人和草木最大的不同便是草木无情,而人有精气神,所以草木只能随风摆动,无法主宰自己的命运,而人的一切由内在的情感驱动,通过调用天地元气来巩固、提升自身的力量,想达到什么样的目标,都得凭借内心的热诚。"

"人人都以为我行事随心所欲,从不关心宗门俗务,但是我在巴山这么多年,怎么可能对这里的一切漠不关心?此次收徒,我自然不会任由那些人来诋毁巴山剑场。这些话不说也罢。"顾离人微笑着指点着这两个他喜爱的后辈,道,"我始终认为,只有心

中有爱，肯为别人牺牲，为了信仰和追求甘愿抛弃一切的人，感情才会更为炽烈，剑意才会更加饱满。"

这番话刷新了林煮酒和嫣心兰的认知，让他们感受到了练剑之外的新鲜气息。在他们过往的印象中，顾离人就是个常年闭关的怪人，没想到他不仅平易近人、心系巴山，还这么注重内修。

"顾师叔的为人，和大家平时认为的不大一样呀！"林煮酒由衷敬佩。

"在有些人眼里，你可是比马贼还要可怕的嗜血之人，可事实上你是这样的人吗？"顾离人反问道。

林煮酒呵呵一笑。

顾离人感慨道："看一个人，不能被旁人的评价和主观判断所左右，到底如何，还是要接触才最真实。"

林煮酒点头称是。

嫣心兰欲言又止，最终还是问道："那他……王惊梦应该是个情感炽烈的人吧？"

顾离人微微一笑，道："你们寻到他之后，不就有答案了吗？"

凉风依旧在吹，骄阳如火，那袭青衫逐渐消失在视线尽头，只剩下林煮酒和嫣心兰二人还站在原处。

时间过了许久，直到腿脚都麻木了，林煮酒才回过神来，他转过头来看着嫣心兰，说道："顾师叔如此不避舆论，当着叶新荷与师长络的面就叫我们走了，他既然这么急，说明那几个地方对于我们而言也很重要。见过祁师叔之后，我想马上启程去会一会这位师弟，看他到底是何等人物。你呢？是留在这里等你师父，还是同我一起？"

想到与温宛大抵已有三年未见，嫣心兰眉梢笼上了一层忧愁，她漫不经心地踢着脚下的石子，道："师父行踪不定，恐怕连余师伯、顾师叔都不知道她的归期，我就更不知道她什么时候才能回来了。事情都这样了，一味傻等肯定不是办法，我还是和你一起去吧。"

从小到大她一直待在巴山，她觉得自己就像一只关在笼中的鸟儿。她向往外面的世界，一直盼着有朝一日能像林煮酒、叶新荷他们那样下山。没想到，当这一日终于来临时，她心底反倒是生出了一股挥之不去的忧愁。

"看看你，这是怎么啦？刚才还兴高采烈的。走吧，我们先一起去见一下祁师叔。"

嫣心兰眼下这个状态，林煮酒根本放心不下。

叶新荷一向心高气傲，站了一会儿感觉到自己有些失态，便闷闷回房去了。师长络如同石化了一般，站在山门外一动不动，像是受到了沉重的打击。

他自诩天资过人，不明白为何顾离人眼中只有林、嫣二人，却对自己视而不见？就连贵为巴山剑场宗主的余左池，他也是说拒绝就拒绝了，向来都是他择人，他何曾受过这样的漠视与冷落？冷风依旧在吹，他心中突然生出一种被世界遗弃的感觉。这种感觉，悲凉而不平，落寞中又带着些许不甘，顿时让他陷入了混乱之中。

顾离人一回到自己的住处，就发现余左池已经站在院子里了。

满院的桃树已含苞待放，那浅浅的粉色与不远处碧绿的芭蕉相互交映，煞是好看。

"此刻，山门外英才齐聚，形势一片大好，师兄不去收徒，却忙里偷闲，只是想讨杯茶水喝吗？"顾离人微微一笑，如春风般和煦。

余左池冷冷道："不要转移话题。你有事要交代林煮酒、嫣心兰二人，这也未尝不可，但你为何偏偏要选在众人都在的时间？"

"我行事向来坦荡，亦无愧于心，作为长辈我就是喜欢林、嫣二人，这还需要刻意掩饰吗？又不是要做什么见不得人的事情，躲躲藏藏反而不妥。"顾离人饶有趣味地看着余左池，几乎要将他脸上看出朵花来，"你现在特意来找我，是在担心什么，为了师长络？"

"是的。"余左池也不掩饰自己内心的真实想法，"自我将他带回山门的那一刻起，就知道他心高气傲，不甘于人后。他在剑塔苦修多年，心无旁骛，如今已略有小成，此时之所以会出塔，自然是希望能得你青眼相看。你现在这样处置，岂不是要让他备受打击？"

"不是所有人都要围着他一个人转的。我有我的偏好和行事方式，即便他从此一蹶不振、怀恨在心，那又如何？巴山剑场是属于强者的。"顾离人眼中看不出半分惋惜。

余左池沉吟道"其实，在他出了剑塔之后，我就想设法让他遭受些挫折。只不过……"

"挫折可以有，轻视便不行？"顾离人忍不住摇了摇头，似乎对余左池这句话很不认可，"若是这样无关紧要的事情都能令他心生不满，进而情绪失控，做出骇人听闻的事情来，那他迟早不属于巴山剑场。我辈习武之人追求更强无可厚非，但行得直，坐得端，心要平，气要正。"

顾离人直截了当,并不掩饰自己内心最真实的想法,因为即便面对天下群雄,他也不会为了众人之好恶而去委屈自己。

余左池每每都能从与他的一番讨论之中,获得全新的感受。虽然他的言论,很多时候都不留情面。

"凡事总有它既定之路,不必刻意强求。"顾离人继续说道,"困苦挫折固然能磨炼一个人,使其心志坚毅,成人成才,但对于意志薄弱、信念不强的人来说,那简直是一种灾难,它甚至会让人生起心结,从此不得解脱。我一直觉得,一个人将会要遇到什么样的人,遭遇什么样的经历,都不是自己能决定的,我们的注意力要放在可控制的因素上。你的出发点固然很好,但不一定能得到想要的结果。师兄,看开点吧。"

余左池为人洒脱,从不肯将那些俗事放在心上,但自继任宗主以来,他所面对的事情多了,不仅修行耽误了不少,就连那颗淡泊之心也不再平静。他慢慢排除私心杂念,这才觉得世界清净了,鸟鸣花香其实并未远去。

上次一别之后,王惊梦一直云里雾里,感觉生活有些不真实,仿佛在山林之中与那个青衫剑师的相遇都成了梦境。怀中的五册剑经微微发烫,温暖着他那薄衫下的胸膛。他取出其中的一本《流云剑经》,心神已飘得远了。

这本《流云剑经》对于他这种初入门的人而言,虽然算不得粗浅,但也说不上有多精妙。

五本功法之中,《清风剑经》比《流云剑经》要简单得多,而且十分实用,在运气方面也会对练习者有更大的帮助。其他三本则更加精深,需要一定基础才能修习。

王惊梦此前以打猎为生,虽经历过一些技击训练,却并未入剑道堂奥。以自己目前的基础,从《流云剑经》学起也并无不妥,但师父为什么一定要他在铁锁村这样一个闭塞的小山村修习呢?

铁锁村土地贫瘠,人丁并不兴旺,因盛产铁矿,所以村子里零星有几家铁匠铺子。一时"叮叮"之声大响,烟火四起,王惊梦被呛得连连咳嗽。他仰头看天,却并未看见万里无云的晴空,充斥在视线里的只有散不去的雾霭。他不得不放下心头疑惑,专心研读这本剑经里面的奥秘。

又是几日过去,清晨凉风习习,然而空气里飘来的不是鸟语花香,反而有几分牲畜的汗臭之味。远处不时地有马蹄得得之声传来,不过转瞬之间,几个骑马的刀客便出现在了村子里唯一的酒铺前。

王惊梦桌前放着两碟小菜,一盏茶水,手里正拿着那本《流云剑经》看得出神,似乎并未注意到不速之客的到来。

那几个刀客相互呼喝着翻身下马,提着酒葫芦进了铺子。

酒香扑鼻而来,将他们身上的味道稍稍掩盖了下去。

忽然,一道质问传了过来:"这本剑经哪里来的?"

为首的一名刀客将手中提着的葫芦放在桌上,吐出了叼在嘴里的一根青草,咧着嘴笑问道。

他的样子看上去还很年轻,只是左手断了三根手指,裸露在外的手臂上布满了各种伤疤,平常人见了定然觉得不是善类。

然而王惊梦并未朝他看上一眼,只是淡然自若地合上了手中的剑经,异常简单地说出了两个字:"师传。"

刀客冷冷反问道:"荒野孤村也无修行宗门,你一个山野少年倒是会睁眼说瞎话。就凭你?会有宗门看得上?你若非要说是师传,那以后你的师传之宝,恐怕要少一件了。"

王惊梦心下已明白,他们是想"谋财害命",将《流云剑经》据为己有。

劫匪想要一样东西,从来都不需要理由。

这些刀客不事产业,常年在这边远之地游弋,实则与强人无异。他们仗着练过些拳脚,打家劫舍,抢掠来往客商,无恶不作。而且心中毫不在意世俗的道德观念,行事全凭一时好恶,一言不合便持刀相向都是常有之事。

王惊梦终于抬起了头,带着同龄人没有的沉稳应道:"要拿也可以,就看你有没有那个本事。"

刀客见一个山野少年竟然说出了如此不知天高地厚的话,顿时冷声笑了起来,心道:少年人未见过世面不打紧,但称不清自己的斤两可是要送命的。如果我要硬夺的话,难道你还能抗拒不成?

他笑得太过热烈,露出了满嘴的黄牙,连里边缺了几颗牙的牙床都清晰可见。那张脸上并无丝毫江湖豪客驰骋天下的快意,而是布满了狰狞和可怖。

"如果我没有看错,你该是刚刚修行,如今修为甚至不到二境。你这傻子莫不是以为仅凭炼气的境界便能胜本大爷吧?"言讫,那刀客捧腹哈哈大笑。

王惊梦看着他的眼睛,就如同以前面对山林里的猛兽时一样,一字一句地回道:"的

确如此,你没有看错。"

"我后面这几位兄弟跟你差不多,但修行的时间比你要早一些。至于我嘛,则比你高出好几个层次,已经到了真元境。"刀客收敛了笑意,面上的凶性更甚,他抱臂而立,居高临下地看着王惊梦说道,"这本剑经正好适合我这些兄弟,作为交换,我可以给你一本真元境的剑经。"

"如果我不愿意呢,你是不是就要杀人?"王惊梦微微挑眉,直接道出了这刀客的用心。

"我们到这里来,只是想吃碗热的,不想见血。"双手沾满血腥的刀客,并不觉得生命可贵,但日复一日的杀人生涯可能也让他心生厌倦。他杂乱的眉毛一凛,多年经历形成的凶戾之气登时流露出来,"但如果你不识好歹的话,我也不介意手上多一条人命。"

王惊梦丝毫不惧,眉眼之间的平静就像是见惯了世间百态的老者,他顿了顿,才说道:"我已经说过了,这本剑经是师门的传承,其重要性不言而喻,经在则人在,所以不论是谁,都不能从我手里夺走。你可以选择走,或者是为抢夺这本剑经而死。"

"你竟然有信心杀我?"刀客用看着白痴般的目光看着王惊梦,反问道,"炼气境居然妄图击杀真元境,你脑子坏了吧?难道你所谓的师父没有告诉过你,越阶而战根本就是以卵击石?"

王惊梦摇了摇头,道:"师父说了,万事皆有可能。"

"你师父也是白痴。"刀客冷不丁笑了起来,"越阶而战,竟能获胜,这样的例子即便是翻遍所有的典籍也找不出一个。既然以前没有过,以后自然也不会有。"

王惊梦愣了一愣,想起过往在山林间与豺狼虎豹以命相搏的经历,不禁陷入了沉思。他屡屡于危难关头以弱胜强,击杀猛兽,并不是因为自己有多厉害,而是因为那些动物不具备人的思考能力,它们不懂得在恰当的时机用恰当的方式反击。如果把对手换成顾离人,即便他只是躲闪而不还手,自己也未必能赢。

自从那日见了顾离人之后,顾离人的行事作风和处世态度对他影响极大,所以每每到了危急关头,他总会想如果是师父在此,他会如何?在实力如此悬殊的情况下,他会选择退缩吗?

不,我辈练剑之人,当无所畏惧,道之所向,一往无前。

王惊梦心中顿时充满了必胜的信念,他虽然入门未久,但是顾离人的一些观念已经深入骨髓,溶于血液了。

那刀客身后的几名同伴不厚道地大声笑了起来,显然是在嘲笑王惊梦的狂妄与无知。

王惊梦的声音悠悠然响了起来:"既然没有先例,那么,越阶而胜就从我开始吧!"

笑声戛然而止。

刀客的眼睛眯了起来:"你真的要试?小鬼,可别怪大爷没提醒你,现在交出剑经,还能保住小命,不然到时候哭爹喊娘可没人理你。年轻人有梦想难能可贵,但成天异想天开可不是什么好事儿。在如今这样的乱世,好死不如赖活,还是留住性命要紧!"

王惊梦脑海中挥之不去的,是那深山老林中的一袭青衫,言犹在耳的谆谆教导,他出声道:"当然要试一试。不然的话,怎么能让你们心服口服?动手之前,我还想问你一句,这本剑经到底好在哪里?"

刀客眉头紧锁:"事到如今也让你死个明白吧!我们做的是无本买卖,全凭一身本事吃饭,但并无师承门派,学剑全凭个人悟性。如果能得到一本不错的典籍,日后大家练习也有章可循,修为进境定会一日千里。这《流云剑经》是流云宗的不传之秘,我之前与流云宗也有些渊源,所以才如此重视。此经如果放在长陵,不知会有多少剑师觊觎,偏偏你还看得这么明目张胆。"

王惊梦虽然入门不久,但也知道"匹夫无罪怀璧其罪"的道理,更何况在如今这样一个弱肉强食的乱世。他一介少年,独自在外闯荡,又怀揣着一本众人垂涎的剑经,示之于人,无异于垂髫稚子身怀金珠行于闹市。他无意于炫耀,实则是初出茅庐江湖经验太浅,把世人都想得同自己一般良善无欺,所以未尝注意而已,今后行走江湖少不得也要谨言慎行,免招无妄之灾。

他执着剑经的手猛然发紧,泛白的指节显示出他平静面容掩藏下那波澜起伏的内心。

下一刻,他便将剑经塞在了怀中,与其余四本合于一处。

"请。"他字字坚定。

刀客脸上露出玩味的笑,王惊梦的话,他自然不会当真。但那种莫名的自信,却让他心里有些说不清道不明的担忧。

"还有,我师父不是白痴。以修为而论,你们与他实是天差地别根本就不配提及他。"在开场之前,王惊梦补充道。

"哦?"刀客取下悬挂在腰间的宝刀,漫不经心地问道,"能高到天上去?"

他并不认为世间有名的大宗师,会教出修为只到炼气境的小孩子。

"他老人家修行已到七境。"王惊梦手中无剑,但是眼睛却滴溜溜打着转儿,一如

第九章　越阶也无妨

127

他往日狩猎之时。

听到这番话，刀客倒是不着急动手了，继续问道："七境？你知不知道这世间到底有几个七境的大宗师？自己见识少，可别把别人都当傻子。你不如说说你师父姓甚名谁，也让我等看看你的牛皮究竟要吹到哪里。"

王惊梦不紧不慢，回道："顾离人！"

铺子里出现了短暂的沉默，就连那些招呼客人的小二一时间都忘记了动作。

"噗"！

有人笑出了声。

"天下剑首顾离人？"

"正是。"王惊梦应道。

刀客哈哈笑道："小鬼果然是要把牛皮吹破了。你若说是别人，我们还可能被你糊弄过去。只不过这顾离人嘛。"

他顿了一顿，显然是愤怒了，笑容慢慢变得狰狞："你真当我们是傻子吗？顾离人收徒的事情人尽皆知，怎么我从来没听说过他收了你这只小鬼？你要扯谎，也扯得像样点。你问问，这里有一个人相信你吗？"

这少年生得唇红齿白，视师门声誉重于性命，面对强敌亦毫不退缩，更重要的是即便越阶而战也在所不惜，那股悍不畏死的热血之气令人心生寒意。倘若善加引导，日后成就定然不低。但即便这样，就能自称是天下剑首顾离人的徒弟了吗？当真是狂妄！

"你若是顾离人的徒弟，我就是顾离人的师父！"刀客不以为意，讥讽之余还不忘占便宜。

不管旁人信不信，王惊梦知道，这是无可辩驳的事实。然而，对于一个不相信你的人来讲，事实是无法用言语来证明的。行走江湖，说话最终得要靠实力。

出了阳山郡，一路上听到的都是"巴山剑场""天下剑首""顾离人""余左池"这些字眼，他当然不会还以为自己的师父只是个默默无闻的人。直到天下剑首收徒的消息满天飞，他这才明白顾离人为何会出现在阳山郡那种小地方。

顾离人一代宗师，虚怀若谷，从不大肆宣扬自己，这在旁人看来是美德，却苦了王惊梦。直到此刻，王惊梦才明白了顾离人那时的心境：那是一片引为知己的赤诚之心，一种求才若渴的急切之意。如此难得的一场风云际会，这些浅薄之人又如何能懂？

王惊梦面上浅淡的笑意逐渐消失，神色慢慢变得凝重："本来我还想放你一条生路，但你辱我恩师，实在该死！我不占你便宜，出手吧。"

明明是比自己还要弱上许多的人，但听那言语之间的口气，竟然像是他在手下留情一样。刀客并未出手，而是狞地笑问道："你知道我平生最讨厌什么样的人吗？"

刀客的意思再明显不过，王惊梦并不理会。

停了半晌，刀客亦觉无趣，自说自话道："我平生最讨厌把我当猪头的人。骗人也得花点心思，做些功课，你这么诓我，就是把我们兄弟当成了没见过世面的乡巴佬。"

他越说心情越激动，仿佛真的受到了莫大的耻辱，进而情绪根本不受控制。"铮"的一声轻响，宝刀出鞘，一道雪亮的光芒朝着王惊梦落去。

这刀也算得上是不可多得的好刀，其上纹理重重叠叠，如同翻滚雀跃的白色浪花。当真元流淌其间时，这些浪花便活动起来，自然地卷吸着周围天地间的元气，甚至隐隐有波涛涌动之声。

这一刀一气呵成，毫无滞碍，刀势来得又稳又快，没有十余年的苦功，断然不会如此流畅。

王惊梦凝神聚气，正准备迎接这势如疾风的一招，才发现那刀却是横着拍过来的。很明显，刀客并不想就这么干脆地杀人了事，而是想用刀身拍打他的脸，先羞辱一下这个少年，让他知道用拙劣的谎言欺骗大人也是要付出代价的。

但这不会是全部，仅仅是如此轻描淡写地羞辱他一番，也出不了心头这口恶气？这少年胡吹大气，修为浅薄，还摆出一副强者的姿态，着实让人无法忍受。另外，能拥有这样一部剑经的人，就算师从的不是顾离人，其宗门力量也不容小觑，如果放虎归山，说不定哪一天自己就会横尸荒野。一切迹象表明，杀了他才是最好的选择。

不留后患的念头刚刚在他脑海中涌起，他就感觉到了一股杀意冲天而起。

一道比他的刀势还要凌厉自然的剑意凌空而起，直直地刺向了他的咽喉。

刀客的呼吸骤顿，刀口添血的亡命生涯练就了他敏锐的洞察力，他反应不可谓不快，体内的真元急剧涌出，手中的宝刀上涛声袭鸣，刀光瞬间舞出了无数影迹。

然而他的刀法刚变，一道流云般的剑光已倏然下落，顺着他的咽喉，斜斜地从左肋刺了进去。

"噗"的一声，一道锐利的劲气从肋骨之间刺入，毫无阻塞地洞穿了他的心脉。

一股不可置信的感觉甚至冲淡了死亡来临前的恐惧，刀客的眼睛瞪大到了极致，他手中的刀因为没有后继真元的支持，骤然僵住，然后无力垂下。

· 129 ·

"你……明明没剑……为何会……"他的身体已然没有知觉，慢慢朝着地上倒去，但眼中的不甘却依旧浓烈。

此时，换成了个头并不甚高的王惊梦在俯视他，冰冷的声音里还带着些许傲气："师父曾说过，真正强大的剑师，能御使万物，任何东西都会成为他的剑。所以，即便是手中无剑，我一样能胜你。"

随着头颅缓缓垂下，刀客看到一根带血的紫竹正从他体内抽出。随着竹子和血肉的摩擦，气血顺着竹子的边缘"咻咻"地往外喷射。

他再也没有力气去问任何问题了，下颔重重地砸在自己的胸前，就此死去。

顾离人说过，与人交手之时，心要静，注意力要高度集中。只有静心沉思，反应敏锐，方能在勘破对方弱处之时，一击得胜。出招之前，他之所以会说那么多话，就是要让那刀客麻痹大意，从而心境不稳，继而丧失所有的优势。只有这样，他才能掩藏劣势，与高过自己几个境界刀客站在平等的地位，于等待中寻找破绽。

那刀客愤愤出手时，正是王惊梦等待的绝佳时机。

王惊梦看着溅射到自己青色长衫上的血珠，眼睛里蒙上了一层血雾。虽然自幼身世堪哀，极少得到世人关爱，但他却从未杀过人。对于普通人而言，杀人肯定不会是一个令人愉快的经历，但刚刚那一剑，却让他胸口的郁结之气一扫而空。也许，用剑之人，只有在到了危急时刻才能实现这种超越吧。

想着方才这一刀一剑的变化，他蓦然明白，为何顾离人要自己先看这本《流云剑经》。

良药需对症，才能利于病。

虽然很多招数都可以用来破解对方的剑式和变招，然而自己刚从《流云剑经》上学到的这一招却可以将繁复的过程变得简单。顾离人从一开始就料定他会遇到这些刀客，所以才让他预先练习《流云剑经》。若非如此，就算他抓住了机会，也未必能这般轻松取胜。

他豁然开朗，登时对顾离人更加佩服。

回头看着那些失去了头目的刀客们，王惊梦挥了挥手，出声道："你们走吧。"

乱世之下，人如草芥，草莽之中，人命则更不值钱，强者滥杀无辜也不要找什么冠冕堂皇的理由。但王惊梦却不是嗜杀之人，那为首的刀客存了觊觎《流云剑经》的居心，又先有侮辱师长之举，再有杀害自己的恶毒企图，他不击杀他，就只能自承恶果了。至于这些小喽啰，就由他们去吧。

余下诸人察觉到此刻王惊梦对他们并未起杀心，于是用眼神商量了一下，并迅速取得了一致，转身朝着铺子外面走去。

没走几步，随着一声暗号响起，一蓬石灰洋洋洒洒如落雪一般出现在王惊梦身周，迅速挡住了他的视线。

常人很容易被眼前的死亡所吓倒，很明显，那些终日在刀口上舔血的马贼却并不畏惧。

江湖草莽，义气为先，想来那头目平日亦对众人有恩，所以头目一死，他们必定要报仇雪耻。

石灰弥漫之下，眼看着王惊梦再无还手之力，他们狰狞地笑着抽刀，朝着王惊梦扑来。

然而想象中一招得手的场景并没有发生，那截紫竹悄然从为首刀客的身体里退出来，带着残余的鲜血，卷起了周遭的天地元气，化为一道浅薄的流云。

第十章
此剑名惊梦

这道流云卷着石灰粉，反冲过去，顿时将其余几名刀客笼于其中。

石灰粉入眼产生的剧痛已然无法忍受，眼前一片黑暗，不能视物的处境则更是让他们恐惧癫狂，众人不禁发出了一声又一声的大叫。

撒石灰粉是江湖中下三烂的招数，不过说起来倒也与这几名刀客身份相符。眼看这少年就要中招，众人心中大定，只待他目不视物，而后群起攻之，到时候想要什么都随自己心意。

可明明是一片大好的局面，怎么会在一瞬间颠倒了？

"噗"！"噗"！"噗"！"噗"……

他们一个个虽然看不见，却都听得分明，自己和周围伙伴的身上接连响起利器刺物的声音。

一剑，两剑，三剑……

紫竹笔直地刺入咽喉，然后又迅速被拔出，将下一个人的同样部位刺穿。从始至终，王惊梦根本就没有变换剑招，就像是在砍瓜切菜般重复着同一个动作。

凄厉的惨叫声令人头皮发麻，然而王惊梦的眼神却分外平静。

行走江湖，滥杀无辜固然不可取，但心慈手软也是大忌。他有放过众人之心，奈何众人却心生害他之意。所以这一次，他绝不会再手软。

一阵重物倒地之声过后，铺子里重新恢复了静寂。

鲜血在地上流淌开来，周围的空气中弥漫着浓厚的血腥之气，引来了一大群乌鸦在铺子外乱叫。

王惊梦静静地站在原处，若有所思。

之前，他对于剑道的理解，只是来源于顾离人的口头教导以及怀中的五本剑经。如今的这一次实战，让他的领悟更精进了一层。

合适的剑招便能让战斗变得更加简单轻松，但精妙的招式，却更会取得意想不到的效果。

俗话说"好马配好鞍"，王惊梦初入江湖，空有一身好手段，却并无名剑相配。他手里的这根紫竹，也算得上锋利无伦，杀伤力一流，但是与真正的剑相比，终究还是有诸多明显的弱点。虽说真正的高手，不滞于物，但王惊梦初窥武学堂奥，显然达不到这种境界。他曾亲眼见过顾离人拔剑出鞘，仅仅是剑气就将猛虎劈成两半的情景，更是对剑器有一种莫名的好感。试想，连顾离人那样的大宗师都会随身携带佩剑，他当然不会天真地认为，自己一根竹子就能天下无敌。

世道混乱，江湖险恶，眼下看来，他急需一把剑。不然再遇上歹人他依然只能徒手相搏，若是遇到了真正的高手紫竹显然难以应付。

这村子虽然人丁不旺，但周遭还有几家铁匠铺子，在附近一带还算出名。他目光坚定地走出了铺子。

傻了眼的掌柜与小二这才回过神儿来，山野小店钱赚不了多少，反而沾上了人命，当真是叫苦不迭。好在这山野荒村，官府一向管不到，加之这一伙刀客也不是什么良善之辈，所以应该不会有事。他们一边骂骂咧咧，一边招呼着店里的几个粗使伙计，将那几个短命的刀客草草埋了去。

那些刀客平时打家劫舍，所携之物也能换些银钱，这才让他们觉得稍有安慰。

"我要打一柄剑。"

王惊梦走进一间铁匠铺子，毫不掩饰自己的来意，对着围着皮裙正在锤打一块红铁的铁匠说道。

"这里有四家铁匠铺子，而且都在显眼的位置，为什么偏偏要选我这家？"铁匠面容黝黑，肌肉遒劲，身材魁梧，他继续一下一下地抡锤打铁，热气顺着锤子弥漫开来，将这狭小的铺子蒸得满室燥热。让人奇怪的是，不知不觉间，那燥热竟然慢慢化作了清

凉，甚至还让人生出了神清气爽的感觉。

他打铁之余有一句没一句地道："你应该看得出来，我家的生意是四家铺子里最差的。"

"我不喜欢等。"王惊梦看着火舌吞吐，包裹着那通红的精铁，看着铁匠不断抡起的铁锤，不紧不慢地说道，"如果手艺不好，那你这铺子估计早就开不下去了。生意最差只能说明一个问题，你不会看在钱财的分儿上随意铸剑。听这打铁之声，节奏分明，含而不露，劲气霸烈，却又收放自如，打出来的剑定然不是凡品。"

铁匠似乎没有听过这样的理由，挑眉问道："只是因为声音好听，你就确定我的手艺比其他人高？"

"挥锤如同出剑，在旁人眼中也许都一样，但在我看来却有很大的不同。你出手之时力道时重时缓，但每一次锤击都恰到好处……这可不是普通的铁匠能做到的。"王惊梦自信地说道，"帮我打造一把适合的剑，以你的技术应该不算为难。只因我初入剑道，想法和境界时刻都在变化，所以不需要一劳永逸，适合的就是最好的。"

这名铁匠停了下来，他停顿了片刻，才由衷感叹道："顾离人挑的徒弟，见识果然不凡。"

王惊梦眉梢微微挑起，他与那些刀客打斗的地方距离这里虽不算远，但常人断然不会听得如此清楚。这铁匠既然未曾见过自己，又对自己的来历如此了然，可见其耳目之佳。

"前辈与家师可有渊源？"他随口问道。

铁匠哈哈大笑，那黝黑的肤色与洁白的牙齿形成了鲜明的对比，却有一种异样的和谐感生出："的确有些关系，只不过，他看不来我，我也看不惯他。这些话不说也罢，那口铁箱里的剑，任你挑一柄吧。"

若真是两相厌恶，互不往来，恐怕不会任由对方的徒弟来挑自己的剑吧。

王惊梦笑笑，顺着他的手指的方向望去，角落里有一口平平无奇的铁箱。许是时间久了，箱子的表皮裂出了数道缝隙，好似一只只半眯着的眼睛在上下打量着来人。

"嘭"的一声，箱子打开了，那一刹那，王惊梦的瞳孔急剧收缩，清亮的眼睛下意识地闭上，竟有泪水从眼角滴落下来。

他性格坚强，甚少有流泪的时刻，然而现今眼泪根本不由自己控制。如此的情形，只有一种解释：那不是情绪使然，而是本能的反应。

这铁箱内里剑不过十柄，但气息锋锐，在铁箱打开的刹那，就如同一只只狂暴的蛟龙从寒泉中终于破印而出。

王惊梦的识海之中形成了一片汪洋,那是剑师的世界,而他自己,则是行于其中的一叶扁舟,茫茫然不知何处是岸,惶惶然不知何时顿悟。这些从未接触过的剑气,让他在识海之中感受到了一次全新的体验,让他的识见又上了一个层次。

他深深地吸了一口气,体内稀薄的真元流淌起来,缓缓积聚在一处。片刻之后,他睁开了双目,居然发现眼中不再有刺痛感,反倒是看到了七彩炫目的晶莹光片。

他的脸被这些剑气映成了七彩。

剑气居然有色可循,这到底是何道理?

顾离人没有告诉过他这些,可直觉告诉他这绝非寻常凡铁锻造的剑能做到的。

"为什么会有这样奇妙的景象?"他直言问道。

练剑之人心境淡泊者有之,急功近利者有之,痴心不改者亦有之,但不论是何种人,都有追求名剑的特殊偏好,因此产生将剑据为己有的想法也不算无耻。当他们看到这炫目如长虹饮涧般的剑气时,往往容易流露出内心最真实的想法,仿佛冥冥之中受到牵引一般,走向与自己性格最为相似的那把剑。

由执着而生贪念,即便是世俗之中都很常见。

然而,王惊梦的眼中却并没有贪婪,他只是执着地想要找出答案。

"剑品有异,其色自然不同。"铁匠倒不藏私,据实说道。

王惊梦点了点头,道:"师父说过,人品即是剑品。人即是剑,剑亦是人。看来它们都是有自己的性格的。"

名剑如美人,有的热烈奔放,有的内敛含蓄,有的雍容大方,有的清冷如雪,形形色色,不一而足。其品不同,则意蕴大不相同。

这铁匠先前说自己与顾离人互相看不对眼,但现在却不住地点头称是,可见其内心深处还是对顾离人颇为赞赏。

他手中铁锤早已落下,不复提起,双目有神地看着那始终静静凝立的少年,疑惑道:"你不选?"

这箱内皆是世上不可多得的宝剑,其中任意一柄出世,都可以改变现今江湖名剑的格局。王惊梦来此就是为了求剑,当然会选。

二人都未出声,铁匠铺子里显得十分平静,只剩下那吞吐明灭的火舌依旧在放肆地展现着自己的光芒。

第十章 此剑名惊梦

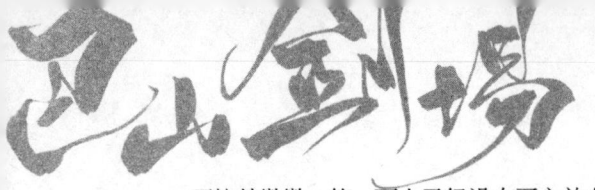

王惊梦微微一笑,面上已经没有了之前在阳山郡不经意间流露出来的警惕之感,而是带着顾离人举手投足之间的那种亲近温和的风范。在数十个呼吸之后,他终于做出了决定,伸出手去,提起了一柄剑。随着他关箱、转身,那炫彩夺目的光芒,又重新笼于其内,不复重现。

"你确定要选这柄剑?"

他是铸剑师,对于自己的作品当然了解更深。这柄剑当然不错,但是与其他剑相比,却要逊色许多。按理说,顾离人的弟子眼光应该不差吧?

直到这时,王惊梦才仔细地打量着这让人捉摸不透的铁匠。

他约莫五十余岁,肤色黝黑,形容清瘦。细观其脸面,眼窝深陷,目光深邃,给人一种沉稳而坚毅的感觉,但是他的颧骨高耸,鹰鼻薄唇,又添了几分不和谐的尖锐刻薄。那盘踞在下颌处的胡子很乱,黏着汗水,看上去邋遢不已。

王惊梦微微躬身行礼,回应道:"是。"

"为什么会选这柄剑?你了解他们各自的特性吗?"铁匠深吸了一口气,眼中的感慨消失,尽数化为平静,"若是想修飞剑,那柄紫色短剑最佳。它是赵国名剑紫薇,剑长两尺,由独特的星辰钢炼制而成,紫色星芒由内透出,变幻不定;内里那柄通身雪白的剑叫作寒食,贯注真元之后锋利无比,取人性命,如同探囊取物;而那柄碧绿色的剑叫作天命,剑如其名,天命所指,无可匹敌,用来修本命剑再适合不过了。其他的剑,也都各有长处,我就不一一细说了。唯独这柄剑……"

他顿了顿,才继续说道:"这柄剑是我三十岁时炼制而成,当时我年轻气盛,意气风发,在铸剑一道自认为天下第一。所以这柄剑也带着一股舍我其谁的悍勇之气,其气势霸道,锋芒毕露。一个时期的作品只能代表一个时期的心境,当我悟透世事不再年轻了,回过头来看它,又觉得不甚满意,便封在了箱中。倒是没想到你会选它。"

王惊梦认真地听着,同时看着手中之剑。

铁匠说得不错,仅仅从外观来看,这柄剑也算不得成熟之作。

此剑色作青黄,清淡的颜色就像是初春新生的嫩芽。符文不甚清晰,似乎随手一抹就会消失不见。剑柄上并无过多修饰,颜色与剑身相比略显深沉,是偏黄的色调。若非要说出好处来,那就是剑身的重量适中,适于来往携带。

"很舒服。"王惊梦据实以告,"剑是伙伴,是知己。也许是修炼不够,我并未体会到其中的凌厉、霸烈之意,但它让我感受到了一种积极向上的冲动,一股超越自我的本真，其中并无后人刻意强加的味道，很适合现在的我。师父曾说过，与剑交流需要用心陪伴，而不是驾驭或者压制。他的剑也很简单，没什么花巧，一样创造出了属于自己的传奇。如你所说，其他的那些名剑看起来各有优点，其优势更是有无可比拟之处，但它们的个性太强，与我的追求不同。如此看来，它们只能继续封存于箱中，等待着它们真正的主人到来了。"

许是感受到了王惊梦的认可之意，那并不出众的青黄之剑竟然震颤了三下。

铁匠抚须而笑，道："好！好！这正是我辈练剑之人所追求的本心！想我一生，狂傲如斯，笑傲江湖，却并无一人能真正懂我。三十岁时，我心无挂碍，一心练剑，抛却名节，只为追求武道至境，虽未闯出些名堂，却自性肆意，永不服输。每个年纪有每个年纪的追求，我不该以老迈的心态去贬低二十多年前的自己，那时风华正茂，实是我一生最为难得的时光。我修剑悟道几十年，竟然还不如一个毛头小子看得通透！这柄剑你带走吧！"

王惊梦再次躬身行了一礼，虽然猜到这隐世不出的铁匠多年以前一定是个带动天下风潮的风云人物，却没有问下去。对他而言，能得到一柄自己喜欢的剑，就已经够了。

他转身刚刚走到门槛处，便听到铁匠提高了声音问道："你叫王惊梦？"

王惊梦顿足，心下疑惑不已。他到此处虽然已有数日，即便前些时的打斗被他耳闻目睹，但自己从未向人说起过姓名，怎的这铁匠脱口就能说出"王惊梦"这三个字？

转念一想，他便了然于心了。这铁匠与恩师顾离人是相识的，或许师父向他提过也说不定。

王惊梦笑了一笑，稚嫩的脸上散发出如同春风般和煦的温暖气息，应声道："是。"

"好！"铁匠略一思索，道，"此剑可叫惊梦。"

宝剑敛于匣内，无人知其厉害，一旦破封出世，注定要惊艳世人的双眼。

王惊梦未置可否，就此带剑而去。

不知过了多久，铺子里打铁的声音又响了起来。那节奏依然带着特殊的韵律感，但原本含而不发的声响却前所未有地带着一股热烈张扬的意味。

"顾离人选的这徒弟怎么样？"一道足以穿云裂石的声音幽幽响起。

声先至，人随其后。一位身穿粗布衣衫，腰间缠着麻绳，脚蹬破草鞋的中年男子缓步出现。他面容粗糙，双手掌心全是老茧，若不是那声音与常人迥异，说他是个山野樵

夫也不会有人质疑。

"极好。"铁匠应声道。

中年男子变了脸色,颤声道:"极好?我可从未在你口中听到过这样的评价。就连那天下剑首顾离人,你也未曾如此高看。不如具体说说?"

"青出于蓝,胜于蓝。顾离人的确不错,但他已过盛年,一生也就这样了。他这弟子,将来的成就一定不会在他之下。一个刚刚学剑的小孩子,竟然能不为外物所惑,遵循自己的内心而行,不得不让人佩服。他知道自己想要什么,从一开始就目标明确,毫无枝蔓,与那些随波逐流毫无主见的人相比,这就是在走捷径啊!剑乃死物,人才是活的,他能根据自己的需求来选最适合的剑,而不是最厉害的剑,与那些寻常习武之人不可同日而语。世上练剑之途万千,一法通,万法通,很显然,他选的是一条属于自己的路。"

"还有呢?"中年男子继续问道。

铁匠凝眉道:"过目不忘的本领可不是人人都有的,记住之后又能融会贯通的更是世所罕见。《流云剑经》里的剑招,他看过一遍,不仅仅尽数记下了,而且还用到了实战之中,这样的人天下有几个?无论是冥想入定,还是吸纳天地灵气通窍的速度,又或是越阶而胜这样的奇迹,都是我见过的剑师中最具天赋的。这样的人,难道配不上'极好'二字吗?"

中年男子终于赞同地点点头,道:"真是难得。"

铁匠笑了起来,眼角的褶子拧在一起:"我祝锋虽然未必是天下炼剑第一,但秦境以内的铸剑师中,没有人铸的剑比我多,也没有人做得比我好。与剑相处的日子久了,自然就有了几分以剑看人的本事。天下剑首收徒的事情早就传得沸沸扬扬,他顾离人在阳山郡收了个徒弟也就罢了,但着急赶回山的途中还不忘记来看我这糟老头子一眼,为的就是想让我看看他视若珍宝的徒弟。哈哈,呵呵!"

"顾离人来看过你?却不见我一面……"中年男子深吸了一口气,眼中全是难言的感慨,低叹了一声,寂寞地说道,"或许他知道我已厌倦了这江湖的纷扰,不想再将我卷进来。只是,如果就这样,我欠他的人情,却不知道什么时候能还了。如今,他的弟子要在这一带行走,我帮他看一看,也可略尽地主之谊。"

此言一出,二人的思绪皆飘回到几年之前。

那时的祝锋因炼得一手好剑,而受到无数剑师的追捧。许多人在他门前,苦苦等待,即便是一年半载,经历雨雪风霜也绝不退缩,目的只是为了求得一柄能够使自己名动天下的剑。然而即便是在他声名如日中天之时，也有那么几个对他不屑一顾的人，其中就包括初出茅庐的顾离人。

那时的他，十足十地是个怪人，常常语出惊人，让人难以接受。

祝锋有一间陈列室，那里悬挂的宝剑都是他的作品。寻常人连来到此地都会觉得是极大的荣幸，所以言谈之间多有溢美之词。那一天，顾离人到此看过之后，却只是淡淡地说了一句："不过是些摆设罢了。"

自成名以来，向来都是别人有求于他，他也是听惯了好话，自视甚高，极为自负。见一个后生口出狂言，他自然心下不满，甩下火炉上炼剑的铁锤，抱臂看着这个挑事的年轻人。

顾离人毫无惧色，于是就每一柄剑的缺点娓娓道来。

人无完人，当然剑也无完美之剑。一柄经名师打造的剑，自然有值得炫耀的夺目之处，但肯定也有鲜为人知的弊端。祝峰将全部心血都倾注在了这些剑上，所以每一把剑的优劣，他比任何人都要清楚。顾离人说得句句在理，他却无可辩驳。如此懂剑爱剑，心明眼亮的人确实难得，但对方如此直言不讳，却让他顿时下不来台，老脸一窘，只觉得心在滴血。

其余的求剑之人，本是意气风发而来，听完这番话，顿时面面相觑，失了兴致。

"我长途跋涉至此，为求名剑而来，不想却是这等结局。"

"祝锋，你盛名之下其实难副，真是辜负了我等一腔热情！"

……

在众人叹息声讨之时，顾离人却指着一个中年男子怀中之剑，出声道："这柄剑还算不错。"

其实那柄剑再普通不过了，只不过他向来喜欢以剑观人，那人心态平和，剑中也隐含了几分返璞归真之意，与其他剑的杀伐、争胜之气明显有异，于是出声赞赏。

众人听得此言，乱哄哄一团围上，就那中年男子的剑争得不可开交。

最终有一人堪堪胜出，其余人或面上带伤，或身上挂彩，三五个相互搀扶，抱作一团儿，就此离去，独留那中年男子茫然四顾，不知去往何处。

祝锋无奈道："我这招牌，今儿个算是被你彻底毁了。"

顾离人不以为意，面上那温和的笑容似乎包含着瞬间治愈创伤的力量，让人身上、心上都感觉到无比舒坦："炼剑炼的也是铸剑师的心，这些剑大多花哨有余，成不了大

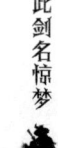

器的。前辈不如沉下心来，炼几把绝世好剑。"

祝锋的面色很难看："事已至此，不沉下心来，也别无他法了。"

他嘴上虽然如此说，但是心中却不痛快，操起手边的一柄剑，厉声喝道："小子，看招！"

风骤起，将门前的老树吹得枝丫乱颤，黄叶飘零。

顾离人面上温和依旧，古拙的剑光与那凌厉剑气交缠在一起，发出如同虎啸猿鸣的奇异声响，几乎要刺破人的耳膜。在交击了数百下之后，古拙剑光才占了上风，压倒了凌厉剑气。

祝锋收剑，道："今日输得心服口服，也罢，就依你所言。"

他一转头，看到那中年男子依旧站在远处，不禁诧异道："咦，你怎么还没走？是准备和我一起找个僻静之处，归隐下来炼一炼本心吗？"

中年男子微微鞠躬，道："正有此意。"

祝锋原本不过是玩笑话，人到中年，失却了少年时代的任性莽撞，也没有老年人的沉沉暮气，在他看来是人生最好的年纪，怎么会跟着自己一起归隐？

这时，却听得顾离人说道："他剑中已有归隐之意，心中自然也无入世之念。既然要远离江湖，要剑也没什么用处了。"

祝锋与那中年男子不禁生出了强烈的钦佩之意。

原来，这中年男子年轻时也是个厉害的剑师，只不过心性寡淡，与世无争，并无宏图大志，只愿守着几亩薄田，数间房舍，与家人一起过平淡的日子。然而这样的愿望却与混乱的时代格格不入，在他外出之时，家人被过境的马贼尽数屠灭。等他归家之时，甚至连尸体都辨认不清了。

自那时起，他勤于练剑，就是为了有朝一日能够手刃仇人。可他的敌人到底是谁？身在何处？他并不知晓。

复仇的心火越烧越旺，但那让人憎恨的仇人却渐渐虚妄，落不到实处。在毫无目标的情况下，他心灵的痛楚也愈发深重，怒急攻心之时，每到一处，他都要浑身披血，杀光所有的马贼才肯罢休。然后，当最初的快意过去，他失去亲人的创伤却依旧无法抚平，生活也了无趣味。久而久之，也就生出了归隐的心思。

一晃已是几年过去，顾离人每次下山，都会过来看一看祝锋新炼的剑，然而却从未看上过一把。

祝锋每每以冷脸相对。

世人都没有未卜先知的本事，谁也不会预测到几年之后，巴山剑场会因为镜湖剑会而声名大噪，但是顾离人会成为天下剑首，他却并不吃惊。毕竟，顾离人几年之前对于剑的理解，已经远远超过当世许多大宗师。就连他这个炼剑炼了大半辈子的人，都甘拜下风。

他呵呵一笑，对那中年男子说道："方今的江湖，争斗不只在宗门之间，我等即便隐居世外，也还是会受到波及。当暴风雨真正来临的时候，恐怕没有人能够真正地远离。他不见你，就是不想让你去管他徒弟的事情。你我二人，还是继续守着铺子吧。"

他眼角含笑："等到下一次，顾离人来了，我一定要炼出一把让他满意的剑。"

中年男子沉默不语，半晌过后，他疾步而出，朝着王惊梦离去的背影追了过去。

第十章　此剑名惊梦

第十一章
穷山出恶人

　　王惊梦提剑出了铁匠铺，心中反复思考着顾离人要他来此处的用意。

　　用《流云剑经》对付刀客，之后必须越阶而战，以弱胜强，方能活下来。自己手无寸铁，以竹代剑是必然之事，而战斗过后定然会发现竹子与佩剑相比还是有许多无法弥补的差距，于是来到这家打铁铺子更是顺理成章。这一切都是顾离人对他未来的盘算，是他成为剑师，或者说是成为下一任天下剑首应该走的路。

　　有路可走，但是如何走，却要他自己选择。

　　王惊梦对顾离人的钦佩，一开始来源于他无双的剑术，还有那温和从容的气质。如今，他虽孤身一人，涉险江湖，却深切地感受到了来自师门的关怀，那钦佩之意到现在已变成了尊敬与感激。

　　在遇到顾离人之前，他每日行走于山林之间，与野兽为伍，只知道利用手中之竹猎杀猛兽，皮卖钱，肉果腹，与叔父相依为命。这样的生活无悲无喜，自由自在，也无丝毫束缚，只是对于一个年轻人来讲，却似乎少了些什么。他不知道除了活着之外，生命还有别的色彩；也不知道走出那一方狭小的山林，外面就是更加广阔的天地；更不知道在剑师的世界里，没有甘于现状的舒适安逸，人生的意义只在于不断地挑战，不断地超越。

　　直到现在，他方才明白，过往十余年的安逸生活，实在是与坐井观天没太大的区别。

　　幸运的是，顾离人出现了。

　　顾离人不仅仅是天下用剑最厉害的人，还是这世间最为心明眼亮之人。虽然相处不久，但在耳濡目染之下，他已经改变了很多。那一次偶然的相遇，将他从原有的生活中拉了出来，让他有机会从被命运俯视，每日为果腹而奔波山野少年，变成了懂得思考、能主宰自己命运的剑师。

有独立之精神，且具备了天下剑首的实力，又懂得因材施教，能以这样的人为师，还有何憾？

想到此处，王惊梦那稚嫩的脸上露出了温暖的笑容，如同清晨那丝丝缕缕透林而出的阳光。又走了几步，他的脚步一滞，那被风吹起的青衫又重新附着在身上。

逆着临近中午的光，他的眼睛眯成了一条线，努力往前看去。

只见那贫瘠的土地上，跪着十几个村民。他们许是跪得久了，黝黑的皮肤被太阳炙烤得发红，额上有汗，顺着脸颊落下来，却没有人抬手去擦。

"无缘无故，为何行此大礼，你们这是做什么？"王惊梦自幼时起便生活在山野林间，并不与世人接触，真正用心相处过的人只有小屋里的叔父和新拜的师父顾离人。因而，他根本猜不透这些素不相识的村民们有何用心。

村民眼中充满了惊惶与期盼，却不肯说话。

"你过来。"王惊梦指了指跪在最前面的那个村民。

被指的村民连连磕了几个头，才颤颤巍巍地说道："少侠……少侠武功盖世，附近有人作恶，扰得大家生活不得安宁，求少侠为我们除去此人……如若少侠应允，我们会筹集钱财作为报答……"

求人相助，自然得说上几句恭维之语，这些村民虽身在穷乡僻壤，倒也颇为懂得人情世故。世人多爱财，王惊梦之前用虎皮来换钱，虽是生活所迫，但也并不能说他就是视金钱如粪土。只不过，如今深处江湖，他明白了大义，有了新的追求，心中有了比钱财更为重要的东西。他抱剑淡淡道："我并非一言不合便拔刀相向的草莽之辈。你们且说说那人都做了哪些恶事？让你们非要杀之而后快？"

那些刀客虽然在瞬间就被屠戮殆尽，但并不意味着他就是嗜血好杀之人。每个人的生命都只有一次，如果非要杀人的话，他也只会杀那些罪恶滔天之人。如果这些村民不能说服他的话，他是不会动手的。

"他经常明目张胆地偷我家的鸡，鸡飞狗跳之余踩烂了菜园子也无丝毫歉疚之意。"

"前些时我外出谋生，那厮看我家里并无男丁，光天化日之下竟然调戏我那未出阁的姑娘！我虽气愤，但慑于他的淫威也只是敢怒不敢言。"

"此人奇丑无比，却喜欢在深夜之际四处出没，吓得人连觉都睡不好。"

……

村民们纷纷诉说着，仿佛是在向青天大老爷讨回公道，眼神中流露出怨毒之意让人不寒而栗。

这些鸡毛蒜皮的事情虽有恶劣影响，但细说起来，在乡野山村也算不得大事。后面的叙述就让人有些义愤填膺了。

据村民们讲，那人嗜酒如命，喝完酒就会乘兴闹事。他曾经一剑就拍飞了一个路人，那路人从此骨头尽断，落下终身残疾，与死了没什么分别。他这样痛下重手的原因，仅仅是那路人见他长相奇特，在迎面相逢之时多看了两眼而已。如此这般，他仗着自己会些拳脚功夫，已多次行凶杀人，闹得整个镇子鸡犬不宁。

镇上有个富商，过惯了安生日子，也实在是无法忍受，于是暗中花了一大笔钱请人来杀那人。然而请来的"高手"，却都不是那人对手，三拳两脚就被打倒不说，还因此丢了性命。那恶人至此还不解气，一怒之下将富商一家三十余口屠戮殆尽，甚至连路人都不放过。

那一天，鲜血满地，乌鸦乱飞，回想起来都让人心生寒意。

自那之后，人人关门闭户，无事并不出门，生怕招惹了那人，从而招来杀身之祸。一时之间，村镇之中毫无人气，仿佛成了恶鬼横行的人间地狱。

近日那人去了隔壁镇上，这些人才敢出来见一见太阳。若不是看到王惊梦手刃刀客的勇猛，就算再借给他们一百个胆子，也不敢说出他们的心声。

王惊梦听完之后，眉头紧紧皱了起来。暑气顺着鞋底缓缓往身上传着，一股燥热生出，如此的不平之事，让他极其不适。他冷声道："我会去看看。如果他真的穷凶极恶，我会毫不犹豫地杀掉此人，至于你们说要筹集钱财作为报酬倒是不必了，自己留着以后过些安生日子吧！但是，如果他并没有做出什么恶事，我也不会听信你们的一面之词，胡乱杀人。"

这些村民顿时磕头如捣蒜，言道自己不会胡乱污蔑好人。

只要王惊梦答应管这事，就必定会发现他们说的都是真的。依他战胜那些刀客的手段，杀了那恶人应该不是难事。

"那人叫什么名字？"此时尚且年少的王惊梦，隐隐间已有了几分主宰沉浮的气度。

"孟琼！他叫孟琼！"一位村民抢先说道，仿佛早些说出那恶人的姓名，就能早点除掉他似的。

王惊梦将这个名字默念了两遍，开口道："你们都回去吧！如果他真的如你们所说，过两天你们就会听到他的死讯。"

没有人觉得他是在胡吹大气，哪怕他只是个刚刚开始学剑的少年。

村民们见有人主持公道，也不禁松了口气，心中暗道苦日子终于到头了。

王惊梦不再多言，转身离开，手中之剑忽然变得沉重起来。这柄被尘封多年的剑，从未染过鲜血。这一次，他预感这柄剑将会出鞘一展光芒了。

极东之处，被认为是天之尽头。那里地处偏远，中原人只有一些僵化的印象。那里处于一片汪洋大海之中，沿途风高浪急，行进则更是危险重重，所以无人愿意久居，甚至都不愿意涉足。

海之大，不知其几万里。只见那连天接水的碧蓝不断翻滚，巨大的礁石在其间不过是无数起伏不定的黑点，能够于海上航行数十日的大船，也不过是沧海一粟，毫不起眼。

但若是仔细观望，定会大吃一惊！

楚国器物之精美早已享誉列国，但若真是细说起来，却比不上这些船只的十之一二，那巧夺天工的技艺简直是令人叹为观止！除却坚实华丽的外在构造，其装载量也相当惊人，可乘百余人，亦可装无数货物水产；若说起航行能力，其行于风浪之中亦如车马行于平地之上，毫无滞碍。

当然，上面所说的却并不是世人对胶东郡的印象。大部分秦国人对于胶东郡的了解，只是局限于长陵鱼市之类的存在：那里的城镇到处都是充满着腥臭鱼虾内脏的街巷，污水横流，无半分净土；那里的人们裤腿挽到膝盖，赤脚而走，脸膛晒得黝黑，粗鄙无文，人人不知礼数，个个粗鲁不堪。

一名身穿华衣的少年坐在船头，任凭风浪吹打在那锦绣华服之上，眼神中却始终带着嘲讽与不屑之色。

他自长陵而来，带着中原上等人的傲气，眼界自是不凡。然而身处这艘比自家宅院还要大的船上，他才知道自己对于胶东郡的了解彻彻底底地出现了偏差。他身前摆着从未见过的奇异海珍，船外的海水在阳光下变化出无数深深浅浅的色彩，天空里那些白色的海鸟在自由飞翔，时不时地会停在船头稍稍歇息。一眼望去，想象中那些不穿鞋的泥腿子却并未出现在眼帘之中，相反这里的贸易和商业繁荣程度还远远超越了中原，士农

工商、贩夫走卒，各行其是、秩序井然，与大秦王城并无二致。

看着那些头戴珠钗，身着华锦，腰间佩玉，与长陵贵族相差无几的胶东贵人，少年嘴角咧出了一丝玩味的笑：那些锦服看似华丽，实则是东施效颦，一味模仿，而无自己独特的审美和趣味，也只能是得其表，而不得其质。但凡有些内涵的人，衣裳上绣着的，都会是梅兰竹菊这等高雅之物，怎会是那些令人厌恶的蝙蝠？

在少年的眼中，那些人就像是一群拙劣的戏子，在黑夜里挑着昏黄的油灯，模仿着长陵权贵们的吃穿举动，以此来脱去不堪的外衣，妄图在上层社会占据一席之地。

"郑氏？"他戏谑地看着手中洁白的酒杯，自言自语，"我还以为他们真有多大的能耐。"

这个酒杯材质像是白玉，然而在阳光下却显露出无数细密的生长纹，与白玉的光洁温润迥然有异。原来，它是由深海之中一种巨大的贝壳打磨而成。为了得到这种罕见的贝壳，胶东郡每年都要死无数人。并不是因为下水之人水性不好，而是因为潜水太深，打捞不易，如此往复几次，心肺极易出问题。久而久之，那些捕捞者即便当时身体并无异常，日后也大多会因难以治愈的隐伤而死去。

尽管如此，在重利引诱之下，舍生忘死以图富贵者还是前赴后继，因而胶东郡每年仍然能打造出许多这样的酒杯。与此物类似的东西还有不少，这些劳神费力，价值不菲的成果，最终大都被送去了长陵。毕竟，只有长陵才有相应的财力消费这些独特的出产。

"郑氏出这么高的价钱，看来是势在必得了。"少年眯着眼睛将杯中酒一饮而尽，对着始终恭立在身后的一名青袍中年男子说道，"我历来只喜欢挑别人看上的东西，你应该是知道的。去和那家商行说一声，东西我要了，但是我只会出一半的价钱。到底是给郑氏，还是给我，让他们自己看着办。"

青袍中年男子显然是见惯了少年如此做派，应了一声之后，微微躬身行礼，便转身离去。

坐在船上的少年眉眼含笑，依旧看着眼前的风景。他并不认为，自己想要的东西郑氏还能抢得过去。平心而论，他对那东西并没有太大的兴趣，只不过见郑氏如此下力气，就生了压他一头的心思。以一半的价钱，抢夺他人的心爱之物，不仅能显示自己财力雄厚、手段通天，更是能在别人心焦气急又无可奈何之际获得一种异样的心理满足。

在离这少年不远的码头岸上，停着一辆普通的马车。

车夫是名须发皆白的老者，他微垂着头，目光却死死地盯着船上那少年的双唇。

他轻声地将那少年说的每一句话一字不漏地复述了一遍，周围的风轻柔地吹着，将那声音吹散、飘远。

车门与车窗处都垂着苍色帘子，挡住了车内的光景，但里面依稀却有些许光线透出来。

"蛮横霸道，心理变态，今天只怕是找错了对象。"马车内里传出了一道讥讽。

软榻上坐着一个十四五岁的少年，他面若白瓷，泛着柔和的光泽，一双狭长的凤目似乎有着摧魂夺魄的神奇力量。

他所在的车厢里则嵌着宝石与明珠，皆是世上难得一见的上好之物，其价值足以交换几座城池。而帘子外透出的光线，正是出自这些宝石与明珠。

"大小姐，此人行事虽有些浮浪，但出自长陵权贵，其背后的家族势力不可小觑，万万不可掉以轻心哪！"车夫提醒道。

原来这俊美无双的少年竟是个芳龄正好的少女！

身着男装的少女微微挑眉，好看的眉头带着不屑，樱唇轻启，出声道："长陵权贵又如何？如果说在长陵他是一条龙，如今到了胶东地界，那也得盘着。在我郑秀眼里，他只不过个倚仗父祖荫庇却无半分本事的二世祖罢了！我既然要弄他，就不惧他背后的势力。告诉家里人，不用担心，我自有应对之法。这样的人，就算再来百八十个，也没有什么妨碍。必要的时候，除去就是了。"

胶东郡郑家的大小姐郑秀在别处声名不显，在当地却是人人敬仰的存在。上天赐予她的不只是天下无双的美貌，还有绝无仅有的修行天赋。胶东郡有四大练剑天才，郑秀就居于首位。她虽是女孩，却比家族中所有的男儿都要聪慧、有胆识，一向被大家当作是振兴郑氏门阀的希望。此次她能出得胶东，外出历练，就是家中确认其能力过人、能独当一面的具体表现。

胶东郑氏，实力雄厚，人才辈出，但年轻一辈中也无人能掩其锋芒，故而郑秀性情极为高傲。在家中，只要是她要争的还从未输给谁过，所以也不认为这来自长陵的少年有能耐夺走自己看上的东西。

至于下手让一个人彻底消失，她更没觉得有什么不对。当今之世，强者生，弱者死，本就是天经地义的事。

车夫点点头，继续驱车往前走去。

　　前路漫漫,却无人知道,这一去,将再无归途。此时郑秀心中,有的只是英姿勃发的少年意气以及建功立业、实现家族大志的野望。

　　走出胶东郡,是她人生开始的第一步,也将是最重要的一步。

　　就在郑秀朝着长陵行进的时候,王惊梦已经提剑来到了邻镇。

　　镇子不大,稀稀落落地散落着十几家房舍,户户大门紧闭,如临大敌。那并不宽敞的街道,因了无行人而显得空旷寥落,甚至连鸡鸣狗吠之声也不得闻。

　　青天白日之下,这里居然如同盗匪过境,气氛如此紧张,王惊梦眉头不禁紧蹙起来。看来那些村民并未说谎,想来也是一时情急,才会贸然找一个素未谋面的人讨还公道,不然他们此时为何连出门都不敢?

　　风中隐隐吹来一阵酒香,他循着那若有若无的香气一路走了过去。

　　孟琼好酒,指不定此刻正喝得酩酊大醉。

　　过了不多时,他就走到了镇上唯一开着的那家酒铺里,一个醉汉四仰八叉地半躺着,形象甚是不雅。醉汉身旁靠桌子立着一把剑,甚是引人注目。那把剑色作玄黑,与寻常之剑大不相同,就好似由数柄长剑拼接而成,上面遍布着红色的暗纹,好似裸露在外的血脉,透露着一股不可言喻的凶戾之气。因其形制太过宽厚,所以没有合适的剑鞘来相配,不仔细看还会以为那是一把大刀。

　　"抱歉……客官,小店……小店……"这家酒铺伙计与别家不同,见有客人进来,不是千方百计伺候奉迎,还巴不得往外赶。

　　王惊梦挥挥手,示意他无妨,便径直来到了醉汉面前坐了下来,对着伙计喝道:"上酒!"

　　伙计见他身有佩剑,知道又来了位不好惹的主儿,所以并不言声,立马战战兢兢地取酒去了。

　　"你就是孟琼?"王惊梦掩鼻抬头看着瘫在对面的人,那宽厚的背部,就像是衣裳里头藏着两条大鱼一样。若不是要替村民向这穷凶极恶之人讨回公道,王惊梦此刻定会笑出声来。

　　那人扬起脸,浓眉横着,两只大眼因为间隔的距离较短,凝视于一处时,凶光合一,令人望之胆寒。他生着一张方脸,两颊处鼓起的肉如同铁板一般坚硬,再加上那满头往上冲的辫子,一看就是凶厉之徒。

醉汉双眼中有迷离之色，右腿放在椅子上，微微屈着，左胳膊毫不含糊地支于其上，不屑地应道："对，老子就是孟琼！没觉得戳在这里碍眼吗？赶紧滚蛋！老子今儿只想喝酒，不想杀人！"

那声音如同开门炮一般，几乎要将人的耳膜震破。

说话间，王惊梦要的酒上来了，那伙计听到这一声吼，差点儿瘫在地上，手中刚刚温好的酒一时不慎也溅了些出来，都忘了接下来该做什么。

王惊梦轻描淡写地将酒取了过来，往杯中倒了，然后朝他挥挥手，示意伙计可以下去了。

那伙计刚想出言劝告王惊梦，让他离孟琼这种杀人魔头远一点，却正好对上了孟琼那双充满戾气的大眼，登时两股战战，摔倒在地。

"哈哈哈！"大概是被人打扰的烦躁心情得到了些许疏解，孟琼狂笑不已，接着说道，"这个尿包！"

人哪有不怕死的？面对着这般凶神恶煞之人，即便吓破了胆儿也是常事，伙计的表现也不算出格了。

看着伙计魂不守舍的样子，王惊梦的脸色却十分淡然，好像根本没有听出孟琼言语之间的讽刺之意。他喝了一口酒，眉头微微蹙了起来，自己虽然没喝过什么玉露琼浆，但是这酒也着实太次了点儿。

"说说吧，为什么要杀人？"好似他面对的不是什么杀人不眨眼的魔头，而是一个逃窜千里最后不得不认罪伏法的嫌犯。那居高临下的气势，让人心里不由得一紧。

孟琼眯着眼睛，心里顿时一惊，却还是掩饰道："杀人就是杀人，哪里需要那么多婆婆妈妈的理由？！"

王惊梦依旧淡淡地说道："剑乃君子之器，行的是王者之道，并非恃强凌弱，滥杀无辜的手段。我再问你一遍，邻镇的富商一家三十余口，还有恰巧经过的路人，你为何要杀？"

"那富商雇凶杀我，虽未成功，却被我察觉，自是要灭他满门。至于那路人，以目光挑衅，我看不过眼，杀了也就杀了。"孟琼本来就不是什么耐心之人，此时双眼充血，手已经握住了立在桌旁的剑，"倒是你这小子，来路不明，还问东问西的。我原本只想吃酒，无意见血，但你偏偏要送死，可怨不得大爷了。"

在他站起的瞬间，王惊梦仍然端坐未动，只是抬头看着他，说道："无故杀人者，

第十一章 穷山出恶人

当诛。今天不杀了你,我无法向黄泉之下的无辜百姓交代。出剑吧!"

孟琼看着王惊梦,见他年纪不大口气却是不小,不禁有些轻视,嗤笑道:"就凭你?毛都没长齐呢,就幻想着替人出头,行侠仗义?要我说,事不关己就该高高挂起,闲事是别人的,命却是自己的,不要弄不清状况大侠没当上,却不明不白丢了性命。再说了,如今的世道就是弱肉强食,就算我为非作歹,滥杀无辜,你又能奈我何?"

更多精彩内容
请扫描二维码

只见剑光一闪,店里的几个伙计早就吓得连大气儿都不敢出了,而酒铺里乒乒乓乓地响成了一团儿。紧接着,酒铺的整个屋顶都朝着一边倾斜了下去,显然已是要塌了。

王惊梦终于站了起来,神容平静,根本不像是在进行一场大战。要知道,孟琼的实力远远在他之上。

他怀中的五本剑经,皆为顾离人此前所授,以前虽也知其重要,却并未立刻修习。但自他用《流云剑经》击毙了那批刀客之后,便下定决心要尽快领悟其余四本剑经的奥秘。他天生聪慧,那本最为实用的《清风剑经》早就尽数记在了心中,而第三本《白露剑经》则颇为精妙,与寻常剑法颇有不同。

所谓《白露剑经》,追求的不是"蒹葭苍苍,白露为霜"的美好意境,而是指剑意如同清晨的白露,涤荡世间所有污垢,让一切重新恢复宁静安谧。其中的招式威力巨大,但春风化雨,润物无声,对手不容易察觉,因而能于潜移默化之间完成对杀意的淡化、净化。

当然,这本剑经的精妙之处不止于此。它原本出自韩地的一个宗门,大多数剑招都追求出招迅捷。王惊梦此前看过的剑经虽然不多,无法将其与那些追求速度的剑经相比较。然而,但凡见多识广之人,见过了《白露剑经》的威力之后,就会发现,它竟比秦地出名的《疾风剑经》《奔雷剑诀》等剑经还要厉害。

第四本《缠丝剑经》则是名实相副,每出一剑,剑身周围都会散发出无数剑丝,层层缠绕,能起到以柔克刚的效果,即便是修为不足,也能应付当世的大多数剑师。但是王惊梦自知用此法对付孟琼不易奏效,毕竟,他实在太弱,虽然每日都勤勉修行,但是按照之前那刀客所言,他如今的实力应该还是处在炼气门槛,反观孟琼之剑势大力沉,以硬碰硬,走的是刚猛路子,所以如果他一味地避实就虚,依旧不易取胜。

面对着孟琼示威的一剑,他身形未动,心中却早已有了应对之方:"出去解决。"

孟琼觉得王惊梦不是自己的对手,跑到哪里也都一样,于是"哼"了一声,离开了铺子。

王惊梦紧随其后。

空荡的街道两旁，门窗紧闭。风骤起，平添了一股肃杀之气。而街的尽头，一个中年男人正缓缓行来。

王惊梦的感知力敏锐，早在两日前就已觉察到有人跟踪自己。起初他还凝神戒备，以防不测，心里时刻盘算着一旦那人出手，便要全力以赴，以命相搏。只是时日一长，结果却令人十分诧异：那人数日以来，虽尾随于后，却并未做任何妨害自己之事，反而每到危险时刻，还提前给自己预警，倒像是来保护他的。

这几天，他们虽是一前一后，却从未正式见面。今日见他孤身前来，王惊梦面上竟然微微一笑。

在江湖上行走，非敌即是友，能不出手的时候，还是多结善缘，多交朋友为上。

孟琼浓眉一凛，哂笑道："我说你小子胆儿怎么这么大，原来是有帮手！择日不如撞日，也好，你们俩一起上吧，老子一并解决了，你们黄泉路上也不孤单！要说你们死得也不冤，以二打一，老子也没占你们便宜，不算我欺负小孩儿！"

"无须他出手，我一人便足以胜你。"王惊梦横剑于胸，对着如同准备掠食的凶兽一般的孟琼道，"请！"

孟琼挑了挑眉梢，那少年手中的青黄之剑，从形制和符文状况来看，比不得那些名闻天下的宝剑，却自有一股沉静的气质，让人不敢小视。而这少年的神态却沉静得可怕，如若不是真的拥有成功狙杀自己的实力，又怎能不流露出一丝一毫的恐惧？

以弱胜强，并非易事，他并不觉得王惊梦能够越阶而战。他虽有些惊疑，却自始至终也没发觉王惊梦有什么过人之处，难道真是自己看走了眼？

随着孟琼的真元涌入，剑身上那些猩红色的暗纹亮了起来。

之前从未现身的中年男子，此刻也是缓缓蹙眉。当然，以他的修为，有无数手段可以一击杀死孟琼，但一来自己成名多年，动辄便有以大欺小之嫌，二来顾及王惊梦的自尊，他并不准备出手。这少年既是天下剑首的徒弟，又得祝锋称赞，今日倒是要看看他在不抢攻的情形之下，能用什么方法击败孟琼。

就在这时，他看到了一幅令人十分震惊的画面——王惊梦手中的那柄剑剑身微亮，一片朦胧的光彩正从中透出来。通常来说，出自楚国匠师之手的名剑，往往蕴含着强大的元气力量，或是对天地元气有独特的牵引和加成，甚至可以让一名炼气境的修行者迸发出真元境巅峰的力量。王惊梦手中之剑没有楚剑的那些厉害特性，但却与他本身的气

质十分相近——纯粹、本真、不惹杂质。

剑品与人格相通，二者相依相存，互相砥砺，竟然迸发出了超越修为进境的力量。王惊梦的修为虽然依旧停留在炼气境，然而同杀死那几名马贼时相比，他进步的速度明显提升了许多。

两日之内竟然能如此突飞猛进！中年男子忽然明白为何祝锋会对这个少年有那么高的评价了。

练剑修行的道路，需要踏踏实实，一步一个脚印，玩不得半点花俏。在这条艰辛的路上，倘若悟性高，能走得快点，就已能算是不可多得的奇才。但像王惊梦这种一日千里的进境速度，大抵只能用天才来形容了。

大概是出乎了镇民们的预料，这次王惊梦并没有瞬间身首异处，原本关门闭户的长街忽然有了动静。那些紧闭着的大门、窗户渐渐露出了一条条缝隙，其后探出来一颗颗脑袋来。

看着剑身上微微亮起的光华，孟琼心中浮现出某种不祥的预感。他没有犹豫，右手举剑，朝着王惊梦斩了下去，左手却负向身后。

空气里骤然响起一声爆鸣。紧接着，气浪四溢，剑身上的暗纹膨胀起来，内里像有诡异的生物在生长。这柄重剑在刹那间发出其中蕴含的可怕力量之后，竟然还有下沉的趋势，仿佛背负着沉重的压力。若不是有孟琼雄厚的真元支撑，这柄剑恐怕早已落地入土，无法动弹，更别提会对王惊梦造成伤害了。

"嗷……"看到孟琼出招如此凶猛，有人连忙缩回了自己的脑袋，生怕一时不察，城门失火，祸及池鱼。

但依旧有胆子稍大之人，下定决心一看到底，只是那身子却不知道藏到何处去了，窗纸后只剩下两只眼睛在观战。

"魏人？"

王惊梦初入江湖，眼界尚浅，不知道这是什么功法，但是那中年男子却见多识广，一眼就判断出了孟琼的剑路及来历。

镇民们都躲在门窗之后偷偷观战，街上再无他人，所以并没有人回应他。

王惊梦的剑也动了。

他的剑如一片流云般斩了出去，但是剑上却有万千点光华，如同晨露一般晶莹剔透。

光华急剧流动，飞舞弥漫。整个世界好像都被这如晨露，似流萤一般的光华笼罩着。

中年男子再一次震惊不已。

这到底是怎样的一剑呵！

剑招起于《流云剑经》，但真正化为剑意，却已经是深得《白露剑经》的神髓了。

这世上有很多奇人能随心所欲，自创剑招。来自不同剑经当中的那些并不出奇的招数经此类人之手，便能突破藩篱，让人耳目为之一新。譬如顾离人，几乎将学过的所有经中的剑招都改了一遍，其招式之奇、之新，令人应接不暇。顾离人修行有年，已是天下敬仰的大宗师，能做到这样并不让人奇怪。但他从未见过任何一个初步茅庐的年轻人可以在这么短的时间里，将两本不同剑经的招数化为一招，而且融合得如此完美，甚至比《白露剑经》中的所有剑招都要轻灵，迅捷！

他不禁叹道："真不愧是天下剑首的徒弟！"

这一剑刺出，孟琼的神识反应已经变得极为迟钝，明明感觉到危险正在来临，但身体的行动却大大滞后于自己的思维。到了这时候，甚至连那中年男子说的话到底是何意都分辨不出来。

电光火石之间，他的手腕上出现了刺痛之感。很显然，在他的真元力量还未真正迸发，斩出之剑还未到达对方身前时，自己的手腕便已经中剑。谁的速度更快，此刻已无须多言。《白露剑经》的迅捷和蛊惑之意已被发挥得淋漓尽致。

疼痛的刺激让他清醒过来，《白露剑经》带来的麻痹之感缓缓消散。眼看着这场比斗已然是输了，但是那脱手的重剑仍朝着王惊梦飞了过去。

与此同时，他负在身后的左手荡了起来。

一截衣袖兜着风，如同一片铁扇，但真正蕴含着可怕杀意的，却是他左手之中握着的一柄短剑。

他之前在世人面前杀人时，从未展露过这柄剑，所以并没有人知道他的护身法宝是两柄剑。一在明，一在暗，明剑发而暗剑至，纵然王惊梦躲得过第一剑，也决计躲不过第二剑。

这柄剑快如闪电，紧随着那柄重剑之后继续朝王惊梦飞去！

"天下剑首的徒弟吗？也没感觉到跟杀别的人有什么两样。"他眼中露出了讥笑的神色，回味着中年男子方才的话语。这两柄剑是他多年行走江湖的制胜法宝，今日一役，王惊梦必无生理。

第十一章 穷山出恶人

· 153 ·

那些躲藏于家中观战的人此刻仿佛都忘记了恐惧，不由自主地发出了一声惊呼。

在这追命似的两柄剑面前，任这少年如何厉害，今天恐怕也要交代在这里了吧。

孟琼很是自信，正待追补第二剑，只听见"叮"的一声响，他想象中的画面却并未出现，反倒是王惊梦那柄朴实无华的剑正散发着朦胧的光彩，不偏不倚地刺到了重剑之上。他身形顺势一翻，已避开了那气势磅礴的剑意。

让人不解的是，重剑竟然转了个方向，朝着孟琼飞了回来。

他皱了皱眉，别人或许不太清楚，但他却十分明白，这柄重剑上附着的真元，足以使一些练剑有年的人身受重伤。眼前这个修为不深的少年，只是轻描淡写地一刺，灵巧地一避，怎的就化消了那排山倒海的力量，让重剑直接飞旋而回？

孟琼的心境亦不可避免地有些慌乱，但在下一瞬间那种恐怖的情绪便被强行压制下来。左右不过是一个初入门的少年罢了，虽然手法有些古怪，但实力上的差距却是根本无法逾越的。那少年之所以敢挑战自己，想来也不过是初生牛犊不怕虎而已，以他多年的修为，又怎么会输？他的右手缓缓往上扬起，伸出两指，夹住了重剑的剑锋。

在这个过程中，他左袖兜风，那柄之前不显山不露水的短剑此刻毫不迟疑地朝着王惊梦刺去。速度之快，直教人无可抵挡。

他眼底闪过一丝嘲讽之色，嘴角也随之轻轻翘起：黄口小儿不知天高地厚，却这般装腔作势。今日便要好好教训教训这小子，让他明白什么叫一山还有一山高。

也许，这个不知天高地厚的少年，下一刻便会成为剑底亡魂。

孟琼嘴角咧出一丝狞笑，可是电光石火之间发生的变化却让他忽然瞪大了眼睛，他脸上的笑意瞬间凝固，眼底惊愕的之色使得那张方脸更加扭曲，看上去格外狰狞。

只见王惊梦的左手不疾不徐地伸出，食指、中指并起为剑。一道磅礴剑气如海上巨浪，乘势而起直直逼向了孟琼。

如果不是早就知道出王惊梦习武不久，他甚至会以为是在和哪个修为高绝之人对决。一时分神，他手腕再次一痛，眼中现出惊悚之色。

之前那一剑，王惊梦虽然微微刺中了他的手腕，但却是无关紧要，对他的伤害并不大。可这一次，王惊梦竟然一举刺中了他手腕上的脉门！

被一个修为与自己相差十万八千里的小子刺中了脉门，对于孟琼来说，简直是奇耻大辱！他一张方脸涨得通红，发出一声如同狮吼般的厉喝！他的右手双指夹着剑锋，体内的真元如雷鸣一般，毫无保留地倾泻而出！转眼间，他以剑锋为剑柄，以剑柄为剑锋，

· 154 ·

朝着王惊梦再一次不留余地地刺去！

与此同时，他的身形往前一闪，左手直直握住了短剑剑柄。一道更为耀眼的剑光从下往上撩起，刺向了王惊梦的小腹。

"噗"的一声轻响，有新鲜滚烫的血液涌出，落在两人衣衫之上，那散发着灼热气息的血迹如同一朵朵潋滟的桃花，恣意地盛开。

然而这鲜血却并非来自王惊梦，而是从孟琼的肩窝中喷涌而出。

他诧异地看着自己的右肩，一时间竟难以相信自己竟为王惊梦所伤。

他的右手双指夹着的重剑，剑柄撞在了王惊梦的胸口。只差一点！只差一点便能重伤他！

然而此刻重剑却没了后继的力量，他的身体像一只空荡荡的器皿，所有的力量在刚刚一击全部如水般倾出，只剩那前进惯性冲得王惊梦往后退出一步。

王惊梦神色平静地拔出了自己的剑，一蓬鲜血在他抽带之时挥洒而出，在他脸面、衣裳上溅下点点猩红。

酒铺的砖墙上钉着一把尾端还在晃动着的小剑，嵌入墙体三分，砖块也崩裂几许。孟琼目眦欲裂，他万万没想到，自己那柄追命的小剑竟也会生生落空。

只可惜失之毫厘，便会谬以千里。

在他被王惊梦刺伤的那一瞬间，小剑的方向已经发生了偏移，险险地擦着王惊梦的青衫右侧而过。

"怎么可能？！"一声不可置信的号叫在一片死寂的街巷中响起。

躲在门窗后偷偷观战的众人，早就看得呆了，或死死拽着粗布麻衣，或紧咬着双唇，全然忘记了出声。

"当"的一声，那柄重剑砸落在地，差点斩在孟琼的脚趾上，而他却置若罔闻。只见他双目充血，死死地看着王惊梦，质问道："你怎么可能赢我！怎么可能！"

此时的孟琼像是一只陷入绝境的野兽。

声音中包含着痛苦与不甘。

王惊梦从容收剑，剑尖上还有鲜血往下滴，地上很快便被染红。而那柄首次染血的剑，通身的青黄之色不再黯淡，隐隐有光华流转，好似经历血战之后被注入了生机。他往后又退了一步，缓缓横剑于胸，道："我的剑比你的重剑快，手指比你的短剑灵活，所以，你虽然有两把剑，却依旧会输。"

孟琼的胸膛剧烈地起伏着,身上的气息动荡不堪,几乎要将贴身的衣衫给撑炸一般。他虽算不得当世有名的高手,但练剑数十载,也并非一无所成的草包。至少这两柄剑同时出手,他还鲜有败绩。

这种理由,他从未听过。但仔细想来,却又有几分道理。

他沉默良久,看着眼前宠辱不惊的少年,扭曲的神色逐渐开始平缓了下来,但依旧觉得王惊梦的解释不通。

他微微凝眉,出声道:"论修为,我是天,你是地,我比你高出不止一两个层次。这意味着,我不仅仅是真元力量比你深厚,感知也比你敏锐。这意味着,当你出招时,我已经做好了防御。尽管如此,我还是输给了你。所以,一定还有别的我猜不到的原因,告诉我!"

虽然知道自己的结局早已注定,但是他的心境依旧波动得厉害,声音还是颤抖不已。

"见招拆招。"面对着孟琼不甘的质问,王惊梦淡淡地应道,"你实力的确比我强,这是任何招式都不能拉近的差距。但师父告诉我,真正的强者,仅仅真元深厚、感知强大是不够的,还要做到通过对方出手的方式,来判断出他接下来的行动。从你出第一剑的时候,我就摸清了你的剑路。所以,你注定会输。"

如若不是亲眼所见,他根本不敢相信方今之世,竟然有人能有如此天赋,真能做到那少年所说的见招拆招!

他的肩窝还在不停地流血,将自己胸前衣襟濡湿了大半。王惊梦的那一剑,无比精准地刺中了他的一条经脉,此时即便他能及时止血疗伤,接下来也无法再像之前那样全力出手。

孟琼仰天长笑三声,方才垂下头颅,浑厚的声音中带着几分怅然,一字一句地说道:"我败了,彻彻底底地败给了一个毛头小子。有徒如此,你师父定非等闲之辈。"

王惊梦没有出声,然而嘴角却流露出一丝傲意。其实他并不在乎顾离人是不是天下剑首,他只知道他温和儒雅,想法新奇,与见过的所有人都不一样。

"不错,他师父的确是天下罕见的奇才。"一直在旁观战的中年男子见战局已定,目光凌厉地盯着孟琼的那张方脸,警惕道,"现在,该回答我了,你一介魏人,为何会出现在我大秦境内?杀了这么多秦人,总得要给个理由。"

他虽然决心退隐,但生为秦人,自然不能看着同胞无辜枉死。

王惊梦侧目而视,静静等待着孟琼的回答。

第十二章
密谋渭河上

"你也说了,我是魏人。"孟琼的声音低了下来,低到只有王惊梦与那中年男子才能听清楚,"百年以来,魏秦不两立,于国于家,我杀几个秦人又有什么大不了的?"

王惊梦的眉头深深地皱了起来。他直觉孟琼的所作所为并非简单的嗜血成性、滥杀无辜可以解释,背后一定有着别样的用心。

"魏国最杰出的宗门当属云水宫,宫主云棠虽是女子,但行事磊落、心胸坦荡,定然不会纵容门人做这等滥杀之事。既然不是云水宫的人……"那中年男子微微一顿,用一种洞察一切眼神看着孟琼,肯定地说道,"魏国能用双剑的宗门可不多,就算你不说,我也猜得出来。"

江湖人行江湖事,讲的就是忠信。孟琼虽然形容不堪,为恶日久,却也甚有底线,抵死也不说出自己如此行事的原因。

孟琼听了很震惊,却并未抬头,也不应声。喷涌如泉的鲜血流淌下来,将地面染成了一片猩红之色。然而这些鲜血并不是源自他的肩伤,而是出自他的口鼻之中。

七窍出血,一阵阵细碎爆裂的声音自孟琼身体内部响起。此刻他的身体就像是羊皮阀子在漏气,再也无力与王惊梦一战。

王惊梦感觉周围有些微的寒意生成。

这一刻,他感觉到了浓得化不开的死意。

宁死不说的背后,想必有更大的阴谋。只不过这阴谋到底是什么,他也无从得知。

一阵阵压抑已久的欢呼声如潮水般响起,紧接着,街巷两侧的门窗纷纷打开,头悬利剑、朝不保夕的恐惧散去,村民们兴奋又不敢置信,纷纷高举双手,沿街跪拜,眼神中充满了感激之情。

他们日出而作,日落而息,并不了解江湖,但是他们知道,单单就体力而言,小孩子决然打不过壮年人。王惊梦也不知到底用了什么法子,竟能以弱胜强除去恶霸,在他们心中,只有一个解释:那是上天派来拯救他们的使者。

面对着众人的崇拜,王惊梦心中并无欣喜,他望着那中年男子,直接问道:"是谁?"

"嗯?"中年男子愣了一下。

"他幕后的指使之人是谁?目的是什么?"王惊梦继续问道。

中年男子摇了摇头,道:"从他的出招路数,我只能判断出他是魏人。至于具体是什么来历,我却不甚清楚了。方才的那些话,不过是想诈一诈他罢了。"

王惊梦顿时释然,为了获得某些有用的消息,用些手段也无可厚非。

只听得那中年男子继续说道:"我虽猜不透他的确切来历,可是看他的剑,也能知道是某位大人物家护家的供奉。这些事情,巴山剑场如果想查,想必不是难事。"

提到"巴山剑场",王惊梦的表情瞬间变得凝重,他出声道:"我虽然拜在了师父门下,但从严格意义上来说,还算不得巴山剑场的正式弟子。此人与我无关,更与巴山剑场无关,此事就此作罢。"

说罢,他提剑,转身而走。

"小子,你不好奇,我这几天为何一直跟着你?"王惊梦已走了十来步,那中年男子忽然出声问道。

"你自有你的道理。"王惊梦并未停下脚步,话音在风中扩散,"如果你是因为我师父才过来保护我的话,那我告诉你,大可不必如此。师父既然让我独自前来此地,说明他已下定决心要磨炼我。若是时时刻刻有人护佑,又何来锤炼的机会?"

"可这附近……"

中年男子的话尚未说完,便被王惊梦打断了:"猛虎野兽我自然不怕,即便碰上一二江湖人物,谅也不难应付,没什么好担心的。走了,走了。"

中年男子看着那一袭青衫,逐渐消失在视线之中,无奈地摇了摇头,然而那背影却与记忆中的青衫剑师逐渐融为一体,再不分彼此。

长陵城外，渭河之上，一条商船似乎无人操控，从流飘荡，任意东西。

若是生活在这附近的人，定会知晓这条商船乃是属于长陵的一家商号。它平日专司来往运送桐油，船上至少有数十名船夫仆役操船打杂。然而，现在这些人却都不在，舱内只有两人相对而坐，中间隔着一张置了酒食的桌子。

两人看来都是寻常商贾打扮，并未刻意修饰，只是其中一人稍加观察便知是外乡人，因为他五官肤色、举止言谈都与长陵人有着明显的区别。

四下静谧，亦无闲杂人等，此时此刻，佐以佳酿美酒，欣赏着渭河之畔的秀美景色，实在是绝佳的畅谈之机。

外乡人端起酒杯，看着杯中酒液的色泽，淡淡地说道："我师派我前来，是想传一个口信儿。既然贵我双方选择了合作，就不妨将条件都摆在明面儿上来。咱有一说一，有二说二，不在背后搞私下勾当，阴谋诡计。你们的条件，我们应了。"

对面的长陵商贾面白无须，看上去很是儒雅，他极有礼貌地问道："什么条件？"

"我师要你们秦地最强的那名剑师从此消失于世间。"外乡人的声音并无悲喜，但一言之间就定人生死，偏偏语气还是那么云淡风轻。

然而这句话对于长陵商贾来说却像是平地惊雷，他平静无波的心湖中瞬间荡起了惊涛骇浪，顿时瞪大了眼睛，惊道："最强的那名剑师，你们的意思是……顾离人？"

"除了巴山剑场的顾离人，还有谁能堪称最强？"外乡人微讽道。

长陵商贾为难道："他是天下剑首，论单打独斗，没人会是他的对手。再者说，巴山那群人可不是吃素的，仅仅一个余左池，我们都对付不了……更何况还有一群我行我素、特立独行的宗师。不是我们不想答应，但……这个条件，不妥，不妥。"

"办法想想总是会有的。"外乡人微笑着说道，"任何生意都是有进有出，要想得到，终要有所付出。顾离人不死，这笔交易也就没有继续下去的意义了。"

长陵商贾沉默不语，心中陡生寒意。

除去顾离人的办法不是没有，但无论是哪种办法，都意味着要派出大量精英。这就不仅仅是内斗了，因为无论成功与失败，秦国都会损失掉一部分顶尖的剑师。精英陨落，宗师丧命，不仅会导致许多宗门从此衰落，对朝局的影响也不可谓不大。秦以剑立国，失去了剑师的支持，就相当于失去了牢固的根基。此消彼长，我弱则敌强，这恐怕是他国最想看到的场面。

为了一己之私，以国家的根基为筹码，这样的选择，真的值得吗？

"你可以稍加考虑,之后再告诉我你们的选择,但是不要拖得太久,我可保不准师尊会不会和其他人做这笔生意。"事关重大,这长陵商贾犹豫不决也在情理之中,外乡人倒没急着催他现下就拿主意,依旧是那样平静,"对了,下面也只是我师让我传给你家主人的几句话,玩笑而已,他大可不必当真。"

事涉机密,干系重大,在这种场合之下,根本不会有什么玩笑话。

长陵商贾果真便听到他说:"成皎和元武相比差了太多,你家主人却不惜代价要扶他上位,甚至还要帮他争夺武林的霸主地位,到底图的是什么?难道真是因为他是你家主人所出,所以才如此费心费力吗?"

秦王有两子,长子为元武,幼子为成皎。元武素来不为秦王所喜,被送去赵国为质,而成皎却是秦王的心头之肉、掌中明珠,从不允许旁人谈论非议。况且这人并非秦人,如此口无遮拦,大肆谈论秦国宫闱秘事,侮辱的不仅仅是成皎本人,扫的还是无数秦人的脸面。

长陵商贾霍然抬首,眼瞳之中尽是冷厉杀意。那外乡人若是继续说下去,他可不敢保证自己一定不会动手。

"谈生意就谈生意,请不要将一些捕风捉影之事大肆宣扬。我家主人如何行事,那是他的选择,轮不到旁人妄加揣测。"

"息怒,我只是传话人而已,这些话你原原本本带到就行了。吾师敢这么说,就是天下列国,已有定论。即便我们不说,也封不了悠悠之口。揣测不揣测的只有你们自己明白,但你家主人和那位贵人之间的关系,稍有见识之人都已心照不宣。"外乡人好像根本不知道自己已经在言语之中激怒了这尽力促成双方合作的长陵商贾。

长陵商贾愤然起身,对着外乡人躬身行了一礼,道:"抱歉。"

话罢,他转身离去,这场不愉快的谈判便算是走向了终点。外乡人独自一人面对着桌上的美酒佳肴,也全无胃口。他眼中含笑,望着渭河上此起彼伏的波涛。

一直停在远处一艘乌篷小船缓缓行了过来,靠近了这条商船。

一名文士模样的中年男子从船舱中走出,一跃而起,便稳稳地落在了外乡人的对面。他坐在之前那陵商贾所坐的位置上,等待着外乡人发声。

外乡人极为耐心地将方才的对话内容复述了一遍。

文士面容平静,沉吟了片刻,方说道:"计是好计,一旦功成,对天下列国都有好处。只不过想要这样除掉顾离人,却不大可行。天下剑首何许人也,论声望,论身手,当今之世，无可匹敌。要杀他，至少得赔上十余名宗师的性命。这样一来，定会动摇秦国根基。如此损己而利人，付出的代价太大，他们未必会愿意吃这个亏。"

"您是生怕我师逼迫太狠，以至于他翻脸。"外乡人对这名文士说话的语气极为谦和。

文士点了点头，温声道："他出身卑贱，走投无路之下投身商贾，以卖羊倌发家，花了三十年的时间才慢慢领略到长陵最高处的风景，如何舍得一下子损失自己过半的羽翼？长陵城中，看似平静，可那平静之下，到底有多少暗流涌动？那些盘踞在长陵的门阀权贵又有几个是好惹的？他于秦国庙堂经营多年，明里暗里不知道得罪了多少人，豪门权贵无不视他为毕生之敌，如此之下，陷害、暗杀之类的事肯定少不了。他本身虽是剑师，但身手却并不超卓，若不是有那些宗师在旁护佑，也不知道死了多少回了。你现在要他自废爪牙，时刻生活在忧惧之中，他如何能心甘情愿。若他就此翻脸，总归不算是好事。"

迎着那文士的目光，外乡人接着说道："先生说得极是。但富贵应于险中求，如不祭出狠招，看一看他的底牌，又如何能一举成功，达到目的。依顾离人的性格，定然不愿意成为任何人的棋子。他想帮助成蛟控制列国宗门，成为武林霸主，若不除去顾离人简直是痴心妄想。所以说，尽管取舍艰难，但孰轻孰重，他心中应是早有定论。帮成蛟，还是保自己，他会做出选择的。"

文士目光微凛，反问道："你们就这么确定他会竭尽全力地帮成蛟？难道成蛟真是其子？"

"此事真相到底如何，只有他和郦姬能知。"外乡人微微一笑，目光扫过开阔的水面，落向不远处那座雄城，颇有傲气地说道，"但三人成虎，如果他不按我们的想法来，那么不管是事实也好，谣言也罢，这件事就会传到秦王耳中。到时候，他就算是想倾力扶持成蛟上位，也不可能了。"

江湖之中，各国宗门，行的也不尽是习武论道之事，他们与列国朝堂联系千丝万缕，时常影响各国局势，而一旦所图甚大，就少不了要悉心谋划、做局算计。在利益面前，是非对错并不重要，只要能达到目的，采用什么手段都不为过。文士眉头微皱，却没有言声。他心中十分明白，这笔生意不仅仅是个人的利益交换，还事关两国命运。敌强则我弱，敌弱则我强，除去顾离人，或者说是除去秦国顶尖的宗师，进而削弱秦国的力量，是必走的一步。

成大事者不拘小节，不论此事能否成功，长陵吃亏总是定局。想到此处，他面色坦

然，端起桌上已经冷却的一杯残酒，慢慢饮了。

　　长陵重檐叠嶂的黑墙灰瓦之间，有一处不算起眼的宅院，虽谈不上精美奢华，却也清静雅致。院中堆着几处假山，各处遍植松树，凌云苍劲，冲天而起。

　　郁郁葱葱的松树下放着一张竹案，竹案的一侧席上坐着一名五十余岁的华服老者，他气度雍容，面上虽也有人世沧桑留下的痕迹，但眼神中却饱含着老当益壮的神采。他的对面，坐着一个大约三十余岁的瘦削男子，粗布麻衣上打满了补丁，他精神干练，但在老者的华服映衬之下，显得有些卑微寒酸。

　　"先生乃高士，视富贵如浮云，非是知己，绝不肯折节相交，今日怎么肯纡尊降贵，来见我这把老骨头？"老者对寒生十分尊敬，连说话的声音都不甚响亮，生怕搅了对方清静。小院外侍女林立，他却亲自斟酒，斟满之后，又回身坐下，等待着对方的回应。

　　寒生面容淡泊，并不觉得这老者为自己斟酒有什么不对，他望着杯中清酒，微微一笑，方说道："世上没有人能真正视富贵如浮云，之所以不与那些权贵相交，是因为我心中清楚，那些人生来便锦衣玉食惯了，并无真才实学。谈起国家大政，个个天马行空，滔滔不绝，但真正实用的却半句也无；论起忠君爱国，人人忠孝节义，真到了要上场杀敌、以命相搏的时候又互相推诿，畏敌如虎。想要在长陵办大事，仅靠着祖上的荫庇夸夸其谈远远不够，我大秦需要的正是您这样心有凌云大志又为之不懈奋斗的人。今日我登门拜访，为的就是与您共图大计。"

　　"先生抬爱了，我以半百之龄，身朽力衰，还谈什么凌云大志？反倒是先生腹有良谋，眼露精光，天下该当是你们的舞台。"老者谦和一笑，"只不过正如先生所说，那些权贵并没有什么真本事，却又尸位素餐掌控朝堂，为图一家之利百般阻挠国家变革，着实让人心灰意冷。"

　　寒生听老者有抗拒之意，倒也不气馁。他长身而起，指着那葱茏的松树说道："松、竹、梅，历来被称为'岁寒三友'，是最不惧严寒之物。爱松者，自然是希望自己的品行如青松般正直坚毅。先生起于微末，心有宏图却又长袖善舞，思虑长远，又不争一时之得失，几十年来朝乾夕惕，才至今日之地位。您年轻时的事迹我也略知一二，敢问一个从低处爬起来的人，好不容易跻身于权贵之列，如何会甘于沉寂？被那些庸碌无为的权贵掩盖住光芒？"

　　老者并无言语，只是静静地看着寒生。

"秦之现状,犹如深井之冰,稍加外力,便可破井而出,但一着不慎也可能坠入深井之中,再无出头之日。凡夫虽不可轻易受其寒意,然而对心有大志之人而言,却是千古留名的绝佳时机。"

老者温和一笑,眉眼笼在一处,与那些安享晚年、含饴弄孙的老年人并无区别:"不知先生有何高见?"

寒生肃然道:"高见没有,拙见倒是有一些。"

他不再卖关子,径直说道:"当前的长陵,不只是王上和权贵们的长陵,还是天下人的长陵,剑师们的长陵。以我之见,要改变大秦现状,无非废井田、开阡陌、分郡县、实军功、连坐法。剑师与权贵一视同仁。"

老者微微眯起了眼睛,心中生出了凉意:"好一个废井田、开阡陌、分郡县、实军功、连坐法!只不过说起来简单,真正做起来却会掀起朝堂的血雨腥风。你可曾想过,光是'废井田、开阡陌'这六字会掀起什么样的风浪?那些权贵过惯了吃肉的日子,现在突然要将肉从他们口中拿走,他们会乐意吗?真逼急了,反咬一口也是常事。门阀权贵们虽养尊处优,百无一用,但自立国以来长期经营,利益早已将他们联系在了一起,这背后的势力总归不能小觑。至于剑师,始终是下层之人,如能为朝堂所用,给予一定的优待也未尝不可,但想要和权贵们站在一处看风景,就是痴心妄想了!再强大的剑师,也不过是逞勇斗狠的江湖草莽,既不能治国安邦,亦不能平定天下,岂能与心忧庙堂的士人相提并论?"

见提出的建议并未被完全采纳,寒生面上却并无沮丧之色,他眸中闪耀着自信的光芒,出声道:"不破不立。坐享其成,最终的结果只能是坐吃山空。天下万民,应一视同仁,不管是谁想要延续现下的富贵,就应该去立下功勋。平民百姓,即便是种田植桑、纺麻织布,达到了朝廷的要求就授予相应的功勋、爵位;军人保家卫国,小到获敌首级,大到斩将夺旗,攻城略地,有一分军功,便授一分爵位;而那些坐而论道,没有实绩的人则不会有任何晋升的空间。如此之下,整个国家都会欣欣向荣,生机勃勃。此事虽不易为,但若是能取得成效,日后长陵……抑或说是整个秦国,普通百姓勤于生产,从戎卫国者勇猛善战,要不了十年,我大秦实力便当冠绝天下,一统六国也指日可待。"

他顿了顿,才又继续说道:"至于那些剑师,放到战场之上,哪里还有上等人与下等人的区别。长陵没有城墙,从而今后,他们手中之剑,就是我大秦的城墙!先生您是大枭,这些话其实不用我细说,您也明白的。"

历来被称为"枭"者，都是极有野心之人。用这种字眼来形容老者，显然不太尊敬。然而老者并未动怒，沉默了片刻，感慨道："正如你所说，我大秦积弱已久，在外忍气吞声以求苟全，国内则由于连年征战，赋役繁重，百姓不堪其苦。而今如不尽力一搏，指不定哪天就被吞并了。先生之言切中时弊，正合老夫之意！"

寒生认真躬身行礼，神色甚是激动。显爵高位虽然诱人，但得遇知音更让他欣喜莫名。

老者又沉默片刻，端起酒杯，又放下，随后说道："最近我在谈一笔生意，对方以除掉天下剑首为条件，不知先生如何看待此事？"

"秦因剑而强，这是不争的事实。只要天下剑首是秦人，至于到底是谁，又有什么妨碍呢？国之强盛，非匹夫之勇能决。"寒生淡淡地说着，仿佛不动声色之间已定人生死。

老者若有所思，笑了笑，道："言之有理，那死几个修行者，又算得了什么。"

的确，秦国要强大起来，自然要借助江湖的力量。但一个无心于朝堂与宗门，整日只醉心于剑经的人，对于国家来说用处着实不大。利益当前，这样的人少了一个，也不会引得大厦倾颓。

寒生离开之后，案上酒尚温。仆人侍女们还在来回忙着自己的事，那些园丁也在修剪着园内的花花草草，情形似乎没有任何变化。

一名青衫剑师悄然出现在老者的身侧，如果仔细看的话，会发现那青衫正是巴山弟子惯常穿的衣裳。他面上附着玄铁面具，看不清具体面目。

而那些仆人侍女们则好似早已见惯了这样的场景，丝毫没有觉得出奇。

老者轻声问道："听说顾离人收了个徒弟？"

青衫剑师颔首回道："是，他叫王惊梦，是顾离人私下收的，现在并不在巴山。"

"找出来，杀了。"老者没有丝毫犹豫。

青衫剑师并没有立即起身执行老者的命令，思虑再三才说道："既然要除去顾离人，为何不留下这弟子设法为我们所用？"

这老者之所以能有今日的地位与权势，除了能忍常人之不能忍，拥有常人没有的眼光和气魄之外，最为关键的是知人善用且能认真听取不同意见。

他点头道："你说得有理。顾离人选的人，天分必定极高，将来的成就也不会差到哪里去。但是我用人不会拖泥带水，我既然取了他师父性命，将来必定会为他所知，到时无法善了，徒生事端。所以，既然不能用他，不如早早除去，也免得到时横生枝节。"

你在巴山多年，可以设法从顾离人口中探出一二口风来。"

青衫剑师为难道："顾离人的口风倒是紧得很，回山那么久，连那弟子的半点儿消息都没透露过。前几日余左池想招那弟子上巴山，顾离人竟然直接拒绝了！若不是林煮酒和嫣心兰急急忙忙下山，让我看出了猫腻，说不定现在还线索全无呢！"

老者赞赏道："做得不错，多派些人过去，一定不能错过其中任何一个环节。不要因为在巴山待得久了，心就软了。你迟早是要掌控巴山剑场的，这些人，能用的就留着，不能用的就除去。为防止顾离人死后巴山乱成一团，你还是早早做准备为好。"

青衫剑师心下一寒，忙应道："是。"

"从巴山到长陵，路途遥远，以后若是没有十万火急的事，还是不要来回折腾了。"老者示意他坐下来，指了指新换的酒杯，道，"你也累了，喝杯酒歇息片刻吧。"

他语声温和，就像是在和自家的后辈说话。

青衫剑师依言坐了下来，取下了脸上的玄铁面具。

老者愣了一愣，哑然笑道："在自己家里，这么谨慎做什么？"

原来，那青衫剑师玄铁面具下露出的并不是原本面目，而是一层人皮面具！那老者若不是见过他的真容，也定然会被他给骗了过去。

谁又会想到，他竟然戴了两层面具呢？

他笑笑，将杯中酒一饮而尽，道："为防不密，还是小心为上。"

老者知他向来稳妥、心细如发，点了点头。

只听得那青衫剑师又说道："最近巴山上不太平，许是因为招收的新弟子多了，连防卫也严了许多。我是担心传书不安全，反正办事也要来长陵一趟，索性就过来通一通消息。"

陡然成名的巴山剑场，绝对是老者意料之外的变数。那层出不穷的强者，让他渐渐生出了隐忧。

第十二章 密谋渭河上

第十三章
振国有长策

事毕，青衫剑师躬身行礼，平静地走出了院落。

这处院落虽不显眼，但所在的街巷却处在长陵地势的最高处。此时他只需略微挺直身体，城内的大部分地方就能一览无余。

长陵城热闹繁华，门庭若市，早已闻名天下，其人口数量甚至超过了天下任意一国的都城。只是这阳光下看上去朝气蓬勃的雄城，也渐渐透出了些衰败没落的气息。

遍布长陵的门阀权贵如同一个个水流湍急的巨大漩涡，将秦国各地的财富源源不断地抽取到这里，堆积在自己手中。八百里关中自不待言，即便是那些偏远辽阔的边地，除却财富，连人才也都在过往的数十年里朝着长陵汇聚。这样一来，权贵们既控制了经济命脉，又能随时左右国家大势，最终导致王室孱弱，百姓终日劳累奔波却三餐不得温饱。

没有城墙的长陵，看上去扩张之势一往无前，实则是外强中干，国家利益为世家大族所瓜分，朝廷实在太穷，所以连城墙都建不起来。

青衫剑师嘴角勾出一丝笑，虽然现在无法久居于此，但总有一日，他会在此占有一席之地，自此，过上人人朝拜景仰的日子。

王惊梦走在人山人海的街巷上沉默不语。自幼孤苦的他，在兵荒马乱的年代见过很多人间惨象：浑身生满烂疮的穷人在路边等死；刚刚生产的妇人将亲生骨肉遗弃在富人家的车马旁；一群乞丐为了半个发臭的馒头而打得头破血流……

他以为自己已经见得够多了,然而现实还是让他目瞪口呆——光天化日之下,热闹繁荣的街市上居然出现了卖人的画面。那些精壮男子就像牲口一样被绑着,头上歪歪斜斜地插着一根草标,明码标价。奴隶们无精打采地站着,任凭身边提着皮鞭的人叫卖。

如此视人如牲畜,当街买卖,他心中一阵嫌恶,顿时剑眉蹙起,右手握剑就要出手。

"我劝你不要管这些闲事。"一道轻柔的声音从王惊梦身后响起。

王惊梦转身,看到的是一个比他年岁略长的少年。他头发理得一丝不乱,面色甚白,在那一袭黑衫的映衬下,更显出了几分病态。可那双眸子却很亮,好似黑曜石一般。

"路见不平,拔刀相助,乃是我辈之责。"王惊梦盯着那少年的眼睛,复又侧转过身,那声音不知道提高了多少倍,仿佛猛然间有了穿云裂石的力量,"把他们都放了!"

接着,便看到他衣袖之中,飞出一些古铜色的东西来。随着"噼噼啪啪"的落地声,众人方才看清那是刀币!

云母刀币极为值钱,仅仅一枚负担一个普通宗门弟子一年的资费都有富余。想来王惊梦刚刚扔出的那几枚,买那几个奴隶已经足够了。

那人贩子做此勾当已有年月,各式人物都见识过,本来还一副油盐不进的模样,正想教训一下这个多管闲事的少年,待看到那些刀币立马变了脸色,喜笑颜开地屈身去捡,同时挥手吩咐道:"少侠真是侠肝义胆,大善人一个!放人,赶紧放人!发财了,发财了!"

"砰"!

那人贩子看到自己眼前立了一柄青黄色的剑,然而他只看到了剑柄,却没有看到剑身。

原来,王惊梦一剑下来,竟生生将宝剑没入了青石板之中。

人贩子心里一惊,吓得蹲坐在地上,一个劲儿地拍着自己的胸脯。

"如果再让我听说你在干这丧尽天良的勾当,我不介意让此剑饱饮鲜血!"王惊梦字字铿锵。

"不敢了,不敢了……"人贩子心有余悸,连连应道。

"你们几个,已经自由了,回去好好过日子吧!"王惊梦提剑归鞘,对那几个被贩卖的奴隶说道。

兴许是被奴役已久,受尽虐待,心态已经麻木,那几个男人许久才反应过来,后又千恩万谢,才慢慢离去。

　　王惊梦只觉行走江湖，打抱不平，乃是分内之事，也并未放在心上。他提剑而走，那黑衫少年紧紧追了上去。

　　"善恶分明，却是涉世未深！"那少年边走边说道，"我知道你不久之前，为民除害，杀了个叫孟琼的恶人。但这次却绝然不同，你的行为跟行侠仗义并无干系，只是单纯地被骗了而已。因为这些奴隶和人贩子根本就是一伙儿的！合谋骗了你这种傻子的钱财倒也罢了，可他们之后还会继续作恶。接下来他们定会充作劳力被过往商户买回去，随后再偷了货物逃走……更有甚者，一些人贩子和马贼勾结，将奴隶安排到商队中做内应，时机一到里应外合害人性命，霸占财物。"

　　王惊梦反问道："即便你说的是事实，那又如何，你是想让我回过头去杀光那群人吗？"

　　少年无奈地摇了摇头，道："你的世界就只有打打杀杀吗？难道你师父就是这么教你的？"

　　"我之所以练剑，就是因为成为剑师之后，可以按照自己的意愿行事。解决问题的方式有很多种，可以是和平解决，也可以是打打杀杀。如果他们果真是你口中所说的恶人，日后我定会把他们杀光。但是现在，我想给他们一次改过自新的机会。若他们拿着钱过起了安分日子，就没有必要赶尽杀绝了。"

　　"你……你这个人……还真是嘴硬！"少年撇撇嘴，"明知道他们不可能改过自新，还非要一试，不是固执吗？"

　　"是固执。"王惊梦倒不否认，英俊的面容上露出了浅浅的笑，道，"我知道你是出于好意，才告诉我这些的，多谢。"

　　少年的脸色这才缓和了些许，他双臂抱在一起，"哼"了一声，道："如此答谢别人的好意，我也是头一回见。如果一开始就知道你是这样的一根筋，我才不提醒你。"

　　王惊梦笑笑，未语。

　　每个人都有自己的处事方式，他只是按照自己的意愿行事。至于别人觉得幼稚也好，固执也罢，那都是旁人的眼光，他并不在乎。

　　少年忽然停住了脚步，见王惊梦依旧不紧不慢地往前走了，终于重重地跺了跺脚，道："喂，我是李思。"

　　"思考的'思'？"王惊梦转身看着这个喜怒皆形于色的稚气少年，眸中含笑。

　　"木子李，'思考'的'思'。你呢？你叫什么名字？"李思凝眉问道。

"王惊梦。"王惊梦毫不掩饰。

"什么？你就是王惊梦！"李思讶异道。

对于普通百姓来讲，如流水一般的日子大同小异，除了维持生计，亦无大事可为。但对于剑师而言，天下剑首收徒就是天下间最最重要的大事。世人虽不知王惊梦到底何许人也，但能被天下剑首垂青之人，怎会是庸碌无为之才！

李思怎么也不会想到，自己竟然会在这里遇到天下剑首的徒弟！

"你知道我？"王惊梦微微敛首，脑海中飞快地回忆着这些日子以来的经历，除了杀那批刀客时，自报过师门，他再也没有向任何人提及自己的出身来历。这少年他从未见过，又是如何知道自己的？

"天下剑首的唯一亲传弟子，姓王，名惊梦，此事天下谁人不知，只是没想到你会出现在这等偏远之地！"李思看着王惊梦还有些懵懂的样子，眼含笑意替他解惑道，"前几日，巴山顾离人一剑平众怒，许多跋山涉水，求师于他的少年英杰，皆被阻拒。一时间，天下英豪无一不知他收了个叫王惊梦的徒弟。但是王惊梦到底是谁，没有人见过。"王惊梦倒是没有在意李思后半句的调侃，脑海中反复回荡着"唯一亲传"四字。

他没有想到顾离人会这么做，却又忍不住心神微驰，不过他素来老成持重，心神摇曳不过须臾，眉间喜意便已淡薄，他抱臂看着李思，淡淡问道："那你又怎么确定，我这个王惊梦就一定是真的呢？"

李思嘴角始终挂着明媚的笑意，故意顿了片刻，坦然道："直觉！"

这个理由……当真是非常没有说服力，王惊梦无力扶额，心中笃定这少年是故意的。

阳光下，李思那有些病态的面容却掩饰不住眼中的澄澈，他饶有兴致地看着王惊梦颇为无奈的模样，才徐徐解释道："纵使你我相识时间不长，但是我清楚，你为人虽固执，行事却是光明磊落。"

看着李思一本正经的样子，王惊梦摇了摇头，无奈道："明明与我年岁相仿，说起话来却老气横秋，像个夫子。"

他说这话的时候，显然忘了自己在外人面前也是这样一副少年老成的模样。那黑衫少年打量了他片刻，正巧王惊梦也正看着他，两人忽然相视而笑。大抵是难得遇到性情相投的同龄人，两人忽觉心胸舒畅，笑声也清朗了许多。

李思撇撇嘴，摊摊手，问道："那你接下来准备去哪儿？"

"齐云洞。"王惊梦应道。

第十三章　振国有长策

"齐云洞?"当真是出乎意料的回答,李思满腹疑团,惊疑道,"那里穷乡僻壤,离得近的只有一个尚山镇,而且尚山镇不似其他小镇,匪寇之乱,当属大患。那里局势复杂,若是只身前往,恐会遭遇不测。顾离人既然收你为徒,不是应该将你留在巴山悉心教导吗?怎么会随意把你放到那种地方?"

王惊梦倒不觉得这样的安排有何不妥。剑道茫茫,若是如李思所说,留在巴山,怕是也悟不出什么高深的剑意。唯有于实战之中积跬步,方才能在剑道之中至千里。不断领会剑中奥妙,不拘于前人,不蹈于典籍,才是一名真正的剑师应该走的路。他嘴角含笑,平静地说道:"我师父向来特立独行,所以安排自然也与常人不同。他这么做定有他的道理。你呢,准备去哪里?"

"长陵。"李思的目光越过王惊梦的肩膀,飘了很远,那缥缈的眼神也难掩饰他满心的希冀。

"长陵?"

对于王惊梦而言,"长陵"二字不过是幼年记忆之中的一道浮光掠影,除了父母曾在彼处生活之外,再无多余的感情。多年以来,他也从未想过要一览长陵风光,尽阅雄城壮景。

他认真而又平静地看着李思微微抬起的下颚,清楚地感受到了他的一腔热情。

"有志青年,当心怀天下,我们身为秦人该当去长陵谋一番大事业。"此时的李思,虽然身躯瘦弱,但是心中装的却是鸿鹄之志。

王惊梦倒是不急着赶路了,看着李思问道:"既然你有如此志向,那不妨说说,你到长陵之后,准备如何施为?"

王惊梦的问题让李思有些恍惚,一时间不知生出多少感慨。这个问题不知多少年抑于心胸,他少时便多次寻找答案,每每思索却又总觉不足。如今,在决定去长陵之前他坚信自己已经拨开云雾,找到了正确的答案。

是以,李思此刻昂首挺胸,身上便不自觉地带上了几分成竹在胸之气,眼中熠熠生辉,认真地说道:"方今之世,剑很重要,但是练剑之人除了独善其身,靠行侠仗义所能解决的问题却十分有限。依我看来,治世应立规矩。权贵门阀也好,闾巷黔首也罢,都不应逾矩。有功者赏,有过者罚,赏罚分明,无一例外,方能长久。"

"严法治,明赏罚,立威严。"王惊梦观这少年胸有丘壑之势,又闻他侃侃而谈,但他眼中从始至终都只有欣赏之色,并未有钦佩之意。

李思肃然伸手朝着空中一点，道："想那韩国与我大秦毗邻，借兴法度之势而盛。十年前，韩国在我朝人眼中不过豺犬之流，然十年后，韩已成虎狼之国，我大秦却日渐式微。再不图变，我大秦危矣！"

李思所言不虚，秦国如今式微本就是事实。

王惊梦点头称是，转念却道："国欲强，似起九层之台，立法而治，赏罚分明为之垒土，然凡事不可一言蔽之。这就好比练剑，剑欲强，需为人师者因材施教，若是一概而论，反倒是误了似锦前程。同理，两国国情不同，秦国图强求变，毗邻之国强大的手段可借鉴，却不能尽数效仿。"

"大同小异，为何不能效仿？"在李思想象之中，王惊梦听完自己的见解之后，应当极力夸赞才是，没想到对方并没有完全赞同，他心下顿时有些不舒服。

"我曾听从韩境归来的商队之人说过，王族门阀还是有很多人视新法如无物，有法不依又有什么用？由此见得，若是实力不够强悍，即便是一国之君也难行新政。所以，你所谓法度规矩，不过是强者给弱者制定的，真正的发言权，还是掌握在强者手中。"

"依你所见，这种情况该如何解决？"李思下意识地问道。

"当然是成为最强者。"王惊梦的目光落在手中之剑上，一字一句说得无比坚定，"宏愿虽好，然你如今的实力却太弱，变法图强，单枪匹马根本行不通，就算得到了王上信任亦是徒劳。既然你已决心前往长陵，便要知道那里并非想象中那般简单，贵族门阀阻碍甚大，他们一旦反扑得手，你也只能是滚滚流水中的一粒黄沙，躲不过人亡政息的命运。到时候谁还记得你是谁？谁还记得你拼了性命也要推行的法令？"

王惊梦看着沉思的李思，举起了手中青黄色的惊梦剑，忽而笑道，"但是，如果你身后有一支强大的队伍，谁还敢动你？"

"这也是许多权贵都选择与剑师合作的原因之一。"

李思认真地思考着王惊梦的话，顺着问道："那你师父……"

"我师父与那些俗人不同。他眼中心中，只有剑。"王惊梦一脸不屑为伍的样子。

"这么说来，我倒是有些佩服他了。"李思往前走着，一直到了一辆装饰华美的马车旁边才驻足说道，"如果你愿意成为与我共同强秦之人，我在长陵等你。"

王惊梦挑了挑眉，道："那你估计要等很久了。"

李思不以为意道："能让我心服口服的人甚是少见，这些年来你是头一个。今日就此别过，有缘他日再见。"

王惊梦平静地看着他登上车架,唇角含笑,微躬身回礼。

"长陵吗?"

直到那辆华丽的马车绝尘而去,王惊梦仍然驻足不前。

长陵是大秦王城,也是秦国境内最大的雄城,智谋之士辈出,高手宗师汇聚。身为剑师,或者说是身为天下剑首的徒弟,他不可能避过这个地方。或许在某一日,他也会提剑入长陵,谱写一段前所未有的传奇。若那时李思还在,邀这个少年喝上几杯,激扬文字,指点河山,倒也是一大快事。

他随即笑着摇了摇头,入长陵之事太过遥远,还是顾好当下,去齐云洞完成师父交代的事情为上。他大步流星地往前走去,每一步都走得无比坚定。

马车继续朝着长陵行进。

道路漫长且艰险,谁也不知是否能够顺利到达长陵,更不知到了之后,会是何等光景。

至于他日相见这样的话语,纯属安慰自己的说辞。长陵乃秦国精英聚集之地,豪门巨富比比皆是,他一介少年背后又毫无根基,想要闯出番天地想必是难之又难,即便是保全自身都困难得紧吧。

李思掀开车窗帘子,看着道间掩映的春色,在承受如山压力的同时,也在重温着偶遇王惊梦时从未向人表露的凌云壮志。他面上始终挂着浅淡的笑,而此时,他的耳畔似乎响起了韩地耳熟能详的歌声。

王惊梦心中记挂着顾离人的嘱托,一路马不停蹄,希望能早日赶到齐云洞,可已到了正午时分,他的肚子还是不争气地叫了起来。他环顾四周,只得就近找了家铺子坐了下来。

剑师对饮食的讲究往往超乎寻常。对于他们而言,纯粹的天地灵气才是最洁净的进补之物,其他任何食物,或多或少都会对身体产生一些不利影响。在学剑一途中,王惊梦追求创新,勇于突破,但在生活中却并不挑剔,看上去与满足口腹之欲的寻常人没什么两样。

王惊梦只点了一碗红油辣汤面片,两碟清淡的小菜。要知道,油腻辛辣之物,会对身体产生刺激,于修行而言并无好处。所以即便是一些小有所成的剑师,食谱之中都不会有红油辣汤面片这种食物。可王惊梦却吃得津津有味,好似摆在他面前的是难得一见的珍馐美味。

王惊梦吃得正起劲,一位酒足饭饱的中年男子坐在了他对面,并未打扰他。他眉头微蹙,看了半晌,才轻启唇,出声道:"在下余宿,我家主人想邀先生一见,不知先生能否赏光?"

王惊梦低头吃面,还喝了一口面汤,汤入肚肠,浑身上下顿时舒畅起来,他这才问道:"你家主人是谁,找我何事?"

他素来坦荡,不喜隐藏,更是厌恶与那些居心不良、满心算计的人交往,因而一开口,便问对方目的。

中年男子时常代表主人出门见客,一言未发便被扫地出门的事经历过,枯等半日不得见客的情况也有之,种种遭遇不一而足,可谓阅人无数。看到对方表情冷淡,眉宇间有一股不易察觉的傲气流露,他不禁腹诽:此子若非天性使然,就是想自抬身价。他不以为意,反而成竹在胸,多少出身高贵、清高自许之人,只要听到他家主人的名字,最终还不是放下了矜持,最后精诚合作,因利益而走到了一起。今日这少年,想也不会例外。

"我家主人是生意人,姓汤,经商列国,流通天下财货,几十年下来,生意略有规模,如今也小有些名气。他命我今日前来,是想问问先生有没有兴趣随我们去长陵做几单大生意。先生若是有意,事成之后,定当重谢!"

中年男子怕王惊梦听不明白,于是伸出食指,眼中终于有了笑意:"至少是这个数。"

"多少?"王惊梦看了他一眼,便收回了目光,将桌上的两碟小菜倒入了面碗之中,慢条斯理地搅拌着。

"一千金。"中年男子压低了声音。

俗话说有钱能使鬼推磨,在生意人眼中,世上更是没有钱办不成的事情。这个数只要一说出来,即便是再清高自许,视金钱如粪土的人也会笑脸相迎,放下架子,最后莫说是端茶倒水,即便是跟班提鞋也心甘情愿。

"多谢你家先生好意。"王惊梦淡淡说道,就在中年男子面色稍缓时,却又听到他说道,"但我却并无兴趣。"

他自幼长于深山,打猎为生,即便是兽肉、兽皮换得些财货,也只供日常生活之用,不及其他,所以对金钱并无实质概念。如今的乱世,开疆拓土、封侯拜将所获赏赐也不过千金;普通百姓一家全年的开支,只需一金。如果是以前的他,有了这些钱,就可以泛舟四海,云游五内,过逍遥自在的日子,即便是一时想不到用处,钱也是越多越好。

但一切从他遇到那个青衫剑师起就悄然改变了，如今的他，对于剑道和天下，都有了新的认识，自觉有许多更重要的事情要做，一旦与商人合作，将自己与他们捆绑在一起，就形成了事实上的主仆关系，日后行事也不得自由，若一时为金钱所累，陷入物欲之海，更是对不起师门。

中年男子微微一滞，感觉事情并未朝着计划的方向发展。但他坚信钱能通神，事之不成并非钱的问题，只是开价并未达到对方预期。他并不死心，接着道："我家主人对待士人不薄，虽不敢夸口能提供无尽钱财任你花用，可但凡你肯开价，他多半会尽力满足。而且，我家主人的生意与长陵的长孙家有关，长孙家可是大秦第一权贵……"

"我再重申一遍，不是钱财多少的问题，而是真的没有兴趣。"王惊梦打断了中年男子，"我不过是一个初出茅庐的剑师，论修为进境，势力名望，都与那些名满天下的宗师相差甚远；说起为人处事，结交朋友，更是做不到左右逢源；谈到忠贞不贰，一心事主，那更是与我沾不上边，我行事只随自己心意，不会为他人卖命。此事就此作罢。"

"难道你就不想在长陵争得一席之地？依你的资质、天分，假以时日，成为长陵第一人也说不定。"中年男子满脸疑惑。

人往高处走，水往低处流，这是亘古不变的常理。即便是圣贤之人，不为金钱所动，但也都希望入主庙堂，一展抱负，怎的这少年就如此甘于沉寂？

李思以前也有过类似的疑问，那时王惊梦已经给出了肯定的答案。他本不想再理会这中年男子，但见对方开出重金，言语之间亦甚有诚意，于是缓缓说道："宝剑敛于匣中，总会有崭露锋芒的一日。我如今根基尚浅，尚需锤炼，长陵不适合我。再者说，只要是强者，就算不在长陵，也足以使山河失色，万千人仰视！旁的不说，就说巴山剑场的顾离人，足不出户，不也一样成了天下剑首吗？"

这番话，慷慨激昂，既有进退，又有理有据，从一少年口中说出，竟也气势万钧，充满豪气。中年男子一时竟无语反驳。

不久之前，他家主人亲见了这少年投剑掷币的壮举，当时便心生感慨，要纳此人于麾下。眼下看来，以这少年心性，此举大抵是行不通的了。

他微微躬身，行了一礼，就此离去。

第十四章
犹似故人来

王惊梦一气儿将面吃得一口不剩，付账走出了铺子。看着那条送走李思，也送走了中年男子的路，他的心境有了很大的不同。

去往长陵的每个人怀揣目的都不一样，或跻身中枢，指点江山；或经商货殖，积聚财富，又或者纯粹是为了见一见世面。王惊梦的心不在长陵，人自然也不会入长陵。像李思那样试图以一己之力改变整个国家大势之人，显然少之又少，而像自己这样无意权势，又不求江湖地位之人，更是万中无一。

这一刻，一种由内心而发的孤独之感油然而生。

在追求剑道的路上，他找到了全新的自我，却形单影只，没有肝胆相照、并肩前行的知音。

师父常说剑意即是心意，可那五本剑经中并没有可以表达自己此时心意的剑招。他举目望去，来往行人三三两两，或携妻抱子，或兄弟相随，其乐也融融。与自己现下情形最为相似的，只有墙角处那一簇开得正艳的紫蔷薇。

被笼在阴影里的它，没有同伴，也不为人所注意。然而不论身处何等境地，它都没有放弃对生命的热爱，昂首往上，沿着斑驳的院墙眺望着那一份蔚蓝。

王惊梦心中忽有剑意生起——它有感而发，缥缈无踪，顺着青黄色的剑一路蜿蜒，不伤人，不伤己，却自成一派。

山中相遇之时，顾离人就确定王惊梦是自己终其一生要找的传人。他天赋异禀，对

剑道尤其敏感,所以,无论是前人留下的功法剑经,还是某处留下的淡淡剑痕,在他的识海之中都会被无限放大,从而获得常人无法企及的感受。故而在少年王惊梦以竹为兵,击杀猛虎的瞬间,他便知道此子将来的成就定当超越自己。王惊梦果然不辜负他的期望,在自学了两本剑经之后,竟然奇迹般地创出了属于自己的第一剑。

琴声叮咚作响,如大珠小珠落玉盘,清澈悦耳。

淡茶清香氤氲,染得亭内简单的景致都如诗如画,就连那一碟最寻常不过的牛肉干都似乎焕发了别样的光彩。

垂着纱帘的亭外是生满莲叶的荷塘。此时,荷花并未绽放,放眼望去,唯有满眼的接天碧色,偶有红鲤穿在叶间,吐出些水泡,分外怡人。

身着素衣的女子和顾离人相对而坐,她面朝荷塘,只露出半张如玉般的侧脸,斜斜递过来一瞥。那双眸子清澈、温润,并无岁月留存的痕迹,却透着一种看破世事的韵味。

琴音未断,她拿起身旁的食盒,随意抓了些饼屑丢给那些红鲤,曼声道:"你不辞辛劳,赶了几百里路,总不会是专程过来听琴的吧?"

顾离人笑笑,那如春风般温暖和煦的面容总是容易让人生出亲近之心,却未曾出声。

女子继续说道:"你总是笑而不言,我虽不觉无趣,但如此也终无了局,不如说说你收的那个徒弟吧!可还满意吗?"

"很满意。"顾离人笑得愈发温暖,但随即面容却染上了一丝惆怅,"唯一的缺憾,就是太过老成。他天生聪慧,洞明世事,且一点就透。可也正因如此,才少了少年人的活泼,多了成年人的沉稳。但是,我始终觉得他的人生还缺了些什么,年轻人还是该有年轻人的样子,就像林煮酒虽身经百战,久经生死考验,却依然阳光乐观;嫣心兰伶俐可爱,心无城府,直来直去,爱哭爱笑,又不失本真,这样才是年轻人。"

女子淡淡一笑,刚刚蹿出水来的红鲤"扑通"一声,又落入了水中。她似是见怪不怪了,温婉地说道:"每个人的天性各不相同,活泼有活泼的好处,沉稳也有沉稳的优势,千人千面,你总不能指望所有人都是一副面孔吧?或许他就是想法超越了凡人太多,过于孤独,才会显得老成。你也不用多虑,当今之世,只有早日成长,独立自强,才能立身安命。以我看来,这倒是一桩好事。"

顾离人点点头,道:"你知道的,我生平自由散漫惯了,什么王图霸业,什么天下剑首,于我如过眼烟云?习武之人,精进艺业,永无止歇才是正理,玩弄权术、图谋声名都是小道，一旦走上歪路，将万劫不复。我虽心无大志，也不希望他背负太大的压力，只愿他能与剑相伴，走出一条属于自己的路。这一次，我让林煮酒和嫣心兰去找他，就是希望这两个人的性格能够影响到他，让他变得简单点。"

"别人家的师父，恨不得赶鸭子上架，夏三伏冬三九也要把自家的徒弟磨炼成才，你倒好，任由他自由散漫，只希望他走自己的路，可真是用心良苦了。"素衣女子说得极为平静。

"人之在世，不就是要过好每一日的时光，看自己喜欢的风景，见自己喜欢的人，做自己喜欢的事情吗？"顾离人微笑道，"你出身高贵，多年锦衣玉食，如今不也是感慨荣华富贵如梦一般无常吗？"

女子摇了摇头，道："不一样。我既然与东阳门阀结怨，别说什么荣华富贵，就连这清静日子，恐怕都过不了几天了。"

顾离人苦笑道："在我看来，都一样。你为了与夫君长相厮守而选择归隐，后又为枉死的夫君报了仇，你所做的一切，都是随心而行，为自己而活。与我，与我那徒弟，又有何分别？前些日子，听说东阳门阀已经请了高手来，你还是早早做准备为好。"

"我从齐地流落至此，隐姓埋名，只不过想做个寻常人，了此残生而已。那些人本事微末，却不依不饶，就算来了，也是白白送死。"女子温和的眼神中透出了些许狡黠，"既然你已经得到了消息，还要我做什么准备？想必他们也没命来此与我过招了。"

"你我多年相交，我自然不能眼睁睁地看着旁人来杀你。只不过，我能帮你挡得住这一回，却挡不住后面无穷无尽的事端……"

顾离人没有再继续说下去，那素衣女子却根本没有将生死这等大事放在心上，淡然说道："若真有高手有命来此，我倒是想看看他有多大能耐。就算有东阳门阀做靠山又如何，杀了也就杀了，后事自然有家里人处理。罢罢，这些事情不说也罢，你觉得我这师妹的琴艺如何？"

顾离人循着琴声望去，几步之外坐着个身穿翠黄色衣衫的女子，正低头拨弄着案上的七弦琴。

那女子闻言，抬起头来，嫣然一笑，如春花，似秋月。

"进益了，只不过与你相比……"顾离人微微一顿，才说道，"你要不要再弹一次？"

素衣女子看着自己如葱般白净的手，却发出了一声叹息："沾了血的双手，已经不再适合弹琴了。你今日能来看我，我余愿已了。接下来的日子，各自安好就够了。"

"不再见了?"顾离人温和的面容上罕见地出现了一丝不舍。

"将来很难再见了。"素衣女子的眼神慢慢变得复杂,话已至此,她起身将早已倒好的茶,递给了顾离人。

氤氲雾气早已散去,琴音歇,茶水凉。

无穷碧色之上,顾离人如履平地。眼中女子的身影愈来愈模糊,此次一别,或是永别,可他却没问她的归处。风起寒波之上,他微启唇,那声音相传甚远,久久不歇——保重。

清风高远,辽阔的大河上有一条大船顺流而下。

顾离人一袭青衫,踏浪而行,直迎那艘大船,风吹得他的衣衫猎猎飞舞,他却恍若未觉。

大船船首站着一群人,大概仗着人多势众,觉得天下无办不成之事,所以一副志得意满的模样,甚是跋扈。众人正就着那天高云淡之景高谈阔论,但那一抹青衫出现之时,所有的声音都戛然而止。

船锚顿时抛下,大船缓缓停住。

站在船首前端的一名剑师见有来人阻住去路,本是一脸的嫌恶表情,但见对方踏水如行舟,身手甚是了得,又打了退堂鼓不想节外生枝,于是对着顾离人遥遥行了一礼,正要开口说话,却听得顾离人道:"巴山剑场顾离人。"

巴山剑场收徒事后,顾离人名实相副,天下再也无人腹诽。一些好事之徒更是将其神容面貌详细描述,传得人尽皆知。船上这群人虽未见过顾离人,但两相对应还是一眼就判断出了他的身份。

"东阳门阀如果还想在这世上存在下去,就不要再想着找那人的麻烦。"话音刚落,便生出一道剑意。

他双手未动,心念却动了。

船首这名剑师发现自己袖间微凉,骇然垂头,发现自己的衣袖不知何时已经裂了。

他后退两步回头一看,身后之人,也均是衣袖破裂,狼狈不堪。

顾离人双手未动,仅凭心念便生出锋锐无匹的剑意断人衣袖,若真是出剑又会如何?

船上顿时鸦雀无声,人人自危。他们受人之命,前去生事,却并不想就此送了性命。金钱、美女是他们所求,可命都没了,还拿什么去享用?众人也是识相之人,一息之后,大船迅速掉头,逆水而行,这速度反而比顺水来时行得更快。

· 178 ·

忽有掌声响起，这声音在宽阔的河面上显得分外清脆。

"看来余左池并未欺我，你的确比他还要强。"幽幽传来的话语中带着些许赞赏。

顾离人转身，看着踏水而来的白衣剑师，道："我师兄的确从不说假话。"

他也曾见过很多孤高自诩之人，但和这白衣剑师相比却是高下立判。他立在水上，就像是一座高不见顶的冰冷雪峰，眉宇之间的桀骜之气，将那睥睨天下的自信烘托得淋漓尽致。

顾离人并不失礼，一言便断定了来者身份："岷山剑宗百里流苏，秉性孤傲，最喜穿一身白衣。师兄说过，当今天下虽能人辈出，但出了巴山，真正的对手就只有你一人了。今日一见，果然是个不同凡响的人物。呃……别的就先不说了，有个问题我一直没弄明白，你总是穿身白衣，不容易脏吗？"

百里流苏愣了愣，顾离人地位超然，岷山剑宗与巴山剑场又同是秦国宗门，双方见面客套一番也属正常，但是后面这个问题就有点促狭、打趣的意味了。想这顾离人一派宗师，原以为是个像余左池那般古板之人，哪里知道他还有搞怪的潜质？他蹙眉，应道："周身真元激荡，污秽之物自然都不能靠近，纵是白衣，也能轻易保持洁净。"

顾离人饶有趣味地看着百里流苏，笑道："剑师的真元有限，你就是铁做的，又能打几颗钉？这么用，不觉得浪费吗？"

百里流苏神情一本正经，摆了摆手，定定地道："我天性喜白色，耗用一些真元又有什么妨碍？"

"的确，这世间的道理，都是用来束缚人的。条条框框的多了，行动就缩手缩脚，不得自由；习武练剑，违背本心循规蹈矩，不会有创新，更超越不了前人，还是得顺随自己的心意才爽快。好，很好。"顾离人话锋一转，问道，"你今日来此，神清气爽，剑意饱满，可是想与我比剑？"

百里流苏神色肃然，道："见了方才那道剑意，我心中已有定论，但还是想比一次。"

镜湖剑会时，他便从余左池口中知道了顾离人的名号。今日既是有缘，就定要好好地比一场。

对于剑中痴者来说，求道之心若在，并不畏惧强者。比武论剑，胜了固然高兴，但输了却更令人斗志昂扬。因为这意味着又找到了一个惺惺相惜的对手，求剑之路并不孤单。

仿佛是心照不宣，又似乎是惺惺相惜，顾离人点了点头，接受了百里流苏的挑战：

"那就来吧。"

能与师兄余左池平分秋色的人,他也很想见识一下。

两人都视对方为当世难得的对手,所以凝神静气,准备全力以赴。

寒波淡淡涌起,打湿了一青一白两衫之裾,然而两人的心思却全然不在水上。

百里流苏当先出剑。

他自幼在高耸入云的冰山上练剑,以常人难以忍受的酷寒锤炼真元磨炼意志,与呼啸而过的罡风相搏,斩落身前飘过的雪花,追逐冰间缭绕的云气,倾听冰川融化的水声,终于炼成了一柄以天地极寒铸就的本命剑。

此剑一出,所过之处冰封雪飘、万籁俱寂,连云气都不禁为之一顿。天地之间的寒意尽数化为元气,融入剑意之中。镜湖剑会上,他与余左池的那一场较量,早已让天下人心服口服,暗自惊叹,如今再次出手却仿佛换了人间。

此时百里流苏出的一剑,迥异于从前,丝毫没有那凌厉无匹的气势。那一剑如清丽的秋日阳光,对着顾离人落了下去。若是被未见识过他雪剑威力的人看到,定会以为那是出自某个刚刚学剑的女弟子,只追求好看花哨,却并无实质的杀伤力。

这看似毫无威力的一剑,尚未完全行至顾离人身前,剑意便已先至。

顾离人的青色衣衫之上,泛起了一层淡淡的白霜。

一年四季,最冷的不是积寒三尺的严冬,而是绿意盈人的初春,心尚暖时,天已经寒了。

顾离人低头看着河面,平日清可见底的河床逐渐有冰冻的迹象,且有无尽蔓延之势。那寒意无孔不入,透过河面钻入脚心,进入血脉,直达心窝,哪怕他是练剑多年修行有成的一代宗师,也不由得打了个寒战。

到底多么强的剑意,才会爆发出这样的力量?

顾离人并未出手,收回自己的心神,面上依旧带着温和的笑,道:"巴山剑场开门收徒当日,无人敢接我一剑,当日我还感叹天下无人,今日你主动出击,起手平和冲淡却有冰封天地的气势,真真是让我刮目相看。看来,师兄说得不错,当世有希望破八境者,你应是其中之一。"

八境启天,九境长生,只存在于传说之中,究竟有何神通,无人知晓。可百里流苏从未觉得到达八境是如何困难之事,对他这种天生的奇才来说,唯一的问题只是时间,想来只要花些工夫弄清楚七境到八境的障碍便可水到渠成。他傲然道:"八境也并无不可，想必不久之后就会到达。你现在到了何等境界？"

顾离人淡淡道："尚在七境之巅。"

"未破八境？"百里流苏有些吃惊。他原以为像顾离人这种心无旁骛，又潜心练剑之人，应该早就远超七境久矣，没想到竟然还没有跨入八境。难道……难道八境真的不会有人达到吗？

这个念头刚一生出，百里流苏连忙摇了摇头。那张冰若霜雪的脸上，瞬间流露出一种不可置信的神情，而后终于又现出了昂扬奋发的少年意气。

顾离人笑道："所谓不同的境界，只是世人对力量的强弱，搬运天地元气的多寡所做的区分。我辈练剑之人，追求高绝的修为是应有之义，但又何必非要像世间那些俗人一样，为自己的修为定个界限呢？以他人信奉的教条为圭臬，给自己套上层层枷锁，当然难以走出自己的路。我们不问其他，只要每日都在进步，每一次使剑都有全新的感受，不就可以了吗？"

百里流苏自学剑以来，从一境、二境，到如今的七境，晋境神速，一步一个台阶，跨越每一个境界的状况都与前人所说一般无二，因而破境的概念早已植根于心。每一个剑师，都必须经历这样的过程，似乎是不可改变的。上了七境，然后努力上八境，这也该是顺理成章的事情。他从未想过，有人可以不按境界评判高下，仅仅以修为进步而论剑。这种全新的想法让他那些根深蒂固的观念瞬间崩溃消解。他思虑良久，深以为然，终于应道："说得是。"

能让他这种眼中无天地，胸中无山河，内心只有剑的人衷心说出这句赞同的话，着实难得。

"万物盛极而衰，是自古不变的常理。花开到最浓艳时，便会凋零，然后结出果实。然而到底会结出什么样的果实，却不可预知。有的果实早夭，有的果实在成熟的过程中被虫蚁蛀蚀，而有的果实则饱满可人。"顾离人看着百里流苏，一字一句道，"我们破境的过程按照惯常说法也该是大同小异，而今已入七境，进入大宗师的行列，也可算是极盛，跨出那一步之后到底会如何，无人可知。"

顾离人关于破境的见解，颠覆剑道常理，百里流苏闻所未闻，猛然间想通了平日练剑过程中的许多关隘。然而，从顾离人的话中，不太通人情世故的他也隐隐约约感觉到了一丝怯意。他并不懂得声东击西，顾左右而言他引对方说出自己想要的答案，径直将自己的疑问表达出口："你终究还是不愿一试，是有什么牵挂吗？"

第十四章　犹似故人来

"人非草木,孰能无情?那些自诩无情的高手,其实多半已走上了万劫不复的邪路。无欲无我,心中没有一丝牵挂,恐怕连圣人都做不到。冷漠如石,向来都不是真正的我。我的剑意,始终来自激烈饱满的热情,若是断绝羁绊,剑意便成了风中之烛,其势定不可长久,更无威力可言。"

顾离人淡淡地笑着,脑海中却浮现出王惊梦那张桀骜固执的脸。前往齐云洞寻找大幽剑藏,少不了江湖争斗、艰难险阻,行事不密还可招来杀身之祸,但是以王惊梦聪慧的秉性,随机应变的能力以及在险恶环境中生存的悟性,定能逢凶化吉,化险为夷。其后还有林煮酒、嫣心兰这两个巴山新一代翘楚在身边砥砺,对他的练剑修为、性格转变,想必会有很大的帮助。

其实接下来的路,他大可不必担心。巴山功法自有经典,自身绝学亦有著述,只要将这些剑经典籍,尽数交给王惊梦,让他自行参悟就足够了。他若有不懂之处,巴山之上修为深湛的宗师亦多,身为同门前辈,他们也定会不吝教诲。

想到这里,他不禁有一丝感伤。他与王惊梦师徒一场,可自阳山郡一别,却再未见面。敬师爱徒、传道授业,这些寻常宗门都能享受到的师徒之乐对于他来说是那样遥远。不知为何,他还是想亲自指点,陪伴着王惊梦成长,想亲眼看着心爱的弟子一飞冲天,继而超越自己。

有时候,缘分就是如此神奇,明明只有过一段短暂的相处,却早已将一生的希望寄托。

破境,看似简单,实则凶险无比。一旦顺利,境界提升,皆大欢喜;倘有闪失,则会散功爆体,就此丧命。

若是精神专注,又心无牵挂,倒可以倾力一试。可现在,尚未学成出山的王惊梦,已成了他在这世间唯一的牵绊。

百里流苏心中一咯噔,他终年于极高寒处练剑,早已习惯了一个人的滋味,更不知孤独为何物。牵挂、感情,他真真不能体会那到底是一种什么样的感觉。镜湖剑会当日,他已经真真切切地感受到了,内心冰冷的自己与情感充沛的余左池到底有何差距。听着顾离人的话,他神情严肃,一脸庄重,认真躬身行了一礼,道:"受教了。"

说话间,顾离人身上的白霜已悄然消失了,然而脚下逐渐冰冻起来的河面,却毫无变化。

"仅凭心念,破不了这寒气。出剑吧!"百里流苏对自己雪剑的威力还是颇为自信。顾离人并不出剑,心念一动,就破去了身周的无尽寒气,依靠的自然是醇厚的真元。然破除寒气的真元出自顾离人，总有穷尽，雪剑引出的寒气却是源自天地，无有断绝。此消彼长之下，顾离人若不出手，很有可能在一炷香的时间内冻成冰雕。

顾离人淡淡地笑着，右手虚握，一道剑光便自手中生成。令人称奇的是，这道剑光并未朝向百里流苏，也没有斩向冰封的河面，而是与他本人合二为一。

任凭寒暑侵袭，我自岿然不动。

百里流苏继续出手，只听到一阵阵悦耳的撞击声在一刹那响了起来。无数点剑芒围绕着顾离人的身体旋转，绽开朵朵晶莹的剑气。

然而，纵然百里流苏的剑可以将每一阵流过的山风都悄无声息地消弭，可以刺中飘落在身周的所有雪花，可以让流动的河水结冰，却始终无法侵入顾离人身周一尺之内。

猛然间，顾离人一跃而起，带起的冰碴四处乱舞。又一道剑光凭空而生，直直地朝着百里流苏头上斩去。

看着这破空而至的一剑，百里流苏毫无惧意，反倒是心神激荡，终于等到了与顾离人过招的机会。

他出剑相迎，两剑相交，竟没有碰撞之声发出。一息之后，百里流苏体内发出了密集爆裂的声响。一声闷哼不由控制地叫了出来，紧接着嘴角流出了一道殷红的血线。那张如玉的俊脸，变得惨白，再无昔日丰神俊朗的神采。

仅出一招，便破除了自己修炼多年的冰寒之气，还身受内伤。

他败了，败得心悦诚服。

顾离人并未看向百里流苏，却是发出了一声惊呼。百里流苏抬头，顺着他的目光望去，不由得愣住了。

冰封的河面早已消融，清可见底的水面之下，见到的不是水草和污泥，竟是许多白色的翻了肚皮的大鱼！若无异变，生于河底的大鱼不会如此大量死亡。

百里素雪看着漂满死鱼的河面，顾不得刚刚所受的内伤，深吸了一口气，寒声问道："有毒？"

顾离人眉头紧蹙，神情凝重，摇了摇头，道："好像不是。"

刚刚还白如凝脂的鱼肚转瞬间变成了漆黑之色，清亮的水面变得浓黑如墨，好似刚下了一场墨雨。一缕缕黑色的气息从水中冒出，飘散开来。

一切都显得十分诡异。

第十四章 犹似故人来

第十五章
联手各图谋

顾离人的感知里出现了众多异样而强大的元气波动。他看了一眼百里流苏嘴角残余的血迹，瞬间下定了决心，厉声道："有人做局，你先走。"

百里流苏看着水中蒸腾而起的黑气，也猜到了定是有高手在暗中埋伏。他生性高傲，从不低头，即便是在面临死亡威胁之时也不愿连累他人，当下眉头一凛，道："我已然受了伤，此时想走也已经太迟了，你走吧。说实话，我倒是真心想留下来会一会这群躲在暗处的人！我岷山剑宗，可不是任人欺负的！"

他的声音越来越大，水波剧烈地震荡着，河面的死鱼翻滚得更加厉害，黑气则依旧冒个不停！

顾离人在他肩膀处拍了一拍，颇有些同仇敌忾之意："你我虽萍水相逢，但危难之际留你一人在此，我心何安？要走一起走，要留一起留。"

百里流苏心神一颤，露出了会心的笑容。这一笑，桀骜中透着三分信任，三分疏狂，三分洒脱，还有一分让人无法抗拒的魔力。

二人此前从未谋面，但片刻交流，会心一笑，便让他们肝胆相照，以命相托。

顾离人心无旁骛，悟性超然，襟怀坦荡又毫不藏私，不禁让百里流苏心生相见恨晚之意。能与这令他衷心感佩之人并肩作战，即便今日不幸殒身于此，也是值得的。

天空陡然明亮了起来，将翻滚的河水映得如同一片一片的金色鱼鳞。

顾离人的剑在天光亮起时已经往前斩了出去。如烟似雾的黑气还在前方清亮的水面上飘荡,然而伴随着一声凄厉又惊恐莫名的惨叫声,半空中竟有一片黑布掉落下来。

随着这片黑布一起掉落的,还有一条鲜血淋漓的手臂!

这黑气虽诡异莫名,但谁又知晓其中竟有刺客藏身!既然有手臂掉落,那他的身体又藏于何处?虽说天下之大,无奇不有,但这样的事情却是闻所未闻。

"浮光掠影!"百里流苏见识广博,立马判断出这一招的来源,他不住咳出鲜血,眉宇之间全是厌恶之色,"这是灵虚剑门的剑招,只是从你手中用出来,却和其他人都不一样。"

功法传承是各门各派的不传之秘,这隐匿于黑气之中的刺客明显不是岷山剑宗之人,但却使出了"浮光掠影"……如非偷师,便是岷山叛徒。无论如何,这二者都是最受世人唾弃的对象。

百里流苏所受的伤比表面上看起来要重得多,若不是勉力支撑,恐怕早就倒下去了。

"是齐人,齐阴神鬼物之道。"能一举将幕后之人的手臂砍下来,顾离人那一剑显然消耗了不少真元。可他面上并没有流露出一丝虚弱,看着那黑气,终于一锤定音。

百里流苏微怔,这才恍然明白那些黑气来自何处。学会了阴神鬼物之道的齐人,再练灵虚剑门的浮光掠影,自然会有不一样的效果。

不远处的河边,是一片芦苇荡。

一人多高的芦苇在经历了冬天的严寒之后,逐渐变得干枯灰败。偶然露出的一点新芽,让人知道了春天的到来。

密密匝匝的芦苇丛中,鸟雀惊起,失却了往日的平静。

顾离人看了一眼百里流苏,问道:"你受伤甚重,还坚持得住吗?"

百里流苏点头道:"当然。"

顾离人面上一时神色凛然,向来温和的表情却陡然变得凶厉,他对着百里流苏说道:"来者不善,依我看来,绝不只一人。你留在这里接应我,我去会一会那个齐人。"

他未必不知自己独面一群人的危险,但自己在这里守着也是徒劳。时间一久,百里流苏伤重不得救治,即会酿成悲剧。如若主动出击,引开来敌,百里流苏就相对安全了,如能尽快击杀这群阴险之徒,那一切就都不是问题。

言讫,他大踏步朝着芦苇荡走去——那里是他感知里强者气息最多的地方。

第二剑破空而至,天空中的明亮光线顺着他的剑意所指之处落下。天光仿佛在一瞬

第十五章 联手各图谋

· 185 ·

间被尽数吸引到剑光之中,四周顿时变得黯淡起来。剑光所到之处,芦苇荡里越来越亮,刺眼欲盲。

一时芦苇破碎,飞絮漫天,随后又纷纷落入河中,随波逐流。

由于失去了遮挡之物,无法躲藏,一名身材魁梧的中年男子终于现了身。那一袭白衣穿在他身上,远不如百里流苏那般潇洒俊逸。他怎么都没料到顾离人会突然出手,惊惧之下,并无防备,几次都想抬头查看状况。但强光直射之下,他连眼睛都睁不开,只得用手牢牢握着那柄枯黄色的本命剑。

他的本命剑急剧地震荡着,无数道剑气如同巨蟒往上方涌出,形成了一块剑盾,想要挡住顾离人这一剑。

然而狂风中忽生变数,一点火星亮了起来。

这星星点点之火,遇风非但不止,反而燃烧得更为猛烈,逐渐变成了一道星火,更确切地说,是变成了一颗陨星。

"轰"的一声,星火落在了这中年男子身上。

他感受到的不是烈焰蒸腾,有的只是彻骨的冰寒。这冰寒只持续了一瞬间,他便已失去了所有的知觉,身躯被烧成了飞灰,随即迎风而散,消失不见。唯有那柄失去真元支撑的本命剑无声地掉落在河面上,溅起朵朵水花。

零星真火沾在了飞絮上,继而将整个芦苇荡燃烧成一片火海。

在大火的威逼之下,芦苇荡中显然已经无法藏身,一个更为魁梧的身影显现出来。

此人有两柄剑。他手中提着的是一柄黑色宽剑,约莫有五指厚,笨重得像一根形状丑陋的铁棍。身周一柄白色小剑,如同匕首一般轻利,不断地飞旋着,护住了他的要害。

当今天下,使用双剑的人比比皆是,然而这来者却让顾离人愣了神。

这黑白双剑并非凡品,而是剑器榜上的名剑。今年镜湖剑会上巴山剑场脱颖而出,铁笔叟的剑器榜遭到了质疑,但顾离人却不敢小瞧这两柄剑。江湖传闻,黑白双剑,黑剑攻,无坚不摧;白剑守,滴水不漏。寻常剑师通常未见到白剑,便会败下阵来。

顾离人无奈一笑,今天的事非常蹊跷。自己行踪隐秘,不为人知,这些刺客又如何会知晓在此处设伏?这些来人,不但身手高绝,真元深厚,而且并非全是秦人,到底是何人在谋划此局?看这阵仗,恐怕是要取自己性命吧?

木秀于林,风必摧之。顾离人一心只想与剑相伴,无涉世间之事,然而这"天下剑首"的名头一落下来,无穷无尽的麻烦也就来了。扬名列国、匡扶天下并非他所愿,现在甚至连独善其身都做不到了。

"秦人何必为难秦人？"苦笑过后，他再出一剑！一道带着劈天斩地气息的强大剑意直直地朝着那双剑主人落去。

黑白双剑战栗不安，在那剑师的强行驱动之下，发出了"铮铮"的声响！烈风呼啸声中，两柄名剑竟——从中折断！

这剑师一生对敌无数，从未见过眼前这等气势！失去了本命剑的他，两腿战战，早已稳不住阵势了。烈风卷起河水，径直对着他的脸面灌了下去，原本就狼狈的他，此时惶惶如丧家之犬，只希望能够保全自身。

目及处，幽光渐淡，昏沉的天幕中，忽有一道亮线驰过，天火坠落，宛若彗星坠尾。

距离庭院不远的江岸处，剑意凌厉，血肉横飞，然而此方庭院却是幽静如常。亭中听琴的女子心有所感，微微皱起了秀眉。

其实她大可以在第一时间一走了之，但是转念细想之后，却是决定留下来。

那弹琴的黄衫女子不知去了何处，此时不见踪影。

"没想到，你们竟是连我也想杀了。"她唇角微勾，双手敛于阔袖之内，抬眸之时，眼底一片冷清，更深处却是冷峭的讥讽。

院中池水泛起涟漪，庭下叶木萧萧。她一步跃起，莲足踩于荷叶之上，转眼间已来到了院中。看着不疾不徐出现在视线中的黑衣男子，她眼底闪过一丝不豫，语气微冷地质问道："我已隐居于此，不问世事纷争，阁下为何还要追及此处？"

黑衣男子的脸蒙着一层怪异的灰色，笑起来的时候露出分外洁白的牙齿，森寒、诡异的气息令人心惊："有道是，城门失火，总是会殃及些池鱼。"

他的声音有些粗嘎，像是吞食过火炭破坏了声带一般，很是难听。

"呵！"素衣女子脸上的神色几经变化，随后发出一声低嘲，"也不知是什么人，居然有信心杀他。这信心当真是来得莫名其妙。你们这些人，总是这般以为万事皆在掌握之中。可是有些时候也该明白一些道理，这世上要杀一些阿猫阿狗容易，可他……"

她随手掸了掸自己的裙摆，淡淡地瞥了黑衣男子一眼，这才说道："不好杀。"

黑衣男子并没有反驳这话。

但凡学过剑术、见过顾离人出招之人，都知道等闲之辈要杀顾离人，无异于以卵击石。可一个人的力量虽然有限，但集合众人之力布下杀局时，谁又能料得到结局呢？

第十五章 联手各图谋

他看着天火坠落的方向，沉默了片刻，才缓缓说道："正是因为他不好杀，所以巫晶这样的东西用在他的身上，也算是值得了。"

素衣女子乍然间变了脸色，惊道："巫晶！齐国的镇国之宝，如此稀有之物，竟用来杀他？当真是大手笔！"

巫晶，晶石中最为上等者。普通晶石往往被富贵之家用作饰品，而巫晶这种难寻之物则是练剑之人梦寐以求的宝物。齐之巫晶，巴掌大小，呈乳白色，将其握于手中则瞬间有无尽天地元气顺着手臂涌入体内化为取之不尽的真元。得此巫晶者，即便本身修为低微，也能于顷刻间反转战局。齐国自从得了这宝物之后便藏于国库之中，不肯轻易示人。齐王甚至视之为镇国之宝。可效用如此强大的器物，必定有致命的缺陷。那就是只能使用一次。用过之后，这等神物甚至连普通晶石还要不如，光泽褪尽，功用尽消，与无人问津的顽石并无二致。

此时此刻，她在乎的自然不是那世上唯有一件的奇珍，而是顾离人的性命。本以为以他的修为，世间定不会有人能奈何得了他，可眼下情形，却让她心底生出了巨大的不安。

那黑衣男子接下来的话，更是让她心湖中掀起了惊涛骇浪！

"代价虽高，但这么做的并非只有齐国。"黑衣男子笑道，"现在的情形是，所有人都要他死，他不得不死。这独一无二的东西白白放着，最多也只是成为令人观赏的玩物，没什么意义。既然注定只能用一次，那么杀的凡夫俗子再多，又有何用？眼下能用来对付天下剑首这般人物，倒也算是物尽其用。"

素衣女子暗自咬牙，面上却恢复了平静，她垂下眼帘，看着自己纤长白皙的双手。

这双手不想染血，她虽心向山林，人却始终逃不脱江湖。

此时，黑衣男子身后地面悄然裂开一道缝隙，一股黑色的烟气渗了出来。这烟气千丝万缕，缭绕纠缠，最后凝成了一柄黑色的小剑。小剑约有六寸长短，剑身细长，剑尖流转着乌金色的冷光，悄悄地蛰伏在他身后，伺机而发。

"噗"的一声，黑色小剑刺入了黑衣男子的背心！飞剑穿刺而过，却没有带出鲜血！而那男子的身影诡异地消失了！原处只余一蓬黑烟，袅袅散尽。

紧接着，素衣女子身前现出男子充满了嘲讽的脸，吊起的眼角带着毫不掩饰的得意。

随后显现的身躯随着他的呼吸膨胀起来，身体随之退却了所有温度，慢慢变得像一块积压在冰窖里的寒冰。与此同时，他身上暴戾的气息也在不断地扩张。猛然间，得意之色尽消，他的眼瞳急剧收缩，黑色瞳孔中倒映出素衣女子清丽的脸庞。

那一股可怕的力量转瞬间便在他的身前生成，然而他却没有时间做出反应，更别提抵挡了。

他低头看着自己胸口，那只白生生的拳头距他衣衫还有一掌，但是其中蕴含的力量却已经将他的胸骨和心脉挤得粉碎。

他的耳膜中都是轰鸣声，像是剑气碰撞时炸裂的声响。

他心知自己今日必定丧命于此，可身为剑师，不到最后一刻，绝不能轻言放弃。哪怕身死，也定要让对方付出代价。他咬紧了牙关，浑浊的眼中燃起了炙热的火光，手掌叠在胸前，加速提起了体内最后一丝真元。无数黑色的气旋急剧盘旋，像狂暴的飓风，带着摧毁一切的力量，最终凝结成了一柄黑色的长枪。

这是他毕生绝学，一旦长枪触碰到那素衣女子的身体，上面附着的本命真元定会将其重伤。

他眯起眼睛，后脚跟抵在青石板铺就的地面上，叠在胸口的双手猛地往前推，那柄黑色的长枪便带着一往无前的气势，直直地刺在了女子白生生的拳头上。

然而接下来的一幕，却让他失声大叫！

从枪尖到他的手，非但没有对素衣女子造成一丁点儿伤害，甚至还在一个呼吸之间崩解、消散。

女子的一拳带着可怖的力量毫不犹豫地砸碎了这柄黑色长枪，接着砸向他的掌心，最后"砰"的一声印在了他的胸口。他气力全失，身体就像是断线的风筝一般往后飞起。

素衣女子已经收势站好，掩唇轻咳了两声，摇了摇头道："虽说城门失火殃及池鱼，可是我又不是什么小鱼。像这样的废物，派过来又能有什么用。"

黑衣男子撞断了一棵高树，脸上也被枝叶扫出几道血痕，仰躺在木屑乱叶中苦笑。他一向以高手自居，竟然连这女子的一拳都接不住。此战之后，即便是侥幸活下来，再练个三五十年，也不会成为什么厉害人物。

胸肺中忽然涌出一股血腥之气，他的身体陡然炸裂开来，继而化成了飞灰，随风散去。

素衣女子看着多少有些损坏的院子，最后将视线移向空中，望着天边的风卷云涌轻轻叹了口气。她手指微动，黑气层出不穷，如同浓雾一般席卷整个庭院。

她故意释放出自己的气息，为的自然是帮顾离人吸引敌人。在她的感知里，好几道强大的气息都在逼近这里，想必很快就会出现在这处庭院之中。

与顾离人相交一场，她能做的，只有这些了。此处已不宜久留，接下来，便各听天

命吧。

她抬脚跨过门槛,心中说不出是悲凉,还是嘲讽。

这个针对顾离人而设的杀局,让互相蚕食的七国暂时放弃了争斗,联起手来各出手段,自然是各有所图。他可还有活命之机?

青黄色的芦苇荡中,烈焰腾腾,火舌吞天,河岸的空气中到处都弥散着黑色的灰烬。大火烧过的淤泥滩开始干涸龟裂,连名列剑器榜的黑白双剑都难逃被斩断的命运,分外凄凉地插在灰烬泥土之中。

那身材魁梧的男子,分外痛惜地看着自己折断的双剑,随后将目光移向了燃烧的芦苇荡上宛若闲庭信步的顾离人。

他神色委顿,颓然跌坐在地上,瞳孔之中光芒溃散,仿佛为了防御刚才那一击耗尽了全身的精气神。许是来袭的劲气并未彻底消散,他一个呼吸不畅,肺腑之间血气顿时上涌,随即又苦笑着喷出了一口血。

顾离人的那一剑,看似简单却挟天地风雷之势,令人根本无法与之相抗。虽早知成败已定,但此番结果,仍是令他羞愤不已,两相对峙,同出一剑,却是一剑衡山,一剑土垒。

如此差距即便穷尽余生,亦是无法追补。这一战,毕生成就皆被一笔抹杀,立身于世的信念亦被焚巢捣穴,他虽抱必死之心,但此刻却难以瞑目。他的头颅忽然垂落在胸前,绛红色的发带被风卷起,飘落在泥泞中,一头乱发遮住了他的面容,却掩不住那无尽的萧索之意。

转瞬之间,隐匿于此的刺客已经死了三个,凝立于芦苇荡上的顾离人却并没有时间去感怀什么,目光从那已经死去的魁梧男子身上收回,气息陡然一沉——又有两名气息强大的敌人出现了。

烈火为幕,一名身穿青衫的中年男子率先出现在他的视线之中,虽然他与这人衣着相似,但是气息却截然不同。

这名中年男子白面无须,乌黑的头发在头顶梳着整齐的发髻,套在一个精致的白玉发冠之中,看上去温文儒雅,像个书生,只是他腰侧配着的那把刀却分外引人注意。这把刀样式奇特,形制大异于中原,其弯曲程度尤过于草原之刀。

远远看过去,那刀柄与刀鞘上镶嵌的宝石熠熠生辉,甚是漂亮。

如果这样就把它看成一个中看不中用的装饰品，那就大错特错了。镶嵌于刀上的这些宝石看似与俗世中的贵物一般无二，实则不然，其除了具备一般珠宝的贵重属性之外，还蕴藏着强大的天地元气，能让使用者真元更强，招式更加圆转自如。

顾离人虽深居简出，不理俗务，但常常会有率性之举。他一年四季待在巴山上的时间甚少，足迹遍布列国，阅尽天下剑经，加之博闻强记，见识向来广博。

所以只看这把刀，他就认出了来人的身份，眼中顿时蓄起风暴，深皱眉头，责问道："当今天下纷乱，你我同为秦人，本该勠力同心一致对外才对，何故对同胞行暗杀手段？"

"若论真元境界，我非你敌手，所以取你性命，非我所能，亦非我所愿。但大势已然至此，主人左思右想也无其他办法，在下也只得以命相搏，对不住了。"

儒雅的中年男子歉然地躬身行礼，认真解释道："天下熙熙，皆为利来；天下攘攘，皆为利往。清高自许，不为他人所用或许是你的长处，但现在却成了危害各方势力的理由。我等单打独斗，无人能与你匹敌，但有些时候，为达目的，流血牺牲也在所难免。"

"同是秦人，只要是不违背道义，事先与我一谈又有何妨？"

顾离人单手负于身后，神色渐平，只是略有不解地问道。

他并非畏惧这些不惜性命也要取他人头的人，只是对故土也有着强烈的归属感。身为秦人，去杀秦人心中总会有些不快。问清缘由，最终才得心安。

"想过。"中年男子微微抬头，眼底一片宁静，"但是像您这样的人，行事不喜拘束，不会受人摆布，更不可能屈尊去做那些烦琐的事情。更何况，很多事情到头来何止是烦琐，藏污纳垢亦有可能，用光明正大的手段终难达到目的。您虽看似闲云野鹤，眼里却揉不得沙子，到时候不屑去做不说，甚至还可能会从中阻挠，那样就未免得不偿失了些。"

这名中年男子微微掀开眼帘，声音舒缓道："正因同是秦人，主人才会思虑再三，权衡之后也只有这样的结果了。"

顾离人想了想，然后认真道："你我虽素未谋面，然你今日之言也算得上是坦诚相告……"

"但是，抱歉。"他抬首，眸中清亮，对着这名中年男子从容不迫地说道。

道不同不相为谋，所以面对这场秦人相残的杀局,他已不再愤怒，也无丝毫歉疚之意。

之所以对这名中年男子道歉，是因为他觉得不管使出什么招数，到最后对方也都会和之前隐藏于暗处的几个宗师一样死在他的剑下。对方虽实言相告，并无隐瞒，最后却

· 191 ·

第十五章 联手各图谋

是必死之局，当然只能抱歉了。

面对如此围杀之局，顾离人依然充满自信，但不知不觉间，他身后的天空已慢慢变成了黑色。

他此前感知到的另外一股强大的气息顷刻间变强了无数倍。

他和百里流苏转过身去，看到无以计数的黑色晶尘从天地八方蜂拥而起，短短几息的时间便吞云蔽日，集结成一条条杀气腾腾的黑潮。

这是一种闪烁着琉璃般光彩的黑色，置身其中，如坠梦境。

不可言喻的色彩在黑色晶尘编织的帷幕里缓缓流动，但最终在边缘沉寂，慢慢融入了最深沉的黑。

"巫晶黑梦！"

百里流苏神色骤变，他向来寡言少语，不为外物所动，此时也忍不住低呼，随后唇角溢出了一道血线。

顾离人的脸色也跟着变了。

他摇了摇头，心中有些无奈，不免生出感慨。

他顾离人虽是天下剑首，名动天下，却万万没想到，这些人为了对付他，除了不惜性命之外，竟然会动用如此珍贵罕见之物。

他轻轻地叹息了一声，缓缓转过身，觉得今日之事不能善了，要么杀光对面独活，要么身死让对方领赏。然而不论如何，动手是少不了的，所以他不再犹豫，握紧了手中的剑，不急不缓地起手，挥出了看似随意，却凌厉消融的一剑。

那名中年男子早在顾离人转身之前便悄悄地将身形隐匿在一片琉璃光泽之中，整个过程非常迅速。

其实从头到尾他根本就不准备动刀。

因为，即便他的刀是天下最强的刀，对顾离人的剑而言也都毫无意义。

令中年男子万万没有想到的是，顾离人这看似不急不缓的一剑竟会来得如此之快，其力其势，完全避之不及。

顷刻间，他身前彩华尽逝，流光尽碎，那锋锐无匹的剑意电卷星飞般奔涌而至，刺入了他的身体，侵入了他的五脏六腑。

剑意未消，神形已灭。

第十六章
夜深齐云洞

暮色四合，最后的光亮已完全被吸入厚重的云彩之中，昏沉的夜色里，一盏孤灯伴随着悠悠马铃声，在夜风中规律地摇摆。

坐在车厢里的王惊梦收起了手中的《缠丝剑经》，兀自闭目养神。马车颠簸，通往齐云洞的路其实并不好走。

随着悠长的一道"吁"声，原本摇摇晃晃前行的马车也渐渐平稳了下来。赶车的老汉从马夫座上跳下来，对着车厢内的少年，歉意道："少爷，前面没路了。"

齐云镇这一带"少爷""老爷"都是对外乡人的尊称。年长者，称"老爷"，年少者，称"少爷"。此地偏僻贫瘠，无奇山峻峰、湖光秀水可赏，更无村落民居、道建禅关可游，只有一些荒地杂丛、乱石高木。就算是樵夫猎户也甚少会来此地，像王惊梦这般出手阔绰，雇了辆马车便来到此地的人，更是少之又少。

马车停稳后，王惊梦撩起车帘，跳下了马车，看着老汉，道："既然前方无路，那就到这里吧。如今天色已暗，山路难走，老丈还是尽早归去。这剩下的路，就由我自己来走便可。"

王惊梦拱手，微微躬身行答谢之礼。那老汉赶忙侧开身体，连忙摆手道："少爷这话说得，老汉我是万万受不起的。"

马车前挂着的灯盏被风吹得摇摆不定，拉车的马甩了甩尾巴，忽然打了个响鼻，周围起了阵阴风。老汉回头看了一眼四周，努力镇定着心神，但是声音依旧有些战栗，勉

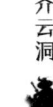

强将话捋顺，道："少爷莫怪，老汉我还是想奉劝几句。"

王惊梦神色平静，认真地看着老人，轻笑道，"无妨，请讲。"

"少爷有所不知，这山林里出没的可都是些罕见的猛兽！我们本地人，没有三五个结伴，也是万万不敢进入的。况且……况且……"他声音颤了一下，只觉得背后凉了一片，额间沁出几道细汗，看着王惊梦他才稍稍安心，道，"况且传闻附近山涧、洞穴之中常有厉鬼作祟……若当真没有十万火急之事，少爷您还是另寻他日再来也不迟……"

老汉已经是年过半百之人，见识也不少，饶是如此，听闻着山野间阴风怒号，心中也不由生出千万丝密集惶恐的情绪来。

王惊梦神色温和，周身宁定的气息感染着老汉，他笑了笑，道："无妨。"

于他而言，山野深林并非什么阽危之域，豺狼虎豹之流亦非强劲之敌，至于厉鬼蛇神魑魅魍魉，他从未做过亏心之事，有何畏惧？更何况，他修行已有些时日，若是真的遇上什么奇怪的东西，也定能凭着一身本事弄清个子丑寅卯来。

老汉摇头叹息，忧心忡忡，道："少爷莫要大意哪。老朽所言并非空穴来风，之前镇上也有个胆大的汉子，一个人来过这片林子，可回去之后便被厉鬼缠身……如今已神志不清，成了废人……"

想到这里，老汉便越发紧张。王惊梦看着他的神色，心中却是泛起一阵感动。他们二人在此之前素昧平生，如今也不过因着雇佣关系才有了浮尘相聚之缘。但这人委实心慈好善，寥寥言语间，左右挂念他独行安危。此番心意，自从他知人间冷暖后便鲜少遇见。如今身在他乡，却在这萍水相逢之人身上感受到殷殷关切，其中滋味，一时难言。但是他此行目的便是这里，此刻万没有原路折回的道理。王惊梦拱手致谢道："老丈莫忧，在下是剑师，也是猎户，自然无惧这些。"

老汉低头看着他手中提的剑，紧绷的身体终于放松了些。在寻常人眼中，厉害的剑师可搬山、可移海、可执掌万人生死，这与自己孙子年龄差不多的少年，既然是位剑师，大抵也是有些神通的。他长舒一口气，踉跄着爬进车厢，将其中备用的灯盏取出，点燃之后，递给了王惊梦，再次关切地道："那你小心些。"王惊梦的手颤了一下，才小心翼翼地接过灯盏。那灯罩内的明火虽如同黄豆大小，但是却让他觉得暖意十足。

他微微躬身，以示谢意。

老汉坐在车夫座上，牵起了缰绳，扬鞭的手顿了一下，犹豫片刻，还是提醒道："或许你不信邪，不怕鬼，但是齐云洞一带真的很邪门，谨慎些总是好的。"

听着这车夫不厌其烦的提醒，王惊梦嘴角牵起了一道很温厚的笑。

他将灯盏放在地上，持剑与手臂端平，缓缓对着车厢施出一剑。

车夫骇然，握紧了马鞭，惊道："你……你……"

他想象中杀人灭口的场景并没有出现，眼瞳中倒映着的是少年清晰的笑颜。一股暖洋洋的气息包裹着他，他奇异地看着王惊梦，又伸手摸了摸自己的肩臂，不知道这少年怎么做的，这一天的疲累竟然渐渐消失了。

王惊梦收剑，笑道："放心即可，我不会死在这里的。您还是赶紧回去和家人一道吃个团圆饭吧！天色越来越黑，再晚些，野兽怕是就要出来作怪了！"

那老汉闻言，再次变了脸色，立马拉紧缰绳，抛了句"孩子，小心点儿"，便扬长而去。

王惊梦促狭地笑着，站在原地无奈地摇了摇头。马铃声越来越远，那朦胧的灯光一摇一晃，渐渐消失在暗色中。他的目光幽深了几许，心底某处却勾起了几分往事。

有些人的关心，就像这老丈，絮絮叨叨；有些人的关怀，如他叔父，沉默寡言，但两者却同样弥足珍贵。想当初他不过一山野少年，每每受伤而归，叔父便会替他包扎伤口，但每逢此时难免会被训斥几句。此后多年，每次回想起时，他依旧觉得那是他平静生活中最珍贵的瞬间。现如今，除了叔父之外，又得了个便宜师父，想想心头便是暖意融融。

王惊梦缓缓勾起唇角，提起脚边的灯，转身朝着旁边的山林走去。他并不担心那年长的车夫会遇到什么麻烦，毕竟刚刚施出的那一剑威力虽不大，亦足以让野兽胆寒了。

对他好的人，他自然也会对对方好。这是他一向的处事原则。

从草丛中穿过时，窸窸窣窣的声音从附近传来，草叶撩动了一下，在干净利落地挑飞了两条可能对自己造成威胁的毒蛇之后，王惊梦最终在一片断崖前停了下来。

齐云洞并不是洞，而是一片石林。怪石林立，乱石穿空，无数条羊肠小道被分隔而出。穿行其间，方觉犹如迷宫，一不小心迷失方向，便难寻出路。王惊梦回头再看那排布杂乱的石林，心中惊疑，若非他有过目不忘的本事，怕是也会被困死其中。此处看似平静，但却也是个能要命的地儿。他仰头看着天边，一道鱼腹白的亮线在天边晕染开，天色将晓，未曾想于石林之中穿行竟是已不知不觉耗去了他一整晚的时间。

他目前驻足的这片断崖是齐云洞的边缘。崖下万丈深渊，奇险无比。定力不佳者立

第十六章 夜深齐云洞

· 195 ·

足崖山说不定会吓得腿软。然而王惊梦却浑然不怕，仔细地研究着檐下那凸出之处。他目力极佳，轻而易举地捕捉到那里有柴火燃烧后的残烬。看来此处并不完全如那老丈所言无人敢来，至少这一带应有不少猎户和樵夫行走。

靠近这些篝火残烬的地方，有许多鬼画符一样的图案，应该是这些猎户、樵夫无聊之余信手而为。距离这些用炭火或是山石刻画出的图案不远处，却有一些并不引人注意的痕迹。

王惊梦凝神看去，这些痕迹并无任何出奇之处，然而等他闭上眼睛时，脑海中却迅速出现了千万把不同的剑以不同的路线划过这些山石时的画面。

仅凭一些痕迹，就能于脑海中模拟出当时的剑路，这是何等神奇！

王惊梦心神震颤，难以自已。

他自然知晓，自己入门不久，很难拥有此等境界，可为何这感知却如此真实？

识海之中仿佛有闪电一闪而逝，但是他的意识却变得极为清晰。

"这些剑痕，不简单！"他断言道。

电光石火之间，他回想起夜间穿越石林之时，似乎也见过类似的痕迹。想到此处，他立马返身再次进入石林，走走停停，寻寻觅觅，终于在四根青色柱子之间停了下来。

此地荒芜许久，杂草交掩，藓衣依附于晦暗的角落而生。

石林中的石柱并非只有这四根，但是他目前所站的位置却与其他地方不同，如果外围的石柱是一只只被风雨磨损的长枪，这四根青色的石柱便是尘封了多年的利剑。

许是终年被长石的阴影笼罩，这四根较矮的石柱上面长满了青苔。他缓缓闭上眼睛，仿佛融入了一片灰蒙蒙的天地之间，识海中那些朦胧的锐意开始一点点清晰，无数道冷光像天边流火一般，一瞬间闪现，又很快灭去。他感触的那方空间中，充斥着无数的剑痕。那些剑痕像是沉睡的宝藏，此刻终于重见天日。王惊梦猛然睁开眼睛，眼底是一道喜意，他拔剑，青黄色的惊梦剑仿佛能通晓他的心情，散发着一道朦胧的幽光，两道剑意很快斩向苔藓斑驳的石柱。

一阵清风起，青苔纷纷扬扬地洒落一地。矗立在风雨之中，被漫长时光打磨的四根石柱，终于露出了本来的面目。王惊梦收剑往前走了一步，借着晨曦的微光，看清楚了上面密布的剑痕。这些剑痕，深浅不一，流露出的剑气也都不尽相同，他明白这些剑痕并非出自一人之手，这一处的剑气便足以让他做出如此判断。王惊梦的眉头深深地皱了起来，也正是因为这些剑气在他昨夜途经时，生生钻入了识海，才能于头脑之中留下零星印象。恰逢今日于崖边受到感染，方才尽数融于一处。

无数剑痕在他的识海之中，变幻莫测。一柄小剑悄无声息地在他识海中凝结，跟随着其中一些剑痕慢慢地开始运行。

随后便有第二柄，第三柄……

无数柄小剑在他识海中各自有序地穿行，每一柄剑都有着自己的轨迹。他孤立在识海中心，这些剑运行的速度越来越快，越来越玄妙，越来越不可捉摸。紧接着，这些剑围绕着他的位置，残影交叠，密密麻麻地覆盖着周围，阻挡了所有可以逃脱的方向，这些剑是一座牢笼！

一座真正的剑笼！

这些剑化守为攻，想要将人囚杀在此地，但是却没有主要防守的地方，也没有主要攻击的地方，不难看出整个用剑所化的囚笼，每一处的都力求严实，就是为了囚死其中的人。

以他现在的处境来看，在这种滴水不漏的防守下，任凭本事通天，怕是也无法逃脱。骤然间，他感觉身边的空气凝滞起来。这些剑痕中留存的元气很少，但是无形中形成的威压还是让他呼吸困难，不能自已。

自打用《流云剑经》败了那刀客开始，他就知晓顾离人赠予自己的五部剑经并不简单。

虽不知寻常修行者的修行过程如何，但如今他也只是刚刚学了第四本剑经，脑海中便能开始复刻这些剑痕，并且开始模拟这些剑痕的形成方式。其中天分起到多大的作用，暂且不知，但是这些剑经却让他夯实了修行的基础，并且还远不止如此。

此刻，他对顾离人的钦佩又上了一个层次。

很显然，这些剑痕玄妙多变，其中的剑意甚是深奥，以他的修为短时间内其实并不能尽数理解。识海之中的那些长剑原本都在规律地运行，但是一道剑意忽然直切一处，所有的长剑全部被打乱。随后，那些长剑开始互相激烈地碰撞，偶有迅疾的剑意洞穿破绽，电光石火之间不知道已经斗了多少个回合。巨大的冲击力让他大脑中一片凌乱，识海中所有的长剑再也不受控制，开始横冲直撞，他手中的剑"当啷"一声砸在了石柱底部。

王惊梦踉跄了两步，身后抵住了一根石柱，才稳住身形。他双目中有数缕血丝，尚且稚嫩的面上几乎血色全无。他单手抵住额尖，纵使已经及时抽出自己的意识，但是此刻依旧气息浮动，始终难以平稳下来。

几息之后，那些凛冽而又迫人的剑意仿佛才在他体内渐渐平息。王惊梦抬头再次看

第十六章　夜深齐云洞

了一眼那石柱上的痕迹，深深吐出一口气。

能在此处留下剑痕之人，个个都应当是那时名震天下的存在。这些剑痕所成并非争勇斗狠，究竟因何而成，他尚不能得到真正的答案，但是心底却隐隐有一种猜想，只是还需要更多的时间和证据来印证。

这些剑痕的确不同寻常，从石柱上残留的痕迹来看，它们至少也是几十年以前留下的。时间久远，但是这些痕迹犹在，而且剑痕之间依旧遍布剑气，久而久之便将此地孕养成了一处风平浪静的绝杀之地。寻常樵夫路经此处，倒也不会有什么妨碍，可对于剑师来说，那些钻入识海中的剑意肆意游荡，如果不能及时理清楚、弄明白，怕是会心绪紊乱，心智受损。

从此间路过之时，草丛乱土中便有白骨堆积。那些森森白骨，便是这绝杀之地最好的见证。

王惊梦无疑是幸运者。那五本剑经未完全参研，却为他提供了异于常人的用剑思路。就眼前的情形而言，这些剑痕好似高明的画师完成的大作，一一阵列于此。他缓缓闭上了双眼，把守住心神，任由那些剑意在脑海中肆意冲荡。

此时此刻，哪怕无数本剑经放在他的面前，都无法与这些鲜为人知的剑痕相提并论。

有道是，天分固有定，躁进非良谋。若想真的琢磨透这些剑痕，他便不能再急，先从第一条剑痕看去，在心中推断出那是一柄何等长度、何等宽度的剑，剑身上有何种符文，剑师倾注了多少真元于其上，又是以什么样的剑招将剑意和剑气发散出去。

朝霞漫天，骄阳初升，驱散了夜间的寒凉之气，为天地之间带来了丝丝暖意。云卷云舒，风起风散，落日的余晖将周遭映得一片金黄。皎皎明月从深蓝的天空中升了出来，弯弯一弦，洒下莹莹光辉。

王惊梦恍若未觉，他的眼中没有天地四合，心中没有一日变化，整个人似乎超越了时空的界限，终于于纷杂的乱局之中看到了全新的局面。

他窥得的真意，与他之前所猜测的隐隐相符。

这是一场围杀！

曾有一剑师立于中央，手中提剑，看着从四面八方围着的人，依旧倨傲，睥睨着所有的对手，毫无惧意。

那人是强者，究竟有多强，王惊梦无法得知，但看围攻之势，围攻之人，足以证明那人一定在当时雄霸一方。

纵使前尘过往尽数覆灭，但那剑师的倨傲厉喝之声似乎犹在耳畔，"尔等鼠辈，此番做作，简直辱没我辈喜剑之人！"

那些人思量再三，杀意四起，一拥而上，剑气如潮，对着中央的剑师冲去！

那剑师虽言语犀利，但对战之时却是细腻无比，他缓缓出剑，一招祭出，数招立破！围攻剑师阵脚自乱，如潮剑气或冲在石柱上，留下深深的痕迹，或扑在人身上，修为稍弱者登时倒地而亡，而稍强者勉力支撑，却也都受了内伤。

这就是最初的剑痕来源。

王惊梦的心境强烈地波动着，他很少亲见宗师出招，原来一人战百人的传说并非虚妄，而是真真实实的存在！

汗透重衣，他猛然间睁开了眼睛。

此时已是深夜，弦月早已掩了光芒，任由那璀璨的星子一明一暗。

他虽不知最终的战果，但是那宗师独面数百剑师的气魄，让他对于剑的认识又进了一步。

能以一当百者，非常人，必为一代至强宗师。能与此人匹敌者，当世之下，又能有几人？

王惊梦低头思考，他眉间染上一层薄薄的暖意，顾离人的名字浮上心头。

如今天下，能与这被围杀的剑师比肩的，除了顾离人之外，他也想不到别人了。

但不知为何，他的心竟然狂跳了数下，隐隐然生出了些许不祥之感。他摇了摇头，在这个世上，他唯有顾离人和叔父这两个亲人，但他二人一则为天下剑首，武功超绝，寻常人根本近不得身；一则隐居山林，修为不俗，就算是有不开眼者送上门去，也讨不了什么便宜。他大可不必担心。可是那心头的不安却越来越旺，几乎要不可抑止之势。

他看着石柱上方的夜空，心绪始终难宁，身处此地，外界消息便被全部隔绝。他已经没办法静下心来再看这些剑痕，此刻只能枯坐此间，夜虫聒噪，伴他戚戚长夜。天穹之中最亮的那颗星，不知何时已变得晦暗，眨眼之间却又重现光明，继而化为流星，蜿蜒着划过天际。

王惊梦急喘了几口气，眉头紧锁，他不敢继续再想下去，脊背绷得笔直，额上冷汗顺着脸颊流了下来。

现在出去查看情况，还是留下来？

王惊梦低头，指节泛白，手背上的青筋绷起。

第十六章　夜深齐云洞

所有的选择都在一念之间,他抬头目光深沉,星辰落在他眼底,寂静深夜中一道声音被风轻轻拂开。

"既为你弟子,此行绝不相负。世道虽险,愿师父你与叔父平安。"

夜很长,风很轻,但王惊梦却毫无睡意。他心中不宁,虽无法预知外界如何苍黄翻覆,但是冥冥之中很多事情自有联系,所以他明白,自己的担忧绝非无中生有。只是如今他涉世未深,尚不知整个朝局变化,更无法猜度风云涌起的深意。

顾离人既然让他到齐云洞修行,便一定有所安排,他仰头看着无数的剑痕,内心却是渐渐安定下来。

请扫描二维码
更多精彩内容

修行有日的剑师,其实并不用像常人一样睡觉,只需打坐即可。王惊梦索性不再试图入睡,而是将身上背着的干粮取了下来。

他带的干粮已经所剩无几,但是石柱上的这些剑痕要一一参悟,则需要不少时日,所以接下来的时间他必定是要去狩猎和找些可以果腹的野果,还有水源。

王惊梦目光平静地环顾了一下四周,到处都是半人高的黄蒿,不远处是一大片一大片的苜蓿,这种草木茂盛的地方,在这种时节一般都会有不少的蛇虫出没。但是他之前路经此处,又调头回来,从始至终这里基本上都没有看到什么特别有威胁性的兽类。他扭头又看了圈石柱,嘴里叼着干粮,颦眉思索。

隐隐之中,他觉得这可能和石柱上的那些剑痕有关:此地虽然对寻常人并无威胁,但是兽类对危险感知的本能却远远超乎人类,所以这一处的蛇虫鸟兽之类的动物反倒比别处要少。想通之后,他单手抓着酒囊,摇了摇之后,难免有些惋惜。这酒囊中的酒水已经不多,也就够他两顿,而且此地野兽也不愿靠近,他狩猎还要往别处去寻一寻,真真是费时费力。

他紧紧地盯着这些柱子,隐隐觉得这些柱子的排布和周围的剑气有一定的规律和联系,仿佛形成了一个自己的小世界,其中的元气流动自成一体,与外界的天地元气杂乱的流向完全不同。但是此时他尚且不知什么是法阵,若是有精通法阵的阵师,大抵才能为他解惑。但是不懂法阵并不要紧,重要的是他自己已经发现了一些端倪。暂时解饥之后,他站起来继续看着其中一根柱子上的剑痕,却隐隐然觉察到脚下被什么东西咯到了。他强行收回心神,俯身望去,脚下竟是一块白骨!

"看来从前殒命于此处的人不少。"他半是感慨,半是惊恐,摇了摇头,道,"罢罢，先不管这些，看这阵势，还是去寻些食物回来，做长久准备为好。"

此时在脑海中冲荡的剑意，只是被他勉强压制了下去，方才重新看那些剑痕，竟又有重新破出的征兆。趁这短暂的安宁时光，他采了不少野果，取了清水，甚至还捉到了一只不怕死的兔子。他转身又从附近拾了些柴火，生了火。火焰蹿起，火苗吱吱作响，连带着底部的白骨一起烧了起来！

囊中尚余些许清酒，王惊梦对着火上一倒，火势变得更加凶猛！

"安息吧！这酒算是敬你们了。"他露出无奈的神色，要知道丧命于此的这些人应该都比他要强大得多。如果不是有之前四部剑经为基础，让他对剑招有了更深的领悟，未必能从这些剑痕之中找到破解之法。说不定这荒草，也会成为他的埋骨之地。

王惊梦自嘲一般地笑了笑，而后摒弃所有杂念，凝神端坐，开始再次去参悟这些剑痕。顷刻，数道剑痕在他的识海中霸道地穿刺，凛冽的剑意，势如破竹的剑气，齐齐袭来。他已经不再惶恐地规避，反倒是开始平静地接纳。

霍然间，他的识海中又别是一番情景了。

王惊梦没有再刻意控制，他盘腿而坐，神色专注，骈指为剑，试图从剑的攻势来做出假想。若想要破解这些强大的剑气，势必要先参悟这些剑痕当初是如何形成的。这里的每道剑痕其实都有不同，有些剑痕来自同一个人，但是剑招不同；有些剑痕可能是一个人最强的一剑，除此之外，再无其他痕迹留下。

对于他来讲，这些剑痕不仅是一本本奥妙的剑经，此外也是一次次对练。每参悟一套剑招，一道剑意，他下意识地就会去思考，如若自己面对这样的一剑，会选择用什么剑招来反击。

可这种做法，看似简单，实则无比繁杂。一剑可轻易想出应对之方，当数十剑一同袭来时，他应该如何回应？入门不久的他，感觉自己被裹入了一团乱麻之中，久久不得脱。

困惑之余，他心中也不由升起敬佩之意。于他判断，这些剑痕，皆是为了一人。当年被围困之人，孤身面对多剑，却可以泰然处之，此等风范这世间又有几人？不过也足以见得，此人自然是修行界强之又强的存在。自己就算能复刻当时的一幕幕，也不能同时接下那四面八方共同袭来的剑意。于情于理，他也当致敬意。

和存于意念之中的剑意交手，通过剑痕的走向，判断出那道剑意所发的剑气的位置，再想象出那一剑在空气里以何种角度刺来，接着便是真元以何种姿态在剑上行走，

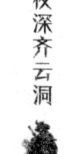

第十六章　夜深齐云洞

· 201 ·

通过什么样的符文绽放出来。凡此种种，自不是凡俗之人所能想象。

此外，通过剑的高度和倾斜的角度，他甚至能模拟出持剑之人的大致轮廓。除了具体面目无法想象出来，身形胖瘦高低形状都相差无几。

此种前无古人涉足的本事，简直可以称为"神通"了。即便像余左池这样的高手，都无法窥得其中关窍。由此可见，顾离人对王惊梦在天赋上的判断丝毫不差，他的确是世间罕见的练剑奇才。

每每看清一剑，他便会在脑海之中想出破法。这样的一个过程，极其耗费心神和体力，以至于破了一剑之后，他都要花不少时间平和自己过度思考的大脑，短暂的休息，然后再凝神去看下一剑。

剑有上下之品，剑意也有高下之别。面对不同的剑意，所需花费的时间也不尽相同，短则半个时辰，多则数个时辰。

此时此刻，他犹如处于一个全新的世界之中，这异常精彩的每一剑，都对他有着致命的吸引，让他如痴如醉，甚至忘却了白昼与黑夜的交替，忘记了腹中的饥饿，忘记了身体的疲乏。

他脑海中无时无刻不充斥着各种各样的问题……

"为什么会有这样的效果？"

"这一剑为何要用这样的方式起手？"

"如果这样走，会不会更好一些？"

"如果我用这样的剑招来破你这一剑，你接下来会用什么样的剑招反击？"

"原来是这样……"

直到他所疑惑的问题都有了答案，方才心满意足。所谓无休无止地苦修，只是局外人的看法，其实本人却沉溺其中，甘之如饴。在这片飞虫乱窜，偶有蛇兽的石林深处，已停留了十余日的王惊梦，无新鲜吃食，无足够的水源，不能换洗衣服，没有可以交流的对象，头发散乱，脸色憔悴，形容枯槁，可是他内心深处却始终没有感觉到寂寞，那对剑意每时每刻的探索，就像是在和不同的人交谈一样。

用心揣摩这些人每一剑的行走时，他体内的真元不自觉地流动着，天地元气随之汇入经络。更值得一提的是，他体内真元流动的方式与寻常剑师不同，好似是以这些古人的不同方法在吸纳天地元气。虽是无心之举，但其真元修为在不经意之间已有了飞速的增长。

他缓缓睁开眼睛,清瘦的面容将那星目映衬得更加明亮,好像有道道剑芒从眼瞳深处流淌出来。

又过了十余日,他将那些攻击之人发出的剑痕已看得差不多了,便开始试图接触往外反击的剑意。

那剑师,曾一人独挑几十位强大的宗师,当初就站在他现在停留的位置。

他无法将自己想象成那个人,因为那人的第一道剑意,就让他就陷入了深深的震撼之中,那是一种在此之前他从未接触过的强大。其后越来越强,简直无可匹敌。

先前见识到的那些剑,不乏令他拍案称奇者,可与这强悍无匹的剑师相比,彼剑意与此剑意,就如同地上之泥与天上之云的区别。这剑师的剑意笔直向前,一望无垠,散发出来的剑意像海一样宽阔,而凌厉逼人之处,又像是一把巨大的剪刀,剪断对方的剑意,剪断对方的生命,剪断一切的羁绊。

这惊天地、泣鬼神的一道剑意让王惊梦肃然起敬,心情激荡,指尖也不由自主地颤抖着。他咬紧了下唇,手提惊梦,竟生生施出了一剑。

可这无异于以指绕沸,除了重伤自己,对敌方造不成一点伤害。王惊梦早知会如此,然而那口殷红的鲜血吐出的时候,他还是朗声笑了出来:"不过是数十年前的一道剑意,竟如此厉害!不想天下间竟有如此强大的剑师!若此人今日还在,不知师父能否是其敌手?"

被剑意反噬的他,已受了不轻的内伤。但这内伤将养十余日也就会慢慢好了,可这等境界却是练剑之人可遇不可求的。他单膝跪地,用袖口擦了擦嘴角的血渍,终于明白了为何那些参与围攻的剑师们明明很强,剑式本身极为精妙,但施展出来的剑意,要么缺少了淋漓尽致之感,就像裹脚的女子一样扭捏;要么发力太过,如同徒有蛮力的武夫劈柴一般,完全不像是一代宗师应有的水平。

这并非那些剑师学艺不精,而是因为被围攻者的反击能力实在太强,不能用常人的标准来衡量。

那一幅幅浴血的画面再次浮现在眼前,他的心境又有不同。天地间似乎只剩下这方土地,被剑意斩断的草木坚石切口似乎都残留着凌厉的气息。虽无战鼓,却有斜阳,薄暮之下是很快冰冷的血液,还有悲壮的怒喝。有的人一剑出,置生死于度外;有的人一剑起,留余力防患于未然。玉石俱焚者,穷尽所能施展的一剑自然显得发力太过;攻守兼备者,保守防御所带起的进攻自然会不够流畅自然。更何况,在他舍我其谁的滔天气

势之下,恐怕其中有些人连十分之七八的剑意都施展不出来吧?

方才所试那一剑,让王惊梦真真切切地体会到自己的真元被压制,根本发不出来的无力之感。他虽已明白这一剑是如何发出,拥有什么力量,也大致猜得出破招之功。然纵有破招之术,又能如何?难道还能有人能在这人面前使得出来吗?

他的呼吸变得急促,练剑这条路,其实是条不归路。愈是强大,愈是能明确地觉察到自己与更强者之间的差别。他虽天资出众,但起步晚,此时已落了下乘,不知何时才能成为像这剑师一样的强者?念起剑落,精准无差,剑意肆然,逢出必达。想必真正拥有了这样的实力之后,纵是千万人围攻,他也不怕吧?

石柱之间的风猛然强了一线,王惊梦羸弱的身躯抖了一抖!受了内伤的剑师,已受不得这世间的寒暑交替。不知为何,他心中极不舒服,眼前隐隐然看到自己被人围攻于城内,虽如天神般战无敌手,却浑身是血,甚至连本命剑都提不起来了。他摇了摇头,暗笑自己实在是有些走火入魔了,竟是将自己代入了那剑师的处境,随后他强行将那涌入脑海中的画面拭去。眼下来看,还是继续参悟这些前人留下的剑痕最为重要。

简单地休整一番之后,王惊梦感觉到自己已经恢复了不少,他悄然起身,再次环顾四周那被围攻者的剑意,心中又是一颤!

早已知晓这人的修为远胜于那些围攻的剑师,但细细思考他的破解之法,却又让王惊梦的认知上了一个层次。有些剑意是仰仗自己强大的修为直直取了对方的性命,有些剑意是以招破招,抓住对手的破绽,一招杀入,便是万夫难挡。如此一来,那围攻一方如林的强者就如同一张张白纸一样,轻易被锋利的剑给毁灭无余。

至此,王惊梦神色已经完全平静下来。那些斑驳的石柱上留下的深深浅浅的剑痕,那些切口整齐却被无数岁月摩挲的断层几度乱他心神,如今终于可以从容相待。强与弱,本就有天渊之别,这并非仅仅靠人数多寡可以改变的。

只不过,他先前痴迷于这些剑招本身,现在却对当年这场对决的结果陡然生出了强烈的好奇。

他已经细细数过,这人反击的剑痕共有七十三道。之前在逐一参悟围攻的剑师剑意之时,他也认真计数过,共有九十七人,但是在当时的战斗中,参与绞杀这名至强剑师的人数应当远高于这个数字。因为必定有人的剑意并没有留下痕迹,或者即便留下了些许的痕迹,也已经在岁月的消磨之下消失殆尽。

双方人数悬殊，最后的结局，那人究竟是绝处逢生，还是折戟于此，他想破了脑袋，也无法猜出。他终于沉下心来，再一次将目光望向了这些剑痕，隐然间，他再生另外一种可能。

这位至强剑师留下来的剑招，其实有规律可循。他的剑招流畅至极，一剑接着一剑，每一剑之间都蕴含着真元流转的连纵之法以及借力发力的奥妙。王惊梦对此并无更深的理解，可内心总觉得如真元流转之法这种既简单，却又深奥的方法必定会对自己今后的练剑之路有所裨益，可目前他只能将这种方法记在心中，以求他日有了时机，再作深究。

他深吸一口气，只觉耳畔微风轻拂，随后气息渐徐，时光的流速仿佛一直在减缓。他眯起眼睛，属于围攻者的那些凌乱的剑痕，肃杀的剑意，此刻全部都被忽略掉，一方天地间只剩下这七十三道剑意。

练剑之事，心念至，则天地消，万物灭。王惊梦此刻便犹如遁入无人之境，在他的感知中，风云远去，石柱透明，唯有剑痕浮空，此外再无其他。

这些剑痕全部出自这位大能之手，每道剑痕便是一剑，那些曾经刺出去的剑此刻都开始向他的方向收回，并按照他的意念迅速地排列组合。与此同时，他体内的气息似乎和这些剑痕逐渐地融为一体，下意识地便顺着脑海中排列出的剑痕顺序规律地运转。

不知运转多少次之后，一柄晶莹的小剑，在他体内逐渐成形，所经之处，疲惫不适之感渐消。

正如他所料，这些剑招先后的顺序，和他之前在脑海中排列组合的一般无二，此刻体内气息畅快地流转便是最好的佐证。这七十三道剑意已经在他脑海之中组成了固定的顺序，体内那柄晶莹的小剑运转得也越来越顺，越来越快。

当速度快到极致时，很多剑痕开始在他脑海中重合交叠，最终只剩下三十二道剑意。

暖风过境，空气中有淡淡的异味，王惊梦却并未感觉到。在他体内的气息跟着那七十三道剑意运转之时，他的身体竟散发出一层晶莹的光泽，随后体内许多微尘般的污垢被不断逼了出来。

一种从内而外的洁净之感，将王惊梦重重包裹着。他好像是刚刚经受过春雨洗礼一样，浑身上下说不出的舒服。春风化雨，洗去污浊，清明视野，他陡然睁开眼睛，一双星瞳之中全是震惊。

原来从一开始，自己的认知就是错的。

哪里有什么七十三道剑意，这个受围攻的强大剑师，从头到尾只出了三十二剑！给

第十六章　夜深齐云洞

　　他造成这种错觉的最根本原因，就是那些变幻莫测的剑招！在变招的过程中，有的剑意产生的剑气竟如同那些真实的剑意一般，无比精准地从那些围攻者的剑招漏洞之中刺入，收割了他们的性命。

　　这等手段，称作"神境"也不为过吧！毕竟，在他的世界里，还从未见过这样的神技。

第十七章
与君初相识

在未曾领悟这些玄妙的剑招时,王惊梦感觉犹如只身处在雄山之中,只知山中风景甚好,登临高处也能感受巍峨之势,却始终不得全貌。但当悟出这三十二道剑意,跳出那些框框条条后,再纵观这众多剑师出手留下的剑痕时,却如同登临云海之上,俯瞰雄山奇景,陡生旷若发蒙之感。

他胸臆舒畅,眉间也多了抹释然,再看这林立的石柱,心中已生出更多奇妙的东西。如若这三十二道剑意没有依靠石柱之便,利用真元流转之法,怕也发挥不了七十三剑的奇效。虽在此逗留二十余日,方能窥得其中三昧,但王惊梦丝毫不为耽误了行程而感到可惜,相反,已然被消耗了不少心力的他,此刻却觉得精神饱满,神清气爽。

师父交代的任务,终会完成,无非是早一天与晚一天的差别,可这四根柱子之间的玄妙,却丝毫大意不得。

天光悠远,少年缓缓扬起唇角,看着远处斜阳,忽然想起了当初在边陲小镇的客栈里,那个看起来永远给人如沐春风,却行事恣意潇洒的青衫男子执意要收他为徒的场景。一路走来,他从当初的事事小心警惕,到如今的惩恶扬善,颇有侠士之风,显然都是得益于顾离人明里暗里的照顾与引导。如今的齐云洞之行,更令他受益匪浅。

他已窥得这变化莫测的三十二道剑意,假以时日融会贯通,定能令其生出更多的变化。有朝一日,就算他也遭遇此等境地,也不至于坐地等死。

往事已矣,旁的不说,单说这三十二道剑意的传承,已完完全全落在了他的身上。

在那些安于故俗之人眼中，流传下来的剑经是神圣的，但是王惊梦并不认为对剑经的扬弃和推陈出新是对先贤的不敬。剑经是死的，但具体的情势是变化的，时移则势易，墨守成规只能江河日下，一代不如一代。对于锐意进取的人来说，剑经上记载的招式只是搭了一个骨架而已。如何让这个骨架与血肉相契合，靠的自然不是生搬硬堆，而是让他山之石，为我所用，将约定俗成的剑经改造成独属于自己的血肉,然后再填充于骨架之中。

正如他怀中的那五本剑经，上面所述的用剑之法自有独到之处。当年的那些宗师，想要达到的目的就是让剑器的运行脱离肢体。如此一来，在对阵杀敌之时，他们便可隐匿于远处操控，也不至于近身搏杀伤了自己。但是在他修习的过程中，却并未采用此法。他向来将剑当作是生死与共的伙伴，而不是杀人夺命的利器，更喜欢将剑控制在自己身体周围。这已与那些剑经原本的修行之法相悖，然经他一番研究改造，并未出现任何排斥，剑招的威力反而比之前更大了。

之前所参悟的那三十二道剑意，更不是凡俗之物。领会那剑意后，自己再刺出的剑，就像是手臂的延伸。臂之所及，所向披靡。那些招式经王惊梦扬弃之后，又有了变化，一旦遇险，剑意便能从身周尽数散发，从而保全自身。

在他看来，修习飞剑就像是飞鸟短行，虽然可以一跃而上到达高处，俯瞰对手，但是稍有不慎，也会反送性命。

许是心思通达，此刻灵台愈发清明，王惊梦感觉到，自己的身体仿佛需要非常雄浑的力量来冲开一道无形的枷锁。霞光之下，周围气流涌动的速度明显加快了许多，从四面八方汇聚过来的天地元气，像是星辰大海一般尽数被他的身体吸纳，在体内慢慢凝聚成点点滴滴醇厚的真元。那三十二道剑意在他脑海中疯狂地流转，真元随之不断变化，随后缓缓流向四肢百骸。

周围的风似乎又慢了下来，细草的叶尖轻轻摇动。王惊梦睁开眼睛，距离他不远的地方隐约传来了脚步声。这些日子以来，白天也偶有猎户樵夫经过，但这天色将晚之际，断不会再有人来。毕竟这深山老林之中的兽吼鬼哭之声，并非人人都能消受得了的。

他听得分明，那脚步声很轻，是身有修为之人才能发出的。若不是自己感知敏锐，想必也不会察觉。

他冷笑一声，心里暗道：不论这些人到此是何目的，这剑阵也能将他们困上一段时日了，更不用担心会对我造成什么危害。

他抬头看着天空，将坠的斜阳宛如烈火般焚烧着流云，奇景壮美。这是他入齐云洞以来，第一次欣赏到如此景色，整个人豁然开朗，心中仿佛装满了这天下河山。

脚步声更近了些，王惊梦才缓缓收回目光，眉峰微敛，侧目以视。

两道人影被拉长，直到近了，他才看清那是与自己年岁相仿的一男一女。青年男子身材高大，眉宇之间流露出豪爽之气，身穿一袭青衫，与自己所着衣衫倒有几分相似。只不过自己的这身衣服早已污浊不堪，分辨不出原本的颜色了。那少女看上去年龄略微要小些，容颜俏丽，一袭白裳将她衬得如同仙子一般。只不过她面上毫无喜色，眼睛红肿，似乎是哭过了。

这二人一靠近，王惊梦便感觉到一股凝重、沉闷的气息朝着自己扑来。奇怪的是，竟还有一股莫名其妙的熟悉感与之俱来。他仔细想了想，过往人生极为简单，除了结识了一个心比天高的李思之外，从未亲近过其他同龄人。

那一男一女看到王惊梦的时候，止步不前，对视了一眼，眸中全是复杂的神色，有欣喜，也有不可置信。

素未谋面的三个年轻人，被笼罩在一片暮色之下，目光终于交汇在了一起。

"难道是巴山同门？"这个念头刚从王惊梦心中生起，便听到那少女清甜的声音响了起来，"你……就是王惊梦？"

她的语气中有九分的肯定，一分疑惑。顾师叔收的弟子，必定是人中龙凤，这少年虽然生得唇红齿白，可这一身行头，却比一路风尘的自己还要不如，真不是误闯到这里的小喽啰吗？

少女话音刚落，旁边的青年便拉了她一把。她嘟嘟嘴，打落了那人的手，只顾盯着王惊梦瞧。

王惊梦的星眸在暮色掩映下泛出柔和的光，与他看猛兽时的警惕眼神大相径庭，他淡淡一笑，许久没有进水的嗓子有些喑哑："正是，你们二位是？"

青年摊了摊手，一脸无奈。

少女却是心中藏不住事儿的爽快性子，立马应声道："我是嫣心兰，入门比你早，按规矩你得叫我一声'嫣师姐'。他是林煮酒，你不用叫他师兄，直接叫名字就成。"

面对这不公平的待遇，林煮酒愣了愣，才说道："这丫头倒是越来越跋扈了，你自己明明最小，争着当师姐不说，还不让我当师兄。看我不好好治你……"

嫣心兰分毫不惧，抱臂道："这是巴山的规矩。王惊梦，快叫师姐。"

·209·

第十七章　与君初相似

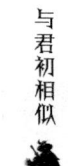

想起之前在巴山脚下，硬生生逼着长她两岁的林姿三叫她师姐的事情，林煮酒就觉得头大。但一路行来见她伤心良久，终于又换上了笑颜，心头还是有些许欢喜，便任由着她闹腾去了。

王惊梦咳了两声，他毕竟不是林姿三那种性子，清了清嗓子，开腔叫道："心兰妹子……"

嫣心兰一双水眸圆睁，林煮酒早已"扑哧"一声笑了起来，在嫣心兰肩头拍了一记，故意学着王惊梦的口气叫道："心兰妹子。"

"不许叫！"嫣心兰在巴山上是说一不二的主儿，那些师兄们除了叶新荷，都对她言听计从，何时吃过这样的亏？她摩拳擦掌，眼看着就要动手。那染了怒气的粉面却是愈发惹人怜爱了。

林煮酒识相地后退几步，确定自己所处之处已经安全，又故意叫道："心兰妹子，这个称呼不错，看看以后还有谁会叫你这黄毛丫头'师姐'。"

"林煮酒，你怎么像叶新荷一样令人讨厌！"嫣心兰腰间挂着的茉花剑颤了一下，隐隐然有脱鞘而出的迹象。

看着他二人虽言语之间针锋相对，却如同亲人一样熟稔亲昵，一股久违的温暖自王惊梦心头生出。

叶新荷，他细细品味着这个名字，料想着此人应是嫣心兰在巴山上看不顺眼的女弟子。毕竟如新出荷花般亭亭玉立这种名字，大抵是不会有男子肯用的。

"心兰、心兰，饶我这一遭吧，咱们还是讲正事要紧……"

"你还记得咱们来这里有正事？"

嫣心兰这一问，也正是王惊梦想问的。他们不远千里来寻自己，难道就是为了在自己面前打闹吗？可看他二人嬉笑怒骂，哪里像有正事的样子？

"当然当然。"林煮酒凑到了王惊梦身旁，显然是借王惊梦来打掩护，以防止嫣心兰真的气急了抢着茉花剑打来。

嫣心兰"哼"了一声，素手按住了颤抖的茉花剑。

林煮酒这才说道："你说你是王惊梦，怎么证明？"

在此之前，王惊梦已听李思说过，自天下剑首顾离人宣布唯一亲传名为"王惊梦"之后，人人皆以"王惊梦"自称，试图沾一沾巴山剑场的荣光。当初的李思以"直觉"二字，认定了自己的身份，现今忽然出现的林、嫣二人神色之间显是已经认可了自己，为

· 210 ·

何还会有此一问，莫不是想验一验自己的功夫？

他嘴角含笑，这二十余日来正好悟出了几招，且让他们看看吧！也算是让他们巴山上的人有一个心服口服的理由。

尚未开口，便听到嫣心兰清清冷冷地娇呵道："他就是王惊梦，还需要证明什么？要不要赌一把，你要是输了……"

那翘起的柳叶长眉舒展下来，发髻上的流苏来回晃动着，一双明亮的眸子里，全是邻家女孩算盘即将得逞的得意。

林煮酒面色一沉，觉着她又在打自己这把剑的主意了。他故意将此话绕过去，道："赌什么赌！是与不是，让他自己来证明不就行了吗？"

说罢，他修长的食指已经指向了王惊梦。

能在齐云洞一带孤身出现的少年，灰头土脸，衣衫褴褛，十有八九就是他们风雨兼程要寻找的王惊梦了。林煮酒不疑有他，可凡事总得仔细谨慎着些，尤其是当下多事之秋，不试上一试，总归不能将心收到肚子里去。

王惊梦眸中如水波不兴的湖面，丝毫没觉得林煮酒说话冒犯了自己，他定定道："那么，我就出一剑，来证明自己的身份。"

明明是无风的黄昏，落叶却如翩飞的蝴蝶离地而起，原来王惊梦一剑已出。

这一剑，竟是对着林煮酒的胸口而去。

"好小子！直接比剑，我喜欢！"林煮酒朴实的面上展露了笑颜，跃跃欲试。

嫣心兰难得没有闹腾，静静地站在一旁观战。身为巴山剑场的最强者，她巾帼不让须眉，可收徒一事，她却败给了一个素未谋面的少年。这少年到底多厉害，她早想称称斤两了！现下先让林煮酒来试一试，若是这人连林煮酒都比不过，自己也就没有动手的必要了。

心下早知王惊梦必有过人之处，向来胆大心细的她在出剑之前便全神贯注地看着，连眼睛都不眨。看着王惊梦出剑的起势，仔细感受着他施剑之时，真元的流动以及惊人的剑气，渐渐地，她竟看得呆了。

这一剑刺出之时，他体内的真元顺畅地随着剑身流淌而出，完全不像是初入门的新手。那果决的起势，没有丝毫拖泥带水的剑意，都让她感觉到这是个与剑相伴了很多年的高手。甚至于，她产生了一种错觉——此时的王惊梦就是一柄剑，一柄勇往直前、无所顾忌的剑。而他使出的这一剑就像是练习了千万次一般，与气息相融，与身体相合。

她万万想不到,此剑是王惊梦苦修二十余日后第一次施展悟出的剑意。而这不过是其中一剑,他心中另有许多令人拍案叫绝的剑招尚未展露出来。

青黄色的剑身上缓缓释放出一层淡淡的青光,剑尖指向林煮酒的胸口,但是剑身上流泻的剑气,却如同飞絮一般扑向林煮酒身体的各个部位。

林煮酒并未拔剑反击,感受着这起初朴实无华的一剑,成形之后竟能将人重重包裹的巨大威力,他眼中露出了赞赏。他是明眼人,此刻已觉察到这剑中并未包含杀意,纯粹是想以剑试剑而已。

若王惊梦赋予了这一剑饱满的杀意,又当如何?怕是他与嫣心兰联手,也挡不住吧?

想来也是,天下剑首顾离人所收的徒弟,怎会有差?可短短数日便能有如此造诣的,又怎是一个"惊才绝艳"足以形容的?

要知道,顾离人在收王惊梦为徒之后,并未教导他多少时日,便匆匆赶回巴山,去应对那闹得满城风雨的收徒之事。所以这也就意味着,王惊梦如今的修为其实多半都是靠自己参悟的。

巴山之中,师长络自行参悟的能力最是让人钦佩,但是照眼下情形来看,就算是师长络那样天赋被夸上天的人,都不可能施展出这样的一剑。眼前之人的悟性到底是有多么可怕,已经不是他能想象的了!

剑气一点点逼近,电光石火之间的变化让林煮酒的精神迅速提振起来,此刻他一身风尘尽褪,犹如被这剑意洗涤了一般。他眸中坚定,唇角勾起了一丝笑意,一手搭在了剑柄之上。

那是一柄极为普通的剑,剑鞘素白无纹,剑身更是平平无奇,然而在他拔剑而起的那一瞬间,身侧似有漠漠寒霜,将空气中的燥意尽数压了下来。一剑胡雪生,凛然萧瑟意,直迎而上,分毫不让。

猛然间,那重重包裹的剑气已散了。

王惊梦眼中也生出了赞赏来,爽朗一笑,真诚叹道:"师兄当真厉害!不过,我尚有一招,来破师兄此剑!"

林煮酒一开始便上了自己最拿手的一剑,明显已经将王惊梦当成是难得一见的对手了。而王惊梦所见所闻虽然不算丰富,也不敢小瞧了这个面容敦厚的青年师兄去。

在林煮酒的剑意凝成的那一刻,他的脑海中已经浮现出了那三十二道剑意中的一剑,足以应对这一招。

谈笑间，他的剑式犹如烟云一般，可眼见而不可触碰，转瞬消散而去。一剑又出，两道强大的剑意在半空中相撞，发出耀眼欲盲的光，带起的强风将地上的草屑与落叶尽数铲尽，寸寸青丝招展飞扬。

只听见"叮"的一声震响，王惊梦那一剑的剑气竟撞在了林煮酒的剑柄上。

林煮酒身体微震，往后退了一步，站稳了身体后，静谧的空气中突然响起了一道裂帛声。

林煮酒反手收剑，试剑至此，已无再继续下去的意义。

他抬袖瞅了一眼裂开的衣袖，又抬头看了看王惊梦，忽而诚挚地笑道："不比了。"

王惊梦徐徐收剑，收势站好，自己虽然胜了，但是林煮酒展现出来的实力不容小觑。日后，想必也要多多向这个师兄切磋、讨教了。

"顾师叔果然好眼光。"一声赞叹从林煮酒口中发出，他负手之时，一溜青色的衣衫布条挂在手腕上，飘摇于身后，那手腕处被扫得微痒，他便偷偷背着手挠了一下，面上却依旧不动声色，"顾师叔说过，或许一开始的你并不为人所知，但是假以时日，定会让世人看到你的光彩！我起先还有些不平，但今日，我终于信了！他有天下剑首之称，他收的徒弟自然也是天下第一。"

话及此处，他将目光移向了嫣心兰："心兰，你可服气了？"

当日不服气之人，不只林煮酒一个。嫣心兰是心高气傲惯了的，唯有真正展现出过人的实力，才能让她缄默不语。然而眼下，却是另一番情形了。

少女有神的双眼紧紧盯着王惊梦那张并不算干净的脸，好像是要看出一朵花儿来。而她犹若未知，五官俱存，感知却不知到底跑到哪里去了。

许是被少女炙热的目光盯得有些尴尬，王惊梦伸手摸了摸鼻尖，提醒道："心兰妹子，师兄叫你呢！"

嫣心兰猛地回过神儿来，一张粉面已如烧霞，甚至连那句"心兰妹子"也受了去："你叫我做什么？"

林煮酒抓了抓后脑勺，讷讷道："那个……我这把剑你还要不要？"

他举手投足之间都流露出一股子的泥土气息，这并非真正的土味儿，而是他身上由内而外散发的朴实无华的感觉所致。偏偏他一挑眉、一翘唇，又能展现出语言描述不出的锐意与洒脱。

王惊梦看着这样的林煮酒，心中顿时又生了几分亲近之意。

"手下败将,要那劳什子还有何用?"嫣心兰倒不是诚心想要讥讽林煮酒,而是林煮酒在她心目中类似于战神一样的存在,怎会这么轻易就败了?由此观之,纵是自己出手相比,怕也讨不了什么好处去。

第十八章
巴山有内鬼

林煮酒讷讷地笑了笑，然后对王惊梦眨了眨眼睛。

初次见面，就收到这样的暗示，王惊梦并不理解林煮酒到底想要表达些什么。他摊了摊手，出声道："你们来这里找我，总归是有事的吧？不妨明说吧。"

嫣心兰本有的三分俏皮在这一瞬间尽数消失，她面上眼底全然是掩饰不住的悲伤。她的眼睛宛若一方静池，能够清楚地倒映着所有的情绪，如潮汐一般涌动的悲伤缓缓吞噬着身旁的两个人，让他们也深陷其中，甚至还隐隐生出了想要掉眼泪的感觉。

林煮酒深吸了口气，脸上笑意无迹可寻，整个人显得异常严肃。他对着王惊梦微微躬身行礼，犹豫再三，却始终没有说什么。

身为同门，初次见面，理当如此。可那欲言又止的行为，却让王惊梦感觉到很古怪。他皱了皱眉头，并没有马上回礼，心中却已有了不好的念头。

"难道是……"他不敢继续再想下去，心头猛地跳动数下，声音已颤得不成样子，"难道是师父他……遭到了什么不测？"

从未有过这种恐惧的感觉，王惊梦此时此刻才意识到，原来心里面真正在乎的人会成为自己的软肋。纵使风云变色，也希望在乎之人安然无恙。

没有人回应他。

林煮酒和嫣心兰抬头看着已经快要全部落到地平线下去的夕阳，眼神分外复杂。

有些感情就像是被堤坝蓄起的洪水，一旦出现了缺口，汹涌的水流便会失去控制，

· 215 ·

冲破堤坝，淹没城镇。所以，人活于世，应努力去平缓自己的疲倦与悲伤，而不是任由其发泄。此时的林、嫣二人奔行数千里，终于找到了王惊梦，却要亲口告诉他那么残忍的事实，终究是于心不忍。他们强忍下深藏于心底的悲伤，尽力装成平常的模样，只是为了让自己和他人好过一点。

林煮酒扯出一个微笑，随即撩起衣摆，随意地坐在地上。他从腰间解下了水囊，"咕嘟咕嘟"喝了几口，脸上顿时也染上了红光，眼神中有了几分迷离。空气中有醇醇的酒香，王惊梦的目光落在他手中的水囊上，此时才分辨出里面装着的不是水，而是烈酒！

嫣心兰在他身侧坐了下来，仰头看着王惊梦道："坐下来说吧。"

王惊梦随手取来些枯枝，架起了一堆柴火，随后又从怀中摸出了火石，轻巧地擦了下，"哧"的一声，一簇火焰亮起，干燥的柴火"轰"地燃了起来。

他这才盘膝而坐，抬了抬手道："说吧。"

"你刚才用的剑招，是顾师叔教你的？"林煮酒出声道，"你这两剑很特别，尤其是招式，和我们巴山剑场剑经中的都不一样。"

那句话就像是一种禁忌，又像是一处不能触碰的伤疤，就算在深处一点点溃烂，也不愿意暴露在日光下。

王惊梦伸手点了点身边那些石柱，如实答道："不是他教我的，是我通过这里的剑痕参悟的。"

"剑痕？"林煮酒和嫣心兰身处剑阵之中，却没有被剑气所扰，全然是因为此阵已被王惊梦破解的缘故。林煮酒只是瞄了一眼那四根石柱子上的剑痕，便笑了起来。火光将他的脸照得赤红，笑容却显得越发惨淡，"你当真是不同于常练人，如此也好，顾师叔也能……也能放心了……"

他仰头将水囊之中的酒往口中倒去，酒水顺着他两颊滚落，濡湿了他的衣襟。

王惊梦的心再次漏停一拍，定睛看着林煮酒。

嫣心兰实在忍不下去了，她本想与林煮酒一道转移话题，却发觉不论如何，都逃脱不了这个既定的事实。她起身，刚准备开口，两行珠泪便滚滚而下。

她本就俏丽无双，风姿绰约，此时梨花带雨，别有一番风味。然王惊梦并没有心思去欣赏这风景，一颗心早已悬在了嗓子眼。

"顾师叔死了。"嫣心兰哭出了声。

火堆"啪"的一声炸响了起来，王惊梦浑身僵住，如坠冰窟之中，甚至连动弹都不能够，他木讷讷问道："他怎么会死？他不是天下第一的剑师吗？"

"寡故不可以敌众。再强的人，也不会例外。"林煮酒又灌了一口酒，话语之中全是惋惜与无奈，随即紧咬着牙齿，字字用力说道："总有些人见不得旁人强大，所以才兴师动众，用了那么多举世罕见的东西来对付他。"

寡故不可以敌众……王惊梦反复思量着这句话的意思，眼神一点点变得冰冷。在他的记忆中，顾离人总是那么和善可亲，似乎从不与任何人交恶。短短的相处之中，他不仅将自己领进了剑的世界，还教会了自己道之所在，一往无前的行事原则。高高在上的神明，固然能引得众人的崇敬，可是却不能赢得众人的亲近。顾离人却像是生活中的神明，让他心生崇敬的同时，也生出亲近之心。

然而现在，那消息如平地惊雷一样，将他内心的坚守炸个粉碎。他简直不敢相信，也不愿意去相信，从而陷入了漫长的沉默之中。许久，他才木木开口道："谁，是谁……"

既然没有办法阻止他的死，那么，接下来的日子里，他一定要手刃元凶，以报师恩。

"不知道。"林煮酒盯着火光，语气冷鸷地说道，"现在还在查。"

夕阳完全沉到了地平线以下，暮色四合，飞虫"嗡嗡嗡"地盘旋在火堆旁边，周围的温度渐渐降了下来，晚风中捎带着沁心的凉意。

王惊梦环膝，心头点点热血逐渐冷凝，沉声问道："难道巴山剑场就这样坐视不理吗？"

林煮酒黯然道："不是不理，而是无从下手。自余师伯在镜湖剑会展露实力以来，巴山剑场便成了那些人的眼中钉、肉中刺。何况又有顾师叔横空出世，他们自然更坐不住了。旁人要杀顾师叔，倒也罢了，偏偏巴山剑场内部的人……唉……"

他不觉发出一声长叹："俞师伯说过，巴山萧墙之内终有一天会生出祸端，可是……可我却从未想过竟是顾师叔身死这样的大事……"

那入口之酒本是清爽甘洌，可他却只觉得苦涩难言。

嫣心兰双眼红得像兔子眼一样，冷哼道："我从小待到大的巴山剑场，竟然是个藏污纳垢之所！真让人心寒！怪不得师父三年不回，现今更是远去海外！"

"你们是说……"在王惊梦心中，巴山剑场中人，个个都应该如师父顾离人一样，不仅修为了得，更是人品绝佳，俯仰无愧于心。现下林、嫣二人透露出来的信息，却切切实实地粉碎了他的想象。

第十八章 巴山有内鬼

嫣心兰怒道："若说他们没有和外人勾结，我铁定是不信的。就眼下的情况来看，余师伯既为宗主，理应去调查顾师叔一事，可偏偏被那些人囚禁在山洞里，一步也不得迈出！余师伯向来与顾师叔交好，怎会在顾师叔风头正盛的时候下手，就不怕遭疑吗？这些人也忒蠢了些！"

王惊梦认认真真地听着，又问道："他们是谁？"

"还不是……"

嫣心兰话尚未说完，便被林煮酒强行打断了："心兰，没有定论的事情，不要胡乱揣测了！再者说了，余师伯是自愿被囚的。他若是不愿，巴山上没有人能为难得了他。"

嫣心兰气怔："说巴山之内祸起萧墙的人是你，说不让揣测的还是你，林煮酒，你到底有没有自己的立场！难道你也想像叶新荷他们一样，想借顾师叔之事除去余师伯从而顺理成章地接下宗主之位吗？"

林煮酒扶额道："你这说的哪跟哪儿啊！师弟在这里，我是想让你把事情原原本本说出来。我们一直说巴山内部的问题，容易带偏他的思路。好好好，你只管说，我们只管听。免得我再多嘴，惹恼了嫣大小姐你。"

嫣心兰一脸不悦地分析道："顾师叔一向神龙见首不见尾，此番刺杀，定是有人得知了他确切行踪，才会布局引他。巧的是，顾师叔与百里流苏遇上了，还交了手。百里流苏与余师伯镜湖一战，平分秋色，震惊八方。像他这种身份的人，行踪也应当是很少有人知晓。他两人都是不世出的强者，又同是性情中人，一旦相逢，便注定会有一战。贼人心机叵测，隐迹潜踪，促鹬蚌相争，得渔翁之利。当真是好计谋！"

王惊梦隐隐捉住了嫣心兰所说关窍，蹙眉问道："百里流苏呢？"

嫣心兰抬头，眸底有愤恨，也有悲伤："他也死了。"

王惊梦苦笑一声，道："这就是余师伯被囚禁的原因吧。他既知道我师父的行踪，又知道百里流苏的行踪，故而能及时传播消息，完成布局的大事。至于他为何要这么做，巴山剑场自古以来便是最强者为宗主，他这宗主之位，想要坐稳，就得除去我师父。而百里流苏这样能和他打成平手的强者，同样不可小觑，若不除去，总会成为心头大患。"

"还有一点，也对余师伯非常不利。"嫣心兰眉头深锁，"余师伯房中竟然藏了一幅画，画中人分明就是云水宫宫主云棠！顾师叔陨落之地，似乎也有云水宫出手的痕迹。这样一来，余师伯与云水宫勾结谋害顾师叔，便成了铁板钉钉的事情。"

"是诬陷，还是？"王惊梦问道。

嫣心兰摇摇头："大抵不是诬陷。其实自余师伯从镜湖剑会回来之后，山上的弟子们就发现他经常一会儿喜笑颜开，一会儿惆怅满怀。据说当时他与云水宫宫主云棠比剑之时言笑晏晏，情投意合……现下出了这档子的事儿，他也不多做解释，便任由……任由那些人施为了。我瞧着，多少与云水宫有些关联。"

"我原以为巴山是一片净土，没想到竟也存了这么多的肮脏心思！"王惊梦嘲讽了一句。

"不不，余师伯不是那种人。"嫣心兰忍不住为余左池辩解。

"我是说，那些拿此事来大做文章之人。"王惊梦发觉嫣心兰会错意了，便解释道，"自古英雄爱美人，是再正常不过的事情。就算此事与云水宫有关，也不见得就是他做的。"

听得"自古英雄爱美人"一句，嫣心兰的脸上消隐的红霞又显现出来，她定定地看着王惊梦，理智早已跑到九霄云外了。

她的细微动作，自然逃脱不了林煮酒的眼睛。只是不知那双眸子里，到底充盈的是什么样一种情愫。他落寞一笑，全是凄然："不管有多少证据指向余师伯，我与心兰都坚信他并非幕后黑手。他行事一向光明磊落，不爱浮名虚利，若真是想成为天下剑首，镜湖剑会上他只需不动声色，不让世人知晓顾师叔的存在就是了，何必多此一举？"

听到林煮酒那浑厚的声音，嫣心兰心神重新飘了回来，她一字一句道："我早说过，都是那些人的阴谋。"

"作恶者，终究会露出尾巴。为善者，始终会得到善待。余左池到底为人如何，我并不清楚，但我相信，他并不是杀我师父的人。可仅凭我们三人，并没有什么用，还得让证据来说话。"王惊梦的眼神终于恢复了平静，那种悲恸被埋在了心底深处，他缓缓出声，一字一句都是从紧咬的唇齿之间发出来的。

林、嫣二人深知寻到证据的重要性，可眼下王惊梦从未见过余左池，怎会这么笃定他不是杀人凶手？

"由剑观人，剑品即是人品。"王惊梦看着这两个一脸惊愕的人，娓娓道来，"师父曾经和我说过，如果余师伯是那种内心阴暗、不择手段的人，必定不会有洒脱热烈的剑意。"

类似的话，他二人早些时候便从顾离人口中听过。只不过相同的话，从不同的人口中说出，总是容易让人生出浓浓的感伤。那是顾离人唯一一次和他们近身交谈，本以为

· 219 ·

第十八章　巴山有内鬼

今后将有大把时光聆听他的教诲,没想到当日一见,竟成了永别。

王惊梦不知二人心思,他拿着一根枯枝,将火堆拢了拢,认真道:"那么接下来,我们三个人一起将杀死师父的真凶找出来。哪怕是踏平七国,我也要为师报仇!"

"好!"林煮酒抬头又灌了一口酒,随手将水囊丢给了王惊梦,"虽然我能做的不多,但我会竭尽所能!"

嫣心兰点了点头,道:"定让那奸人无所遁形,还余师伯清白,让顾师叔含笑九泉!"

酒线入腹,如一团火在王惊梦心中烧了起来。这种滋味,竟比一颗心冷冰冰的要好受得多了。

月光之下,三双手握在了一起。三个人互望着,眸中全是信任与坚定。三颗心也靠得越来越近,逐渐形成了一个密不可分的整体。

浮云慢慢遮住了弦月,林、嫣二人一路赶来,早就饿得饥肠辘辘。王惊梦剩的干粮不多了,且噎得人直翻白眼,嫣心兰拼命喝水,总算顺过来一口气。她无比同情道:"这些日子,你就是靠这些东西撑过来的?"

星辰黯淡,但是王惊梦却目光如炬,他自幼过惯了苦日子,并不觉得吃干粮是多么难以忍受的事情,淡淡道:"是啊。"

嫣心兰看了林煮酒一眼:"你……你每次下山历练,也是这样吗?"

林煮酒见惯了浴血搏杀的场景,也多次经历过水尽粮绝的困境,他爽朗应道:"能有口吃的就已经不错了。我血洗云梦山那次,全靠着喝马血活下来的,啧啧,那滋味,毕生难忘啊!"

他爱怜地看着嫣心兰:"现在知道你师父为何不让你下山了吧。女孩子家家的,还是在山上安安静静地待着比较好。"

过往之时看着同门下山,嫣心兰总是无比眼红。如今每天风餐露宿,日晒雨淋,人都消瘦了一圈儿,才懂得师父保护自己的心思。

三人陷入了沉默之中。

许久之后,王惊梦才开口道:"还是说一说凶手的事情吧。你们觉得,谁最有可能?"

嫣心兰的悲伤来得快,去得也快。被王惊梦一问,她的注意力就已经转移了:"目前巴山剑场之中,支持和反对余师伯主事的人几乎分庭抗礼。在我看来,反对余师伯主事的那几个,其实都有可能。"

林煮酒没有异议，他始终认为顾离人之死和巴山剑场内部脱不了干系。

王惊梦神色沉静，心中似有星火燃起，势可燎原："线索呢？你们在现场发现了什么？"

林煮酒看了一眼嫣心兰。

嫣心兰眼睛的睫毛轻轻眨了一下："剑痕。先前你和林煮酒过招时，你说所学功法是从那四根柱子上的剑痕中悟得，看来顾师叔说的分毫不差，你的天分的确比我们强。事发现场有很多剑痕，或许你可以从中寻出些端倪。"

王惊梦食指轻轻颤了一下。

"对。"林煮酒点了点头，他看着王惊梦眼底亮起的光线，心有触动。

"既然敢动手杀他，定然会留下难以磨灭的痕迹。我会尽快启程去看看。事发地的剑痕多而杂，可能会误导人。"王惊梦的呼吸变得困难，酝酿良久才鼓足勇气低低问道，"他和百里流苏的遗体可都还在？"

嫣心兰的面色瞬间变得苍白如纸。那坐在火堆边的少年，年纪与自己相仿，可眸子里装的东西她却看不明白。但是当那压抑的悲伤缓缓流露出来时，她莫名地觉得心如刀绞。

"余师伯早已料到了自己会成为众矢之的，所以在被囚禁之前，已经吩咐我和林煮酒，将顾师叔和百里前辈的遗体放到宗门密室之中了。你放心，这密室是由千年寒冰铸成，历来只有宗主一人能进。他们不会打扰到顾师叔的。"

"谢谢。"

王惊梦的声音虽然不大，可林、嫣二人却听得格外分明。

他垂下头去，思索了片刻，然后才抬头说道："你们一开始说过，为了杀我师父，那些宵小之辈兴师动众，用了许多举世罕见的东西。我倒是想看看他们到底都用了什么东西！"

"是……可是……"林煮酒为难道，"可那些东西都分属各国，实在判断不出到底是谁下的手……"

"或许，这就是他们本可以毁尸灭迹，却要留下遗体的原因吧。他们根本不惧怕我们去查！又或许，有些人是想故意留下线索，让巴山剑场内斗，从而对付他们想除掉的人。"

嫣心兰的背后也不禁一凉，她生性单纯，哪知人心竟险恶如斯。

第十八章 巴山有内鬼

林煮酒的脸色也凝重起来。这个局设得很大，几乎将巴山大半数人都设计在内，如果真的毫无所觉，顺着他们安排的路线走，等待巴山剑场的结果会是什么？

王惊梦倒是不惧怕幕后之人，道："只要有线索，费尽心思设下这层层陷阱之人，最终会被挖出来。"

嫣心兰抬起头来，目光一直盯着王惊梦的脸，此时天色已黑，但篝火已旺，她脸上被火光照得一片通红。

"你一点儿都不怕吗？"她看着很多飞虫奋不顾身地扑向熊熊的火焰，最后连灰烬都不留，"那些人连顾师叔都能杀死，杀你就更加容易了。"

王惊梦嗤笑道："人都会死，也都怕死，可是活着的时候，总得争一口气不是？那些人杀了我师父，如此血海深仇，就算拼了这条命，我也要让他们血债血偿！"

林煮酒千里迢迢赶来，胸中始终闷着一口郁气，此时听到王惊梦的话语觉得胸口的郁气随着酒气一起喷了出来："说得好！人生于世，就当快意恩仇，纵然一死，又有何惧？"

他"哈哈"大笑了两声，顿觉无比畅快。

"那我们明天就启程？"嫣心兰问道，"还是说，今天晚上便走？"

王惊梦站了起来，看向齐云洞更深处，摇摇头，声音低沉道："师父让我来齐云洞，没想到如今竟成了遗命。我得取了这里的东西，再回去。你们要么和我一起，要么就回巴山等我。"

话罢，他从火堆中取出一根燃着的枯枝，朝着黑暗中走去。

林、嫣二人面面相觑，反应过来之后，才朝着那火光追了过去。

王惊梦之所以这么着急去寻顾离人，并非全然是因为遗命，而是脑海之中忽然再次现出的那三十二道剑意。想着那些剑意变化万千，每一道都流畅而完美，并未生出力有不逮的感觉，他忽生一种想法——那被围攻的剑师应未死于此间。他身死之处，应该有着更大的秘密，说不定跟师父要自己寻找的东西有关。

夜风吹过，火光起跃不定，斑驳的石柱在明灭的光影下安静地矗立着，林煮酒和嫣心兰的目光再一次扫过石柱上的剑痕。剑痕内里似乎蕴含着一个奇异的世界，只是那个世界对于他们两人而言太过遥远而不可触及。

云层渐渐被吹散，暗淡的星子重现出微光，遥挂在崖间的树枝上。

王惊梦穿行在晦暗的石林间。行至深处，一股古老而又熟悉的气息扑面而来。他微微侧身，看着毫无所觉的林煮酒和嫣心兰，然后继续往前走了几步。

那感觉愈发强烈，他却有些恍惚。

初始时，他将这里的一切都看成是顾离人的安排，自然觉得自己每一步都在追随着顾离人的脚步，但是隐隐感觉到这股神秘的气息后，他忽觉自己是在追随着那强大剑师的脚步而行。

这一瞬间，那剑师和顾离人的身影交错出现在山林之间，他只能紧跟于后。

等到越来越接近那股神秘气息，他才发觉那吸引他的力量正是丰沛的天地元气！剑痕中那微弱的剑气随着时间的流逝越来越淡，可这里的天地元气却丰盈浓郁，好像是在不久之前刚生成的一样！

而且更让他吃惊的是，顾离人特意在此处留下了自己的气息。之前走过那么多路，都未能寻到一点踪迹，现今这浓郁的气息，是在指引他继续往更深处探寻吗？

第十八章　巴山有内鬼

第十九章
大幽三遗宝

如今,王惊梦已不是对修行一无所知的山野少年,他凭借着惊人的天赋,在短短时日之内已弄清了真元流转之理,更是清楚地知晓,无论修为境界如何高深,天地元气终究不能永久地凝聚不散。

就如囊中清酒倾倒在碗中,露天而置终会逐渐挥发、消散,化为乌有。在没有采取特别措施的情况下,多年前释放出的大地元气又怎么会永久存在呢?

心有所疑,他脚下的速度越发快了几分。

追随着这股悠远古老的气息,他已走到峡谷尽头,眼前出现了一道山崖。

此崖崖壁分外陡峭,壁角杂草丛生,在火光的映衬下透出一股暖红。他仰头而视,石壁斑驳,青苔遍布,平素应是少有人来。劲风呼啸而过,就如野兽的大口,吞噬着一切。然而那风中夹携的悠远气息却十分浑厚,让他再也移不动脚步。呆呆地站了片刻,他忽觉眼中有泪,不知那扑面而来的悲凉之意到底从何而来。

林、嫣二人紧随其后,却距王惊梦越来越远。

嫣心兰惊道:"以你我之力,竟追他不及……"

林煮酒重重颔首。王惊梦天资在他二人之上,从试剑开始,这已是不争的事实。

二人不觉加快了速度,一阵追赶之后,终于来到了崖前。见王惊梦痴痴站着,不言不语,就如陷入了魔怔一般,嫣心兰不禁在他肩上拍了一记,蹙眉道:"你……"

一句"怎么了"被硬生生憋了回去，一股沛然莫御的大力将她往后推去，幸亏林煮酒眼明手快拉住了她的素手，才避免了她重重摔在地上的悲剧。

饶是如此，她还是猛然吐出了一口血来！

这是她学剑以来，第一次受如此重的伤！可她全然觉察不到身上的痛，完全无法相信王惊梦仅仅以护体真元就能伤了自己的事实。

"心兰，没事吧！"林煮酒倒是吓坏了，忙不迭地问着。

嫣心兰木木地道："不过是一点儿小伤，没什么妨碍。只不过……只不过，这家伙的功力似乎比方才你我看到的还要厉害……我能感觉到这周围的天气元气都被他牵动了……林煮酒，他拜师入门不过数十日而已……"

她的声音里全然没有了以往在巴山之上的骄纵之气，全然是震撼。

仿佛是为了证明她的话，石壁上隐隐散发着幽光，继而窸窸窣窣的声音传入耳中，接着又是一阵"噗噗"裂响，壁上青苔片片剥落，露出了纵横交错的剑痕！

林煮酒与嫣心兰对视一眼，不再言语，静静地看着接下来到底会发生什么。

王惊梦闭上眼睛，体内真元缓缓透体而出。山崖之上一股更为雄厚的气息迎面扑来，竟与他的真元融合在了一起，不知要去往何方。

耳畔吹过的风中似乎有了不一样的声音——像是来自英雄末路的质问。此刻石壁上的剑痕散发出来的微弱剑气极为凌乱，远不如之前参悟的那三十二道剑意完美。的确，杀意尽失，只剩无奈与苍凉的剑意又怎会完美？其间散发出的熟悉味道，让他心生一种猜测，难道这就是那强大无匹的剑师于这人间所行的最后一处？

一路行来，虽尽败强敌，却无力回天。临终之际，那人到底有什么遗憾，又了悟了什么，再也不会有人知晓。

他摇摇头，睁开双眼，朝着那数百条纵横交错的剑痕望去，只见一幅玄奥的图录隐隐欲出。除却最初那几道很清晰的剑痕外，其余皆是十分微细，就算是薄弱蝉翼的竹叶，怕也难以嵌入其中。然而这微细的痕迹中却另有奥妙，剑痕之深，不知镌刻进石壁内几尺。这些剑痕如同一只只黑色的眼瞳，在幽光的映衬下格外醒目。

王惊梦再次运转收入体内的三十二道剑意，石壁深处发出了沉闷的裂响！

空气中被他抽引的天地元气开始沿着这些剑痕形成独特的循环，紧接着，坚硬的山石如风化的泥坯一般纷纷裂开，砸落在地面上，震起了大片的烟尘。

王惊梦不自觉地倒退一步。

林煮酒则是将完全呆了的嫣心兰顺势往后一拉,道了声"小心。"

山石崩裂的速度愈发快了,而那幽光则变得更为明亮,一枚灰色的玉符从裂缝中掉落下来,如一轮幽暗的月,缓缓飘向王惊梦。

尘埃落定,石壁上的剑痕全部消失,那股曾牵引着他来到此地的气息消散得无影无踪,而那股英雄末路的悲凉也随之弥散,仿佛从未存在过。

他抬手接住了玉符,手中似有千钧之重,要倾尽全力才能勉强握住。玉符重且冰,一入手,身周便似有数座冰山,寒气源源不断地涌了过来。

嫣心兰和林煮酒的目光不由得落向他的手中,在星光的照耀下,光滑的玉符表面就像是有许多银色的小蚕在游动。更让他们感觉到神奇的是,他们竟能听到小蚕啃食桑叶般的奇异声音!

"难道这就是师父要我找的东西?"王惊梦在心中思索着。他见识不凡,已猜到玉符表面之所以产生类似于小蚕游动的异象,主要是来自光线和这玉符本身元气的折射。至于那声音的来源,他虽不清楚,但也知绝非凡物所有。

他将玉符翻过来,反面也有无数银光游动,同样玄奥难言,只是那声音已然消失。

"顾师叔要这东西有什么用?"嫣心兰向来不懂得掩藏自己心中所想,她几已猜到这便是顾离人的遗命所在,便问出了声。

王惊梦摇摇头:"我也不知。"

"反正东西已经拿到了,可以回去慢慢参悟。"此刻尘埃散去,脚下恢复了平静,林煮酒则四顾打量着那七零八落的石壁,道,"原来竟有人在此处结了法阵。这东西能安然藏于此处,大抵也是这法阵的缘故。"

自这玉符从石壁中剥落出来后,之前很多难以解释的事情,此刻都变得明晰起来。嫣心兰接着说道:"天地元气在没有外物可依附的情况下,其实很难存储,所以剑师们都会修炼属于自己的本命物。此外,还有某些特殊的晶石,辅以特殊的符文也能够吸引天地元气汇聚。依靠晶石吸引天地元气,会形成一个法阵。只要法阵不破,这一方的天地元气便不会消失。所以,这枚玉符就是此处存储天气元气的东西,这法阵也全是依托这玉符而形成的。林煮酒,我说得对不对?"

林煮酒赞赏道:"一点儿都不错,不愧是我们巴山新一代的翘楚!"

嫣心兰眉眼俱笑,可是转瞬间她便生出了新的疑惑:"既然我们都能看出此处有法阵,那些比我们修为高的人就更别提了,为何这么多年来,此阵从未有人破?"

如果说之前那三十二道剑意太过烦琐,才能将一众剑师困守彼处,那么此处天气元气如此浓郁,怎的便无人来一探究竟?

这也是王惊梦困惑的地方。那剑师殁于此处已有时日,世上不乏出类拔萃的天才,怎就偏生破不了这法阵?旁人暂且不说,且说让他来此处的顾离人,既已来过此处,为何不取了这玉符,而是等着他来取?

唯一的解释,便是此处另有玄机,至于这玄机到底是什么,他三人就不得而知了。

"这里和外面石柱上的那些剑痕,应该是同一人留下来的。许多年前那人被众多强大的剑师围攻,最后虽然击败了所有敌人,却油尽灯枯,于是用尽最后的气力在此处构筑了法阵,将这玉符藏了起来。"王惊梦目光复杂地扫了掌心一眼,继续道,"布在四根石柱处的法阵要比这里的法阵厉害得多,那些人连第一关都过不了,所以根本没有机会来到此处。"

嫣心兰摊摊手,露出了个无奈的表情。

"我猜想,他之所以被那么多人围攻,和这玉符也脱不了干系。"王惊梦的指腹在玉符上轻轻滑过,光滑如镜的玉符中有着强韧而固定的元气波动,他指尖轻涌的真元只能在表面激起淡而透明的涟漪,却无法改变那些银光的流向。

他叹了口气,将体内的真元缓缓平息了下来,将玉符递了出去,出声道:"你们来看看,这玉符到底是何等宝物,竟值得这世上至强之人拼命守护。"

嫣心兰的目光落在王惊梦的手中,此刻终于有了近距离观察的机会,她却看向了林煮酒。

"与法阵有关的东西,还是由你来看吧。"

巴山剑场最精通法阵之人是祁准,而林煮酒自入山门以来,便跟随祁准学习,在法阵研究方面颇有心得,自然要比王惊梦与嫣心兰这样只知皮毛之人要更具发言权。

在祁准看来,只要是能杀死强大对手的手段,便是好手段。而法阵最重要的作用,就是能对天地元气的聚散进行控制和疏导。在对战当中,如果能利用法阵对天地元气加以控制,便能提升对敌时的优势,从而掌握主动权,所以布置法阵自然也算是制敌好手段了。

然而,林煮酒接过玉符之后,却皱起了眉头,并没有立刻为两人解惑。

半晌之后,他才说道:"这枚玉符,晶莹剔透,无半分杂质,本就是世上难得之物,哪怕只是纯粹地作为阵枢它的价值也不同凡响。现如今,在这世上恐怕再也不会有人能制出这样的东西来。依我看,这玉符中的元气流动之法是被人强行改动过的,用的应是

自己的元气力量。能够做到这样事情的人，不只是真元修为强大，在法阵上的造诣也非寻常人能及。即使是那些专门研究符文的阵师，在这方面也比不了那人。只不过我修为尚浅，只能看透一二，却窥不得全貌。如果有机会的话，可以让祁师叔……"

"不必了。"自得知顾离人的死与巴山一些人有关时，王惊梦便对巴山众人存了一分戒心，"此物与师父遗命有关，我三人知晓即可。"

林煮酒面上有些窘迫，歉然道："是我唐突了，切莫放在心上。"

王惊梦自幼时起便没有伙伴，对眼前这两人也极有好感，立马出声道："师兄多虑了，此后与这玉符有关的事情，还要多多向你请教，还望师兄不要推辞。"

林煮酒见他眼神真挚，心中方才生出的疙瘩悄然消去，笑道："自然的。以后有什么问题，都可以互相商量，我们一定会知无不言！只是……你以后也别再叫我'师兄'了，和心兰一样，直呼我'林煮酒'就行了！"

"这……不大好吧？"王惊梦诧异道。

"只要你心里当我是师兄，我便一直是你师兄了。"林煮酒的笑容依旧爽朗敦厚，将玉符又递给了王惊梦。

就在他二人交谈之际，嫣心兰忽然抬头看向来路。有风起于峡谷间，夹着轻微的脚步声。她凝眉，低声与两人通气："有人来了，不知是敌是友。"

王惊梦和林煮酒转身看去，一名樵夫模样的男子不急不缓地步入他们的视野之中。

那人朗声笑道："有客远来却不迎接，是何道理？"

嫣心兰面色顿变，杏眸圆睁，直直盯着来人。

这人的耳朵尖得像只耗子似的，不仅听到了她说的话，竟还反过来呛了她一句。

待到看清那人的神色尊荣，她心中更是不满。

那男子单手负在身后，含笑道："小丫头倒是不服气。"

"偷偷摸摸，一路尾随至此，你还有理？"嫣心兰气不过。

林煮酒单手拦住她，道："心兰，不可无礼。"

嫣心兰气鼓鼓地别开了脸，林煮酒松了口气，转身看着来人，但是眼中的警惕之意却并未消失。

他担心地看了王惊梦一眼，此人若真是尾随而来，此刻现身必定与那玉符有关。

男子将林煮酒的小动作尽收眼底，继而看着王惊梦，感慨道："这东西能被你发现，也算是缘分。"

王惊梦没有表现出之前防备巴山中人的警惕，而是大大方方地摊开手，问道："你是说这个？"

"是的。"男子点头道，"如果我猜得不错的话，这应该是幽王留给后世的东西。"

林煮酒倒吸了一口凉气，惊讶道："幽王？是大幽王朝的那个幽王？"

男子哑然失笑："这世上还有第二个幽王不成？"

有这样一个人，仅凭个人之力纵横天下，打造出了一个令所有人仰望的王朝。没有人知道他的真实姓名，然而人们都习惯于称呼他为"幽王"。纵使他已离世多年，大幽王朝和幽王的盛名还是令人心生叹服。

见三个年轻人都沉默下来，那男子却出奇的平静："昔日幽王有三件至宝令天下剑师趋之若鹜——九幽冥王剑、《九死蚕神功》，还有幽都三十二重剑。幽都三十二重剑你已经领悟了，至于这枚玉符之中到底藏着的是九幽冥王剑还是《九死蚕神功》，还需要你继续参悟。唯有一点你且需谨记，今日之事万不可透露给旁人，朝天域那批人百年来都在找寻幽王遗迹，若是传到了那群人耳朵里，大祸将至。"

王惊梦态度谦和，躬身行了一礼，道："多谢前辈提醒，晚辈定当谨记于心。当日一别，没想到今夜竟于此处重逢！"

眼前这中年男子就是当初王惊梦杀孟琼为民除害时站在一旁观战的樵夫，故而在林、嫣二人满心戒备时，王惊梦一直表现得极为随和。

嫣心兰惊道："原来你们认识……"

男子温和一笑，完全不把嫣心兰的吃惊放在心上，接过王惊梦的话："小友别来无恙，如今越发进益了。"

看着这二人如此客套，嫣心兰的眼珠子都快掉出来了。她原以为此人不怀好意，可他所说之话，字字句句都在为王惊梦考虑，更想不到的是，他二人竟是旧识！那自己方才吹胡子瞪眼睛的举动，岂不是……她先是白了一眼王惊梦，然后躬身行了一礼，满怀歉意道："方才多有冒犯，还请见谅。敢问，前辈是？"

"我的剑比我的名字出名，等我出手，你们就知道了。"

话罢，男子转过身去。他负手而立，看向峡谷远方的群山，那些山在夜色中只剩下连绵的暗影，静默地衔接着天空。

在此时，他依旧没有散发任何强大的气息，然而看着他的背影，王惊梦、林煮酒和嫣心兰三人，却都感觉好像看到了一座巍峨的雄山。

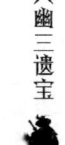

又有风起，斜雨忽来。

一个头戴竹笠、身着青衫、脚穿草鞋的远方来客缓步行来。

此人手中提着一柄长剑，碧绿色的剑鞘在夜色之中十分显眼。他微微抬手将头上的竹笠取下，露出一张谦逊温和的白皙面孔，那双如深潭一般的眸子，却让人觉得，他并不好惹。

看着挡在三个年轻人身前的男子，他诧异地问道："阁下来自巴山剑场？"

男子摇了摇头："非也。"

青衫客皱了皱眉头，沉默片刻之后说道："既然与巴山剑场无关，烦请让开。"

"我若不让，又该如何？"面对青衫客没好气的话语，男子倒是不恼，平和地问道。

"不让，就当巴山门人处理。"青衫客打量着对面的男子，身上连件像样的兵器都没有，应该不是什么高手，故而说起话来毫不客气。

"呵呵。"男子笑了起来。那笑声中带着不屑与讥讽，愈发响亮。

青衫客听得心中极为不悦。

这人字字不离"巴山剑场"，显然是来找麻烦的。王惊梦眸中现出警惕之意，双手不自觉地按在了剑柄上，冷冷道："我三人皆是巴山剑场弟子，前辈有何贵干？又准备怎么处理我等？"

青衫客面上含笑，明明是十分温和的一张脸，此刻却让人觉得毛骨悚然："我寻了很多地方，终于听闻这一带有一个英勇不凡的少年出没，想必就是你吧。"

细雨打湿了王惊梦的脸庞，那坚毅之色却愈发坚定："英勇不凡不敢当，你寻了那么多地方，想必也不是来夸我的吧！我自幼便听过一句话，叫斩草除根。你们这些人杀了我师父，现在是惶急来取我性命吧！"

青衫客饶有趣味地看着王惊梦："顾离人的弟子，言谈之中果有三分气魄。的确，我此行便是来取你性命的。而且，我可以明明白白地告诉你，你师父之死与我无关，但杀你这件事……这一路上有这个念头的可不只我一人。所以就算你侥幸过了我这一关，也未必能保得住性命。"

"我从不去想太远的事情。能不能保全性命，也与前辈你无关。"王惊梦毫无惧意，"既然是取我性命的，这便出手吧！"

话音刚落，便看到身前方站着的男子挥挥手，道："你不是他的对手，让我来。"

"师仇须得我自己来报。"王惊梦盯着青衫客的脸,道,"与之相干的人,也要由我来诛杀。"

"逞强。"男子像训自家孩子一样对王惊梦说道,"凭你的修为,只会白白折了性命。不如这样,这次交给我,下一次你再动手。其实,我也是有私心的,毕竟我手中之剑已多年未曾饮血,一来算是祭剑,二来也算是为旧友做些事情。"

这一次,王惊梦并没有再执意出手。

男子看着青衫客,一字一句地问道:"动手之前,我们不妨说说到底是谁杀了他?你我二人最终只能有一人活着走出这峡谷,这个秘密由你带到棺材里,还是由我们带到阴司地府,不都是一样的吗?"

"休想。"青衫客抛出了两个字。

男子目光依旧平静,然而身周却悄然生出了杀意:"若你说了,我便留你一条命。"

"我一生行走江湖,早已看惯生死之事。顾离人的朋友绝非等闲之辈,可我并不认为自己会输给你。"青衫客郑重道,"今天谁死谁活,全凭手中之剑!"

话罢,一道嘶哑的利剑出鞘声自他腰侧响起,一柄深红色的长剑已从碧绿色的剑鞘里缓缓而出。

剑身与剑鞘颜色反差非常醒目,让人一见难忘。长剑剑身十分光滑,但从剑鞘之中拔出,却好像有无数尖利的牙齿在摩擦,令人顿生不适之感。

男子眉头紧锁,嘴角轻抿,沉默了一会儿才迟疑地问道:"碧海宗?"

据他所知,这正是碧海宗的名剑,然而令他疑惑的是,碧海宗甚少参与江湖纷争,怎会来追杀顾离人的弟子?

青衫客手持长剑,面上露出了些许得意:"用碧海宗的剑,却未必是碧海宗的人。"

听得这话,男子心中已全然明白。此举是借刀杀人之策,如果今日将王惊梦一行人杀了,就算被巴山剑场所知,祸水也能引至碧海宗头上去。其用心,不可谓不毒。而他之所以敢这么爽快地承认,大抵是因为确信自己能胜吧。

男子冷冷一笑,凝神感受着青衫客接下来会用什么招式。

剑拔出过半时,剑身周围的元气已经开始激荡,只凭这一点,便足以证明此剑不凡。当长剑抽出后,随着深红色的剑身流畅自然地翻转,山中风雨开始以那柄长剑为轴,结成一滴又一滴水珠悬浮于空中。

男子的眉头皱得更深了些,眸中划过一道冷厉之色,讥讽道:"明明用的是天一阁

第十九章 大幽三遗宝

的无边风雨,却又让人觉得是云水宫的云水狂澜。当真是费尽了心思藏头露尾!"

"藏头露尾也好,光明磊落也罢,只要能达成目的,何必拘泥于形式。"那青衫客并不在意樵夫的嘲讽,神色依旧镇定。

一直未出声的林煮酒忽然冷笑道:"天网恢恢,疏而不漏,藏来藏去,都是枉然。殊不知你一出手,便留下了线索。"

青衫客面色骤变,转头看着站在一旁镇定自若的青年,微微眯起了眼睛:"小子口气倒是不小,等这一战终了,我来听听你到底看出了什么线索。"

"可惜,你不会有这等的机会了。"林煮酒挑了挑眉,一贯敦厚的面上竟出现了几分挑衅。

嫣心兰转头看了一眼负手立在她身旁的林煮酒,悄悄握紧了手中的剑,心中难免有几分担心。这种时候强出头,难保那青衫客不会转过头来先对付林煮酒。他们虽不知对方身份,但看刚刚那拔剑起手的气势,便足以证明对方的修为远在他们之上。只是凭借着自己对林煮酒的了解,她转念一想,便明白了他的用意。

"小心惹祸上身哪!"嫣心兰眸现忧色,拼命压低了声音说道。

"无妨,我自然有化解之方。"林煮酒虽然话说得自信,然而双手却叠在一起,内心甚是不安。

嫣心兰用剑柄撞了他一下:"见过人捡钱的,没见过人这么想送死的。"

林煮酒耸了耸肩,没说话。

忽然听见王惊梦说道:"他其实说得没错,任何蛛丝马迹都会透露出真实的信息来,哪怕他伪装得再好。"

"啊?我怎么没发现?"嫣心兰转头看了一眼那青衫客,抓了抓头发,随后又定定地盯着王惊梦,等待他解释。

只见王惊梦平静地摇了摇头,反而将目光落在那青衫客身上。

嫣心兰恍然大悟,其实王惊梦和林煮酒方才的用意是一样的,全是为了乱那青衫客的心神!他三人交谈的声音虽然很低,但前方对峙的两人耳聪目明,早已尽收于心!

那青衫客的目光如同刀刃一般卷过王惊梦的身上,但也只是刹那,那股凶厉的杀意便换了对象,潇潇风雨朝着林煮酒席卷而去!

嫣心兰花容失色,将林煮酒往自己这边拉了一把!王惊梦也没料到这突如其来的变故,来不及多想,便挺身挡在了林煮酒的前面!

第二十章
妖惑剑重现

被后辈小子这般公然讥讽，青衫客只觉脑门充血，一股压制不住的躁动几乎将整个人点燃，哪里还管得了心神是不是乱了。剑上所引风雨，并没有指向与自己对峙的男子，而是袭向了那个狂妄的小子！

"无知小辈，嘀嘀咕咕，蓦地惹人厌恶！"

然而想象中的暴风疾雨并没有落在林煮酒身上，而是被男子轻易化去。一根两尺来长如同烧火棍般的黝黑短剑不知何时出现在了男子手中。那把剑剑身凹凸不平，无符文加持，无花纹傍身，但是却有着尖锐的剑尖。

"我说过了，你的剑，我来接！"男子眸中已有怒色。

青衫客并没有在意那男子的神色，只是见到那烧火棍一般的剑出现，他的脸色倏然大变。

而林煮酒三人则沉浸在那男子一剑带来的惊艳里。

"妖惑剑？"震惊早已超过了疑惑，出自青衫客口中的话语里全是颤音。

林煮酒和嫣心兰对视一眼，再次望向那把黝黑短剑。此剑入眼太过平凡，任谁也想不到竟是消失已久的妖惑剑，更不敢相信这如同樵夫一样的中年男子就是被巴山师长们奉为传奇的妖惑剑主。

王惊梦毕竟入门晚，并不知道妖惑剑有何神通，但是光看这几人的表情，他已猜出此剑并非凡物可比。

事实上,妖惑剑是十年前名震关中关外的一个传奇。相传,此剑产自关中最大的剑炉——淬火居。其时陨石坠落熔炉,天火丛生,数名剑师无辜殒命。奇异的是,这陨石在高炉之中日夜遭受淬炼,竟与其中的一些玄铁剑胎凝为一体,最终炼出了这么一柄剑来。

陨石横驰长空,被星官命为"妖星",坊间也有人称之为"惑星",此剑又非人力锻造而成,自堕熔炉成剑的过程可谓之妖事,故名为"妖惑",又称"妖星"。世传此陨石坠落乃不祥之兆,此剑自然也被视为不祥之物。此等非凡之剑,是当世最为沉重的一柄剑,修为在六境之下者,根本无法提动,更遑论用此剑施展一套剑招。而它自形成以来,便只有一个主人——关中门阀戚家的少主,年纪轻轻便跨入七境的戚寒山。

戚寒山对剑道有着近乎疯狂的追求,所以一直渴望能拥有一把称手的好剑。而妖惑剑自剑成之日起,便注定与他有着剪不断的羁绊。淬火居本就属于戚家,戚家家主放出话来,谁能拔出此剑,此剑便归谁所有。当时许多闻名于世的宗师相继出手,其中也不乏七境之上者,却并无一人得偿所愿。戚寒山入淬火居,却不费分毫气力将此剑收归麾下。

此事一时传为盛事,皆因妖惑剑认主之故。

世人皆传此剑不祥,戚寒山却视之为珍宝,剑一入手便觉十分投缘。听闻玄山剑派的《山狱剑经》与妖惑剑有相得益彰之效,他便跋山涉水,亲上玄山剑派,历经八十一道关卡,连半个"苦"字都不曾抱怨,最终求得剑经。

得到《山狱剑经》后,他日日夜夜闭门钻研,又将诸多剑招融合于一体,最终自创一剑——重山剑。

此招有剑式相叠之效,犹如重峦叠嶂的山峰压顶,气势恢宏,力量浑厚,当时的许多宗师都败在他手下。妖惑剑终于如他所愿那般大放异彩,而他自创的重山剑也被人称为"一剑破"。

可人生福祸难测,很多人都免不得要历经一番跌宕起伏,戚寒山亦是没能幸免,妖惑剑虽让戚寒山扬名立万,但是也让他后半生尝尽人间辛酸苦楚。

妖惑剑内含有一些天外精金,对寻常人的身体有着缓慢侵蚀的作用。戚寒山将此剑日日随身携带,待到发现异常之时,却为时晚矣。

他的结发妻子彼时有孕在身,却因无法承受妖惑剑侵蚀,不治身亡。

他伤痛欲绝,将妖惑剑弃之不用。可祸不单行,发妻亡故之后,关中又遭逢百年难遇的旱灾。大旱之中,饿殍遍野,紧随后爆发了一场惨绝人寰的瘟疫。接连的天灾人祸,致使关中许多富贾门阀就此没落，就连戚家也没能幸免。而戚寒山和妖惑剑在祸乱之中不知去向。

如今妖惑剑重现江湖，此人不是戚寒山，又能是谁？

"你说得不错，正是妖惑剑。"戚寒山声音低沉，双眼注视着那把黑色短剑，"剑为知己而生，顾离人死了，我便用此剑给他个交代。"

青衫客心神震颤，几乎不能自已。之前因林煮酒的三言两语，便乱了心神，所发的一剑消耗了不少真元。现今得知自己面对的是妖惑剑主，他更是慌乱，出剑之时风生雨起，却难成无上声势。这一剑既无云水宫的波澜壮阔，也无天一阁的是水生浪起之感。

"你的心乱了，必死无疑。"戚寒山并不着急出手，定定道。

青衫客咬牙应道："就算心境乱了，又能如何？我学剑数十载，集毕生修为于一战，未必会输。"

可毕竟是生死之战，哪怕他先前说得多么不畏生死，此刻意识到自己会亡命于此，也要拼尽全力，觅得一线生机。空中生成的细小水珠变得锋利，山崖上的风速也越来越快，将那些晶莹的水珠撕扯拉长，最终变成了一柄柄晶莹而又凛冽的水剑。这些水剑疯狂地颤动着，像是一直蛰伏在暗处的虫豸，随时都能扑上去，从对方的身上撕咬下一口血肉。

王惊梦低头看了一眼自己的剑，压住了因劲风骤起而微微颤动的剑鞘，心中却是难免生出一些感慨来。这些密集而又细长的水剑，在攻击的那一刻，快得完全超出了他的感知。即使他们站在戚寒山身后，也依旧能够感知到这些水剑中蕴含的强大力量。

这一刻，他终于明白为何戚寒山会说自己不是这青衫客的对手。诚然，自己不论以何种剑招，都不可能抵挡得住这千万道水剑。哪怕这青衫客心神动摇之时发出的剑意并不完美。这一瞬间，很多东西从他脑海中闪过，但最终只有一件事越来越明晰。

越境之战，若是实力太过悬殊，便犹如以卵击石，结果定是毫无悬念。之前能胜过刀客和孟琼，全是因为他们的实力也不甚强的缘故。

此时的戚寒山依旧云淡风轻地看着青衫客出招，可是面容却一点点变得凝重。原因无他，只因为铺天盖地的剑意之后，尾随着一道动如雷霆的剑意，直逼他的眉心。并非这剑意无法可破，而是因为这招攻来他竟没有看出究竟出自哪家宗门。

他终于再无耐心细细思索，只听"轰"的一声，万千雨剑尽数碎裂，"噼里啪啦"地砸在地面上，形成了无数密密麻麻的小坑。泥浆迸起，附近的青草都被盖在了下面。

而那些凄风冷雨尚未抵达面前便被他全部震开，再无之前的锐意。

那道破开了雨剑的黑色剑影并未停下，反倒是带着一种无法言说的压迫之感，继续前行，然后狠狠地砸在了那柄深红色长剑之上。

青衫客手中长剑卷起千层骇浪，却在眨眼间支离破碎，就连剑身也被砸弯了几分。他将左手压在剑柄之上，依旧难敌戚寒山的剑意，两脚在地上犁出两道很深的沟壑。

一剑破，刀兵折，身骨碎。

一道青色的影子，倒飞数十丈，如陨星坠落，将湿漉漉的地面砸出了一个人坑。横躺在泥泞之中的青衫客，身体猛烈地震动了几下，唇边溢出了大片的血沫。他体内骨骼尽断，气海震碎，整个人面色晦暗，处在了濒死边缘。

"一剑破……果真有如此威力……"

戚寒山将妖惑剑隐入袖中，缓步走到青衫客身前，无悲无喜地凝视着他想要挣扎起身的模样，缓缓叹了口气，认真地问道："临死之前，你还是不愿意说出到底是谁杀的他吗？"

青衫客仰躺在泥淖之中，自嘲般地笑了两声，更多的血沫从嘴角溢了出来。缓了几息之后，他艰难地移动了一下头部，看向戚寒山，含着满口血腥味苦涩地道："我说过了，不是我杀的。我……我过来杀他的弟子，只不过是黑市里有人给出的赏金太可观，我想……我想赚了这笔之后，就金盆洗手……咳咳……"

"真无耻。"嫣心兰听到这个理由之后，眉头紧紧地锁在了一起，若是有明确对象还好，但是这人口中说的黑市，他们根本无从查起。

江湖传言，有些想要暗杀仇敌，却又不敢暴露自己身份的人，一般会采用在黑市悬赏布告的方式，散金求才。这种交易从来都没有固定的场所，也没有固定的人员，所以是很多藏头缩尾的买家不二的选择。

"有多可观？"与嫣心兰的愤恼不同，王惊梦竟问出了这样一句话来。

嫣心兰睁大了眼睛，林煮酒则笑了起来。

青衫客咳道："一千金……"

"那他们呢？"王惊梦指了指林、嫣二人。

青衫客用仅余的力气摇摇头，道："他们两个……不收钱的……不过我要杀你的话，自然不会放他们回去通风报信，他们只能算是冤死鬼了……嗷……"

嫣心兰一只脚踩了上去："凭什么他一千金，我和林煮酒就不收钱！太小瞧人了！"

王惊梦不厚道地笑着。

林煮酒在旁劝道:"心兰,高抬贵脚!虽然他早晚都是要死的,但是在他死之前还是要看看前辈有没有什么话要问。万一前辈想问,他却被你踩死了,那就不大好了。"

嫣心兰愤愤收脚,还在为自己不如王惊梦赏金高而兀自气愤着。

见这三个小鬼闹够了,戚寒山才问道:"你可还有什么想说的吗?"

此时的青衫客,感觉自己十足十地是个悲剧。没有杀得了王惊梦也就罢了,还遇到了妖惑剑主,枉送了自己这条性命。他连咳几口鲜血,无力问道:"既已归隐,又……何必再入浊世?"

正如他所言,杀王惊梦是为了归隐做准备,可是他不明白,为何像戚寒山这种人有了归隐的机会却要出世。

戚寒山沉默了片刻,徐徐道:"归隐是因为看透了这江湖纷争,再入浊世是因为忘不掉昔日的侠义恩情。与我知交的人甚少,顾离人是其中之一。他对我有恩,于情于理我都应该为他做些事情。"

戚寒山手掌轻轻翻转,妖惑剑落入掌心之中。那青衫客目光已经开始涣散,但是看着那黑色的剑身,依旧心头发怵。

随后只听悠悠一道长叹,戚寒山凝视着手中的短剑,继续说道:"世人皆传此剑乃不祥之物,而我这一生不幸,便始于"妖惑"。只是传言总归是传言,当不得真。其实我妻儿之死,妖惑剑并非真正的罪魁祸首,而是马贼所为。彼时,我成名日久,愈发觉得这江湖并没有什么好留恋的,便与爱妻远离家中府邸,选了一处僻静地,搭茅舍,种薄田,过着平凡的日子。可在我外出之时,爱妻竟被马贼杀了。偏巧又逢上天灾,家道没落,杀马贼杀得心累的我,也就生了归隐的念头。"

戚寒山神色转瞬却冷冽了几分,低头看着青衫客的眼睛,沉声道:"你们这些人,总是为了一己私利去做那些伤天害理的事。你为了钱来杀顾离人的弟子,那些人为了报复,装做马贼杀我妻子!当年我与人对敌,皆是一招致命,不留余地,结下太多仇怨,才终招祸患,殃及妻儿。可那些鼠辈,若是真想复仇,寻我即可,何苦祸我妻儿?如今,顾离人亦是这般死在阴谋之中,若你们正大光明公平对决,我也不至于对你动手。现在事已至此,我焉能作壁上观?"

"顾离人乃天下剑首,想要夺他性命并非易事。正大光明解决不了,那用些不光明的手段又何妨?"青衫客每说一句话,胸膛都要起伏许久,在所有意识涣散之前,他扯

了扯唇，衷心说道，"顾离人之死不是一个人的意愿。一个人太强，总会让人忌惮。"

"因为太强，就要杀之而后快，这还有天理吗？"戚寒山质问道，"这么说来，强者死绝了他们就会满意了？"

青衫客没有回应，因为他的胸膛已不再起伏，最后的体温也在湿冷的泥泞中渐渐退去。

山风吹来，将空气中的湿意拂散，也将每个人面上的湿气吹干。这场微斜的细雨带走了一场充满了腥风的较量，终又将平静还与此处。

王惊梦、林煮酒和嫣心兰伫立在原地，目光落在戚寒山身上，却不知道该说些什么。

戚寒山手中的妖惑剑已经隐去，他看着王惊梦道："既然有人出了高价要你性命，这一路上不知道会有多少艰难险阻。接下来，我会送你回巴山剑场。"

王惊梦拱手行礼，道："多谢前辈。"

林煮酒和嫣心兰也向戚寒山拱手行礼，谢过之后，林煮酒蹲在青衫客身边，将自己的剑插在地上，然后伸手探入他的前襟内搜了搜，不过很快他便收回了手，然后叹了口气，道："原以为能找些线索，谁知道除了那柄残剑外，竟然一无所获。"

嫣心兰挑眉，用剑鞘挑起了林煮酒扔在那青衫客胸前的钱袋子，掂量了两下，扔回了林煮酒怀中，笑道："还有些刀币，尽够你买酒吃了。"

"我是那种占死人便宜的人吗？"林煮酒眉梢挑得更高。

嫣心兰"扑哧"一声笑了出来："你的确不是那种人，但你绝对是那种占敌人便宜的人。而且，能买好酒，还计较那么多做什么？"

林煮酒将刀币一收，点头道："有道理。既然如此，那便却之不恭了。"

嫣心兰与林煮酒这般插科打诨，倒是将之前那凝重的气氛一冲而散。

戚寒山看着蹲在地上的林煮酒，又是无奈，又是好笑，出言问道："巴山剑场的弟子可都是如此吗？"

林煮酒并未抬头，态度却是恭谦而随意："叶新荷他们大抵是不齿于这样的。"

嫣心兰嘴角勾出了一丝笑，自幼时起她便与林煮酒交好，自是因为他秉性不羁、敦厚亲和的缘故。

这几人说说笑笑，王惊梦却未置一词。他眉头笼着散不去的忧愁，蹲在林煮酒身边，认真地将青衫客的尸体检查了一遍，方抬头望着戚寒山，问道："就连前辈你也看不出这人的真正来历吗？"

戚寒山摇了摇头，道："十年归隐，世事早已大变。我能认出他用的是碧海宗的剑，能识出他用的招数是天一阁的无边风雨，或是云水宫的云水狂澜，可是却始终无法辨别出他的真实身份。我出动妖惑剑，用了"一剑破"才真正击败他，可见他实力不凡。而且，若不是刻意隐藏自己，他的真正剑招还会更难对付一些。"

林煮酒三人互相望着，面上均现出凝重之色来。

看着这三个后辈凝重的神情，戚寒山仿佛看到了自己年少时喜怒皆形于色的模样，不经意间轻轻出了声："你们也不必灰心，此事并非毫无眉目。据我所知，能用自身真元模仿出诸多宗门的剑意的，不外乎崇明剑派和天舟剑宗。"

虽然戚寒山给出了新的追查方向，但是王惊梦却非常果决地摇了摇头："追查他的宗门根本没有意义。"

戚寒山惊道："从宗门这个大范围来判断，总能寻得些蛛丝马迹。你这话又是什么意思？"

王惊梦坦言道："常言道，'师父领进门，修行在个人。'就算他是崇明剑派或是天舟剑宗的人，又当如何，我们依旧不知道他到底在为谁效力。比如说他们两个，虽然是巴山剑场的弟子，在宗门中学得了技艺，但是却不曾学得和那些权贵狼狈为奸，更不曾和那些小人一起害我师父。所以，我认为他现下的行为与崇明剑派和天舟剑宗没有太大的关系。"

林煮酒皱着眉头，细思之后，又觉得王惊梦的话有几分道理。但如果是这样，为顾离人报仇的事情，岂不是更加坎坷艰难遥遥无期了？他沉吟了片刻，抬头却看到王惊梦淡定从容，大有成竹在胸的势态，不禁迟疑道："那你的意思是？"

王惊梦冷声道："或许他是杀我师父的帮凶，或许他只是想得到赏金后归隐，但不论怎样，他不过是个小虾米，死了也就无用了。我们最终要找的，还是背后的主使。只有找到他，杀了他，才能真正为师父报仇。"

"可我们现在连一点儿线索都没有，如何去找？就算是大海捞针，也得确定海里有针不是？凶手在暗，我们在明，你可知我们反击的希望何其渺茫？"王惊梦的想法虽然是好的，但嫣心兰总觉得太过于不切实际。

林煮酒抬手拍了拍王惊梦的肩膀，含笑道："我倒是觉得藏于暗处的凶手会坐不住，不然也不会悬赏重金来取他的性命。只要放出顾离人的徒弟为师报仇的消息，送上门来的人会越来越多。"

说到此处,林煮酒将目光投向了戚寒山,恭谨道:"有戚前辈坐镇,就算一起来个十个八个,也不足为惧。"

戚寒山目光深沉,不知到底在想些什么。

王惊梦深感林煮酒在这个问题上,与自己的想法不谋而合,不自觉间心底又与之亲近了几分。他低头看着那青衫客的尸首,沉声道:"像这种人,死得越多,后面暴露的问题也会越多,不可能不露破绽。破绽多了,我们自然能得到几条有用的线索。"

此时戚寒山却毫不留情地泼了一盆冷水下来:"和这种宗师对战,生死皆在一线之间。一人尚可,若是有两三人,我便是生出三头六臂,也应付不了。所以,想要报仇,你们必须要变得更加强大。短时间内想要拥有超过顾离人的修为,几乎是不可能的,但是你们至少必须要做到三人联手能胜过这种宗师。不然谈何报仇?到时怕是连命都保不住。"

四周的空气好似凝滞了一般,嫣心兰和林煮酒紧锁眉头,心下清楚实力悬殊的确会枉送了性命。王惊梦思索半晌,抬头问道:"我修为尚浅,若是纯按真元修为来算,需要多少年才能修到我师父那样?"

"我最后一次见顾离人,已是几年之前的事情了。那时他的修为已至七境上乘,世间罕有敌手。你现今修为不过二境,莫说到七境,就是三境,也不知何时方能到达。"戚寒山面有惋惜之色,"你天赋不低,入三境四境,乃至六境,是迟早之事,只不过到底需要多长时间,全凭你个人悟性了。"

林、嫣二人虽已到了三境巅峰,但如今却只是窥得四境门庭,始终无法堪破,所以每每提及破境之事,心中总会有几分懊恼。话及此处,林煮酒当先问道:"敢问前辈,破境的关键在何处?"

"真元破境,最关键之处在于体悟各境的元气转化,感受天地间的元气法则。"戚寒山倒是不藏私,细致地解说道,"这是一环接着一环的过程。简单来说,如果现在的修为处于第一境,那么在拥有一境的力量之后,才会感知到一些以前无法触碰的元气,在此基础上,才有可能领悟第二境的元气法则,将那些元气归为己用。"

"我听叔父说过,'合抱之木,生于毫末;九层之台,起于垒土'。"王惊梦一边思考着戚寒山方才说的道理,一边认真说道,"也就是说,破境重在累积力量,需要夯实每一步,这样才能在前一步的基础上不断进步。"

"正是如此。"戚寒山欣慰颔首。这破境的道理虽不难,但未必人人都能看得明白,尤其是对于身处其中的人。王惊梦能抓住其中精髓，实属难得。

王惊梦拱手谢道："幸得前辈解惑，晚辈受益匪浅。"

戚寒山不忘提醒道："破境之事，知易行难，且每个人的情况都不相同，在感悟每个阶段的元气法则上，有些人会很快，有些人就会稍慢一些，更有甚者可能会止步不前。所以你等且谨记，破境之事，万万不可操之过急。此事并非全靠天赋和后天努力，有时还要看机缘。机缘到了，破镜自然就水到渠成。"

王惊梦点头称是，嫣心兰以手抵唇，还在思考着，林煮酒则是盯着戚寒山的脸，连他的一个眼神都不放过。

"那这世上最快的修行进度是什么样的？"王惊梦又问了一句。

"据相关记载，最快的是七年修到六境巅峰。"戚寒山心生感慨，古往今来，能者辈出，但也须一步一个脚印，能拥有这般速度，足以让后辈们望尘莫及了。

林、嫣练剑多年，尚未至四境，心下对此骇然不已。

嫣心兰毕竟是藏不住心事的性子，直直问道："这世上真的有人能够七年修到六境巅峰？"

面对林煮酒和嫣心兰殷切求解的目光，戚寒山将自己所知尽数道出："当年幽王是百年难得一见的英才人物，通玄炼气在半月之后已然完成，其后步步高进，从未为破境犯过愁。也唯有他，才能七年破六境。彼时，他已至六境巅峰，可惜却将心思放在了天下征战之上，逐渐耽误了修为进境。若他当时一心修行，破七境根本不是问题。"

打一开始，王惊梦便对修行速度没什么概念，他甚至都不知道一境二境的区别在哪里，只知道顾离人留给自己的剑经看上一遍，便能尽数化为自己的东西了。他以为自己能越境而战，便已是强者了，今日方知，原先自己所知所识不过是剑道世界的冰山一角而已。他痴痴问道："七年方能至六境……那到达七境岂不是更加不易？"

"是的。"戚寒山继续说道，"我练剑十余年，才踏足七境。越是往上，便越是困难。说来惭愧，时至今日，我的修为都未再提升过了。"

众人心下明了，那全然是他有心归隐，不问世事之举，久而久之大好的天赋便被浪费了。若他没有那些铭心刻骨的经历，这世上大抵又要出一位传奇人物了。

此刻无人言声，人人心中却都有三分景仰。

"那……我师父到达七境用了多久？"短暂的沉默过后，王惊梦问出了声。

"据我所知，大概用了十三到十四年，具体我也不很确定，毕竟他这个人神龙见首

不见尾的,我那时与他也并无交集。"戚寒山思考了一下,如实答道,"十三四年的时间.对于资质普通的剑师来说,已经算是神速,可对于天赋高的剑师来说,也算不得惊艳。这全然是由于你师父从不刻意追求境界的突破,而是醉心于另辟蹊径。"

提到顾离人,戚寒山长长地叹了口气,心头染上几分酸涩。那早已消失不见的一袭青衫,似乎又重归于眼前,将那他双经历过无数人世沧桑的眸子刺得无比胀痛。

林煮酒张了张口,欲言又止。

嫣心兰低头哀戚道:"若是顾师叔还在,他应是这世间第一个入八境的剑师。"

若是……

只是这世上哪来的那么多若是?本是无忧人,却逢阴鬼事。往事俱已化为一抔黄土。

王惊梦眸中现出怒色,然而下一瞬间便尽数隐去,唯有声音里的低沉方能现出他此刻的几分悲伤落寞:"就算是天赋卓绝,也需要十余年,方能达到七境。看来想要手刃仇敌,可能性微乎其微。不知前辈可有速成之法?"

"速成之法?!"戚寒山惊道,"那可历来是剑师的禁忌!虽然这世上有许多方法可使得功力大涨,但毕竟是借助外物来达到目的,只能维系一时,而不得长久。且此法弊端极大,功力涨得越快,反噬也就越猛烈,一般都是用于与敌人同归于尽之时!就算我有这种法子,也断然不会告诉你的。"

"功力涨得越快,反噬也就越猛烈……"王惊梦重复了一遍,忽而笑出声来,"也罢,速成之法始终不如循序渐进,不要也罢!只不过这一路上要劳烦前辈多加指点了。"

"那是自然。"戚寒山怅然道,"我一生无亲无家,唯有两个至交好友。你师父便是其中之一。现下你师父已不在,但凡能帮你的,我定会倾尽全力。"

王惊梦深深地作了一揖,以示感激之情。

戚寒山微微鞠躬,还了一礼。

王惊梦又言道:"既然短时间内不可能使修为突飞猛进,无法用武力来面对那些强大的对手,那么接下来的很多时候,我们必须要靠这里。"

他指的地方,正是脑袋。

林煮酒点头称赞,道:"对敌之时,我擅长持久战,可若是敌人千千万万呢,仅凭一身蛮力,只能被活活累死。"

王惊梦接道:"对,我们只有四个人,这一路上明里暗里还不知会有多少敌人,以硬碰硬定无生路,我们要想活着冲出重围必须因势利导,利用对方的心理弱点,以一人胜过千军万马！"

在巴山之上，嫣心兰也听说过一人战百万雄兵的传说，只不过那时从未深想，也纯粹只是当听故事而已。今时今日，她再次回味，那个英雄定然是集神勇与谋略于一身的人。

"全凭你做主！"嫣心兰跃跃欲试，她曾打遍巴山无敌手，可惜却从未尝试过不动武就能胜的感觉。

"当然，还有我。"林煮酒笑着看向王惊梦，"我和心兰可是把命都交到你手上了，我们一定要活着回巴山。"

相见相识不到一日，却如相处了一生的挚友。在这里，没有小心翼翼的防备，没有充满阴谋的算计，唯有同仇敌忾的愤恨与化悲痛为力量的决然。王惊梦看着他二人，心中被一种从未有过的感觉填满了。这大抵便是朋友之义吧。

他没有作声，却在心底铭记此刻。

戚寒山看着三个年轻人，悠悠叹道："我果真是老了，还是你们年轻人有冲劲。"

林煮酒抬头看着戚寒山，笑道："前辈何须自谦，一剑破万剑，这劲儿可比我们厉害多了。"

"你这小子！"戚寒山摇头笑道，"只不过，你们要是有了什么好的点子，用得着我出力的地方，尽管说就是了。"

王惊梦又施了一礼。

"走吧，既然有人能找到这里，我们还是尽早离开比较好。"戚寒山看着将出的骄阳，这才发觉一夜已过去。

王惊梦低头看着青衫客的尸体，沉思片刻后问道："这尸体该如何处理？留在这里？"

"烧了吧。"林煮酒拽着自己的水囊，道，"如今我们人手不够，还是不要留下太多痕迹。他们只要知道自己的人折在这里了，便会继续试探。虚虚实实，实实虚虚，总归不能让他们得到太多有用的信息。这样的话，我们回巴山剑场才能更安全些。"

"的确是这个理儿。"戚寒山认同道。

王惊梦转头看着林煮酒，说道："那就放把火，烧完了我们就回巴山剑场，之后再去长陵。"

"长陵？"嫣心兰诧异道。

王惊梦没有回应。他转头看向远方灰蒙蒙的山线，那个地方原本以为毕生不会有交集，没想到竟有一日，自己主动要去！

第二十章 妖惑剑重现

世事向来最是难料。

眺望远方，他忽然想起了不久前遇到的那个同龄人——李思。

当初两人站在街巷中的场景，如今依旧历历在目。那时的李思心中全是家国天下，出口便是豪言壮语，希冀有朝一日能实现自己的抱负。只不过，一个小小少年想要做到这些，谈何容易？

若是这天下的秦人都爱憎分明，若是这天下的秦人都光明磊落，若是这天下的秦人都知羞耻，李思构想的那些所有人都必须遵循的平等规则，便会有前赴后继的秦人去捍卫。

大道将行，万人卫之，方可久治长存。

只可惜，这注定是一条漫漫长路。

王惊梦往前走了几步，耳边还能听到嫣心兰那软甜的声音："他……他为什么要去长陵？"

林煮酒应道："长陵是天下精英汇聚之所，他想去是再自然不过的事儿。前几年我也想去，只不过祁师叔不许而已。等到此间事了，我们一起去长陵见见世面，岂不是再好不过了？"

嫣心兰向来爱热闹，闻言顿时欢欣不已。

"心中有事？"戚寒山走到形单影只的少年面前问道。

王惊梦努力一笑，却是说不出的惨淡："之前听前辈说，若是在光明正大的对决中要了我师父的性命，你根本不会出手为他报仇。你讨厌阴谋，我也一样。我幼时孤苦，与叔父狩猎为生。待得年岁渐长，独自寻猎，狩得皮毛，与那些走南闯北的商贩换些银钱，以求温饱。当时曾有一商贩为谋小利，欲低价从我手中收走那皮毛，便造谣生事，说我从病兽身上取皮，以致无人敢与我交易。自那时起，我便极度厌恶这些小人所行的阴鬼之事。可是这天下，何时才能永无阴谋，人人都能安享太平呢？"

戚寒山叹了口气，道："人人皆有私心，大概永远都不会有这一天吧！旁人如何做，你管不了，我们唯一能左右的只有自己。只要你行事磊落光明，自然能吸引来一批志趣相投的朋友。物以类聚，做好自己就足够了，天下事并非你我能决。"

"可若是没有天下，哪里有我们的立身之地呢？"王惊梦怅然道，"我也是今日才忽然发觉，想要平静安宁的日子，首先得有个平静安宁的家国。只有人人都安居乐业，不起争斗，我们才能隐于尘世。"

戚寒山摇了摇头，面上浮现出一丝无奈的笑。

他半生漂泊流离，早已厌倦了纷争，所以才会寻得一隅之地隐居。王惊梦这关于家国天下的理想抱负他不是没有过，只是那幻想着仗剑走天涯的心思不知何时便消隐在岁月之中，尽数化为对命运的无奈。

"愿你能得偿所愿。"沉默许久之后，他对着王惊梦说出了这样的话。

王惊梦也知道实现志向的路途注定坎坷，但还是坚持说道："大道虽孤，一往无前方不负平生。"

话音落下，只余微凉的风依旧穿行。

"走啦，走啦。"

嫣心兰与林煮酒已经将那青衫客的尸体焚了，见王惊梦二人傻傻站着，不由得出声呼唤。

四人就此上路，虽许久未歇，却仍精神饱满。

路上，嫣心兰与林煮酒时而说些巴山往事，时而说些剑道感悟，倒也能打发时间。王惊梦与戚寒山二人则显得有些孤单。思及戚寒山的过往，王惊梦忽然问道："前辈与师父的事情，可方便说吗？"

以前总觉得人生大把的时间有的是机会，可现今心头最尊敬之人已不在人世，自己甚至对他的生平一无所知，只知道他是天下剑首，是自己见过的最温和坦荡、最具有识人之明的人。王惊梦忽然生出了要了解顾离人过往经历的心思来，毕竟师徒之名，师徒之谊，不应单单只是一场师徒情分。

戚寒山倒是毫无掩饰："年轻的时候，我曾四处求剑，终于寻得一把不错的剑，便心生欢喜。偏偏你师父他将那铁匠铺子弄得鸡飞狗跳。看着那群人争来争去，我一时嫌恶，生出了归隐之心。只可惜，我那时的归隐之心并不坚定，后来还是回到了家中。后来我获得了妖惑剑，一直以为杀妻凶手是马贼，是你师父及时告知那些马贼是由我往日仇家假扮，我这才得以报仇……"

竟是这样的缘故，王惊梦低眉感慨，仿若感同身受，转头对戚寒山道："往事已矣，师父在天之灵，也定会感念你因他而再次出山的心意。"

戚寒山面露笑意，继续向前走去。

第二十一章
经商如谋国

天已破晓，与齐云洞相隔千里的安县慢慢苏醒。

停靠在安县浅滩边的商船上，有脚夫摸黑搬运着货物从商船上步履沉重地走下来。早市刚开，梆子声未响，已有赶早的小贩占好了位置，手脚利索地收拾着商货。沿街的商户店家把门板拆卸开，拎着掸子东搓西搓。

安县原是叫作安镇，原本有一大半居民都姓安。因这里距长陵很近，是从渭河下游到长陵之前的最后一个浅滩，所以很多来往的商船都会在此停靠休憩。久而久之，此地有不少外来人士落户，人群随之也就变得驳杂起来，安镇也逐渐成了安县。不过这里的人倒是并不在乎这些，因为商船的来往带动了小镇的商市交易，使他们的生活也逐渐富裕起来。

安镇临水的长街上，有不少的茶楼酒肆，主要是供往来的商船打尖休憩。这些酒肆的掌柜游走在各路人物之间，日子长了，倒是非常讨喜灵巧，所以这些酒肆茶楼的生意一直红红火火。

说起生意，做得最大的，是这里的安姓氏族。他们牢牢掌握着安县大部分的生意，至于那些后来落户至此的外姓人，大多成了他们的附庸或是门客。而安姓氏族之中，生意做得最广的商人，叫作安年三。安县的人都习惯叫他"安老爷"。

临近隅中，街上叫卖声早已此起彼伏。

一处临水茶楼的雅间，一个穿着华服、体态微胖的老头儿，正端坐在窗边，时不时浅酌着一杯三月才上的新茶。他垂眸望着下方街道上的一顶轿子，姿态放松，神情悠闲。

"安老爷。"

两名师爷模样的中年男子掀开门帘走进了雅室，拱手作了一揖，刚刚抬头，便看到坐在窗前略显富态的安年三摆了摆手，示意他们先不要说话。这两个人对视了一眼，缓步走到安年三两侧，如同两尊石像一般。

安年三今年五十七岁整，只因早年吃苦太多，哪怕现在养尊处优，看上去也依旧有些老态龙钟。

他静静地看着那顶轿子上了一条大船，抛在水中的锚被轮盘一圈圈拉起，诸多船夫齐力吆喝，船终于缓缓开动。他收回了目光，低头喝了一口茶水，才发现杯中温度早已散尽，他自嘲地笑了笑，放下了杯子，方道："说吧。"

那两人这才开口问道："按您先前的意思，是不打算与他们合作的……可今日为何又变了主意？我等今日前来，是想让您赐教一二。"

安年三低声叹道："我可以明确地告诉你们，并非是他们所给的条件分外优厚，我才临时变卦。"

那两人眉头颦蹙，疑惑道："那究竟是为什么？"

安年三目光复杂地看着外面的商船在浊浪中前行，一道道白浪拍打在码头，随后便被新一波的浪被冲走了。他单手匀着杯盖，感慨道："因为胶东郡新的话事人太可怕了，我从未见过这样做生意的人。"

那二人深深地皱起了眉头，他们一个来自嘉县，一个来自绍院。嘉县在秦境专出师爷，绍院则是秦境之中专教人经商管事的学院，这二人皆是其中的佼佼者。然而他们却不明白安年三何出此言，那胶东郡的新话事人只不过是一位十四五岁的少女，何来可怕之说？

即使不去看两人的神情，安年三也能猜测到他们心中的想法，他的右手抬起，翻转、张开，一块红色的玉石安然躺于掌心。

只是一块极为寻常的玛瑙玉石，雕工不甚精湛，纹绘极为简单，算不上特别。

那二人面面相觑，不知何意。

安年三看着掌心的玉石，有些浑浊的眼睛浮现出一道思念的暖光，声音有些发颤："我这一生，前半辈子吃尽了苦头，而立之年才苦尽甘来。发妻曾陪我吃糠咽菜，却没想到日子刚刚好转，便亡故了。她这一辈子跟着我受苦，却没有享到一天福，此事一直

是我心头之憾。这玉石正是当年我送给她的定情之物,可惜早些年前,迫于家中贫困,她虽不舍,但是最终还是将这东西抵押给当铺,换成了米面。我到现在都记着那一锅粥的味道。"

站在他身侧的两人眼底流露出几分震惊,安年三能从苦难中奋起,并有了今日的地位,并非人人都能应付得来的软脚货色,更非见人便讲述过去的悲情角色,现今提及这玉石,大抵是与胶东郡的新话事人有关。

安年三将那红色的玉石收进了怀中,贴在胸口放置,不疾不徐地说道:"发妻亡故后,我费尽心思想要将这东西寻回来,可是这东西太过平凡,我耗去了无数人力,使了不少钱财,都没有结果。一晃二十余年过去了,如今这东西竟重回我手中。你们知道这意味着什么吗?"

两人顿时了悟,胶东郡当今的话事人年岁尚浅,却能知晓安年三心中憾事,并将此物找出来,着实厉害!

安年三长叹道:"这世上最可怕的人,便是一眼就能看穿他人心思的人。这少女,不简单。我若是不选择与她合作,假以时日,只能被她除掉。"

二人肃然起敬,拱手拜了拜,虚心道:"受教了。"

如今的胶东郡再不是那个人人轻视不屑的乡下小地方,而这心思玲珑的少女更是令人望而生畏,谁还敢拿过去的眼光来看他们?

本是一桩胜券在握的生意,没想到竟然被那横空出世的胶东郡少女给硬生生抢了去,二人各为其主自然心生不平,专程跑来向安年三讨说法。可这一番交谈下来,他二人再不敢发出不平之言。既已知缘由,徒留无益,二人行了一礼之后,便缓缓从楼上的雅室走出。

茶楼内依旧人来人往热闹非凡,但是此刻他二人却心事重重,恨不能插了双翅离开此处,去查一查胶东郡是如何不动声色地发展起来的。

看着那两人从茶楼门口离去,安年三的手贴在胸口的位置,深深叹了口气,随后将目光移向窗外不远处的大河。水波粼粼,灼目的日光漫射到大河两岸,入目只能看到一片耀眼的白。大河上游更远处,则是大秦都城——长陵。

作为生意人,他不是没有想过去长陵看一看,可是他却始终没有动作,而是安守于此,潜心经营属于自己的天地。他此刻身处的这间茶楼,是他白手起家之所,也是他最钟爱的地方。这间茶楼是他贫苦前半生与发迹后半生的分水岭,见证了他所有的艰辛与幸运，历日弥久，也成为他居安思危、警戒自我的反思之处。

为商者，自是以生意为重，万事万物皆为钱财让道。可安年三的心境却明显与那些商人不同。他深知贪财而取危，贪权而取竭的道理，所以才会兢兢业业地奋斗，不过分贪心。只要四肢健全，无生命之虞，那么多赚少赚又有什么区别？在此次交易中，他宁愿放弃能给他带来更大利益的合作伙伴，也不愿得罪了胶东郡，自然是弃利而保命之举。

他就像一尾游鱼，安安分分地待在自己的小天地里，绝不去触碰那些危险的渔网，也不妄想着上岸去看看不一样的风景。就这样在生命的长河之中静静地过着属于自己的人生。

"胶东郑氏……"他缓缓吐出这几个字，目光变得深沉，"后起之秀啊！"

从安县码头缓缓驶向长陵的大船上，船舱大门洞开，端坐着一位身穿杏粉色单衫的少女。滔滔河水溅到平坦的甲板上，一路蜿蜒流到少女跟前，却在转瞬间化为乌有，甲板依旧如之前般干净如镜。

少女身前摆着一方桌案，案上放着棋盘，盘中黑白二色棋子泾渭分明。与她相对而坐的是一位上了年纪的老者，一身家常褐色布衫半新不旧，却掩不住那双经历了人世沧桑的眸中的警惕与阴鸷。

少女单手敛起阔袖，不紧不慢地落下一颗黑子，淡淡道："安年三那样的人，最大的特点就是识趣知足。除掉这样的一个人，几乎不费吹灰之力，可要想再培养一个，怕是要耗上不少时间。所以不到万不得已，我是不会动他的。而且他这人，即使与我们合作了，也会用其他的利益去补足那些之前合作的门阀贵族，不会为自己无端招致祸患。既然胶东郡要进入长陵，不妨就选择他这条捷径，既省了许多的麻烦事，也多了一个可以长期合作的伙伴。"

她冰肌雪骨，身姿窈窕，抬眸处则生出一股说不清道不明的风韵。她说话的语速不疾不徐，却又令人无可反抗。附近船上的儿郎们虽听不清她到底在说些什么，可一见她那如同九天仙女一般令人忘俗的倾世容颜，骨头都酥了大半。胆大者甚至往她所在的船上抛花掷玉，为的自然是引得美人垂青。可她的目光却犹如一池静水，盛满高空孤冷星辰，丝毫没有往那些人身上看上一眼。

眼看着大船继续往前行驶，少女的身姿隐于茫茫水雾之中，那些儿郎们不知从何处生了勇气，纷纷划船追了上去。只见那大船之后连着无数小船，一时间颇为壮观。

"大小姐,这……"坐在对面的老者咋舌道。

这身穿杏粉色单衫的少女正是胶东郡郑家的大小姐郑秀,这老者则是往昔跟随她身侧,为其赶车的车夫。郑秀瞄了一眼那些有心追求,却又不敢吱声的青年才俊,冷冷地哼了一声,道:"不过是些没胆量的货色罢了,何必放在心上。我们还是谈我们的。"

老者颇为无语地看着那如接天连日的船只,还有甲板上说不清的玉佩、腰带、花枝,还有新打捞的活蹦乱跳的鱼,摇摇头,这才道:"和安年三这样的人做生意,取回我们胶东郡一些出产的控制权自然是可行的。但你接下来为什么要选择晋觉,而不是去和曲连持谈生意?"

更多精彩内容
请扫描二维码

晋觉和曲连持都是长陵的地头蛇,两人坐拥长陵大半赌坊和鸡户的生意,但是晋觉的实力明显比曲连持要弱不少。胶东郡既然想要把长陵的生意渠道全部打通,那么就应该选择实力更强的曲连持,而不是晋觉。

郑秀清冷如雪的脸上挂着一道讥讽的笑意,从棋盘上收回了手后,笑意消失,重现出冷漠来:"你知道我们与安年三最大的区别在哪儿吗?"

老者迟疑并未立刻回答,郑秀继续道:"安年三守稳,而我们要想彻底走出胶东郡在长陵生根,就必须要放手一搏。这时候,我们需要的是一些具有排他性的忠诚伙伴,而不是凌驾于我们之上的主人。晋觉和曲连持孰强孰弱,一目了然,如果没有我们插手的话,曲连持将晋觉那帮人赶出长陵不过是时间上的问题。我们与他合作,看上去是如虎添翼,实际上却是画蛇添足。假以时日,曲连持只会想方设法除去我们,而不是和我们共享长陵的地盘。但是如果我们帮了晋觉,让这个看似不可能翻盘的人赢了,结果会怎样?"

老者愣了愣,心底却是一惊,晋觉若能翻身,胶东郡功不可没,自此以后与胶东郡的合作关系自然比曲连持那边牢靠得多。

郑秀悠悠叹了口气,道:"做生意,需要看得长远。你目光还是太浅。"

老者虽然年长,但是在做生意的头脑上却远不如郑秀,因而面对郑秀的评论,他一句话也不敢反驳,面上讪讪,沉默地坐在一侧,倾耳恭听。

郑秀继续道:"我与晋觉和曲连持这样的人做交易,你当真以为是在意他们那些五花八门的生意和打探消息的门路?这种地头蛇在长陵贵族门阀眼中犹如蝼蚁,弹指间便能灭个干净。我在乎的,是胶东郡的钱财能否很顺畅地往来两地,是否能渗透长陵的各种生意。晋觉唯一强过曲连持的地方就是他现在已经插手钱庄生意,和关中的一些大户有所往来。"

老者深吸了一口气，微微颔首，道："还是大小姐看得清。"

郑秀抬起头来，看向极高的天空，缓缓道："万事俱备，只欠东风。我若是有一柄可以飞得足够高的剑，在这长陵应当会更加如鱼得水。"

如今世道，剑师已成了不可或缺的力量。郑秀目光长远，不会不明白这一点。她本人便是胶东郡百年难得一见的天才人物，只消能寻到一柄称手的剑练为本命剑，纵横长陵必定指日可待。而胶东郡的出头之日，怕是也不会远了。

一条小路横穿小镇，尽头处却是一条大河。河上本有一座木桥，供马车通行，但前日上游暴雨，水势猛涨，导致木桥被冲毁了大半。

林煮酒蹲在渡头，看着那凄凄惨惨的木桥，忍不住摇了摇头。虽说他们可以泅渡过去，但马匹却无法过岸，眼下之计，只能绕路而行了。

戚寒山抬头看了一眼大河对岸的林地，心中忽生一抹异样的感觉。

"前辈，可有什么不妥吗？"王惊梦心细，看到戚寒山面容有异，便将心中疑惑径直问出。

戚寒山忧心道："但愿是我多想了。"

话音刚落，上游出现了一条船扬帆缓缓驶来。

在戚寒山的感知里，对面林地里那细微的异动此刻正缓缓地往后退去，随后彻底消失，可他蹙起的眉头依旧没有舒缓。

顺水而来的船只行得很快，转眼间已至渡口。众人这才看清船上细节。或许是因为风帆是青色的，船身周围溅起的水花都带着莹莹碧绿。而此船的与众不同之处，不止于此。船上没有五大三粗的船夫，全都是身穿丽装、冶容多姿的女子。女子个个含笑，如三月春风一般和煦，若河边站的是凡夫俗子，定会心神荡漾，不能自已了。

林煮酒警惕地看着那些肤白貌美的女子，疑惑道："魏云水宫？"

此话甫一说完，船头屹立的一位妙龄女子，清亮的声音穿透蒙蒙水雾："请诸位上船，我家宫主在船上恭候多时了。"

船缓缓停在了岸边，那丽人在船头盈盈一礼，又道："诸位只需带些紧要物事，这些马便不用带上船了。"

论及与云水宫的交情，巴山剑场唯有余左池与宫主云棠有过一面之缘，林煮酒实在

想不明白为何云棠会让他们一行人上船。难道是余左池在自己住处偷藏云棠画像的事情传开了,云棠想借此机会好好折辱一下巴山剑场?

他本有心不上,可那些姿容超凡的女子绝非只做装饰之用的花瓶,若是惹恼了她们,恐怕被丢在河里喂鱼都是轻的。好汉不吃眼前亏,眼下赶紧上船才是要紧事,只是,一看到在岸边蹬着蹄子啃草的马儿,他便唏嘘不已:"可惜了,早知如此,还不如用它们换些酒钱。"

嫣心兰用胳膊拐了他一下,催促道:"别丢人了,走了,过去。"

船舱内,一宫装丽人端正而坐,正是云水宫宫主云棠。只见她一头青丝挽成垂云髻,其间斜簪了一支雪玉钗,肤若凝脂,眉似墨描,不施脂粉,与当初现身镜湖的仪态并无半分不同。

"想不到竟是云宫主亲临。"戚寒山微躬身,施施然行了一礼,肃然道。

"我也没想到,此生还能见到妖惑剑重出世间。"云棠起身,回了一礼,眉眼之间温柔似水。

随后她瞟了王惊梦一眼,好看的眉梢微微掠起:"你就是顾离人的弟子王惊梦?"

王惊梦拱手道:"正是。"

"向天下人暴露自己的行踪,你难道就不怕死吗?"云棠看着身板挺正的少年问出了声。

王惊梦依旧如同之前回答林煮酒的那般,镇定自若道:"自然是怕的,可兵行险招,若非如此,怎么会有居心不良之人送上门来?"

云棠眸中现出一丝惊艳:"倒是有几分道理,可是你知不知道,仅凭你们四人之力,根本不足以应对那些居心叵测之人。"

王惊梦却不惧怕,道:"兵来将挡,水来土掩,我等即便不敌,也只得放手一搏。再说了,不还有宫主这样厉害的人助阵吗?"

"我此次前来,的确有送你们回巴山之意。只不过并不是为了你。"云棠露出一个高傲的笑,道,"先前在镜湖,我便与余左池有约。只是未曾想,竟是在顾离人事变之后。既然有人假借我云水宫之名行阴暗之事,我便不能不管了。我迟早要去巴山,不如就带了你们一道去。"

话虽如此,可世上绝不是人人都愿意雪中送炭的,这注定是一条艰难坎坷的道路,云棠此时的举手之劳,在王惊梦眼中却是及时雨,他心下感念,再次对着云棠行了一礼:

"多谢宫主相助。"

云棠"哼"了一声，道："不过，你们也别高兴得太早了，就算这一路上你们能风平浪静地度过，可到了巴山剑场也不一定能应付得来。有些人，可不希望天下剑首的弟子能活着回去。"

"你是说……"王惊梦眸中有忧色。

"鱼龙混杂之处，谁不想趁此机会分一杯羹呢？顾离人之死，可以将余左池和我都拉下水。如若让你回去查明了真相，他们岂不是败露了吗？"云棠盯着自己如柔荑般的手，眼神中全是不屑。

林煮酒与嫣心兰对视了一眼，二人心知肚明，却都不肯出声。

"罢了，这些事情到时自是由你们头疼去，与我有何干系？"云棠拨弄了一下细长的指甲，道，"我倒是想问问你，顾离人和你不过处了数日而已，你当真要为他寻凶报仇？"

王惊梦微微皱起了眉头，身前顿生一道剑意，直冲云霄。

上方风帆为之一震，兜了更多的风，大船犹如离弦之箭，飞速向前。

云棠会心一笑。

由剑知心，她已明白王惊梦这一剑想表达的意思。若非遇上顾离人，得他青睐，根本没有王惊梦今日之所得，也更加不会有今后之所见。知遇之恩，当没齿难忘；师徒之情，当念兹在兹。此事无关时日长短。

"好！顾离人果真收了个好徒弟！"云棠微微侧首，与身后的宫装女子吩咐道，"去，将那颗蛟珠取来给他。"

那宫装女子本是云棠师妹，听到她这一句话，顿时讶异道："那东西不是留给白……"

"修剑亦要修心。我让白山水待在寒潭，磨的便是她的剑心。"云棠淡淡一笑，"这提升真元修为的蛟珠，她根本用不着。更何况她若是想要，何必非要我这一颗，自己去斩只寒蛟便是。"

那宫装女子不再多言，转身去取蛟珠。

相比河川之上那诡异莫测的天气，长陵的春天倒是显得分外柔和，既不会像南方一样潮湿，又不会像北方那样风刀粗粝割面。恰巧前些日子，几场春雨打过，长陵之中，万物滋长，枝叶抽新，春日沐沐，暖风微醺。

在这难得有上三分暖意的长陵城中，两辆平平无奇的马车在某处街巷中擦肩而过。其中一辆马车里坐着一名身穿黑色刺金衫的年轻人，衣衫上用金线刺着魑虎绣纹。他面容方正，目光沉稳，英气逼人。

"我父王到底还能撑多久？"两辆马车交错而过时，他轻声问道。

另外一辆马车中坐着一名中年男子，身穿紫红色官服，马车中晦暗的光线让人无法看清他的神情，只能听见他恭谨地回道："若是药物还能持续起效，最多五年。"

"那若是药物不能像现在这样有效，最多几年？"

"最多三年。"身穿紫红色官服的男子沉声道，"现在他的记忆已开始衰退，有时候哪怕是一刻之前的事情都能忘记。"

年轻人沉默下来，内心无比沉重。

两辆马车就此分离，他所在的马车沿着街道继续向前。

前方的街巷之中有两名商贩不知因何事纷争厮打在了一起，许多人围着看热闹，道路一时受阻，马车不得不缓缓停在一边。

就在此时，他忽然听到有人在外轻声道："有笔生意，我家主人想和您谈谈……我家主人来自胶东郡。"

第二十二章
胜败岂无凭

临近巴山，两岸多是高山峡谷，河道变窄，水流越发湍急，大船不宜前行，众人只得换了小舟。

世人都说巴山风景秀美，如今一见，果然名不虚传。舟行急流之中，四顾可见两岸林木浓密，只听猿啸哀切，山鸟齐鸣，纵使无心细细品味，也会逐渐被这盛景感染，心中暗生一股豪气。

几条小船逆流而上，行至一道水湾处，可以看到前方有一片乱石滩，石滩上有一座被几根竹竿撑起的雨棚，雨棚下坐着一个手捧剑经的少年。

他就是一直在巴山剑塔中修行的师长络。

傍晚时分，两个身穿寻常粗布衣衫的年轻人推开繁茂的灌木枝叶，从附近的林子中钻了出来。

其中一个年轻人穿着一双破旧的草鞋，连脚趾都露了出来。他身形瘦削，头发枯黄，满面风尘，略有疲惫之意，似乎赶了很久的路才终于来到这里。相反，另一个年轻人则身材高大，粗布衣衫紧紧贴在身上，勾勒出壮实魁梧的体形。

师长络放下手中的剑经，抬头看着当先走向雨棚的瘦削年轻人。

尚未开口，便见那年轻人停下脚步，出声说道："我是茅七层，他是张十五。"

说话的时候，他回头指了一下身后体形高大的汉子。

原来他就是巴山剑场俞一斤的亲传弟子！只是这相貌着实太过平凡，若不是师长络

早前便见过他，现在几乎不敢相认。

师长络起身，对着两人微躬身行了一礼，拜道："师长络见过两位师兄。"

茅七层见师长络神态很平淡，待他们也稍显疏离，却不以为意，依旧温和地笑了笑，道："我和张十五入门比你早，是当得起你这声'师兄'的。我刚从关中赶回来，听说你在这里等林煮酒他们，便顺道叫上了在附近山谷种花的张十五来看看。"

师长络直言道："茅师兄是想看我与王惊梦比剑吧？"

茅七层早就听说师长络性子却孤傲得紧，独自一人在剑塔中自学剑经将近十年，可毕竟之前只是见过几面，从未细交过，谁知他一出口便如此直接。这一刻，茅七层面上有些挂不住，讪讪道："这倒是真的。顾师叔收的徒弟到底怎么样，谁也不知道。我们这些同门总归是要比一比的。"

"到底是碧渊中的蛟龙，还是招摇撞骗的无为之辈？一试便知。"师长络的目光望向了急流之中若隐若现的那几条小船，心中求胜的意念高涨。

张十五打量了师长络半晌后，方开口问道："为何不等王惊梦回了巴山再比试？你在这里拦住他，不像是同门，倒像是剪径的山贼了。"

张十五的嗓音粗嘎，倒是与他的体形十分相称。

师长络缓缓答道："巴山剑场正值多事之秋，等他回山之后，恐怕再也寻不到合适的机会了。"

师长络侧身，抬起左臂示意两人找地方先坐，随后补充道："更何况他回了巴山，又要接手顾师叔的事，情绪怕是会失控，到那时即便有了机会我也胜之不武。"

张十五点了点头，此话倒是有几分道理。

茅七层闻言也忍不住叹了口气，眼底浮动着细碎的悲伤，平添了几许凉意。他坐在一块石头上，目光也不由自主地投向了远方。

师长络不再作声，将方才搁置的剑经重新拿起，细细琢磨。张十五与茅七层闲歇一旁，静静地等待着小船靠近。

遥遥看见了船头那熟悉的身影，茅七层起身扬声喊道："林煮酒——"

他虽然体形瘦削，声音却凝而不散，顺风直直地传到了林煮酒一行人的耳中。

小船抵在岸边，林煮酒从船头跳了下来，看着许久未见的茅七层，感慨道："你终于回来了。我还以为俞师伯有了新弟子，便把你丢在外面，再也不管不问了。"

"师父怎会是那种人？"茅七层上前拍了拍林煮酒的肩膀，四目相对之时，露出了会心的笑,"还是说,师父新收了一个弟子,你在心里替我鸣不平了?"

林煮酒应道:"起初我的确是有些不平,不过那林姿三天分、性情都还不错,也就没什么好挑的了。再者说,他对心兰言听计从,我看在心兰的面子上,也不能太过为难他不是?"

"你啊,还是万事以心兰为先。对了,心兰呢?你俩一向形影不离,这次怎么没见她人?"茅七层问道。

林煮酒指了指陆续续靠岸的船,不大会儿,一个身穿白衣的少女便出现在视线之中,形容清丽,姿容超凡。

师长络看了一眼来人,将目光落在那素未谋面的少年身上,直直问道:"你就是王惊梦?"

王惊梦站在嫣心兰身侧,略带疑惑地点了点头。他一眼便看出了师长络眼中的敌意,可偏偏嫣心兰与林煮酒都没有什么反应,看来此人应是巴山同门。

师长络挺起腰板儿直言道:"巴山剑场师长络,想在此和你比剑。"

"有趣!"云棠微微一笑,倒是与戚寒山站在一侧,观看这巴山小弟子之间的逗趣。

王惊梦看着站在石滩上的三人,躬身行礼,却并未应战。

茅七层与张十五对视了一眼,只觉眼前这少年性子过于安静。他往前一步,抬手虚扶,轻笑道:"大家都是同门,不必多礼。"

师长络颦眉,看着王惊梦道:"勿用虚礼,我只在意你比不比。"

王惊梦抬眸,平静道:"礼数乃是规矩,你可不受,但我不可不行。"

师长络脸色黑了三分,道:"强者为尊便是巴山的规矩。"

王惊梦的视线越过师长络的肩膀,看向了他身后绵延的巴山山脉,沉吟道:"果真如此吗?"

师长络笃然道:"本就是如此。"

王惊梦看着傲气十足的师长络,一字一句地说道:"现在怕是并非如此了。我师父已然不在,余师伯便是巴山剑场的最强者,但是现在他却处处受到辖制,哪里有半分巴山之尊的样子。"

王惊梦之言,师长络无从反驳,顿时气结。他恼火道:"只是比剑而已,你何必扯那么远,到底比不比?难道顾师叔选了半天,只是选了个嘴上功夫强过用剑的无名小辈?你大可不必担心我以强凌弱,我入门比你早,会在真元上让你几分。"

第二十二章 胜败岂无凭

王惊梦摇头,根本没将师长络的步步紧逼放在心上:"你会错了意思,我所言之意并不在此。既然巴山剑场的规矩是强者为尊,那么所有人都应该遵循,而不是妄图篡改。你与我比剑,不过是寻常较量而已,与规矩无关,我应了你便是。只不过在比前我有一句话奉劝,心境波动如此剧烈,可不是什么好事儿。"

师长络这才发觉就算王惊梦什么都不说,什么都不做,仅凭着他天下剑首弟子的名号便足以使自己心境动荡而不自知了。这是比剑的大忌,输赢还在其次,严重的甚至会因此产生心魔,断送了性命。他顺了口气,缓缓恢复着自己的心境。

王惊梦持剑横于胸前,不疾不徐道:"师兄,请。"

看着王惊梦持剑的仪态,师长络的眉头深深皱了起来。以他之前的想法,与王惊梦这种初入师门的人比试根本无需用剑。但是此刻看着王惊梦淡然的神色,他心中忽然生出一种不自在的感觉,最终还是朝着身旁的茅七层道:"茅师兄,借剑一用。"

茅七层从未见过师长络出剑,此时倒是有些盼着看到二人比斗。他颇为大度,将自己的佩剑递了过去。

他的剑没什么令人称奇的特点,但好在剑胎坚韧,即使是分外锋利的剑也未必能将其削断。这也算是他历次比试都能脱颖而出的一大法宝。

师长络入门多年,却从未拥有过一把独属于自己的佩剑。在他看来,个人的修为和掌控的剑意比剑本身更重要,只要剑意和实力够强,即使手中握着一把废铁也能化腐朽为神奇,最终赢得胜利。因而,他并不像一般剑师那样练本命剑,而是执着于专研剑经,提升自我修为。

他握住茅七层的剑,陌生的触感让他觉得有些不适应,可他却不以为意,抬头看着王惊梦,横剑于胸道:"请。"

王惊梦从始至终都是眼波淡淡,毫无惧意。他甚至没有刻意去思考要出哪一招来对敌,在与师长络碰撞的瞬间,只是顺其自然地挥出了脑海中浮现的一剑。

这一剑跳出他所学的千百剑招,以电光之速成于脑海之中,从未现于他人之手,全然是他临境自创之作。

在他挥剑的刹那,剑意便已凝成。剑尖指向之处,一团水雾蓬起,犹如花瓣一般,飘洒于两人之间。而当他的这一剑刺出时,整团水雾发出"轰"的一声,骤然炸裂开来。

伴随着这声巨响,周围的空气似乎都凉了几分,这团水雾顷刻间化作流动的气雾,如腾蛇般冲向师长络的面门。

师长络练剑多年，感知早已非同一般，他的直觉告诉自己，真正凌厉的剑气，并非这些白色的流雾，可他却不知道王惊梦最厉害的手段究竟藏于何处。眉头紧锁之下，他轻巧地挥了一剑，破开这些气雾。

王惊梦依旧不疾不徐，手中的惊梦剑一个翻转，原本在浅滩边拍打着卵石的河水，顿时像是煮沸了一般，争先恐后地跳跃着。之前那些如同织锦一般漫过石头的细流，在他的剑意牵引下陡然激溅而出。

他又一剑刺出，师长络身周的水域顿时有无数晶莹的小剑悬空。那些小剑轻轻颤动着，如同千万只伺机而动的小妖，抓住机会便会从四面八方争先恐后地刺向师长络。

一片惊呼声响起，那些来自云水宫的女子皆震惊地看着四周腾起的晶莹水剑。

这世间，若论对水的掌控，还有谁能强得过云水宫去？

云水宫功法以世间无所不在的云气为符，以天地之间的水势为剑威，呼风唤雨，无所不能。所以这些云水宫的女子看似纤弱，却大多都是足以傲视一方的强大剑师。

在御水方面能和云水宫比肩的，便是秦王朝的天一阁。只可惜天一阁的天一生水虽然神妙，但强大的剑师甚少，在声势和名号上倒是低了云水宫一筹。

王惊梦既非出自云水宫，又与天一阁无关，但这御水之术使得浑然天成，不留丝毫破绽，着实是令无数强者真心叹服。就算她们再练上十余年，也未必能施出这样完美的一剑。那自然如意的感觉并非勤学苦练可得，纯粹是天赋所及。

就连嫣心兰也忍不住悄声向林煮酒问道："这家伙什么时候学会了御水之术？"

林煮酒意味深长地看了一眼云棠。云水宫宫主，天下无双的御水大家，若不是她，还能有谁？

云棠乃女中英杰，剑器榜上排名第三的强者，自然听到了林、嫣二人的悄悄话。她水眸一瞥，嘴角傲意凛然，道："我可从未教过他。"

"又是他自学的？"嫣心兰木木地问道。

没有人回应她，充盈此处的是无边的沉默。

在场之人个个变了脸色。世上能够自创剑招之人不是没有，只不过应景而生，却又能用得如此纯熟之人少之又少。他几人自认为天赋不差，可与王惊梦一比就明显感觉到了差距。

师长络眉头皱得更深眼瞳深处涌起惊涛骇浪。一开始他还放言说自己要在真元力量上让一让王惊梦，可眼下看来，王惊梦还需要他来让吗？此剑展现出的真元境界完全不

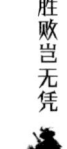

在他之下，简直令人惊叹。他不得不怀疑，是否早在拜顾离人为师之前王惊梦就已身有修为。要不然，顾离人怎么选择一个无名小儿做徒弟？

不过这些想法都只存在了一瞬间，便被他抛之脑后。对战之中，哪里由得他胡思乱想？设法取胜才是关键。他不喜欢防守，防守让他觉得被动而又无所适从。像他这样充满朝气和锐气的年轻人，比剑时大都喜欢抢攻，但是此时面对王惊梦的这一剑，他却想不到用什么剑式反击。似乎只有防守，才能有机会获胜。

他的剑随着手腕的转动，在身周画出了几道美妙的弧线，一个近乎铜墙铁壁的防御层稳稳地将自己护在其中。

只听"当"的一声，王惊梦手中的剑一震，随之往后弹起，那些晶莹的小剑尽数破碎，化作水雾。

师长络手中长剑一转，防御的剑意散尽，随之一道新的剑意生成。那剑气破开拂面而来的白色水雾，顷刻间，只觉空气湿润，但是腾腾水汽，遍寻无踪，唯有一道冷如飒飒寒风的剑气直直拍向王惊梦胸前。

王惊梦虎口发麻，他感觉自己的剑就像是撞在了一口大钟之上，若不是刚才及时收手，这口坚固的大钟下一刻便会化为根根铁索，缠绕上来。

不过面对师长络的进攻，他并未慌张，脑海之中又有一剑浮现出来，整个过程与这剑招的名字十分契合——水落石出。

他的剑微微往下沉去，剑尖斜挑，往上刺向师长络的小腹。这沉稳无比的一剑，带着不可撼动的气势，让师长络避无可避。

只听"砰"的一声巨响，师长络的身体晃了两下，脚下不稳，往后退去。他握剑的手心发麻，脚底也发麻，但容不得他多想，王惊梦的第三剑已至。

一道剑光如白练一般，拦腰一斩。

这一招极其简单，没有任何花哨之处，想要破掉也并非难事。师长络瞄准空档，闪电般出剑，朝着王惊梦手腕刺去，但他的剑尖却不可思议地停在了距离王惊梦手腕数寸的位置，再难进一步。

随后他的剑身在空中猛烈一震，之前随着王惊梦剑意缓缓腾起的水珠与剑身相撞，迸出无数细如牛毛的银丝。下一刻，这些银丝以迅雷不及掩耳之势刺向他的面门。

他大吃一惊，分明是自己占尽优势，为何却屡屡败退，护之不及？

千钧一发之际，师长络手中那柄玄铁剑突然起了变化，利剑难伤的剑胎似乎骤然间变得柔软。但是眼见不一定为实，那剑身其实没有丝毫变化，而是数道剑气从剑身上震荡而出，犹如春风拂柳一般以四两拨千斤之法将所有细如牛毛的银针全部震开。

师长络这一剑妙在用巧，给人造成一种剑胎变软的错觉，而且熟读无数剑经的他，心思缜密，在施展出这一剑时便已经想好了接下来王惊梦所有反击的可能。那数道剑气将第一轮绵密的银针扫落，随后犹如尘埃一般悄然弥散，但他手中的玄铁剑却如一叶小舟，破浪而行。

但即便如此，他也没能抢占到丝毫先机。因为恰在此时，王惊梦的第四剑已经刺了出来。这一剑的剑招与之前相比并无太大的变化，但却快如闪电，让人避之不及。

惊梦剑剑身上，所有流淌而出的剑气全部汇于剑尖，在师长络抢攻的那一刻，瞬间激射出来。见状，师长络呼吸骤顿，手中的玄铁剑往上提起，坚韧的剑胎连震七回，抖开一片剑气，如千重山万顷林般严严实实压于头顶，形成铺天盖地的气势。

王惊梦那笔直激射的剑气狠狠地钉在了师长络的剑气之上，师长络平挡的剑气却依旧稳如壁垒。但是随着两道剑气毫不相让的碰撞，只听"咔嚓"一声，随之山谷中响起了无数的破壳声。

刺耳的震鸣之声听得人心底发寒。师长络这一招虽是守住了，但下盘不稳，踉跄后退了一步。

"好！"

那些在小船上观战的云水宫女子发出一片喝彩声。

云水宫的女子行走江湖颇有豪气，她们修为高绝，气概非凡，此时见到了两个少年之间精妙至极的交手，毫不掩饰内心的赞赏，直直呼出了声。在她们看来，无论是王惊梦的攻，还是师长络的守，都远超于同龄人的水准。王惊梦这一剑如涌泉激射，看似笔直向前，但只要他身体微动，这一剑的结果便会有无限可能。此时局势犹如雾里看花，纵使能看到，谁又能辩得清、捉得住？刀光剑影之间，便能激起诡谲风云，当真妙哉！

而师长络亦是不遑多让，即使无法预知王惊梦这一剑落处也能随机应变，以万重山剑意，荡起浑厚的剑气来延缓对方出剑的速度，虽是守势却非常巧妙。这二人的确是世间少有的奇才，假以时日，这二人必成大器！

可是那叫好声却像是一记耳光，狠狠地扇在了师长络的脸上。他虽与人交手的经验极少，但是能入他眼者寥寥无几，纵使林煮酒、嫣心兰等人，也不过是能得他几眼高看罢了。此时甫一出手，他便已感觉到了自己与王惊梦的差距，不由得面色苍白，眼瞳深

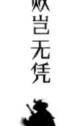

处激荡出愤怒的光焰。要知道，他苦修多年，王惊梦才入门多久？这就像是两个人赛跑，他已经提前跑了一半，最后的结果竟是和王惊梦同时到达终点，这叫他如何不气恼？

更何况他心里清楚，之前两人都出了四剑，但他从始至终都只能被迫防守，连出剑进攻都做不到，哪里说得上与王惊梦旗鼓相当？

在他眼中，这些叫好声不过是在称赞王惊梦，顺道嘲讽一下自己罢了。

他垂头，紧紧握着玄铁剑，手背青筋鼓起。对于这样的结果，他从心底里不能接受。接下来，只能奋力一搏了！

他猛然抬头，眸中战意比之前还要猛烈，声音大了数倍，朝着王惊梦喝道："接我一剑！"

一道剑光如同惊虹般，从他身前骤然亮起。体内迸发而出的真元源源不断地注入玄铁剑之中，黝黑的剑身上仿佛裂出了一道道细纹，无数晶亮的光线从上面泄出，同时还伴随着奔雷般的声响。

王惊梦眉头皱成了"川"字，以往与猛兽搏斗时，没有哪一次他不是小心翼翼，险中求胜。多年的经历告诉他，猛兽的最后一击最为可怕，哪怕不能求得生机，自损也要伤敌。而与师长络的交手，他认为不过是师兄弟之间的剑术高下之别而已，点到即止方是剑师应有的风度。可现下他明显感觉到了师长络的愤怒，也感知到了那一剑既出，将有更加凌厉的风暴席卷而来，他心下不禁生出了几分寒意。

"师兄定要如此吗？"他的眼神已不再平静，似乎有暴风疾雨呼之欲出。

"少废话，接招！"师长络眸子猩红，剑气正滚滚而去。

此刻王惊梦神色凝重，师长络这一剑来势汹汹，与他所料相差无几。在这里，他见不到同门之间切磋剑术的风度仪态，也看不到师兄弟之间的谦逊友爱，只能看到师长络一心求胜的渴望。也罢，既然师长络以漫天风雨进逼，那自己便以同样的手段胜了他吧，好让他知道什么叫"天外有天，人外有人"！

王惊梦眼神如刀，手中长剑翻转，剑刃乍闪寒光，果决递出一剑。随后巴山深谷中的潇潇风雨便随着他从容而出，洞穿前方一切阻碍。

"哧哧哧哧哧……"

密集而又令人骨寒的声音从师长络耳边擦过，他的身体瞬间倒掠数丈，其间惊奇地发现身前的石滩上到处都是细密的深洞，不禁大叫出声："这怎么可能！"

王惊梦长剑未收，沉声反问道："为何不可能？先前我看在你我同门的分上，礼让你三分,难道你真的以为我不如你?今日你若是还想比,就放胆过来!"

师长络手中剑插在石滩之上,支撑着他气息波动的身体。他无论如何都没有想到,自己一剑施出,风雨还未真正凝成,就已经被对方破去,而且瞬间将自己逼退数丈。

他这一剑出自楚地《大泽剑经》,剑招名曰:八方风雨。意为此剑一出,风雨生八方,纵使修为高深之人,也只阻得了一时。此招是《大泽剑经》中最难掌握,同时也是威力最大的一式。他参悟多年才得其中三昧,可为何在王惊梦面前如此不堪一击?

他心绪难平,咬咬唇,握剑的手暗中蓄力,意气再次涨起。这一次,不成功,便成仁!

然而他还未出招,便听到船上悠悠传来一声疑问:"这是?"

他望去,一身穿宫装的丽人面色骤然凝重,正看着石滩上的孔洞,嘴唇尚在动着。

"南绍剑派的凄风冷雨剑。"云棠深深颦眉,声音却是沉静,"南绍剑派已消亡百年,后世虽存南绍剑经残谱,但少有修习之人。纵使修得残谱,剑意也不及百年前三分。"

云棠身为云水宫宫主,一言既出,宫人自然不会生疑。可在场之人却难以置信,眼睛睁得滚圆。南绍剑派的剑经真髓既然失传已久,顾离人的弟子又是从哪里学到的?

师长络身体不由得一颤!

嫣心兰以手掩唇,惊道:"难道是顾师叔?我听师叔伯们说过,顾师叔这人经常来无影去无踪,一身功夫神鬼莫测并非完全出自巴山剑场所藏剑经。想必他早些年在四处游走之际,便已经得到了南绍剑派完整的剑经了吧。王惊梦是他的亲传弟子,这些罕见的剑经自然是要给他的。"

她一边说着,一边悄悄扯了扯身侧林煮酒的衣袖。

同门多年,嫣心兰的小心思林煮酒还是能轻易看懂的。他立马接道:"之前有一次,我游历归来,刚好看到顾师叔在山上练剑,使的好像就是这一招。只可惜,那时我年龄尚小,还以为那是巴山的剑经。"

两人一唱一和,师长络心中愈发烦闷。这些年来,就算是巴山剑场的弟子,也甚少见到顾离人出招。他到底有哪些神通,谁也不清楚。若是王惊梦尽得其真传,也难怪会如此厉害。

偏在此时,王惊梦应声道:"我所用诸招,除了自学的,就是师父教我的。"

这话愈发让师长络心中不好过,为何同样资质过人,顾离人就偏爱他王惊梦一人?他愤然将玄铁剑从石滩上拔起,倔强地发出一声厉喝。

一直未言声的张十五忽然压低了声音说道:"大家都是同门,你们可不能厚此薄彼。"

嫣心兰嘟唇，一脸无辜地说道："我说的是事实，何来厚此薄彼之说？倒是你，张十五，你不好好种你的花，来这里瞎掺和什么？"

张十五被她一噎，愣了半晌才说道："别以为我看不出来你这是在激师长络，他现在不明白，难道事后还不明白吗？到时候小心他找你这小丫头片子的麻烦。"

嫣心兰捏着拳头，眯着眼睛道："我原本对他还有几分好感，可见他出手一次比一次狠，丝毫不念同门之谊，实在是气不过！他要是觉得气不顺，尽管来找我。"

眼瞅着这二人声音越来越大，茅七层咳了两声说道："还看不看？这一场马上又要比完了！"

"比完了吗？"嫣心兰的心思立马转移到了王惊梦与师长络的对战之中，随即清喝道，"茅七层，你竟也学会骗人了，分明刚开始！"

"快看快看。"林煮酒扯了扯嫣心兰。

这四人这才消停下来。

只见师长络手腕轻轻起伏，由慢及快，渐渐只剩下几道捉摸不定的残影。剑身在空气中晃出万道玄奥的剑光，渐渐凝成了无数剑花，寒光纷飞，如万树梨花开落。

"这是什么功夫？"今日见这二人比试，嫣心兰虽然对师长络步步紧逼的作风不甚苟同，但是她也不得不承认，师长络的的确确是有几分真本事。

"是梨花落，天明剑宗的剑经。"云水宫一女子出声应道。

云棠点了点头，师长络这套剑法的确出自天明剑宗，因出招之时美如梨花霜雪，故称之为"梨花落"。然而世上越是美丽的东西，越是容易在不动声色之间夺人性命。这些如雪一般的剑气无孔不入，一旦缠上便不死不休。

面对着这些虚实难辨的剑花，王惊梦虽然意识到其中有巨大的危险，但面上却一直没有表现出警觉的神态。他只是淡淡地看了一眼，缓缓抬起手中之剑，接着以一种朴拙的姿势刺向了那繁复的剑花之中。

所有剑招，都有破处。只要抓住了其中要害，便能用最简单的方法，破除最难的招。王惊梦深谙其理，此刻虽并未完全参透其中奥妙，但还是想出了破解之法。

他的剑身上流散着千丝万缕的剑气，犹如无数条藤蔓疯狂生长，藤蔓的触角如同章鱼的吸盘一样黏附在那些剑影上，而后梨花剑气尽数被震碎扫落，空气中响起阵阵刺耳的裂帛之声。

"这是什么剑招？"一名云水宫弟子大皱眉头，惊诧出声。破除梨花落的招数她见过不少,但是王惊梦现在施展的,她见所未见。

没有人回答她的问题,就连云棠也保持了沉默,以她多年的江湖阅历竟也从未见过这一剑。这小小少年当真令人不止一次地惊艳啊!

就在云棠心生感叹之际,又听"当"的一声震响,师长络再退数丈,双脚踏落之时,早已浸在水中。沁凉的河水漫过他的鞋面,一双锦靴顿时湿了个透顶。

他握剑的手指微微颤抖,素来心高气傲的他怎可容忍自己一而再,再而三地败于他人之手?他惨白的脸慢慢变得狰狞,癫狂之色将身上的文气冲击得一丝不剩。此刻,他的心乱了,茫然不知在剑塔中没日没夜地苦修到底有何意义。

崩溃之时,他忽然嘶吼了一声,原本垂在身侧,剑尖浸在水中的长剑暴烈地一扬,一剑又出。湿润的泥地和堆满卵石的石滩上,兀地裂开一道笔直而深的沟壑。深沟两侧的鹅卵石被元气牵引,往上悬浮起来。

师长络的这一剑叫作"卵石",虽然名字普通了些,但却是溪山剑宗《卵石剑经》中最强大,也是最难的一式。这一式之所以难,一是此招极难驾驭;二是极少有人能真正的领会出这一剑神妙,发挥其威力。

百年之前,溪山剑宗曾是长陵一带的四大剑宗之一,盛极一时,只可惜最后走向了没落。溪山剑宗如今虽然已没了当年的无上声势,但宗内的几部剑经却依旧是令世人垂涎,《卵石剑经》当属其一。当年溪山剑宗的一位祖师,在山涧之中参悟之时,闲来一剑破溪水,见那溪水飞洒之时轻灵飘忽,心有所感,便借由溪水经石的千变万化之势练成此招。如今师长络占了地利人和,恰好能最大程度地施展了此剑,激发此剑威势。

他利用真元凝聚起大量的天地元气,而这些悬浮的卵石便犹如一道道加诸剑身上最朴实的符文,剑意凝成之时,便有无数种对敌可能。

他偏执地看着王惊梦,倒要看看王惊梦究竟还有什么办法应对。

王惊梦从未见过这样的招数,可他仍然不骄不躁,不慌不忙。只见他直接祭出一剑,没有丁点儿犹豫。当这一剑刺出时,那些之前悬浮的卵石中,有数十块的表面便留下了一道道浅浅的刻痕。

而这些浅痕便是王惊梦的破敌之法。它们犹如一道道因势利导的沟渠,可将如洪水般的元气引向别处,师长络之前蓄积的所有力量在一刹那全部消散,不再有任何威胁。

破了师长络这一式,但王惊梦的这一招却还没完,他剑尖微微下倾,从河道上游奔流而下的水汽,便以惊人的速度汇聚而来,犹如被托于剑上。随着剑身再次扬起一个极

小的弧度,盘于剑身之上的水汽便"轰"的一声,震开所有悬浮而起的卵石,逼向了师长络。

师长络连退三步,河水已经没过腰间,全身都被高高溅起的水帘打湿,整个人狼狈无比。

山谷中一片寂静,毋庸多言,胜负早分。

师长络深深垂首,下颚的水滴一颗颗砸在水面上。他努力地动了一下唇角,却发觉自己无论如何都笑不出来。继而眼角含泪,仰头看着乌压压的云层,心中酸楚难言。

这场比试,他志在必得,然而从头至尾,他都未能对王惊梦造成一次真正的威胁。可是他内心深处却无法理解,自己为何会输得如此彻底!

过往数年,他独坐剑塔之中,潜心修悟的那些剑经,如今施展的一招一式他自觉已经趋于完美。可是遇上王惊梦的剑后却犹如败笔。

犹如败笔!

他痛心疾首,最终还是问出了声:"我为何会输?"

王惊梦缓缓收剑,负手而立,脸上却并无喜悦之色。交手之际,他早已将师长络的功夫修为摸了个一清二楚,心下自然晓得此人非同一般剑师,若不是遇上了自己,假以时日,定能大杀四方。

然而他尚未开口回应,便又听到师长络问道:"你到底从何时开始学剑的?"

这个疑问一直萦绕在他心头,从头到尾都不曾消亡。他一度怀疑王惊梦是带艺投师,可王惊梦接下来的话,却让他心头之肉猛颤,双腿战战,不能自已。

"几月之前,师父收我为徒时方才开始学剑。"少年平静而坚定。

此言一出,周围一片哗然。

林、嫣二人早已见过王惊梦惊人的悟性与感知力,此时听到这话颇有几分意料之中的感觉。戚寒山早在王惊梦仅凭手中一本《流云剑经》便灭了刀客时,就见识到了他越境而胜的天赋与本领,此时并不吃惊。倒是云水宫诸人以及茅七层、张十五二人感觉难以置信。

前几日,云棠已见王惊梦出手,彼时他的剑意丰盈充沛、一气呵成,哪有半分初学者的生涩?可无论如何,她也没想到王惊梦涉足修行不过短短数月。随即,她朗笑数声,天下剑首顾离人,比余左池还要厉害的存在,他收的弟子又怎会是个窝囊废?

茅七层与张十五更是震惊难言。他二人皆是巴山剑场新一代的翘楚,被师长寄予厚望，可也是修习近十年方才小有成就！

云水宫众人已炸开了锅。

"竟是个初出茅庐的少年！"

"看他眉清目秀，唇红齿白，一早就知非池中之物！"

"既能自创剑经，又懂得见招拆招，假以时日，必定又是下一任天下剑首！"

这溢美之词字字句句进入王惊梦耳中，都没有掀起一丝波浪，可对于师长络而言，却是他不如王惊梦的诛心之语。他原本文雅秀气的面容变得有些扭曲，持剑的手止不住地颤抖着，而他本人则一点点失去了理智，歇斯底里地朝着王惊梦吼道："我不相信，这不可能！"

他猛然抬起头来，如同发怒的野兽，双眸猩红，望之令人生畏："就算你拥有世所难及的天赋，可真元修为并非朝夕之功，怎么会在短短数月之内突飞猛进？！"

"有两个原因。"明明温柔似水，却偏偏不怒而威。

王惊梦转头看向云棠，原本到了嘴边的话忽然咽回了肚子里。云棠是不让须眉的巾帼，是天下间最强的女子，她的话一出口，便带着不容置疑的力量。由她来为师长络解惑，自己便无须多费口舌了。

只听云棠淡然说道："其一，我给了他一颗蛟丹，生于寒潭的蛟龙对于剑师修为的提升大有裨益；其二，他所修的真元功法很特殊，不能用常人的标准来衡量。就连我，也从未见过凝练真元如此之快的人。"

茅七层张了张嘴，扭头看着张十五，笑道："这年头蛟丹成了大白菜吗？云宫主不留给自己人，却给了这个家伙。"

张十五没应声，心中却暗自想道：云水宫的寒潭蛟丹是什么东西？那可是天下提升真元修为的最强灵丹。云宫主肯给王惊梦，定是欣赏他的缘故。

诚然，灵丹结于处在极寒深潭之中的蛟龙体内，为蛟龙的本命内丹。众所周知，寒蛟潜于深渊之中，想要斩获蛟丹剑师必须自行潜入寒渊之中，与蛟龙搏杀。而这个过程九死一生，凶险异常，就算是修为深湛的剑师也不敢轻易尝试，唯有勇往直前、不惧生死者方敢冒险一试。就算是戚寒山身有妖惑剑，也没把握能斩杀寒蛟取得蛟丹。

云水宫恰有寒潭，可是这并没有增加世上蛟丹的数量。据说，魏云水宫自建宗以来，只有三名宗师活着从寒潭取回蛟丹。而这数十年间，也唯有云棠一人下寒潭斩杀寒蛟，得了蛟丹。当年她面无血色，手托寒蛟从寒潭而出的豪迈之举，奠定了她一派宗主的地

位。可是她并未将这蛟丹留为己用,反而给了王惊梦!

师长络呆呆道:"蛟丹……为什么所有人都向着他?"

云棠的目光落在师长络身上,他虽没有抬头,却感觉肩上顶了千斤之石。那凭空而生的压力,几乎要将自己压垮。

只听她孤冷又略带嘲弄之意地说道:"向着他,是因为他确有过人之处。你非他对手,还是趁早熄了争胜之心,苦练些时日再来吧。"

她微微仰起头,姿态娴静孤傲,眼底星光熠熠。当初镜湖剑会,她也败在了余左池手中,但却并非如师长络这般姿态狼狈。在她看来,败不可怕,可怕的是,败而不察,继而生恨。师长络比剑求的不是剑道,而是胜负,所以在输了之后才会崩断了内心那根弦。

她看着师长络,继续说道:"我看得出来,你悟性不低,不然也施展不出梨花落那样的剑招,但你心态却不稳,就算没人激你,你也能将自己逼入死角。"

师长络的目光已有些浑浊,站在水中的身体早已麻木。

云棠心下清明,这世上最强大的对手永远不会是别人,而是自己。若是看不透这一点,万法皆空,谈何不破不立?师长络想胜过所有人,却不肯正视自己的弱点,只能被更强的人所打败。

王惊梦忽然出声道:"师父说过,他一向与旁人不同。在旁人忙着参悟剑经的要义时,他却在研究如何打破束缚,推陈出新。我起初不解,时日渐久,才终于明白了其中深意。不妨告诉你一句,你若是想胜过我,必须将你所学的那些剑经,融会贯通,彻底变成自己的东西。这样的话,或许在将来的某一天你还有机会取胜。"

师长络未置一词。

周遭激流勇进,浪花朵朵,然而立于船上水中之人却只是沉默。

张十五性格温厚,长期与花草接触,又多了几分细腻。他深知这二人再不会握手言和,但还是尽力打着圆场:"二位师弟都是巴山新一代的翘楚,日后有的是机会较量。咱们还是一同回巴山去吧。"

师长络狠狠地剜了他一眼,张十五顿觉心中不爽,却念着同门情谊没有即刻发作。然而那目光落到嫣心兰身上时,她却蓦地打了个寒战,紧紧地拉住了林煮酒的胳膊,就像是一只受惊的猫儿。

师长络转身涉水离去,人人心中皆是复杂难言。

第二十三章
千里来相会

"没想到咱们心兰也有害怕的时候。"林煮酒打趣道。

嫣心兰心有余悸,道:"张十五真真切切看到了,他那个眼神好像要吃人一样……林煮酒,你说,我们回了巴山之后他会不会做出什么过分的事情?"

"巴山上都已经这么乱了,他还能过分到哪里去?你啊你,不是一向以'巴山最强者'自诩吗?莫怕他,还有我们一行人为你撑腰呢!"林煮酒嘴上虽然安慰着嫣心兰,心底却生出了浓重的不安。

王惊梦自是知晓师长络目剜嫣心兰的缘由,微微躬身对着嫣心兰行了一礼,道:"心兰妹子,多亏你机智出声乱他心神,我才能如此轻易地取胜。在此谢过了。"

"乱人心神,不是你和林煮酒最擅长的事情吗?"嫣心兰忽的想起了不久之前王惊梦与青衫客的那一战来,"我不过是有样学样罢了。"

"是,可你是青出于蓝。"对敌之时小心警惕的王惊梦与嫣心兰相处时总会不自觉地卸掉防备,"你莫要害怕,日后在巴山上,但凡有我的地方定会护你周全。"

"定会护你周全"六字随风入耳,如有魔力一般久久不散,盘踞在心底深处。嫣心兰定定地站着,巴山同门大多对她既怜又爱,可如王惊梦这般掏心窝子的人又有几个?就算是与她最为亲近的林煮酒,也不曾明确说过。

青春年少之时最容易被言语打动,嫣心兰不知王惊梦是否会言出必行,但是这一刻的温暖足以让她铭记一生。

比试既已完毕，众人断无理由继续在此停留。小船动了起来，王惊梦一行继续往前行去。

得闲之际，茅七层向王惊梦请教道："你方才施展的这些招式倒是稀奇，我瞧着不像咱们巴山剑场的功夫，不知师弟从何处学来？"

巴山之上，个个都是怪人，且多有痴者。于剑方面，茅七层也不例外。

"齐云洞石林中有不少剑痕，那些招式都是从中参悟所得。"王惊梦如实答道。

齐云洞之行关乎大幽王朝的剑藏，未免旁人起疑，最好还是不要提及，可王惊梦对在场之人并无防备之心，襟怀之坦白不禁令林煮酒更加高看一眼。

"你是说那些剑痕如今还在？"茅七层眼睛晶亮，显得对此事异常感兴趣。

林煮酒敲了敲他肩膀，笑道："在是在，不过我和心兰都看不懂，估计你也一样。"

茅七层肩膀抖开林煮酒的手，道："就算看不懂，得空还是要去瞅上一眼。个人因缘际遇虽不可强求，但是不可不试。"

嫣心兰银铃般的声音响起："那你可得和王惊梦多多亲近，兴许他还会教你一些破解之法。"

茅七层肃然躬身行了一礼，王惊梦赶忙还礼。

江水奔腾，小舟逆行却如离弦飞箭。船又行了一个时辰，巴山剑场山门便近在眼前，船舷碰在岸边，几人跳到岸上，长舒了一口气。

嫣心兰看着巴山剑场那高高的山门，叹道："终于回来了。"

不过云水宫弟子的目光却都投在了另一处。山门之外，古朴的青石长道一侧，一颗滚圆的大石安静地卧在碧绿的细草之中。只听一云水宫弟子讶然问道："那就是顾离人当时一剑切平息了众怒的滚石？"

谈及顾离人，人人都习惯于在他名字之前加上"天下剑首"四字以示尊敬，这云水宫后辈直呼其名显然有失礼数，但此时却无人去指责她，所有人的目光都从滚石转移到了林煮酒所指之处。

"那人是谁？"

只见一名身穿旧布衫的老者手执木棍安坐在树荫下的石头上。他满脸褶皱，从中早已看不出年轻时的模样，周身流露出一种与天地之气极为不合的萧索之意，令人心生疏

· 270 ·

离。此番情景，极易让人联想起寒冬腊月，萧瑟破落的一隅荷塘，此人便犹如那铺陈于寒霜冻土之上的枯枝败叶，生气微薄。

嫣心兰惊道："南宫师伯？我入门这许多年来，也甚少见他，今日为何会出现于此？"

茅七层看着那老者，神色落寞了几分，轻声道："听说顾师叔的遗体运回山门之后，南宫师伯便一直守这里，这么久了，从未离开。"

戚寒山心中已经隐隐有了答案，他走上前，对老者躬身行礼道："不知前辈可是南宫景天？"

老者动作略微迟缓，转头看着戚寒山，随后点了点头道："你认得我？"

戚寒山微微颔首，拱手道："晚辈戚寒山。"

许是与世绝隔的时日太久，老者的思绪并不活跃，沉默了片刻，才缓缓掀开眼皮问道："妖惑剑主？顾离人跟我提过你。"

"正是在下。"

戚寒山眉眼恭谨，两人对话十分平静，老者说话虽然总是断断续续，间隔很长，但是不少云水宫门人依旧心神震撼，万万没想到此人竟是南宫景天，更没想到他竟会加入巴山剑场。

唯有王惊梦不知众人为何震惊。

云棠出声道："长陵今有四大门阀，公孙家、吕家、李家和南宫家。这四大门阀为秦国境内最有权势的世家，南宫景天便出自南宫门阀。真没想到今日竟能在此处见到。"

她看了一眼老态龙钟的南宫景天，眼底浮现出一抹惋惜之意："南宫景天曾是南宫家近百年来最具天赋的天才，但是一生厄难、命运坎坷。传说，自出生起，他便受到了极为怨毒的诅咒。他出生之时，母亲难产，当时为了同时保住二人，他父亲动用了一切手段和药物，甚至不惜夺人灵药。"

"那后来呢？"王惊梦微微皱眉，这种做法虽事出有因，但是夺他人灵药，总归是于理不合。而南宫景天今日这般苦肃凄然，定然也和当年之事有着莫大的关系。

云棠负手道："虽然最终保下了他们二人的性命，可他父亲所夺灵药，本是那医师为自己妻儿准备的救命之物。药既已被夺，医师的妻儿也双双殒命。这才惹下了后面的祸事。那医师痛失妻儿，愤恨在心，但苦于南宫家权高势大，报仇无门。后不知从何处学了一门阴毒的巫术，在南宫景天满月之时，以自身为媒，在南宫家大门前自戳双目，以自己头顶的血肉为鼎炉，灌入尸油，最终将自己点了油灯，念诵诅咒千万遍而亡。"

不仅是王惊梦，巴山众人从未听过这等骇人听闻的故事，一个个不自觉地白了脸。

云棠看了一眼南宫景天，叹道："作恶的是父亲，稚子无辜，却要承受日后无尽的痛苦。自那事之后，他的母亲受了惊吓，次日便在噩梦中死去。而后，但凡和南宫景天亲近之人都会横死，无一例外。最后就连他父亲都对他避如蛇蝎，将其送入他国学剑。此人天资出众，却有家不得归，没想到最后竟会隐居在巴山剑场。世事总是万般难料，活着也总是无比艰辛。"

坐在石头上的南宫景天对云棠此番话语仿佛充耳不闻，他大半生凄惨过活，此时早已看淡了过往。他的目光越过戚寒山，落在了王惊梦身上，向戚寒山问道："他就是顾离人的徒弟，你送他回来的？"

戚寒山颔首道："是，一路同行的还有云宫主。"

老者这才打量了一下刚刚说话的云棠，淡淡地点了点头，又转过头看着王惊梦，像是在审视，又像是透过他在看什么人一般，那浑浊的双眼，带着宽厚的暖光。

王惊梦转头看着云棠道："虽然此事震骇难言，但就如戚前辈当年的传闻一样，多半不实。诅咒这种东西或许是有的，但是我不信。"

他缓缓走到南宫景天身前，直视其双眼，问道："您信吗？"

南宫景天看着王惊梦许久，忽然笑了起来，眼底满含辛酸，但是眸中的深意却满是宽慰。从头到尾，他的每一个动作、每一句话都显得异常缓慢，王惊梦微微躬身，耐心倾听。

他迟缓地举起了右手，覆在王惊梦的头顶，低声道："她说的都是事实，只是，我命由我，怨不得诅咒。可这些所谓的命运和诅咒带来的厄运，却伴随了我的一生。我身边从未有亲近之人，唯一的一个，也不幸身殒了。"

王惊梦心中一颤。

南宫景天幽幽道："如今的你，跟你师父年轻时倒是很像。当年第一次见他时，他也是这般看着我，问我信不信命。只不过，信如何，不信又如何？他现在可还能再问一次？不能了。"

王惊梦心中无比沉重。他站直身体，头顶处的温度骤然失却，双手交叠，对着南宫景天行了个大礼。

南宫景天默默地收回了右手，左手一直撑着的木棍微微抬起，点了点旁边那块安卧在一侧的巨石，沉声道："这是他的东西，我守着留给你。"

那巨石表面十分光滑，看似没有棱角但是却蕴藏着深奥的剑意。王惊梦沉默地伫立在原地，对着它审视良久。这世上每一道剑痕都留下了施剑之人当时的心境，这块巨石上面的剑痕也不例外，其中残余的剑意依旧强横霸道，然而此时看来却仿佛蕴含着丝丝缕缕热情洋溢、欢欣满足的意味。

这便是顾离人当日平了众怒的一剑，旁人或许只能看得到他修为高绝，可是王惊梦却能明白更深层的东西——顾离人借此昭告天下人，他收王惊梦为徒，是自己平生值得骄傲的事情，这种骄傲与满足更甚于成为天下剑首。

王惊梦眼中有氤氲雾气生出，虽入门不久，但顾离人不计毁誉，力排众议的做法却是实实在在地将自己视为知己亲人。他强忍着内心的翻滚，又拱手对着南宫景天行了一礼，道："恐怕还要劳烦您帮我再看管些时日。"

南宫景天思考了一会儿，抬头看着王惊梦的目光，才明白王惊梦并不是看不懂，而是因为境界相差太远，一时间无法完全领会。想明白之后，他缓缓点头，回答得异常简单："好。"

王惊梦伸手将南宫景天搀扶起来，踏上了青石山道。与此同时，巴山剑场内骤然起了一阵大风，转眼间，已至山门之前。

大风忽至，山道旁高树的绿叶"哗啦啦"作响，一些不成气候的灌木被连根拔起，林中狼藉一片。紧接着，一道青色残影忽然出现在门口，那人面色冷冽，看着戚寒山和云棠等人道："近来巴山剑场戒严，门内弟子可自由进出，但外人不得入内，诸位还是回去吧。"

"不知是何人立了这规矩？"王惊梦单手扶着南宫景天，眉间锐意如针，质问道。

"不管何人立下的规矩，都是我巴山剑场的事。我再说一次，外人不得擅入。"青衫男子面色冷硬，皱眉看着王惊梦道。

王惊梦转头看了一眼嫣心兰，嫣心兰会意，转而扶住了南宫景天，心中却在想他会如何应对此事。

如果此时将云棠和戚寒山拒之门外，巴山剑场待客无礼之名便会传出去。先前不断有宗主余左池与云水宫宫主云棠之间的风言风语传出，此次若是再得罪了云棠，恐怕巴山剑场会与云水宫结下死仇。这可不是什么妙事。

而且云棠与戚寒山二人护他们一路平安归来，于情于理当致谢意，眼下只顾自己，不顾他们，实为天下所不耻。

只见王惊梦对那身着青衫的中年修行者拱手一礼,道:"晚辈顾离人弟子王惊梦,也算是巴山门人吧。我且记得巴山剑场的规矩是强者为尊,掌管门内之事,不知今日立下这门规之人,又是哪家强者?"

那中年剑师被王惊梦的话逼得脸色微僵,现在巴山已乱成一团,谁还奉行"强者为尊"的原则?就算是宗主余左池,不也处处被人掣肘毫无还手之力吗?他冷哼一声,道:"今日所立规矩,自是为了严查你师父被害之事。如今正值多事之秋,很多事情尚未明确,严禁外人出入是必要之举。你身为顾离人弟子,难道连这个道理都不明白?"

王惊梦抬头,义正词严道:"虽然不知阁下是哪位师叔伯,但是晚辈有一件事还是懂的。规矩便是规矩,任何人都破不得。下这命令之人早已破了巴山剑场的规矩,辖制余师伯主导巴山剑场,亦是坏了宗门规矩,敢问今日又有何颜面再让我等听他号令?"

那中年剑师被王惊梦质问得哑口无言,王惊梦上前一步,追问道:"既然要查我师父被害一事,作为亲传弟子的我最有发言权。这二人一位是师父故友,一位是云水宫宫主,均与师父有着千丝万缕的联系。还望前辈放行。"

中年剑师尚未想到合适的话来反驳,便感觉到身周空气中的湿意骤然凝结,而后瓢泼大雨尽数落于脸面与身上,他正感慨这雨来得蹊跷,猛然望去,却见在场之人皆风度翩然、衣袂飘飘,莫说是倾盆大雨,就连雨丝都不曾有。

紧接着,一声娇嗔传来:"废那么多话做什么?难道他不让,我们就进不去了吗?小孩子家,就是爱讲道理。再等几年,你就会明白讲道理没什么用,只有拳头过硬才是最重要的。"云棠面上已有薄怒,她本就不是什么心胸宽阔的大丈夫,只知凡事应顺心而行。随即,她转身看着身侧的弟子,吩咐了一声,"你们在外等着,我去去就回。"

话音未落,那翩翩佳人乘风踏雨,已入了山门。

中年剑师纵使想拦,也拦不住了。更何况自己被云棠御水浇湿了全身,分明就是被她小惩大诫了。

王惊梦一行人从容进了巴山,沿着长长的石道缓缓前行。

巴山剑场林间石道上出现了许多身影,他们也都听到了王惊梦刚刚的质问,心中皆是百转千回。未成名之前的巴山剑场,人人争强好胜却不屑于使阴功。最强之人,便拥有说一不二的权威。然而成名之后的巴山剑场,人人枉顾规矩,挖空心思来将强者拉下水。这样说来,倒不如回到几个月前,继续过那种简单的日子。

一个青衫短发的男子迎面走来,随后驻足看着王惊梦和云棠,眼底满是感慨。

"余师伯。"嫣心兰看着男子惊喜道,"你……你不是……"

余左池含笑点了点头,道:"你这个鬼灵精,什么时候也这么不懂变通了?之前是我自愿被囚,现在你们和惊梦都回来了,我想出来看看,难道还有人拦得住?"

头一次见余左池,虽然他生得与玉树临风相差甚远,但举手投足之间流露出的从容气质还是让王惊梦心头稍缓,他躬身行礼,道:"余师伯。"

"好,好。"余左池单手一托,一阵轻柔的风便托着王惊梦的手臂缓缓抬起。

虽然只是简单的两个字,但是却让王惊梦心底生出了远行归家的感觉。这些时日以来,生命中有很多人陆续出现,有人凉薄,有人残忍,有人带来憧憬,有人带来温暖。似乎只要是与顾离人息息相关之人,都能为他带来难言的温暖和感动。

余左池打量了王惊梦许久,目光转而落在了云棠身上。他唇角轻轻勾动,终于发出了声:"我以为你不会来了。"

云棠神色虽淡,眼底却是一片如流光般的暖意。听到余左池的话,那暖意变成了傲意:"怎么?就因为一幅画,我就要避嫌吗?我云棠向来不怕旁人非议,偏要来巴山瞧一瞧。"

"你啊!这性子可是一点儿没变,还和当初一模一样。"

也和在梦中见到的分毫不差。

余左池虽然没有说后面那句话,但是眼神已黏在云棠那沉鱼落雁的面容上,仿佛直到海枯石烂也看不够,久久,才感慨道:"真的好看。"

饶是云棠性情豪放,也抵挡不住这突如其来的赞美。她两颊生出桃色,将那张宛如洛神仙子般的面容映衬得更加醉人。

早在镜湖剑会上那一次交手之时,她便觉得余左池虽然话多了些,可看着分外顺眼,也不知究竟是何缘故。聪慧如云棠可以轻易学会御水之术,却根本没有觉察到自己早已悄然沦陷。

此时,几个年轻人脸色瞬间变得微妙。嫣心兰抬头偷偷打量了余左池与云棠两人,只觉他二人站在一起分外和谐。目之所及,却出现了王惊梦的脸,她心头一阵热流涌过,分外舒服。只不过王惊梦神容淡淡,心思明显不在此处。她再次将目光移向余、云二人,心情又变得愉悦。她拉了一下身侧的林煮酒,靠近他耳边掩唇嘀咕道:"看样子余师伯是动了心了。"

林煮酒抬手敲了一下她的脑袋:"小小年纪,尽会胡说!"

可随即他又将声音压低了几分,说道:"心兰,你说我们是不是很快便能喝到余师

伯的喜酒了？以你的年纪，说不定还能当个喜童什么的。"

王惊梦转头颇为无语地瞥了这两人一眼，只见嫣心兰还连连摇头，拉着林煮酒好一番争执，自然是不想当喜童之故。

许是林煮酒又提出了什么不好的建议，嫣心兰气得拎着茉花剑四处追赶。少女含怒的面容在日光之下无比鲜活，头上流苏来回摆动，直看得人心神不能自已。

"嫣……嫣师姐……"一道脆生生的声音忽从身边响起。

嫣心兰不再动手，疑惑地朝着来人望去。见是林姿三，她面上怒气散去，笑道："原来是你啊！对了上次听你说，俞师伯带你上巴山之后，第二日便下山了，那他现在可曾回来？"

林姿三摇摇头，那充满了欣喜的眸子里，流露出失落来。

嫣心兰将茉花剑重新佩在腰间，然后伸手在林姿三肩头拍了一记，道："俞师伯不在山上也没关系，茅七层不是回来了吗？你们师兄弟之间多多切磋便是了。"

随即，她大喊一声："茅七层，过来——"

"傻了？"见余左池还是痴痴盯着自己的瞧，最初的小女儿情态过后，云棠如葱根的手在他眼前摆了两下。

余左池低笑两声，忽觉这些时日以来承受的压力骤然减轻了许多。他应声道："额，毕竟，你太好看。"

真心的赞美令人喜悦，可余左池翻来覆去就是这么一句，云棠索性不去细究其中到底包含了什么含义了，而是说道："我猜你今日定是喝了酒才来的，不然不会说出这么多胡话来。罢罢，我们还是做要紧事吧！"

余左池闻言，将那些绮丽情思收了起来，转而牵住了王惊梦的手，深吸一口气，面容瞬间坚毅，双瞳饱含锋锐之意，沉声道："走，我们一起送你师父最后一程。"

此时，茅七层与林姿三聊得正欢，嫣心兰则是百无聊赖，在原地一圈一圈地转着，张十五则蹲下身子，观赏着芭蕉掩映下从泥土中钻出的花花草草，唯有时刻关注着余左池等人的林煮酒提醒道："余师伯走远了，你们还……"

"要不要跟去"五个字被硬生生憋了回去，因为那几人各自施展本领，争先恐后地追了过去，此刻陪在他身边的只有空中飞扬的尘土。

"这些人……真是过分呵！"林煮酒发出一声感叹之后，也追了上去。

第二十四章
内鬼无遁形

剑塔之畔，晶莹的水瀑飞流直下，冲落在高塔四周，溅起无数白亮亮的水花。剑塔旁边有一间草庐，看不出有何名堂。

余左池当先进入，戚寒山深吸了口气，最后进了草庐。只见余左池摘掉墙上挂着的草帽，出现了一个小小的机关来。机关启动之后，草庐正中间忽然现出了一块空缺，层层楼梯通向未知之处。

一行人随着余左池的脚步终于行至一四面皆是寒冰的暗室。王惊梦之前听嫣心兰说过顾离人遗体存放之地，此时已大致猜出接下来到底会面对些什么。

四方滚滚而来的寒气几乎要将人冻僵了，唯有不住动用真元方能抵御此际冰寒。走得近了，看清中间放着一块四四方方的冰岩，冰层棱角反射着冷光，而那厚厚的冰岩之下，便是那熟悉而又亲切的面容。

王惊梦抬手落在坚冰之上，隐约可见冰层之下顾离人神态安详，双手交叠在腹间的模样，心中苦涩难言。

"百里前辈呢？"嫣心兰分明记得之前百里流苏的遗体也在此处的。然而现在仅有顾离人一人，哪里还有百里流苏的半分影子？

"送回岷山剑宗了。"余左池淡淡应道。

嫣心兰不再出声，偷偷望向了王惊梦。

王惊梦对着那冰岩看了许久，最终收回了掌心，转身与余左池轻声说道："可以化

掉了。"

看守的师长颦眉提醒道:"冰封时间太长,若是解封……"

"化掉。"王惊梦看着那还想再说些什么的师长,十分认真而又坚定地说道。

余左池点点头,道:"按他说的做。这里是由千年寒冰铸成的,不会有事。"

那名师长犹豫再三,最终还是咬牙走到冰岩前,抬手贴于冰上。偌大的寒冰在他手下一点点融掉,地上水迹越来越多,而顾离人的面容也越来越清晰。

冰室本为巴山禁地,非宗主不得入,但非常时期行非常之事,此时就也对门人开放了。但是冰室内空间有限,是以真正能进入其中的人,也只是很少的一部分。但是顾离人徒弟归来的消息却是像风一样掠遍巴山,所以冰室之外,巴山门人越聚越多,差不多都到齐了。

等到冰室内再有动静传来,里面有人已经开始渐渐地往室外挪步,余左池携王惊梦与其他人一道出来,两人脸上太过于平静的神情倒是让所有人都提了口气,卡在了嗓子眼里。

恰逢此时,一名方脸男子从山门外走来,他的脸因为两侧头发遮住了小半面目的原因,看上去十分尖细。此时,他好似借风力而行一般,半晌便到了草庐之外。

茅七层看到此人后,立刻规矩地行了一礼,唤道:"师父。"

相比之下,林姿三则显得较为震惊:"师父?您什么时候回来的?"

"刚刚。"俞一斤应声道。

林煮酒等人都行了礼,戚寒山和云棠微微颔首,俞一斤回礼之后,盯着王惊梦的脸问道:"你就是王惊梦?"

"是。"王惊梦答了一声,凝重地说道,"里面存放的,是我师父的遗体。"

自顾离人身死之后,众人从未见过他的尸身,竟是藏到了这里的缘故。唏嘘之后,是俞一斤的声音:"那你从遗体上看出了什么?"

阵阵凉风掠过,一时间不知有多少人如释重负,又不知有多少人开始提心吊胆。

王惊梦拱手向他行了一礼,缓缓道:"五剑。我师父力竭之时,真正对他造成威胁的宗师超过七人,可他身上只留下了五道致命的剑意。"

俞一斤神色一凛,声音霍然转疾,问道:"如何通过剑意来抓真凶?"

"第一步，封山门，许进不许出。"王惊梦目光如炬，沉稳的声音就像是经历过无数世事，"从现在开始，我会将那五道剑意施展一遍，凡是巴山中人学过之后，都要在我面前展示。待此事了了，方可解封山门。"

"你这是在怀疑自己人吗？"一名身穿紫袍的老者从山林中走出，低喝道。

"若要人不怀疑，除非证明自己并非凶手。巴山剑场到底是铁板一块，还是各有异心，各位心知肚明。"王惊梦看着老者，沉着而又笃定道，"任何人都可以说假话，但剑招不会。若有人不从，那便以凶手论处。"

俞一斤冷笑道："凶手没有那么蠢，既然敢露出行迹，就断定了不会被人查出来。你这样做并没有什么意义。"

王惊梦摇头道："但凡有万中之一的机会，都应该努力尝试。真正布局之人，不会亲自出手，可这些出手之人，亦不能轻易放过。他们在我师父身上所刺的每一剑，我都要他们还回来。至于那悉心布局之人，恐怕从得知我回巴山剑场的那一刻开始，便坐立不安了吧。派出了那么多刺客，我还是安然无恙，想必他们更加焦心，唯恐我真查出了些什么。我敢断定，此刻必有做贼心虚的人在。"

俞一斤眯起眼睛，道："孤注一掷。即使此人今日凑巧在场，听到你这话之后，也会费尽心思掩盖过关。"

"我有把握，他掩盖不了。"王惊梦笃定道。

俞一斤看着胸有成竹的王惊梦，扬唇笑了笑，原本的犀利与严厉之色此刻如冰雪一般渐渐消融，低声感慨道："不论事成与不成，你这份魄力我很赞赏。"

继而他转头对自己的两个徒弟说道："以后向你们师弟多多学习。"

茅七层早在王惊梦与师长络的比试中亲眼见到了他非凡的能力，纵使俞一斤不说，往后的日子里，他也定要向王惊梦学习的，因而应道："弟子谨记。"

林姿三向来恭谨守礼，也应了一声。

山道中又走出一人，站在那紫衫老者身后，愤怒出声道："即使你是顾离人弟子又如何？只为了一个虚无缥缈的可能，便要让所有人逐一在你面前演示这五道剑招，你真当你是天下剑首整个巴山剑场都要听你的不成？"

王惊梦的目光落在那人身上，直看得他好似浑身满是芒刺，继而朗声道："我师父一向不问世事，自由惯了，哪里看得上这'天下剑首'的虚名？倒是那些心怀鬼胎之人，

第二十四章　内鬼无遁形

个个忌惮不已,欲除之而后快!巴山门人,当行得正、坐得端,仰不愧天、俯不愧地,不争一时名利,不附世间富贵。哪里如你们这般仗着人多便藐视一切的!你们现在口口声声说我没有资格,我现在倒是要让你们看看,我到底有没有资格!"

话罢,他手中长剑"呛"的一声出鞘,剑鸣声犹如龙吟。只见他手腕轻巧地翻转了几下,五道带着强烈杀伐之气的剑意扑面而来,随后又骤然消失。他挥出的每一剑都是截然不同的招式,此刻却犹如长在一头野狼嘴中的牙齿,锐意无比,杀意森然。

五剑祭出,满山死寂。

那五剑之中饱满且完美的剑意,是他们很多人练了几十年依旧没办法做到的。此人果然天赋惊人,当世少有。

王惊梦三震长剑,其声随风掠过了山谷风林,飘散在整个巴山剑场之内。他的剑并没有回鞘,而是直指身前地面。他眼中闪烁着很亮的光,厉声道:"巴山剑场是一个整体,我们所有人,一荣俱荣,一损俱损。巴山剑场如今的声名,一大部分来自余师伯在镜湖剑会的荣光,来自天下剑首的赫赫威名。如今我师父已死,巴山剑场如同一盘散沙,如果再不勠力同心,我看距离覆灭的时日也不远了。就算不说那些大的,仅论同门之谊,我师父难道不值得诸位在他面前施展这五剑吗?"

王惊梦一番质问铿锵有力,山谷间有余音回荡。余左池眼角微微湿润,林间的风将他的头发吹散开来,他仰头一笑,就此握住了王惊梦的剑。

五道完全相同的剑意逐一横向山林。那剑意迅疾如风,气势如火,力沉如山,令众人为之震惊。

余左池提剑俯视着山林深谷,气冲云天道:"怎样,师侄,我是凶手吗?"

云棠看着他的侧脸,一笑则令娇花失色。在她看来,做人就该顺心而为,做事本应猛烈霸道,忍气吞声并非可取之道。

王惊梦应道:"余师伯不是凶手。"

俞一斤拍剑大笑,自是豪放不羁:"我第二个来。"

白刃亮出,随后五道剑意如军刺一般俯冲向前,气势冲天,不可小觑。俞一斤虽然总是长发披散,说话不顾情面,给人一种不易亲近的严苛之感,然而熟悉他的人却知道,他是巴山剑场中真正肝胆赤诚之人。如不是心中充满豪侠之气,又如何能释放出如此炙热的剑意?

"俞师伯也不是凶手。"

王惊梦话音方落，俞一斤剑意尚未散尽，忽听一道豪气冷傲的女声响起："今日我既在巴山剑场，亦当出五剑以示敬意。"

只见五道如大江奔腾般的剑气骤起，在虚空中搅动风云，许久才缓缓消散，但是那澎湃的剑意却盘旋在山谷上方，经久不散。这便是云棠的剑，桀骜不驯，冷傲至极，即便仿得了皮相，也难仿其精神。

"云宫主的剑意世间独一无二，亦不是凶手。"王惊梦拱手一礼。

云棠傲然笑道："你们巴山剑场不是说顾离人之死与我云水宫有关吗？如今还有什么话说？"

"就算顾师叔的死与你们云水宫无关，你和余师伯之间的那点子事儿也瞒不了大家。"有人吼了一嗓子，但是却不敢站到最前面，倒是有几分故意煽风点火，挑拨云棠与巴山剑场关系的嫌疑。

一道剑意冲天而起，下一刻只听见倒地的声音，一弟子"噗"地吐出鲜血来。

"凭空污人清白，这便是巴山剑场的待客之道吗？"云棠面上已有怒气，那一剑的的确确是用了几分力道的，那弟子纵使不死，此生也定然不会活得多么痛快，"就算是余左池在室内藏了我的一幅画又能说明什么？难道便能说我云棠和他无媒苟合了吗？以小人之心，度君子之腹，你们能干净到哪里去？若是搜上一搜，查上一查，指不定会发现多少不敢见光的腌臜事儿！我瞧着这巴山剑场不过是藏污纳垢之所罢了，蓦地让人恶心！"

这一番抢白众人即使有嘴辩解，可那无双的气势又有谁敢去较量？

余左池见事情愈演愈烈，云棠又是怒发冲冠，不由得站出来说道："当日之事，我没有辩解，并不代表着各位所想都是事实。我与云宫主只不过是在镜湖剑会见过一面而已，认真说起来，至多算是朋友，还望各位不要再拿云宫主的清白大肆宣扬了。"

听到余左池说他们至多算是朋友，不知为何，云棠心底竟生出一股无法抑制的失落来。她烦躁不已，厉声道："再让我听到这话，见一个杀一个！反正我手下之剑也不是吃素的！你们此时提起此话，不就是想借机将五道剑意的事情转移注意力吗？休想！继续吧！"

俞一斤手中长剑一提，凛然道："继续！今日谁若是胆敢抗拒，我便让他血溅巴山！"

"你到底是巴山之人，还是云水宫人？怎么帮着外人说话？"

巴山剑场从来不是一言堂，纵使云棠大发神威，令许多人内心恐吓不安，但面对着

·281·

俞一斤此刻的行为，还是有人提出了质疑。

"我向来认死理。现在的巴山剑场人人各怀异心，顾离人死了，一群人不思追查元凶，反而躲在窝里搞内斗！这样的宗门存在与不存在到底还有何差别？"俞一斤正色道，"既然如此，不妨先将自己人清理一遍，有异心、有异行者杀了算了，也免得日后麻烦。"

沉寂良久之后，不少剑师纷纷出列。一人忽举剑出声，打破了满山寂静。

"我同意。"

"我也同意。"

山道中不断传来此起彼伏的应和声。

"巴山剑场，就应该团结一心，驱除异己！"

嫣心兰眼中有泪，微微转头垂下了眼帘，轻声道："刚回巴山，我觉得十分陌生，这里根本不像我们生活了十余年的家。现在，我才慢慢有了些以往熟悉的感觉。"

林煮酒拍了拍她的背，沉声应道："先前人人自危，唯恐站错了队，枉送了性命。现在有俞师伯带头，有王师弟立志为师报仇的决心和行动，他们自然受到了感染，想要重新将巴山剑场发扬光大。说起来，一个宗门人心还是不能散，否则必生大乱。"

嫣心兰点了点头。她素来生活在众人的宠溺与包容之中，从不去考虑这些大事。然而自下山以来，随着顾离人的死，一夕之间她成长许多，开始懂得为宗门分忧，逐渐学会站在巴山剑场的立场上看问题。可正是这份成长，让她那纯真净洁的心颇感艰辛。

"还在生气？"巴山之上一道又一道剑光闪过，将草庐前的清幽宁静斩了个粉碎。余左池往云棠身旁靠了靠，素来从容淡定的眸子里现出了几分担心，思量再三，还是出声问道。

云棠"哼"道："世人皆言女子应大度，可我偏就小心眼子，今日在巴山剑场所受之辱，我可是牢牢记在心里了。这笔账，我算是记在你头上了。他日，定是要讨回来的。"

余左池心中一松，面上竟浮现出丝丝喜意："悉听尊便。"

微凉的风中似乎带着甜意，吹去浮华，只留下至真至纯。

云棠不再理他，而是侧身问戚寒山道："这五剑你可曾见过？"

戚寒山摇头："虽然我没有见过，但总会有人认识的。"

这个世界，真相只会迟到，但绝不会缺席。那些对顾离人动手的人，迟早会被揪出来。

他负手而立，看着王惊梦认真而又专注的脸，心中不禁生起万般感慨。虽无血缘之亲，但王惊梦与顾离人的形神气度皆有几分相似。

思顾间，银光又起，剑气纵横。

一把把刀兵剑器搅动山中气流，山道上鲜嫩的枝叶被绞得粉碎，就连席卷在剑场中的山风也带上了冷冷的肃杀之意。

很多人都在看王惊梦的脸色，想要从其中窥视出一丝丝痕迹，但是王惊梦脸色始终如常，除了目光轻轻转动外，连一个多余的动作都没有。直到在场所有人都施展过五剑后，他依旧静静地站在原地。没人知道他看出了什么，也没有人知道他到底在想什么。待那如厉鬼一般盘旋在空中的肃杀之意完全消失后，他这才冷面缓步走到一名身着黄衫的中年男子面前，拱手一礼，问道："敢问您是？"

无数道惊疑的目光瞬间落在那人身上，他若芒刺在背，身体微微一怔，锁眉应声答道："唐寒鱼。"

山道中有不少的人都怀疑王惊梦的判断，因为唐寒鱼在巴山剑场不过是个相貌普通、修为一般的小人物，怎会可能是杀害天下剑首的凶手？

仿佛是为了验证众人的猜测，王惊梦定定道："你有问题。"

一片吁气声响起，唐寒鱼此刻反倒不再紧张，平静地问道："你觉得我有什么问题？你师父被暗算的那几日，我一直都在巴山剑场，并未外出。"

王惊梦凝视着他，不疾不徐道："那些暂且不论，我想说的是，你施展的这五剑有问题。"

唐寒鱼面上瞬间染了寒意，语气急了三分，质问道："有什么问题？不够熟练？"

"和熟练与否无关，若是天赋足够高，就算是第一次，也能将这五剑用得炉火纯青。今日我只是通过剑意和真元来判断，你的剑意太过心虚。"

王惊梦最后一句让唐寒鱼脸色变了又变，但是随即他冷笑了一声："你说我的剑意心虚？就单凭你一人在这里胡说，所有人便必须相信吗？"

王惊梦像是料定了他会这般反驳，并未因他身上的气势陡然大盛而有压迫之感。

四周风声很紧，剑场之内无人发声，大多都想要看看这个少年究竟会怎么应对。

王惊梦直白剖析道："我的话到底能不能使众人信服，要看我说得对不对。你施剑之时，真元流动震颤不安，剑意不够流畅。只有刚开始学剑的人才会出现控制不住真元的情况，以你如今的修为，唯有一种解释那便是做贼心虚，生怕用尽全力被我看出了端

第二十四章 内鬼无遁形

倪。我没说错吧？"

唐寒鱼甩袖怒道："简直是无稽之谈。任何情绪都可以影响剑意，就算是我的真元震荡又怎能一概而论？你为自家师父报仇心切，我可以理解，但仅仅凭借着真元动荡便断定我心虚，这是纯粹臆断，我不服！"

"我是有心为师父报仇，但与你素未谋面，无须陷害于你。你不是不服气吗？那么，我便让你心服口服。"王惊梦再次将惊梦剑展示于身前，青黄色的剑身上笼着一层浅淡的白光，他眸中的自信全然不输于灼灼日光，让人望之而生出无限憧憬与希望，"你可敢与我一比？"

比剑是剑师之间的较量，也是遇到了不公事情时的解决方法之一。现在王惊梦横剑相邀，唐寒鱼若是不应下来，日后定会成为巴山剑场的笑柄。明知如此，他还是出声说道："我为何要和你比？"

"你要想证明自己与我师父之死无关，证明自己剑意动荡不是心虚所致，就必须要比。不然，我权当你是杀害我师父的凶手，当你是巴山剑场吃里爬外的罪人。"王惊梦持剑的手不动，眸中全是坚定。

被此话一激，唐寒鱼再无路可退。他同样横剑于胸前，道："那就比！只不过刀剑无眼，若是误伤了你，还望海涵。"

"这也是我想对你说的。"王惊梦道。

"狂妄！"

或许是因为内心的愤怒再也无法掩饰，话音方落，唐寒鱼便祭出了第一剑！

他虽然修为一般，但毕竟入门多年，如此主动出击，还是让在场诸人略略凝眉，心生不耻之感。

眼下，唐寒鱼已顾不上那么多，只知道自己要教训一下这个狂妄的小子！可事与愿违，他的每一剑都能被王惊梦轻而易举地给化解掉，最后，反而被王惊梦反攻，一路败退。

"这……这剑意怎的如此熟悉？"被逼至死角的唐寒鱼已没有多余的时间思考，只是出于本能，方能隐隐觉察到有些不妥。但是面对着那强大的剑意，他唯有努力反击，方能求得一线生机。

终了，王惊梦以剑指着唐寒鱼的脖子，问道："现在，你还想说此事与你无关吗？"

众人你看看我，我看看你，都不知此话从何而来。

"剑意从不会骗人，你为了保全自己的性命，不得不奋力抵抗，这样一来，就暴露出了你的真实修为。我不知道你之前在巴山剑场表现出什么样子，但是我猜你所有外现的实力都是假的。"王惊梦一字一句，道，"在比试的过程中，我用了方才那五剑，可是你都避过去了。我师父是天下剑首，这五剑尚避之不及，更何况是你？在场之人都有眼睛，现下你当自己还瞒得过去吗？"

唐寒鱼面色青白，他张了张嘴，准备为自己辩解，然而目之所及，周围全是不屑的眼光，正在肆无忌惮地打量着自己。

"叛徒！"

"看着挺老实的一个人，没想到心底这般恶毒！"

"还废话什么，杀了他为顾师叔报仇！"

当这样的声音越来越响亮时，唐寒鱼双腿一软，竟直直跪在了地上。

王惊梦挥了挥手，示意众人少安毋躁，随后目光如刀戟一般射向唐寒鱼，森然道："我从不相信这世上有不透风的墙，凡事只要做过，必然会留有痕迹。即便你付出生命的代价严守秘密，到头来也不过只是他人手中的棋子罢了。抛却性命，换来的却是那人的漠视，有意义吗？说吧，你到底做了什么？"

唐寒鱼心思似乎有所触动，但随即又面如死灰，身体晃动了两下，踉跄倒退了两步。

云棠一笑，恍如满院梨花骤开，美如一幅绝世丹青墨画。她微微启唇道："小角色而已，知道不了太多内幕，何必逼问。"

不知从何时起，只要见到她那堪称世间绝色的容颜，余左池便再也看不到旁的人，听不到旁的声音。他六识皆闭，神思飘荡，可面上却现出沉思状，唯有耳尖上染的那一抹微红，出卖了他的心思。

"你发什么呆呀？"云棠指尖触到了余左池宽厚的手背。

那凉意入髓，终将他拉回现实，他呆了呆，方才言道："虽早已猜到顾师弟收徒定非凡人，可他竟然比我想象的还要出色。"

云棠赞赏道："他的确总能给人惊喜。你虽痴长了那么多岁，可还不如这少年，日后可得向他多多学习呀！"

向后辈学习，此话若是在旁人听来，定然是莫大的侮辱，可余左池并未觉得有何不妥。他摸了摸后脑勺显得有些惭愧，笑道："那是自然，都听你的。"

前半句"那是自然"还算正常，后半句"都听你的"，隐隐带了些宠溺在其中，好似言听计从的丈夫对妻子所说的话。

第二十四章 内鬼无遁形

云棠好看的眉头微微蹙起,正在思考这话为什么怪怪的时,只听到唐寒鱼咬牙道:"你想听,我也不妨告诉你。是我将你师父的行踪泄露出去的,至于到底是谁杀的他,我也不知。"

他的双手不断地颤抖着,然而眼神却很古怪,明明死到临头,却好似有嘲讽之意。

"还不肯说!"那指着唐寒鱼脖子的剑蓦地一偏,一道霸道的剑意便已生成,直直袭向唐寒鱼的胸口!

"砰"的一声,他整个人倒飞而出,继而重重地摔在地上,口中喷出的鲜血染红了青石地面。

"你真当我不会杀你?"王惊梦平时再怎么冷静,在面对与顾离人之死相关的事情时,也不免有些沉不住气。

唐寒鱼一手撑地,一手捂胸,咳道:"就算你知道了幕后之人又如何?能杀死顾离人的人,杀死你们,还不是像捏死一只蚂蚁一样简单?"

王惊梦应道:"我这人认死理儿,只知道有些事情,哪怕丢了性命,也要去做。比如说,为我师父雪恨。"

唐寒鱼像看傻子一样看着王惊梦,连命都没有了,还谈什么报仇雪恨?

他正欲出声,便听到余左池冷声道:"做任何事情都需要付出代价。杀顾离人的代价,耗费了多少人力物力?就算是天下间最富有、最有权势的人,也必定会元气大伤吧。再者说了,杀一个王惊梦容易,杀一个余左池也容易,但是要屠灭整个巴山剑场,敢问那人可有这个本事?"

唐寒鱼战栗道:"巴山门人,并不一定都愿陪着你们去死。"

"的确,巴山之内的确还有像你这种贪生怕死、卖主求荣之人。"余左池嫌恶道,"但巴山剑场自开山以来,便有不惧牺牲的传统。今日我不妨说一句,谁若怕死,可就此离去,我绝不深究。可若是留下,就要做好随时牺牲的准备。"

没有人动弹。

余左池朗笑数声,道:"看到了吧,这才是真正的巴山剑场!纵使你今日不说,我们穷尽其力,也能抓到真凶。只不过是时间早晚罢了。可是你这条命若是没了……这样吧,我便做个主,你若说出真凶,便不杀你。我还可差人送你去一处安全之地,从此谁也找不到你,也不必怕被人寻仇。"

"此时还不肯说,是不是傻?"云棠冷笑出声。她原本觉得逼问这种小角色没什么用，可见他抵死不说的样子，着实令人讨厌，这才出言激一激。

这是巴山剑场内部的事情，她一个外人本可不必掺和，但她实在看不下去了，且从不是那种藏着掖着的性子，自是想到哪里便说到哪里："天要下雨，王惊梦要为师报仇，依你微薄之力，可能挡得住？"

唐寒鱼紧抿双唇，衣衫被自己的冷汗所浸透，然而他再也不肯发一言。

他方才还在心底嘲笑王惊梦傻，然而现在自己的性命就掌握在自己手中，却不敢轻易应承下来。

"唐寒鱼！你到底做了什么，是谁害死了顾离人！"一老者怒发冲冠，愤然而出。

唐寒鱼目光死寂，道："你们查不出来的。就算你们能从顾离人的身上看出些蛛丝马迹，也绝不可能从另外一个死人身上看出端倪。不过是白费工夫罢了。"

他嘴边涌出汩汩鲜血，身体就此瘫软下去。紧接着，体内响起无数道破裂的声音，破碎的脏器和鲜血，从口鼻之中狂喷而出。

"别看。"

嫣心兰刚瞄到一抹血红，就看到一只手挡在了自己眼前一寸之处。那只手只比女子的手大了一点点，白皙细腻，看上去十分柔软。

她轻轻移开，见是林姿三那张带有担忧的脸，不禁笑若春花："这样的情形我不知见过多少回了，不会怕的。"

林姿三收回手，一本正经道："你毕竟是女孩子，不适宜看到如此血腥的场面。"

"俞师伯夸你知礼，依我看，你是迂腐！"自再次见到顾离人的遗体那一刻开始，嫣心兰的心情便是沉重的，此刻林姿三稚气的行为倒是让她心头舒缓不少。她走向王惊梦，意欲看个究竟。

"自爆气海不算，还要咬舌自尽。看来，他是下定决心要死了。"王惊梦一字一顿。

"这样的人，活着也是祸害。"云棠毫无怜悯之心。她向来恩怨分明，对于这种背叛宗门的人更不会生出半分悲悯。

巴山众人对她怒目而视。

虽然唐寒鱼和顾离人之死有关，但他毕竟是巴山门人，轮不到云棠这个外人来说道。而且巴山剑场一向以死者为大，就算唐寒鱼有再多不是，也要随着时间消逝永埋地下，无须再议其是非。

第二十四章 内鬼无遁形

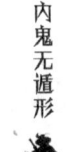

"怎么,难道我说得不对吗?"云棠坦然迎上那些目光,脸上嘲讽更浓,"他这样一死了之,自然是想要保护他在意的人,家人或者好友,但幕后那人难道会容许别人从他的家人身上查出线索?如果我猜得不错的话,等你们去追查他的亲友时,恐怕见到的只是一堆骸骨。这人如此之蠢,难道就不许我说上几句了?"

"你……"面对牙齿伶俐的云棠,众人就算有理,也说不出来。

"齐国的巫晶,楚国的黑梦。"余左池凝眉道,"能拿出这两样东西的人,天下没有几个。他说与不说,下场都是一样的,从他参与此事的那一刻开始,结局就已注定了。"

云棠看了一眼地上唐寒鱼的尸体,嘴角勾起冷嘲的笑意,认同道:"这倒也是。只不过这人一死,关于何人布局的线索便断了。有些可惜了。"

戚寒山没有说话,在他蹙眉思考的时候,又听云棠道:"我有些奇怪为何那些人要花如此大的代价来杀顾离人呢?

戚寒山单手负于身后,神色凝重道:"顾离人之强,天下皆知,六国忌惮,故而联手灭之。不过以我之见,杀顾离人并非易事,即使六国想要除掉他,也需悉心布局。天下列国各个尔虞我诈,不会有哪一方势力会愿意背上这宗命案,所以这件事不简单。"

云棠点头称是,细细想来,其中疑点太多。仅是巫晶与黑梦两样东西,若是不能用在最合适的地方,简直就是暴殄天物。

云棠缓缓分析道:"敢拿出如此珍贵之物……这个组织布局之人,必定有足够强大的实力,让暗中筹谋之人觉得他得了巫晶与黑梦之后,一定能杀死顾离人。"

云棠一双水盈清淡的双瞳泛出几许凉意,暗叹道:"布局之人,来日必为六国之患。"

"不大对。"一直未出声的戚寒山深吸了一口气,他左手指尖轻轻摩挲,徐徐道,"六国虽然忌惮天下剑首,可若仅仅是为了杀顾离人,齐国和楚国未必愿意给出那两件至宝。这背后组局的势力,一定还进行了更多的利益交换。齐楚不会做亏本买卖,此事定是有利可图。你说得没错,能将六国都排布进这个局中的人,不管是否为一国主事之人,来日定为六国大患。"

云棠恍然大悟,看着戚寒山的目光也有些异样的欣赏,她黛眉一挑,点头道:"受教了。论这些权谋鬼蜮之事,我还是差了些。"

余左池轻笑道:"无事,我比你还要不如。"

云棠莞尔,听闻余左池之言,面颊微染晕色,浅笑道:"这种时候你倒是异常灵活机变。"

余左池抬手负在脑后，耸了耸肩，他转头看着戚寒山道："不过你说得对，易位思考，若我是齐王或楚王，自然也会有一番权衡。要杀一个对各国都有威胁的人物，凭什么只有我们出钱出力？"

云棠眸中厉光闪过，神色淡淡地道："但不管如何，组局者一定是权倾朝野的权贵，而且他认为顾离人对自己达成某种目的有着致命的威胁，这才用尽全力将其除去。"

"那也不一定。"戚寒山猜测道，"或许顾离人本身也是交易的内容。"

"此话怎讲？"两度遭受戚寒山辩驳，云棠却毫不生气，反倒是继续问道。

"顾离人是天下剑首，那些人想分他的剑经也说不准。"戚寒山心中悲痛。

如果是藏着这种心思的话，那当真是可恨至极，因为排布之人必定与宗门修行者相关，这才是为人不齿之处。

"在我等看来，世上事便是横来直去，一笔一画，有仇怨便一剑斩去，干净了断，但于那些上位者而言，世上的所有事都是交易。"云棠对于倾尽全力暗害顾离人一事嗤之以鼻，觉得这波诡诡云谲的江湖，没有云水宫半分干净纯粹，心下终生去意。

临走之前，她终究还是想问一问王惊梦，便说道："接下来，你准备如何做？"

"去长陵。"王惊梦思绪飘远，面色坚毅道，"秦国两大宗师被杀，长陵的那些权贵个个无动于衷，其中必有蹊跷。若说是交易，那也不仅仅是六国之间的交易，秦国必定参与其中，不然，在我大秦的地界，我师父又怎会如此轻易中招？"

云棠水眸含光，欣赏之意更浓。

"还有，既然那些人在我师父身上留下了那些剑痕，我便用最笨的方法查。从今日起，我要看尽剑经，熟读诸门诸派剑法，将这世上剑师一一挑战，凭着我对剑意的敏锐感知，背后黑手定然逃不掉。"王惊梦深知这条道路无比艰辛，但是为师报仇是今后人生中的首件大事，他不得不倾力去做，"真相和阴谋就如手中抓取的沙子，就算抓得再紧，也会有沙子从指缝间漏出来。"

云棠眼中明光乍起，豪迈出声道："说得不错，果真是后生可畏！他日若有用得着我云水宫的地方说一声就是，我立马派人前来相助。"

她水眸绕了一周，清丽冷俏的脸上挂满了讥诮之意，又说道："巴山剑场若想要真的成气候，日后估计全靠他了。至于你们，一个个尽是摆设罢了。"

巴山剑场诸人瞬间黑了脸面，然而余左池在众人发声之前拱手说道："云宫主说得是，日后我巴山剑场定会砥砺奋发，早日摆脱'摆设'的称呼。"

第二十四章　内鬼无遁形

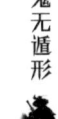

巴山众人一时间咬牙切齿,这两人一唱一和,明摆着调情,还拿他们调侃,真当他们是死的不成?但是前脚王惊梦刚说了一套规矩,余左池实力最强,他们又怎能抗衡,所以一时间倒是憋红了老脸,也没能挤出一句话。

云棠罗袖一挥,身体已腾空而起,大有飘飘欲仙之态。她含笑,不俗的样貌愈发显得绝色倾城:"走了,日后若是有时间,便来云水宫看看,到底什么才是剑师该有的样子。"

余左池微微一怔,旋即明白了她的意思,一时间喜不自胜。

"就这样让她走了?"

云棠身影隐没在群山深处,巴山剑场之中方有人敢开口。

"不然呢?"余左池抱臂道,"若是觉得她说得不对,那就拿出剑师的气魄来,只会在这里煽风点火、搬弄是非,又有何用。今日事已毕,都散了吧!"

有些人虽心有不服,但自身修为是硬伤,终三缄其口,不复再提。

长陵,渭河港。

辽阔的江面上万舸争流,无数商号的旗帜随风飘扬。

在胶东郡的海港之中,多的是秦境各处的船只,但渭河港中,诸国皆可通商往来,因而可轻易看到天下各国商船云集的场景。

站在高处俯瞰这港口,明眼人看到的不仅仅是徽章各异的商旗,还是源源不断的财富。

一只巨船驶入港口时,瞬间吸引了其他船上以及港口岸上所有人的目光,无数惊异的声音汇聚起来,如同号角一般荡在这一方天空中。

仔细看来,此船比起其余商号停靠在这里最大的船还要大出一倍不止,更令人震惊的是,造船的木材竟是十分难得的龙骨木,造价可以用"可怖"来形容。而船身之上处处都是森冷的反光,细看之下其表面竟覆盖着一层厚厚的金铁。

"玄甲大船!胶东郡的玄甲大船!"有人惊呼出声。

传说之中,玄甲大船可抵御惊涛骇浪,行至海外仙山。然而许多年来,只听闻胶东郡要竭力造成此船,没想到今日竟亲见此等奇物!要知道,建造这样的船只不只是需要巨额的金钱,还需要强大的工坊与最优秀的工匠。长陵积弱已久,国库空虚,就算有能人巧匠也绝无可能造成此船。

"这些泥腿子……当真让人刮目相看!"

类似的话语层出不穷,唏嘘赞叹之意溢于言表。

"长陵再大,不走出去也只是井底之蛙。"在一条船头飘起紫色旗号的大船上,一名身穿紫色华服的少年嘲讽地看着周围那些船上出声的人,"将胶东郡看成泥腿子,那你们恐怕便是泥腿子脚底下踩着的癞蛤蟆。"

听得此言,他身后一名青衫文士忍不住笑出声来。

"胶东郡早已将楚国的巧匠挖了过去,造出这样的大船只是时间问题而已。这船历经风浪能从胶东郡航行到此,看来传言果真不虚。"紫衣男子说到此处,却蹙起了眉头,眼中隐忧倾泻而出,"胶东郡行事一向低调,此次来长陵却一反常态,如此大张旗鼓,必有所图。"

身穿紫衣的少年一身贵气,稍有些常识的人便知道,这人定不是什么凡夫俗子。自古以来物以稀为贵,普天之下,很少有工坊能制出这般纯紫色的布料,所以这少年年纪虽轻,身后却一定有门阀撑腰。

不过他人眼中的欣羡于这少年来讲并无意义。在他眼中,此时的长陵已渐起风云,而胶东郑氏必将成为其中至关重要的一环。

更多精彩内容请扫描二维码

本作品为架空历史小说

图书在版编目(CIP)数据

巴山剑场.1 / 无罪著.
—武汉：长江出版社,2018.10
ISBN 978-7-5492-6098-0

Ⅰ.①巴… Ⅱ.①无… Ⅲ.①长篇小说－中国－当代 Ⅳ.①I247.5

中国版本图书馆 CIP 数据核字(2018)第 235399 号

巴山剑场.1 / 无罪 著

出　　版	长江出版社
	(武汉市解放大道 1863 号)
选题策划	多乐图书编辑部　李　鹏　张珍珠
市场发行	长江出版社发行部
网　　址	http://www.cjpress.com.cn
责任编辑	陈　辉
特约编辑	刘　敏　张　君
封面设计	青空工作室
装帧设计	汪　雪　彭　微
印　　刷	中印南方印刷有限公司
版　　次	2018 年 10 月第 1 版
印　　次	2018 年 11 月第 1 次印刷
开　　本	700mm×1000mm　1/16
印　　张	18.75
字　　数	330 千字
书　　号	ISBN 978-7-5492-6098-0
定　　价	34.80 元

版权所有　盗版必究(举报电话:027-82926804)
(如发现印装质量问题,请寄本社调换,电话 027-82926804)